만지작
만지작

만지작 만지작

초판 1쇄 찍은 날 | 2015년 6월 24일
초판 1쇄 펴낸 날 | 2015년 6월 30일

지은이 | 주산지의꿈
펴낸이 | 예경원

편집 | 유경화

펴낸곳 | 예원북스
등록번호 | 제396-2012-000132호
등록일자 | 2012. 7. 25
YRN | 제1-0108호

주소 | 경기도 고양시 일산동구 무궁화로 8-28 삼성메르헨하우스 712호 (우) 410-837
전화 | 031-819-9431 팩스 | 031-817-9432
http://cafe.naver.com/yewonromance
E-mail | yewonbooks@naver.com

ⓒ 주산지의꿈, 2015

ISBN 979-11-5630-425-8 03810

만지작 만지작

주산지의꿈 장편 소설

YEWONBOOKS ROMANCE STORY

❖ ⅢⅢ 목 차 ⅢⅢ ❖

prologue

시리도록 푸른색. 만약 하늘에 감정을 담을 수 있다면, 중세의
건축물 사이로 보이는 헤이그의 신비로운 하늘은 설레도록 눈부
신 푸른색이었다. 트램을 타기 위해 정류장에 서 있던 서진은 문
득 올려다본 하늘에 온통 마음을 빼앗겨 버렸다. 헤이그의 운하에
서 불어온 바람이 윤기나는 검은 머리카락을 건드리자, 검은 코트
사이로 서진의 선이 고운 새하얀 목덜미가 드러났다.

투명한 피부에 우아하게 휘어진 눈썹. 곧은 콧날과 지성이 느껴
지는 서늘한 눈동자. 적당히 부풀어 오른 부드러운 입술의 서진은
무척이나 아름다웠다. 흘러내린 검고 긴 머리카락을 쓸어 넘기는
서진에게선 숨길 수 없는 기품이 느껴졌다.

딸랑, 따랑~!!

그때, 바람을 타고 청량한 풍경 소리가 울렸다. 네덜란드 헤이

그의 아침과는 전혀 어울리지 않는 그 소리에 서진은 지금 자신이 중요한 약속이 있고, 서두르지 않는다면 늦을지도 모른다는 사실도 잊은 채 소리의 진원지를 찾아 바쁘게 눈을 움직였다.

덜컹덜컹, 끼이익!

그때 붉은색 레일 위를 달리던 트램이 그녀 앞에 멈춰 섰다. 그러자 출근을 위해 트램을 기다리던 사람들이 분주히 트램에 오르는 것이 보였다. 서진 역시 이 트램을 타야 했다. 헤이그에서 트램으로 20분을 달려 한국 대사관까지 늦지 않고 가려면, 더더욱 그랬다.

탈까? 아니, 타야만 했다.

하지만 서진은 옆에 서 있던 마지막 승객이 트램에 오를 때까지 머뭇거리고 있었다. 결국 서진은 트램에 오르는 대신 자꾸만 그녀의 신경을 자극하는 소리의 진원지를 찾아 걷기 시작했고, 그녀의 발걸음이 중세의 한 건축물 앞에 멈춰 섰다.

헤이그의 아름다운 도시 풍경을 완성한다고 해도 과언이 아닌 아름답고 웅장한 중세의 건축물. 그리고 그 건축물에 가려, 자세히 보지 않는다면 절대 찾을 수 없는 건물 모퉁이에 낡고 허름한 상점이 있었다.

골동품. 네덜란드어로 가득한 헤이그의 한복판에서 발견한 한국어 간판. 서진은 그 낯설고 신기한 광경에 심장이 뛰기 시작했다.

툭, 투둑 투두둑!

비였다. 마치 이 순간을 위해, 기다렸다는 듯 비가 오기 시작했다. 여전히 청명한 하늘에서 내리는 여우비. 서진은 하늘을 올려다보며 생각했다. 이 문을 열면, 누군가 그녀를 기다리고 있을 것 같다는 말도 안 되는 생각을 말이다.

운명이라든가, 아니면 우연과 우연이 겹치면 필연이 된다는 말 같은 것은 믿지 않았다. 삶이란 예정된 길을 가는 것이 아니라, 한 발짝 한 발짝 내디딜 때마다 완성되는 것이라고 믿기 때문이었다.

하지만 이 순간 서진은 어쩌면 그녀의 인생에서 딱 한 번, 그런 말도 안 되는 일이 벌어질지도 모른다는 생각이 들었던 것이다. 후우! 숨을 몰아쉬고서야 서진은 자신이 숨을 참고 있었다는 사실을 깨달았다.

대체 이 느낌은 뭘까? 설레지만 다른 한편으론 두려웠고, 그 두려움에 돌아서야 했지만 그렇다고 발걸음을 돌려 가버릴 수도 없었다. 서진은 그저 낡은 간판을 뚫어지게 쏘아보았다. 뿌옇게 싸인 유리창 너머로 '골동품'이라고 쓰여 있는 간판에 손가락을 뻗어 먼지가 쌓여 있는 뿌연 간판의 표면을 닦아냈다.

"골동품? 그럼 이 상점 이름이 골동품인 건가?"

한국에선 낯설었을 간판명이었지만 이곳은 네덜란드의 헤이그였다. 네덜란드 사람들에겐 골동품이란 단어가 오래되거나 희귀한 물건이란 뜻을 가진 말이 아닌, 그저 골동품 가게의 특별하고 개성 만점의 이름이 될 수 있다는 사실을 오늘에야 깨달은 것이다. 서진은 코트 깃을 세우며 천천히 숨을 몰아쉬었다. 그리곤 낡은 나무 문으로 손을 뻗었다.

판도라의 상자? 훗! 머릿속에 떠오른 어이없는 생각에 서진은 피식 웃음을 터뜨렸다. 그러자 차갑고 이지적이던 아름다운 얼굴이 부드러워지더니 순식간에 눈부시게 빛났다.

덜컹, 끼이익!

문을 밀고 안으로 들어가자, 후욱 낯선 공기가 서진의 폐 안으로 밀려들어 왔다. 두근! 낯설지만 친숙한 그 향기에 서진은 묘한 느낌을 받았다.

딸랑, 따라랑!

문이 닫히자, 낡은 문에 걸린 풍경이 그녀의 방문을 알리듯 다시 소릴 냈다.

『누구…… 계시나요? 거기…… 누구 없나요?』

대답은 없었다. 고요한 침묵. 그리고 그 고요함이 주는 긴장감에 서진은 천천히 숨을 들이마셨다. 그러자 시간이 멈춘 듯 오랜 시간의 향기가 서진의 코를 타고 다시 폐 안으로 스며들어 왔다.

나무 냄새였다. 골동품점 안에 쌓인 오래된 책에서 나는 냄새가 분명했다. 아마 나무로 만들어진 책은 백 년이 넘는 긴 시간이 흐르는 동안 활자를 품고 다시 본연의 나무로 돌아간 듯했다. 서진은 심장을 간질이는 설렘에 가게 안을 둘러보기 시작했다. 뿌연 유리창으로 들어오는 햇살이 서진을 비추고 있었다.

툭, 털썩!

"아, 이런!"

바닥에 떨어진 책 때문에 뿌연 먼지가 바닥에서 일제히 위로 솟아올랐다. 밖은 갑작스럽게 내린 여우비로 습기가 가득했지만, 이곳은 밖의 공기와는 단절된 듯 기분 좋게 건조했다. 마치 바깥세상과는 시간이 다르게 흐르는 것처럼 느껴질 만큼 뭔가 묘한 곳이라고 그녀는 생각했다. 서진이 주인이 볼세라 허릴 숙여 서둘러 책을 집어 들었다. 그 순간 높게 쌓아둔 낡은 책들 사이에서 누군가 꼭꼭 숨겨놓은 것 같은 어떤 물건이 그녀의 눈을 붙잡았다.

"뭐…… 지?"

서진은 무릎을 바닥에 닿을 만큼 낮게 엎드린 후 좁은 책 사이로 손을 뻗었다. 긴 시간과 함께 잠들어 있던 물건들이 깨어나듯 켜켜이 쌓여 있던 먼지에 서진의 손자국을 남기고 나서야 그 물건을 집어 올릴 수 있었다.

차가웠다. 그리고 손안에 착 감기는 이 무게감. 금인가? 설마, 그렇담 금속 세공품? 어, 이건 한글이 분명한데…….

『하늘은 멀쩡한데, 비라니. 쯧쯧!』

갑작스레 들려오는 나직한 노인의 목소리에 서진은 자리에서 벌떡 일어섰다. 조금 전까진 아무도 없었지만, 계산대 앞에는 어깨에 묻은 빗방울을 털어내던 노인이 두꺼운 돋보기 너머로 서진을 지긋이 바라보며 서 있었다.

『아, 안녕하세요. 그러니까, 저는 지나던 길에 문이 열려 있어서…….』

노인의 눈동자가 무척이나 날카로웠다. 분명 한국인이었지만, 눈동자가 검정이 아닌 회색인 걸로 보아 혼혈인 모양이었다. 서진은 말없이 그녀를 바라보는 노인의 무거운 침묵이 불편하게 느껴지자 조금 전 바닥에서 주운 물건을 앞으로 내보였다.

『이걸 사고 싶은데…… 얼만가 해서요?』

무뚝뚝하던 얼굴로 바라보던 노인의 시선이 그녀의 손으로 향했다. 그러자 노인의 얼굴에 난 주름이 더욱 깊어지며, 눈살을 찌푸리는 것이 보였다.

'내가 무슨 실수라도 한 걸까? 아니면, 파는 물건이 아닌 건가?

그것도 아니라면, 주인도 없는 가게에 들어와 있어서 화가 난 건가?

서진은 또다시 밀려드는 불안감에 바짝 긴장하고 말았다. 이상하게도 노인의 눈동자는 그녀의 신경을 자극하는 뭔가가 있었다.

『아가씨가 정말 그걸 사려고?』

『네. 그리고 싶은데, 혹시 파는 물건이 아닌 건가요?』

노인의 이상한 태도에 서진이 손에 든 물건을 꼭 쥐었다. 마땅찮은 듯 그녀를 찬찬히 쏘아보는 노인의 태도도 마음에 걸렸다. 마치 그녀에겐 절대 팔고 싶어하지 않는 느낌이었다. 그러자 서진은 더 갖고 싶어졌다.

『회중시계지.』

『네?』

『들고 있는 그 물건 말이야. 아마 100년은 더 된 고물이지. 움직이지 않는 시겐 아무짝에도 쓸모가 없는 고철 덩어리일 뿐인데, 그런데도 정말 사려는 건가?』

서진은 손을 펴 녹슬고 더러워진 회중시계를 내려다보았다. 노인의 말대로 회중시계는 이곳 골동품점으로 흘러들어 오기까지 오랫동안 물속에 잠겨 있었는지 푸른색의 녹이 슬어 있었고, 잠금장치 역시 고장이 난 듯 툭 튀어나와 있는 둥근 모양의 단추를 힘껏 눌러도 꿈쩍도 하지 않았다. 정말 이젠 아무 쓸모 없는 고물 덩어리일 뿐이었다. 하지만…….

『네, 가능하다면 사고 싶어요.』

우연히 이 회중시계를 발견한 순간 생각했다. 사랑에 빠지는 데 걸리는 시간은 눈 깜빡할 사이. 그럼 애착을 갖게 되는 데 걸리는 시간은 얼마나 될까? 서진은 아마, 이 물건을 손에 쥔 순간이라고 생각했다. 그녀가 이 회중시계를 손에 쥔 순간 어이없게도 애착이라는 것이 생겨 버린 것이다.

『훗! 신기하군. 이 고장 난 시계가 뭐라고, 찾는 사람이 이리 많으니 말이야.』

처음으로 노인의 입가에 미소가 어렸다. 그리고 퉁명스럽게 들리던 말투 역시 훨씬 부드러워져 있었다. 그제야 서진은 잔뜩 긴장했던 마음의 끈을 놓을 수 있었다.

『저 말고 이 시계를 원하는 사람이 있었나요?』

『그랬지. 어제 한 남자가 들어오더니, 이 시계를 보곤 자신에게 팔라고 하더군. 하지만 안타깝게도 그 남자에겐 지갑이 없었지. 나 역시 처음 보는 남자에게 물건을 내줄 수 없는 상황이라, 결국 그 남자는 오늘 꼭 가지러 올 테니 절대 팔지 말라고 하더군.』

『아, 그랬나요?』

『하지만…… 사람이나 물건이나 인연이란 따로 있는 법이니까.』

『아하!』

서진은 안도하며 고갤 끄덕였다. 서진 역시 노인의 말처럼 얼굴도 보지 못한 남자에게 이 회중시계를 양보할 생각은 전혀 없었다. 이미 애착이 생겨 버린 이상 이 시계는 그녀의 것이었다.

『얼마 드리면 될까요?』

『주고 싶은 만큼만 놓고 가. 사실 나에겐 전혀 가치도 없는 물건이니까.』

서진은 두꺼운 돋보기안경을 손끝으로 밀어 올리는 노인을 지

그시 바라보았다. 그러다 지갑에서 가지고 있는 모든 현금을 꺼내 테이블에 놓았다.

『지금 제가 가진 전부예요.』

그녀의 대답에 노인은 고갤 끄덕였다. 그녀에게 팔겠다는 뜻이었다.

덜컹, 벌컥!

이젠 익숙해져 버린 낡은 나무 문이 열렸다. 그리곤 햇살과 함께 한 남자가 들어왔다. 바람 냄새와 청량한 비 냄새를 몰고 들어온 남자는 코트에 묻은 비를 털어내고 있었다. 단정하고 말끔한 모습의 남자는 머리 위로 비치는 햇살만큼 눈부셨다.

『이런, 난처하게 됐군.』

노인의 말에 서진은 회중시계를 꽉 쥐었다. 그 남자인 모양이었다. 이 회중시계를 찾으러 온다던 그 남자. 서진의 시선을 느낀 듯 남자가 고갤 들었다. 그리곤 잠시 그의 날카로운 시선이 그녀에게 멈춘 듯하더니 이내 노인에게 향했다.

잘 정돈된 머리카락과 차갑게 빛나는 눈빛. 남자의 첫인상은 냉기가 흐르는 미남이었다. 검은색 트렌치코트 차림의 그는 평범한 관광객처럼은 보이지 않았다. 아마 사업차 헤이그에 온 성공한 사업가의 느낌? 그는 존재 자체만으로도 위압감이 들 정도로 강한 카리스마가 느껴졌다.

『밖은 비가 오는데, 이곳은 아니군요. 어제 제가 보았던 그 시계, 가지러 왔습니다.』

가게 안을 울리는 낮은 목소리. 그 목소리에 담긴 감정이 기분 좋은 설렘이란 사실을 깨달은 서진은 괜스레 죄책감이 들었다. 잠시 후면, 그 설렘이 실망으로 바뀔 것이란 사실을 이미 알고 있었기 때문이었다.

『왔군. 하지만 어쩌지? 그 회중시계, 조금 전 주인을 찾았는데 말이야.』

『네? 그게 무슨 말씀이십니까?』

차가운 목소리와 함께 남자의 눈썹이 위로 치켜 올라갔다. 그리곤 노인을 똑바로 응시한 채 좁은 통로를 걸어오기 시작했다. 서진은 남자가 다가올수록 긴장으로 손바닥에 땀이 배어 나왔다. 사실 그녀가 잘못한 것은 없었다. 하지만 남자가 이 골동품점 안으로 들어선 순간부터 모든 신경이 바짝 곤두서며 날카로워져 있었던 것이다.

『유감이지만, 사실이네. 조금 전 이 아가씨가 그 시계를 샀지.』

윽, 이런! 가장 원치 않는 상황에 서진은 자신도 모르게 주먹을 꼭 쥐었다. 마치 싸움이라도 하려는 듯. 사실 장신의 남자와 맞붙어 싸운다면 당연히 그녀가 이길 리 없었지만 말이다. 노인의 말에 남자의 날카로운 시선이 서진에게 향했다. 그가 뿜어내는 차가운 냉기에 서진은 온몸이 굳어지며 마른침을 삼켜야 했다.

『아, 전 그만 가보겠습니다. 약속이 있었는데, 늦었거든요.』

서진이 노인에게 인사를 건넸다. 그리곤 날카롭게 따라붙는 남자의 시선을 무시한 채 골동품점을 나서기 위해 발걸음을 옮기기 시작했다.

『잠깐, 기다려요. 그렇게 도망치면 안 되는 것 아닙니까?』

움찔! 낮게 울리는 남자의 목소리가 무척이나 위협적이었다. 커다란 손이 그녀의 손목을 붙잡았고 서진은 남자의 강한 힘에 의해 돌려세워지기까지 했다. 그의 태도에 서진의 마음속에 숨겨져 있던 전투력이 상승하기 시작했다.

"지금 뭐 하시는 거죠? 놓아주세요!"

아차, 순간 서진은 미간을 찌푸렸다. 당황한 나머지 남자를 향해 한국어로 소릴 지른 것이다. 그러자 남자 역시 한시름 났다는 얼굴로 한국어로 말했다.

"나 역시 놓아주고 싶군요. 하지만 내 것을 바로 내 눈앞에서 가로채는 사람을 그냥 놓아줄 순 없는 것 아니겠습니까? 우리, 잠깐 얘기 좀 하시죠."

"가로채다니, 기분 나쁘군요. 엄밀히 말해 이 시계가 당신 것은 아니었던 것으로 알고 있는데요? 그리고 전 어디까지나 이 회중시계의 주인에게 정당한 가치를 내고 샀습니다. 그러니 이렇게 강제로 붙잡혀, 처음 보는 남자에게 위협당할 이윤 없다고 생각합니다. 그러니 소리치기 전에 당장 놓아주세요."

서진 역시 남자를 날카롭게 쏘아보며 자지 않고 대꾸했다. 남자 역시 그녀의 당당한 모습에 눈살을 찌푸리다가, 만만치 않은 상대라고 판단했는지 그녀를 유심히 살피기 시작했다. 서늘한 인상의 여자는 불쾌한 얼굴로 그를 쏘아보고 있었고, 화가 나 더욱 짙어진 검은 눈동자가 위험스럽게 빛나고 있었다. 특히 곧은 콧날 아래 고집스럽게 꽉 닫힌 입술은 무척이나 매력적이었다. 한마디로 여자는 무척이나 아름다웠다. 하지만 그의 주변엔 이 정도로 아름다운 여자들은 차고도 넘쳤다.

'왜일까? 대체 이 여자의 어떤 면이 내 신경을 자극하는 거지?'

도혁은 마주한 여자를 바라보며 눈살을 찌푸렸다. 이렇게 묘하게 그의 신경을 자극하는 여자는 처음이었다.

"불쾌하게 했다면 미안하군요. 사실 저 역시 이런 일이 있으리라곤 전혀 예상치 못했습니다. 그러다 보니 다소 과격하게 행동한 면이 있는 것 같군요."

사과와 함께 그가 그녀의 손을 놓아주었다. 하지만 여전히 굳은 얼굴로 그녀를 바라보고 있었다. 서진은 붙잡혔던 손목을 꾹꾹 누르며 여전히 불쾌한 얼굴을 했다.

"민도혁입니다. 이름이……?"

"다신 볼 이유가 없는데, 통성명을 꼭 해야 하는 건지 모르겠군요. 그럼 전 약속이 있어서, 서둘러야……."

"정말 이러실 겁니까? 그 회중시계는 나에겐 아주 중요한 물건입니다. 시계를 돌려받을 때까지 절대 보내줄 수 없습니다. 그러니 지금 이 자리에서 그 회중시계를 돌려줄 수 없다면, 최소한 연락처라도 주고 가는 것이 어떻겠습니까? 서로 생각할 시간을 갖게 말입니다."

'흥? 생각할 시간? 그게 아니라, 날 설득해 회중시계를 내놓게 할 시간이겠지!'

서진은 자신을 민도혁이라고 소개한 남자를 쏘아보며, 입가에 냉소를 머금었다. 하지만 도혁은 그녀의 싸늘한 태도에도 아랑곳하지 않은 채 코트 주머니에서 휴대폰을 꺼냈다. 그리곤 어서 이름과 휴대번호를 부르라는 듯 그녀를 재촉했다.

"관광객이라 휴대폰이 없어요. 또한 마땅히 알려 드릴 주소 역시 없구요."

서진의 대답에 도혁의 눈이 날카로워졌다. 그녀가 거짓말을 하고 있는지 의심이 든 모양이었다.

"사실이에요. 이 골동품점 역시 약속이 있어 가던 중 우연히 들른 것뿐이죠."

"그럼, 묵고 있는 곳이 어딘지 말해요."

"사촌 언니 집에 있어요. 그래서 그 언니의 허락 없인 내 마음대로 주소를 알려줄 순 없구요. 요즘 세상이 얼마나 험악한데……. 이해하실 거로 생각합니다."

서진 역시 도혁을 믿을 수 없다고 말하고 있었다. 그러자 도혁이 작게 한숨을 내쉬더니 노인에게 고갤 돌렸다.

『펜과 종이를 빌릴 수 있겠습니까? 출장을 오느라, 명함을 챙겨오지 못했거든요.』

사실 명함은 지갑 안에 있었지만, 그녀에게 자신이 누군지 알려주고 싶지 않았다. 만에 하나, 이 회중시계를 빌미로 거액을 요구하기라도 한다면 귀찮아질 것이 뻔했던 것이다. 하지만 눈앞에 서있는 여잔 그런 사람처럼은 보이지 않았다.

『여기!』

펜을 건네는 노인의 눈동자가 빛나고 있었다. 이 상황이 너무도 즐거운 듯 웃고 있었다. 마치 처음부터 이런 일이 벌어질지 다 알고 있었던 듯. 젠장! 도혁은 노인의 시선을 무시하곤 서둘러 종이에 그의 휴대번호와 지금 묵고 있는 호텔의 이름과 방 번호를 써내려 갔다.

"내가 묵고 있는 호텔과 번홉니다. 5일 동안 헤이그에 머물 예정이니, 연락 주십시오. 빠르면 빠를수록 좋습니다."

서진은 도혁이 건넨 종이를 받고 싶지 않다는 듯 쏘아보기만

했다. 그러자 도혁이 그녀의 손을 잡아당기더니 손바닥에 놓고는 꽉 쥐어주었다. 그제야 서진이 쪽지를 주머니 속에 밀어 넣었다. 귀찮다는 듯.

"전화는 하겠어요. 하지만 다시 말씀드리지만, 이 시계를 돌려드릴 생각은 전혀 없습니다. 그럼!"

끝까지 자신의 이름을 말해주지 않은 채 서진이 도혁을 골동품점에 남겨두고 밖으로 나왔다. 햇살이 눈부시게 빛나고 있었다. 그새 비가 그친 모양이었다.

"잠깐만……."

도혁이 서진을 따라 나왔다. 그리곤 불안한 눈으로 서진의 팔을 다시 붙잡았다. 욱신! 아파서가 아니었다. 그의 손에 붙잡힌 팔이 욱신거리며 아려왔던 것이다.

"또 무슨 일이시죠? 분명 전화하겠다고……."

"부탁드리죠. 나에겐 정말 중요한 일입니다."

한 번도 누군가에게 부탁이라곤 해본 적 없는 자존심 강한 사내가 지금 그녀의 팔을 붙잡고 부탁하고 있었다. 그 모습이 묘하게 그녀의 심장을 욱신거리게 했다. 그리고 처음으로 서진은 마음이 흔들렸다.

"휴! 일정이 끝나는 대로 연락드릴게요. 그리고 전 약속을 하면 꼭 지키는 사람이니, 걱정 마세요."

그녀의 약속을 듣고서야 도혁은 그녀의 팔을 놓아주었다. 사실 놓고 싶지 않았다. 그녀를 놓아준다면 다신 그 회중시계를 찾을 수 없을 것이란 예감이 들었던 것이다. 그리고 뭔가 알 수 없는 아쉬움에 도혁은 빈 주먹을 꽉 쥐었다.

서진이 말없이 서 있는 도혁에게 예의상 살짝 고갤 숙여 보인 후, 조금 전 타지 못했던 트램을 타기 위해 정거장으로 걸어가기 시작했다. 때마침 붉은 레일 위로 트램이 오고 있었다. 서둘러 트램에 탄 서진은 빈자리에 자릴 잡고 앉았다. 그러는 동안 그녀의 뺨엔 도혁의 시선이 고집스럽게 따라붙었다.

돌아보면 안 돼! 하지만 강한 힘에 이끌리듯 서진의 시선이 도혁을 향했다. 낡은 골동품점 앞에 선 그는 서늘한 눈으로 그녀를 바라보고 있었다. 순간 서진은 민도혁이란 남자를 다시 만나게 될 것 같은 느낌을 받았다. 훗, 말도 안 돼! 아마 낯선 곳에서의 조금은 색다른 만남에 그런 생각이 든 모양이었다. 서진은 그에게서 고갤 돌린 후, 앞을 주시했다.

사랑에 빠지는 데 걸리는 시간은…… 눈을 깜빡이는 짧은 순간.

애착을 느끼는 데 걸리는 시간은…… 그의 손이 닿는 순간.

chapter 1

똑똑! 욕실 문을 두드리는 노크 소리에 서진이 고갤 들었다. 방해받은 것이 그리 반갑지 않은 얼굴이었다.

"안에서 뭐 해? 저녁 먹으러 가야지."

혜영의 재촉에 서진은 작게 한숨을 내쉬었다.

"이제 다 됐어! 나갈게."

하지만 대답과는 달리 서진의 손길은 분주하게 움직이고 있었다. 그녀의 손안엔 상큼한 비누 향과 함께 부드러운 새하얀 거품이 가득했다. 그녀가 숨을 뱉어낼 때마다 부풀어 오른 작은 거품들이 연신 공기 중으로 날아올랐다.

불빛에 무지갯빛을 내며 반짝이던 거품 하나가 그녀의 **뺨**에 부딪혀 펑 소릴 내며 터졌다. 서진은 **뺨**에 느껴지는 간지러운 느낌에 팔을 들어 거품을 닦아냈다. 그리곤 서둘러 시계를 감싸고 있는 보드라운 거품을 가느다란 손가락으로 밀어내기 시작했다. 하지만 한 시간 가까이 매달렸음에도 불구하고 회중시계 표면의 푸른 녹과 시간의 흔적은 그대로였다.

"휴, 이 방법으론 안 되는 건가?"

쏴아~! 수도꼭지를 돌려 세면대로 쏟아지는 물에 비누 거품을 씻어냈다. 그리곤 불빛에 회중시계를 들어 천천히 살피기 시작했다.

"세…… 세…… 이응?"

서진이 회중시계의 한쪽 귀퉁이에 새겨진 글씨를 읽어내기 위해 안간힘을 쓰는 동안, 기다리다 못한 혜영이 문을 벌컥 열었다.

"한서진, 대체 욕실에서 뭐 하는 거야? 설마 비누로 그 낡은 고철 덩어리를 깨끗하게 할 수 있을 거라 생각한 건 아니지?"

혜영이 욕실 문을 열고 얼굴을 들이밀더니, 낡은 회중시계를 들고 서 있는 서진을 어이없다는 투로 말했다.

"그러게, 안 되는 모양이야."

사실 서진 역시 당연히 이 방법으론 안 될 거라 생각했다. 하지만 혜영의 말을 듣는 순간 실망이란 감정이 왈칵 가슴속에 생겨버린 것이다. 말한 순간, 그것이 현실이 되듯.

"뭐야? 정말 된다고 생각했던 것은 아니지?"

"아니었지. 하지만…… 눈에 나타난 현실과 내 감정엔 괴리가 있는 모양이야. 그래서 아쉬워."

오랫동안 바닷물에 잠겨 있었던 물건이었기 때문에 비누 같은 중성세제로는 절대 원래대로 만들 수 없다는 사실쯤은 잘 알고 있었다. 하지만 왜일까? 서진은 자꾸만 회중시계에 새겨져 있는 글

씨가 신경이 쓰였다.

"풋, 지금 뭐래? 이 고철 덩이 하나에 인생을 통달한 사람처럼. 그러지 말고 이리 내. 내가 알고 있는 복원 전문가에게 부탁해 볼 테니까."

보다 못한 혜영이 어쩔 수 없다는 얼굴로 손을 내밀었다. 그 한마디에 실망으로 어두워져 있던 서진의 얼굴에 미소가 어렸다. 사실 그녀 역시 전문가에게 의뢰할 생각이었다. 하지만 헤이그엔 잘 아는 복원 전문가가 없어 아쉬워하던 참이었다.

"그렇게 해주면, 나야 고맙지. 사실 꼭 확인하고 싶은 것이 있었거든."

"하나에 꽂히면 정신 못 차리는 널 누가 말리겠어. 그런데 네가 확인하고 싶어하는 것이 뭔데?"

"여기에 한글이 쓰여 있어서. 세 자라는 것은 알겠는데, 그다음은 이응으로 시작되는 글씨인 건 분명한데……. 다음은 안 보여."

서진에게 회중시계를 받아 든 혜영이 시계를 들어 올렸다. 그러자 불빛에 희미하지만, 한글이 쓰여 있는 것이 보였다.

"신기하긴 하다. 헤이그에 한국 사람이 쓰던 회중시계라니. 그럼 100년 전에 헤이그에 살던 한국 사람의 물건이란 건가? 그나저나 아까 네가 말한 골동품점이 그렇게 이상했어?"

혜영 역시 신기한 듯 낡은 회중시계를 요리조리 돌려보며 살피기 시작했다.

"이상한 게 아니라…… 뭔지 모르게 신기했어. 밖은 비가 오고 있었고, 오가는 사람들로 분주했는데…… 그곳만…… 시간이 멈춰 있는 느낌이랄까?"

"시간이 멈춰 있어? 낡은 물건들로 가득 차서 그런 건 아니고?"

"어쩌면 그럴지도 모르지. 하지만 그런 묘한 느낌은 처음이었어. 바깥세상과는 상관없이 그 골동품점은 그 상점만의 시간이 있는 것 같았거든. 사실, 나도 잘 모르겠어. 내가 왜 그 골동품점으로 들어갔고, 왜 이 시계를 사버렸는지도. 다만 현실과 단절된 것 같은 그 기묘한 괴리감이……."

잠시 말을 멈춘 서진이 그녀를 뚫어지라 쳐다보고 있는 혜영을 바라보았다. 그리곤 그녀 역시 뭐라고 표현해야 좋을지 모르겠다는 듯 어깨 으쓱해 보였다.

"그러니까 내 말은 그 정도로 낯설고 신기한 느낌을 받았단 거야. 처음으로."

그리고 현실감 없이 느껴지던 민도혁이란 남자도.

"그래? 그렇다니 나도 한번 가보고 싶다. 그 골동품점이란 곳에."

"응, 나도 또 가볼 생각이야. 한국으로 돌아가기 전에 꼭 한 번 더."

사실 그 골동품점에 있던 노인의 표정이 잊히지 않았다. 그리고 그가 한 말 역시. 물건 역시 인연이 있다고 했다. 만약 이 시계가 그녀를 기다려 왔다면, 뭔가 그녀가 알아야 할 중요한 비밀이 숨겨져 있을 것 같은 느낌이 들었던 것이다.

"뭐야, 한국에 벌써 돌아가게?"

"돌아가야지. 벌써 두 달이나 돌아다닌걸."

대학원 논문을 내자마자 무작정 떠나온 여행이었다. 처음엔 잠시 쉬면서 사촌 언니인 혜영을 보고 갈 계획이었다. 하지만 스물일곱 처음 갖는 일탈은 예상외로 그녀를 여유롭게 만들어놓았다.

"안 돼! 절대 안 보내! 너 가면 외로워서 어떡해. 한서진, 그러지 말고 더 있다가 가라. 아니, 이참에 헤이그에 눌러앉는 건 어때?"

"안 돼. 사실 나, 취직했거든."

"뭐, 취직? 설마, 네가 들어가고 싶어하던 그 박물관?"

"응."

"와아! 한서진 축하해! 정말 대단해."

혜영이 서진을 와락 끌어안으며 자기 일처럼 기뻐했다. 그러다 문득 뭔가 생각난 듯 미간을 찌푸렸다.

"잠깐, 할머니는 아셔? 너 한국에 들어오면 당연히 할머니 일을 도울 거라 생각하실 것 아냐?"

"그러실 테지. 하지만 괜찮아. 동생 연서가 있으니까."

"연서는 아직 대학생이잖아. 아직은 할머니를 돕기엔 무리 아냐? 그리고 할머니께선……."

"반대하실 테지. 하지만 할머니께서도 이제 포기할 때가 되셨다고 생각해. 그리고 이런 얘기 그만하고, 나 축하 안 해줄 거야? 아니, 그것보다 저녁 식사 예약해 놓았다고 하지 않았어?"

"아 참, 그랬지? 서두르자! 오늘은 네가 경험하지 못했던 신세계를 내가 보여줄 테니까."

"좋아. 그런데 그 남자도 오늘 오는 거지?"

"그건 확실치 않아. 하지만 그 식당이 그 남자가 자주 오는 것만은 확실해. 그래서 더 기대돼. 우연히 마주친다면, 운명처럼 느껴질 테니까."

혜영의 눈동자가 벌써 빛나고 있었다. 늘씬한 키에 완벽한 S자를 그리는 몸매. 그리고 화려한 아름다움을 지닌 혜영은 유럽에서 보석 디자이너로 활동하고 있었다. 대부분의 보석 디자이너가 밀라노나 파리에서 활동하는 것이 보통이었지만, 혜영은 〈키라〉라는 자신만의 브랜드를 걸고 헤이그에서 활동하고 있었던 것이다. 이젠 제법 입소문이 난 탓에 헤이그의 유명인사들이 앞다투어 보석 의뢰를 맡기고 있는 모양이었다.

서진은 사랑에 빠진 혜영을 보며 괜스레 심장이 두근거렸다. 사실 아침부터 시작된 작은 떨림이 저녁이 되었지만 가라앉지 않고 있었던 것이다.

낡은 골동품점. 고장이 나 더는 쓸모가 없는 회중시계. 묘한 분위기의 노인. 그리고 그곳에서 만난 민도혁이란 남자.

서진은 입고 있던 옷의 주머니에 손을 밀어 넣었다. 부스럭 소리와 함께 그가 준 메모지가 손안에 들어왔다.

내일 가볼까? 아니면 그냥 무시하고, 한국으로 돌아갈까? 그렇다면 절대 다시 만날 일은 없을 텐데. 그리고 회중시계를 사이에 두고 실랑이할 일도 없을 테고. 이대로 한국으로 돌아가면 그만이었다.

"한서진! 어떡할래?"

"어? 뭐가?"

"옷 말이야."

"아, 옷? 좋을 대로 해. 난 상관없으니까."

하지만 30분 후, 서진은 상관없다고 말한 그녀의 대답을 후회했다. 혜영이 골라준 옷은 평소 그녀가 즐겨 입는 옷과 너무도 달랐던 것이다. 한껏 멋을 낸 혜영과 함께 서진 역시 평소완 달리 몸의 선이 고스란히 드러나는 원피스를 입어야 했던 것이다.

서진은 자꾸만 허벅지 위로 밀려 올라가는 검은색 원피스를 끌어 내리며 헤이그 시내에 있다는 식당으로 향했다. 서진은 제발이 높은 구두를 신고도 무사하기만을 빌 뿐이었다.

도혁은 헤이그 시내의 호텔 방에 있었다. 이제 막 해가 지기 시작한 헤이그의 모습이 유리창을 액자 삼아 아름다운 그림처럼 펼쳐져 있었다. 중세의 아름다운 건축물과 그 사이에 서 있는 현대적인 건축물. 그리고 그 어울리지 않는 건물 사이로 하나둘씩 불이 켜지기 시작했다. 그러자 정치의 중심지답게 단정하고 고풍스럽던 헤이그는 낮과는 달리 화려한 색깔로 물들기 시작했다.

도혁은 어둠을 배경으로 화가의 손길에 색깔을 찾기 시작한 헤이그의 아름다운 밤 풍경을 굳은 얼굴로 내려다보고 있었다. 190이 넘는 키의 도혁은 감색의 정장 바지와 흰색 와이셔츠 차림이었다. 노타이에 답답한 듯 셔츠 단추 역시 풀어놓은 상태였다. 또한, 아무렇게나 걷어 올린 소매 사이로 단단한 근육질의 팔뚝이 드러나 있었다.

한국에서 열 손가락에 드는 기업의 대표답게 그에게선 숨길 수 없는 강한 카리스마가 뿜어져 나왔다. 반듯한 이마와 짙고 검은 눈썹. 냉기가 느껴지는 서늘한 눈매와 높은 콧날, 그리고 고집스럽게 닫힌 입술은 조각처럼 완벽했다. 다만 냉혹하리만치 싸늘한 성격 때문인지, 그에게 쉽게 접근하는 여자들이 없었다. 다들 선망의 눈빛으로 바라볼 뿐이었다.

도혁은 바지 주머니에서 손을 꺼내 흘러내린 검은 머리카락을 쓸어 올렸다. 그러자 반듯한 이마가 드러나며, 그늘이 진 매력적인 눈매가 불빛에 반짝였다.

사업차 유럽을 방문했던 횟수는 많았다. 하지만 이번처럼 계약이 끝난 후, 1주일간 여행을 하며 시간을 보내기로 마음먹은 것은 처음이었다. 평소와 다른 일탈. 도혁은 그렇게 생전 처음으로 그의 이성이 아닌, 감정이 시키는 대로 충동적인 결정을 내린 것이다.

서울에선 갑작스럽게 변해 버린 그의 일정을 조정하느라 진땀을 빼며 분주할 테지만, 도혁은 오랜만에 갖는 여유로움에 설레기까지 했다. 그런데 이곳에서 오래도록 찾고 있던 회중시계를 발견하다니.

아무런 기대 없이 헤이그의 시내를 걷던 그의 눈에 낡고 허물어져 가던 골동품점이 눈에 들어왔다. 문을 막 닫으려는 듯 노인은 골동품점에서 나와 꺼내놓았던 물건들을 상점 안으로 옮기는 중이었다. 호기심에 골동품점으로 걸어간 도혁은 그곳에서 회중시계를 발견한 것이다. 회중시계를 손에 쥐고, 시계에 적힌 세아라는 글씨를 확인한 순간 도혁은 흥분으로 심장이 뛰었었다.

하지만…… 휴! 도혁은 한숨과 함께 그의 회중시계를 가져가 버린 여자를 떠올렸다. 유리창을 통해 들어오는 햇살에 여자의 얼굴이 눈부시게 빛났다. 마치 정지된 영화의 한 장면처럼 그녀가 그를 보고 있었다. 회중시계를 발견했을 때처럼 그의 심장이 뛰기시작했다. 그리고 날카롭게 쏘아보는 여자가 아름답다고 생각했었다.

훗! 도혁의 입가가 냉소로 비틀렸다. 그의 물건을 가로챈 여자에게 호기심을 느끼는 자신을 용납할 수 없다는 듯. 또다시 초조함이 밀려들었다. 눈앞에서 간절히 찾던 회중시계를 놓쳤다는 아쉬움보다 뭔가 다른 의미의 조급함이었다.

"일정이 끝나는 대로 연락드릴게요. 그리고 전 약속을 하면 꼭 지키는 사람이니, 걱정 마세요."

이름도 알려주지 않는 여자가 한 약속이었다. 그녀가 지키지 않는다면 소용없는 그런. 하지만 도혁은 그 여자의 약속을 믿고 있는 자신이 이상하게 느껴질 정도였다. 계약서에 의한 법적인 효력 따위 없는 그런 약속을. 그는 유능한 사업가였고, 거대한 기업을 유지하기 위해선 그 누구보다 신중했으며, 쉽게 누군가를 믿지도 않았다.

'하지만…… 이상해. 내가 그 여잘 믿고 있다니.'

도혁은 다시 한 번 그가 보았던 것을 확인하려는 듯 침대 옆에 있는 마호가니 책상으로 걸어갔다. 책상 위엔 낡은 수첩이 펼쳐진 채 놓여 있었고, 오래돼 낡은 종이 위엔 섬세하게 조각된 회중시계의 설계도가 그려져 있었다.

"헤이그에 있었다니. 그렇게 찾았는데, 결국 제자리로 돌아와 있었던 건가?"

하지만 낡은 수첩을 내려다보는 도혁의 얼굴이 어두웠다. 헤이그의 그 골동품점에서 그토록 찾고 있던 회중시계를 발견했을 때, 운명이라고 생각했다. 하지만 그것을 놓친 지금도 어이없는 생각이었지만 운명이란 생각이 들었다.

그의 눈에 들어온 이상 그 회중시계는 그의 것이었다. 그리고 도혁은 그 운명이란 것을 한번 믿어볼 생각이었다. 도혁은 수첩을 들어 회중시계의 모퉁이를 살폈다.

"세아."

분명 그 회중시계에 쓰여 있던 글 역시 세아였다. 그때 책상 위에 놓여 있던 휴대폰이 울렸다. 친구 선우였다. 도혁이 휴대전화를 들어 통화 버튼을 눌렀다.

"헤이그에 돌아온 거야?"

[민도혁! 헤이그에 머물 계획이었으면, 미리 연락하지 그랬어! 내가 그 글래머 모델에게 투자한 시간과 돈을 생각하면.]

"훗! 네 주변에 차고도 넘치는 게 여자 아니었어? 알았으니, 호텔로 와. 함께 움직이자."

[그래, 간만에 대학 때처럼 밤새고 술을 마시는 것도 좋겠지. 10분 후면 도착하니까, 로비에서 보자.]

휴대전화를 내려놓은 후, 도혁은 소파 위에 아무렇게 걸쳐 놓은 코트를 집어 들었다. 그리곤 선우를 만나기 위해 방을 나섰다.

간혹 누군가의 시선을 느낀 적은 있었다. 한적한 카페에 앉아 커피를 마실 때라던가, 녹음 짙은 아름드리나무 밑에서 멍하니 서 있을 때. 그리고 달콤한 아이스크림을 먹으며 길을 걸을 때도. 하지만 이렇게 목덜미가 쭈뼛거릴 정도로 강렬한 시선을 느껴본 적은 없었다. 그리고 그 시선의 주인이 누군지도 분명하게 알아챈 것 역시 처음이었다.

고민 끝에 전화하지 않기로 마음을 굳힌 참이었다. 사실 5일 후 서울로 돌아가면, 더는 마주칠 것 같지도 않았으니까. 하지만 이런 곳에서 만나게 되다니.

휴~! 돌아볼까?

서진은 이번에도 망설였다. 하지만 그녀의 망설이는 마음과는 달리 그녀의 시선이 이끌리듯 그에게 향했다. 예상대로 그였다. 민도혁. 아침에 오래된 골동품점에서 잠깐 스치듯 만난 것이 다였지만, 그의 모습은 그녀의 뇌리에 각인된 듯 선명했다.

또다시 마주한 두 사람은 서로를 바라보았다. 이곳은 헤이그의 유명한 술집이었고, 사람들로 가득했다. 적당한 소음과 섞여 경쾌하게 울리는 음악 소리. 그리고 은은한 조명 아래 앉아 있는 민도혁이라 남자는 먹잇감을 주시하는 맹수처럼 느껴졌다.

외모에서 느껴지는 세련되고 냉정한 모습과는 달리 그의 내면엔 잔혹한 수컷의 본성이 느껴졌던 것이다. 아마 여자들은 그것을 페로몬이라고 할 테지만, 여자를 유혹하는 페로몬이라고만 규정할 수 없는 독특한 분위기가 있었다. 그의 시선이 닿는 부분이 욱신거리고, 두려울 정도로 설레게 하는 어떤 것이.

얼어붙은 듯 그를 응시하던 서진의 눈동자가 살짝 흔들렸다. 그가 자리에서 일어선 것이다. 그리고 그녀에게 곧장 걸어오는 것이 보였다.

서진은 긴장으로 입안이 바짝 마르기 시작했다. 사실 그녀가 긴장할 이윤 없었다. 하지만 그의 시선이 그녀에게 향해 있고, 그녀에게 다가오는 그를 보고 있자니 손바닥에 땀이 배어 나왔다. 입고 있는 짧은 원피스가 무척이나 신경 쓰이기 시작했다.

"훈내 풀풀 풍기는 저 냉미남은 누구야?"

혜영이 눈을 빛내며 서진의 옆구리를 꾹 찔렀다. 그제야 서진이 도혁에게서 시선을 돌릴 수 있었다. 하지만 서진은 바로 대답할 수 없었다. 민도혁이란 남자를 혜영에게 어떻게 말해야 할지 알 수가 없었던 것이다. 이렇게 순식간에 그녀의 삶에 들어온 남자는 그녀와 아무런 관계도 없는 사이였던 것이다.

"나도 몰라. 다만 그가 가지고 싶어하는 물건을 내가 가졌다는 것은 확실해. 지금도 그 물건을 찾기 위해 오는 거고."

말하고 나니 모호하던 관계가 분명해지는 느낌이었다.

"물건? 설마, 네가 가져온 고철 덩어리 회중시계는 아니지?"

서진의 표정을 보고서야 자신의 추측이 맞는다는 사실을 안 혜영은 이해할 수 없는 얼굴을 했다. 그 고장 난 고철 덩어리를 원하는 특이한 사람이 서진 말고 또 있다는 사실에 놀란 것 같았다.

"맞아. 저 남자 말론, 내가 그의 것을 훔쳤다고 했어."

"뭐, 정말 그런 건 아니지?"

"아니야. 그가 사려고 했던 물건을 내가 먼저 샀을 뿐이야."

"풋! 정말? 그럼 저 냉미남 입장에선 네가 훔쳐 갔다고 생각하는 것도 틀린 말은 아닌 거네. 억울하겠다."

"맞긴, 뭐가……?"

서진이 즐거운 듯 웃고 있는 혜영을 쏘아보다, 어느새 눈앞에 서 있는 도혁을 보곤 입을 다물었다.

"약속도 없이 이곳에서 다시 보게 되다니, 뜻밖이군요. 이제 처음 본 사이는 아니니 이름을 말해줘도 될 것 같은데.”

“뭐야? 이름도 가르쳐 주지 않은 거야?”

“아, 그게……”

“정말 까칠하긴.”

혜영의 타박에 서진은 마치 그녀가 큰 잘못이라도 한 것처럼 느껴졌다. 그리고 마지못해 도혁을 보며 입을 열었다.

“한서진입니다.”

“한, 서, 진 씨였군요.”

그의 입술을 통해 흘러나오는 그녀의 이름이 특별하게 들렸다. 온전히 그녀에게 향해 있는 서늘한 눈. 살짝 비틀린 입술에서 흘러나온 목소리. 서진은 그 중저음의 목소리가 마음에 들었다.

뜻밖의 장소, 그리고 거듭되는 만남. 서진은 눈앞에 나타난 도혁을 올려다보았다.

“네, 한서진입니다.”

어느새 한 테이블에 서진과 혜영, 그리고 도혁과 그의 친구인 선우까지 합석했다. 도혁의 친구라고 하는 박선우란 사람이 혜영이 말하던 그 사람이란 사실을 조금 전 혜영의 귀띔으로 알았을 땐, 서진은 묘한 느낌을 받았다. 그리고 서진은 맞은편에 앉아 있는 그를 의식하고 있었다.

사실 그의 시선이 특별히 그녀의 가슴에 향해 있는 것은 아니었다. 하지만 그의 시선에 입고 있는 옷이 자꾸 신경이 쓰였다. 드러난 어깨며 가슴을 강조한 검은 원피스는 몸의 곡선을 여실히 드러내며 서진의 날씬한 허벅지와 종아리를 강조했다.

"서진아, 넌 어때?"

혜영이 환하게 웃으며 불편한 듯 몸을 뒤척이는 서진을 향해 고갤 돌렸다.

"뭐가?"

"내일 점심 같이하자는데, 어떠냐고. 너 돌아가기 전 마지막 주말인데, 관광도 할 겸 괜찮지?"

혜영의 눈이 빛나고 있었다. 서진은 흥분한 듯 반짝이는 혜영의 얼굴을 보자, 그녀의 대답과는 상관없이 모든 것이 결정되었다는 사실을 알 수 있었다. 그리고 그 이유는 다름 아닌 민도혁이란 남자의 친구 박선우 때문인 듯했다.

평소 자신만만하던 혜영의 모습과는 달리 수줍은 듯 얼굴을 붉히는 모습이 무척이나 낯설었다. 지금 혜영에겐 설레는 이성을 발견했을 때 발동하는 여자의 여우 본능이 눈을 뜬 모양이었다.

"응? 서진아!"

"알았어. 한국으로 돌아가기 전에 확인해 볼 것도 있으니까."

서진의 대답에 혜영의 입가에 미소가 어리는 것을 놓치지 않았다.

"민도혁, 너도 괜찮지?"

"한서진 씨가 나온다면 당연히 나가야지."

아무렇지 않은 듯 대답하는 도혁을 보며 서진은 미간을 찌푸렸다. 그의 의도는 분명했다. 내일 함께 있는 동안 그녀를 설득해 회중시계를 되찾으려는 것이다. 하지만 문제는 도혁의 의도를 전혀 모르는 혜영과 선우가 그의 말을 다른 의미로 받아들였다는 것이었다.

"뭐야, 냉정하던 민도혁이 그동안 변한 모양이네. 아니면 놓치고 싶지 않을 만큼 한서진 씨에게 반했거나. 둘 중 어떤 게 맞아?"

"그러게요. 제가 다 설레네요. 저렇게 서늘한 얼굴을 하고, 그런 가슴 설레는 말을 뱉다니."

정말 죽이 잘 맞는 것은 확실했다. 서진은 어이없는 얼굴로 혜영과 선우를 보며 작게 한숨을 내쉬었다. 그나마 혜영에겐 선우를 알 기회가 생겼으니, 하루쯤 그에게 시간을 내줄 용의도 있었다.

"설레긴. 채권자에게 쫓기는 빚쟁이가 된 기분인데. 뭐, 잡히지 않기 위해서 도망치는 스릴은 있겠네요."

서진이 도혁을 바라보며 불편한 속내를 드러내자, 도혁 역시 그의 마음을 숨기지 않았다.

"저 역시 한 번도 내 것을 놓친 적은 없죠."

두근! 어이없게도 서진은 그의 말에 심장이 울렁거렸다. 당연히 회중시계를 되찾겠다는 뜻이었지만, 그 말이 다른 뜻으로 들린 것은 순전히 그녀를 바라보는 그의 눈빛 때문이었다. 서늘한 눈빛 속에 담긴 짙은 소유욕. 그것이 회중시계에 대한 애착임을 알고 있었지만, 이상하게도 그녀의 심장이 뜨거워졌다. 서진은 갑작스러운 열기에 자리에서 일어섰다.

"어디 가게?"

"응, 더워서 바람 좀 쐬려고."

덥다라? 서진의 말에 도혁의 시선이 그녀의 원피스로 향했다. 그녀가 입고 있는 원피스는 옷이란 기능에 충실하기보단 '가린다'에 가까웠다. 또한 짧은 원피스는 덥다는 말보단, 춥다에 가까웠고.

일어서 있는 동안 서진은 이 원피스를 입는 것이 아니었다고 생각했다. 서늘한 도혁의 시선이 그녀의 목덜미를 훑는 것이 느껴졌다. 노골적인 사내의 본성이 담긴 눈빛이 아니라, 무감할 정도로 냉정한 눈빛이었지만 서진은 그 시선에 바짝 긴장했다.

"다녀와. 우리 술 시킬 건데, 너도 마실 거지?"

"아니야. 난 신경 쓰지 말고, 주문해. 그럼!"

서진이 마주 앉은 도혁과 선우에게 양해를 구한 후 재빨리 식당을 나왔다. 밖으로 나오자, 서진은 불어오는 차가운 바람에 허릴 폈다. 그리곤 긴장을 풀기 위해 깊게 숨을 내쉬었다. 운하를 따라 형성된 노천카페엔 금요일 밤을 보내기 위해 나온 젊은 연인들로 가득했다. 다정하게 불어오는 강바람과 행복한 미소로 가득한 헤이그는 연인들을 위한 밤이었다.

서진 역시 그 모습에 저절로 입가에 미소를 머금었다. 그리곤 앉을 곳을 찾기 위해 주위를 두리번거렸다. 평소 신지 않는 하이힐 때문에 발이 욱신거리며 아팠던 것이다. 하이힐을 벗을 장소를 찾아 길을 따라 조금 걷던 서진은 건물 모퉁이에 있는 벤치를 발견했다. 서둘러 벤치로 걸어간 서진은 앉자마자 하이힐을 벗었다.

"휴!"

아픔이 사라지자, 서진의 미간 역시 스르륵 풀렸다. 정말 살 것 같았다. 어떻게 혜영은 이렇게 높은 신발을 신고도 아무렇지 않은지 그저 신기할 뿐이었다.

"고통을 느끼면서 여자들은 왜 그런 신발을 신는지 모르겠더군."

엎드려 발을 살피던 그녀의 어깨 위로 그의 목소리가 들렸다. 그리곤 무언가 그녀의 어깨 위에 놓이는 것이 느껴졌다. 고개를 든 서진은 그녀의 어깨를 감싼 것이 다름 아닌, 도혁이 입고 있던 코트라는 것을 알 수 있었다.

"필요 없어요."

"덮고 있어요. 불편해 보이는군."

서진이 그가 건넨 코트의 깃을 여미며 도혁을 바라보았다. 그는 그녀의 시선에도 아랑곳하지 않은 채 그녀의 옆에 자릴 잡고 앉았다. 차가운 남자라고 생각했었다. 그래서인지 얼음처럼 차가운 남자의 배려가 서진은 더 깊이 다가왔다.

서진 역시 벤치에 몸을 묻고는 하늘을 올려다보았다. 헤이그의 밤은 화려했고, 또한 고요했다. 뺨을 간질이는 바람이 다정했고, 그녀의 어깨를 감싼 그의 옷에서 나는 향기가 따뜻했다. 그렇게 고요하게 흘러가는 시간이 이상하게도 어색하지 않았다. 그리고 그와 같은 장소에서 같은 곳을 보고 있다고 생각하자, 자꾸만 심장 부근이 간질거려 손을 뻗어 심장을 눌러야 했다.

"그 회중시계가 그쪽에겐 중요한 물건이라고 했었죠?"

그녀의 물음에 그가 몸을 바로 했다. 진지하게 그녀를 바라보는 그의 얼굴에서 서진은 이미 답을 알 수 있었다.

"아주 중요한 물건입니다."

"이유를 물어도 될까요?"

"그건……."

도혁의 얼굴이 차갑게 굳어지는 것이 보였다. 그 모습에 서진은 그녀에게 말하지 못할 비밀이 그 회중시계에 있다는 것을 직감했다.

"증조할아버님의 유품이라는 것만 알려 드릴 수 있습니다."

유품이었나? 유품이라면 당연히 그에게 돌려줘야 했다. 하지만 서진은 선뜻 주겠다는 말을 할 수 없었다. 짧은 시간이었지만, 그녀에게 그 회중시계 역시 소중한 물건이 된 것이다. 애착의 끈을 끊기 위해선 얼마의 시간이 걸릴지, 그녀 역시 알 수 없었던 것이다.

"이유를 말해줄 수 없다면, 유품이라도 돌려 드릴 수 없습니다. 죄송합니다."

서진이 벤치에서 일어섰다. 그러자 도혁 역시 그녀를 따라 일어서는 것이 보였다.

"돌아가야겠어요. 너무 오랫동안 자릴 비우면, 두 사람이 찾을지도 모르니까요."

날카롭게 따라붙는 그의 시선을 외면한 채 서진은 도망치듯 벗어놓은 하이힐을 신기 시작했다. 휘청! 하지만 급한 마음과는 달리 하이힐을 신을 수 없었다. 자꾸만 균형을 잃고 몸이 흔들리자, 바로 세워놓았던 하이힐 역시 옆으로 쓰러졌다. 아마 발이 부은 모양이었다. 서진은 쪼그리고 앉아 아픔을 참으며 억지로 하이힐 속에 발을 밀어 넣었다. 그리곤 돌아가기 위해 한 발짝 내디뎠다.

"어엇!"

휘청! 발에 느껴지는 아픔과 함께 서진이 균형을 잃고 흔들린 탓에 그녀의 어깨를 덮고 있던 그의 코트가 바닥에 떨어졌다. 그리고 서진은 순식간에 바닥이 아닌 그의 품으로 끌어당겨졌다. 팔딱거리는 심장 소리가 귀에 들리는 듯했다. 그리고 근육질의 단단한 팔이 그녀의 허릴 휘감는 느낌 역시 생생히 느껴졌다.

"괜찮나?"

"아, 네. 이제 괜찮아요."

뺨에 닿는 그의 숨결이 무척 뜨겁다고 생각했다. 서진은 온몸에 느껴지는 그의 체온과 강한 힘에 숨을 삼켰다. 온몸이 저리듯 아릿한 아픔이 느껴졌다. 그리고 그 아릿한 아픔이 남자를 원하는 여자의 본능이란 사실을 깨닫자, 서진은 당황한 나머지 그에게서 벗어나려 했다.

만난 지 하루도 안 된 남자였다. 그런데 그의 품에 안기자, 그녀의 몸이 그에게 반응하고 있었다.

"이제 놓아……."

"잠깐만…… 잠깐만 이렇게 있지."

도혁이 놓아달라고 하는 서진의 의사를 무시하곤, 그가 그녀를 와락 끌어안았다. 서진을 안고 있는 팔에 힘이 들어갔다.

"어, 저기……."

맞닿은 심장이 쿵쾅쿵쾅 거칠게 뛰고 있었다. 거친 심장 소리와 함께 단단한 그의 팔이 얇은 원피스 천을 사이로 아리도록 조여왔다. 또다시 몸이 뜨거워졌다. 하지만 서진을 당혹하게 만든 것은 그에게 안겨 있는 지금이 싫지 않다는 것이었다.

"홋! 하이힐이 언제나 쓸모없이 불편한 것만은 아니었군."

귓불을 스치는 뜨거운 열기에 서진의 뺨이 뜨거워졌다. 당황한 서진이 힘껏 그를 밀어냈다. 그리곤 서둘러 식당으로 걸어가기 시작했다. 그에게 붙잡혀 다시 그와 마주하게 된다면, 지금 그녀가 느끼는 감정을 고스란히 들킬 것 같았다.

"한서진 씨! 기다려요."

도혁이 그녀를 부르는 소리가 들렸다. 그러자 그녀의 볼이 더욱 붉어졌다.

"한서진 씨!"

처음 본 남자에게 이름으로 불리는 데 걸리는 시간은, 단 하루.

그 남자의 품에 안겨 두근거리는 데 걸리는 시간은, 하루 더하기 하이힐을 신는 순간.

다음날 약속 장소에 나간 서진은 실망으로 작게 한숨을 내쉬었다. 사실 특별히 기대한 것은 아니었다. 하지만 따사로운 햇살을 받으며 노천카페에 앉아 있는 지금 공기로 가득 차 팽팽하던 풍선에서 바람이 빠져나가듯 뭔가 가라앉는 기분이었다. 서진은 그 이유를 애써 모르는 척하려 했지만, 자꾸만 시선이 도로로 향하는 것은 어쩔 수 없었다. 선우에게 도혁이 왜 오지 않는 것인지 물을 수도 있었지만, 괜스레 그것을 개인적인 관심으로 오해받고 싶지 않았다. 사실, 그가 참석하지 않는다는 사실에 좋아해야 했다. 하지만…….

"한서진, 뭐 해?"

"응, 뭐가?"

서진이 혜영에게 고갤 돌리자, 혜영과 선우가 그녀를 보고 있었다. 두 사람의 표정으로 짐작하건대, 그녀에게 뭔가 질문을 한 것같았다.

"얘도 참! 평소엔 그렇지 않은데, 가끔 생각에 깊이 빠지면 이래요. 그러니 선우 씨가 이해해 주세요. 원래 천재는 사회성이 떨어지기 마련이잖아요. 그리고 이번에 원하던 곳에 취직까지…….

"언니, 그만해."

혜영이 환하게 웃으며 자랑을 하자, 민망해진 서진이 서둘러 혜영의 말을 끊었다.

"그래요? 요즘 한국에선 대학을 나와도 취직하기가 하늘에서 별 따기라던데, 정말 잘됐군요. 축하합니다, 한서진 씨."

선우가 사람 좋게 웃으며 축하 인사를 건넸다. 서진은 그런 선우를 보며 어색하게 웃어 보였다. 사실 선우에 대한 첫인상은 그리 좋지 않았었다. 잘사는 집안에서 곱게 자란 도련님 분위기였고, 거기다 외모까지 완벽하게 갖춘 터라 바람둥이 느낌이 물씬 풍겼던 것이다. 예의 바르고 다정하지만, 그것이 다일 것 같았다. 여자와 사귀는 동안 최선은 다하지만, 진심은 아닌 바람둥이.

지금도 그 느낌을 모두 떨쳐 낼 수는 없었지만, 박선우란 남자는 마음이 따뜻한 사람임은 분명한 것 같았다. 그리고 진심으로 여자를 사랑하게 된다면, 그 누구보다도 따뜻한 남자로 변할 수도 있을 것 같았다. 헤이그에서 혼자 생활하고 있는 혜영에겐 다감하고 온화한 성격의 선우가 필요했다. 연인이 아니라면, 친구로라도.

"축하해 주셔서, 감사합니다."

처음으로 서진이 선우를 향해 미소를 지어 보였다. 그러자 의외라는 듯 선우가 놀란 얼굴을 했다.

"왜요? 제가 뭐 잘못이라도 한 건가요?"

"아니요, 아닙니다. 사실 전, 서진 씨께서 절 싫어한다고 생각했거든요."

"아……."

서진이 선우의 직설적인 말에 좀 당황했지만, 이내 고갤 끄덕였다. 박선우란 남자에겐 예의상으로라도 자신의 마음을 속일 필요가 없다는 생각이 들었던 것이다.

"싫어하는 게 아니라, 걱정했다는 게 맞을 것 같군요. 그리고 제가 사교적인 성격이 아니라 처음엔 그런 오해를 많이 받는 편이구요. 불쾌했다면 사과드릴게요."

그리고 사촌 언니인 혜영이 좋아하는 남자라고 생각하자, 더 냉정한 눈으로 선우를 살핀 것도 또 하나의 이유였다.

"사과할 일은 아닌 것 같군요. 그리고 저도 그런 사람을 하나 알고 있죠. 아니, 그 녀석은 마음까지 차가운 건가?"

"마음까지 차갑다는 그 사람이 혹시, 민도혁 씨를 말씀하시는 건가요?"

혜영이 짐작 가는 사람이 있다는 듯 묻자, 선우가 고갤 끄덕였다.

"네, 맞아요. 얼마나 냉기가 도는지, 웬만한 강심장이 아니면 함께 있는 것도 힘들 정도라니까요. 그나마 전 25년을 붙어 있다 보니, 이젠 적응이 됐지만."

"두 사람 정말 오래된 친구군요. 사실 서진이와 저 역시 어린 시절부터 함께 컸어요. 같은 동네에서 자란 사촌이거든요."

"두 분이 사촌지간이셨습니까?"

선우가 좀 놀란 듯 서진과 혜영을 번갈아 보았다. 검은 머리카락에 단정한 얼굴의 서진은 지적인 느낌이 물씬 풍기는 미인이었고, 화려한 외모에 글래머인 혜영은 섹시 미인이었던 것이다. 느낌이 전혀 다른 서진과 혜영이 사촌이란 게 믿어지지 않는 모양이었다.

"우리가 사촌지간이라고 하면, 선우 씨처럼 모두 같은 반응이었어요. 믿을 수 없어. 정말? 이렇게 되물었죠. 정말 닮지 않은 두 사람이니까."

혜영의 말속에 담긴 씁쓸함을 눈치챈 듯 선우가 손사래를 치며 얼른 부정했다. 아마, 청소년기 시절 두 사람이 비교 대상이 되었고 그 때문에 본의 아니게 혜영이 상처를 입은 사실을 짐작한 모양이었다.

"혜영 씨께선 뭔가 오해를 하신 것 같군요. 저에 놀람은, 이렇게 다른 느낌의 두 미녀가 자매란 사실에 놀랐을 뿐입니다. 설마 다른 자매 역시 미인은 아니겠죠?"

선우의 너스레에 혜영의 입가에 미소가 떠올랐다.

"연서라는 또 한 명의 한씨 집안의 미녀가 있죠. 서진이 여동생인데, 그 아인 고전적인 이미지의 미인이죠."

혜영의 장난스러운 대답에 선우가 맞장구를 치며 놀란 얼굴을 했다. 그 모습을 보며, 서진은 박선우란 남자가 다른 사람의 상처 받은 감정까지도 보듬을 줄 아는 따뜻한 성격임을 알 수 있었다. 박선우란 남자, 정말 볼수록 마음에 들었다.

"언니, 잠깐 화장실 좀 다녀올게."

서진이 자리에서 일어서자, 혜영이 고갤 끄덕여 보였다. 사실 지금 그녀가 자릴 뜬다고 해서 두 사람의 분위기가 어색해진다든가 아쉬워할 것 같진 않았다. 서진은 서로에게 호감을 느낀 듯 마주 보며 웃고 있는 두 사람을 보며 입가에 미소가 떠올랐다.

'이대로 돌아갈까? 아니면, 골동품점이라도 한 번 더 가볼까?'

서진은 의자에 놓인 가방을 슬쩍 집어 들곤 자리에서 벗어났다. 그리곤 어디로 갈지 마음을 정하지 못한 채 무작정 걷기 시작했다. 우선은 두 사람을 방해하고 싶지 않았던 것이다. 고갤 숙인 채 앞만 보고 걷던 서진은 앞서 걸어오던 남자를 보지 못했다.

『엇, 죄송…….』

휘청, 균형을 잡으려는 서진을 남자가 붙잡아주었다.

『도와주셔서, 감사…….』

고갤 들어 사과의 말을 내뱉던 서진은 그녀를 내려다보고 있는 서늘한 눈동자와 마주한 순간, 더는 말을 잇지 못했다. 강한 사향 냄새가 그녀의 심장을 간질였고, 그녀의 팔을 붙잡은 그의 손이 아프게 파고들고 있었다. 놀란 서진을 보며, 도혁 역시 이 상황이 마음에 들지 않는다는 듯 미간을 찌푸리고 있었다. 생각해 보니 그가 환하게 웃는 모습을 본 적이 없다는 생각이 문득 들었다.

"지금 도망치려는 건 아닐 테지?"

낮게 울리는 목소리. 서진은 차갑고 잘생긴 그에게 너무도 잘 어울리는 목소리라고 생각했다. 어, 잠깐! 지금 나에게 반말을 한 건가?

"아니에요. 화장실에 가려던 참이었어요."

"화장실은 건물 안에 있는 걸로 아는데, 아닌가?"

추궁하듯 서진을 쏘아보는 도혁의 눈이 가늘어졌다. 그러자 서진은 괜스레 화가 났다. 먼저 약속에 늦은 사람은 그였다. 그런데 그녀가 먼저 자릴 뜨려고 했다는 사실이 커다란 잘못이라도 된 듯 꾸짖고 있었던 것이다.

"맞아요. 화장실은 건물 안에 있어요."

"그럼 내 추측이 맞았군."

"그래요, 맞아요. 두 사람에게 방해되지 않게 나왔어요. 그게 잘못인가요?"

서진이 눈을 치켜뜨며 그를 쏘아보자, 뜻밖에 그의 표정이 조금 누그러지는 것이 보였다.

"내가 좀 늦을 것이란 말을 선우에게 듣지 못한 건가?"

"그랬나요?"

그녀의 대답에 도혁의 눈썹이 가파르게 치켜 올라갔다. 그에게 전혀 관심 없는 듯 보이는 그녀의 태도가 마음에 들지 않는 눈치였다. 화가 난 듯 보이는 도혁을 보며, 서진은 잠시 생각에 잠겼다. 그러다 그녀가 듣지 못했던 선우의 질문이 바로, 이것이었음을 깨달았다.

"잘 생각해 보니, 들은 것 같기도 하고……. 하지만 제가 자릴 피한 이유는 민도혁 씨를 피하기 위해서가 아니었어요. 조금 전 말했던 것처럼, 두 사람을 방해하고 싶지 않았을 뿐이에요."

"민도록 하지. 그럼…… 같은 이유에서 나도 한서진 씨와 함께 가도 상관없겠군."

"네?"

"한서진 씨가 방해자라면, 나 역시 방해자일 뿐일 테니까. 그리고 난, 한서진 씨와 해결해야 할 일이 있거든. 잊진 않았겠지?"

도혁의 말에 서진이 입을 꾹 다물었다.

"그런데 오늘 바쁜 것 아니었나요?"

"급한 불은 껐으니, 걱정할 것 없어."

무슨 일이 있어도 함께 가겠다는 듯 도혁이 완강한 태도를 보였다. 그 모습에 서진이 눈살을 찌푸렸다.

"그런데…… 아까부터 왜 반말이시죠?"

"나 역시 끝까지 예의를 지키려 했었지. 하지만 날 피해 도망치는 한서진 씨를 본 순간, 내가 예의를 지킬 필요가 없다는 생각이 들더군. 난, 나에게 예의를 갖춘 사람들에게만 예의를 갖추거든."

꽉 다문 서진의 뺨이 씰룩였다. 정말 얄밉게도 뭐라고 반박할 말이 없었다.

"그럼, 이 손 좀 놓고 걸어요. 아프다구요."

"아, 미안. 많이 아팠나?"

아프다는 한마디에 도혁이 그녀의 팔을 놓아주었다. 그리고 굉장히 미안한 얼굴을 했다. 사실 그렇게 아프진 않았다. 하지만 그가 당황하며 미안한 얼굴을 하자, 왠지 모를 만족감에 입가에 미소가 어리려 했다. 바늘을 찔러 넣어도 피 대신 얼음물이 떨어질 것처럼 생긴 차가운 남자가 미간을 찌푸리며 당황해하는 모습을 보니 조금은 기분이 좋아졌다.

"좋아요, 같이 가기로 하죠. 나 역시 질질 끌며 시간만 보내는 건 딱 질색이니까요."

서진이 앞장서 걷기 시작하자, 그 역시 그녀를 뒤따랐다. 그러다 문득 어디로 가는지 행선지가 궁금해졌다.

"지금 어딜 가는 거지?"

"오고 싶지 않으면 돌아가도 좋아요."

서진이 흘긋 뒤를 돌아보며, 따라오고 싶지 않으면 돌아가도 상관없다는 얼굴을 했다.

"그럴 수야 없지. 나야, 어디든 상관없으니까."

민도혁이란 남잔 심장이 얼음일 뿐만 아니라, 이성 역시 금강석인 모양이었다. 아무리 그녀가 자극해도 화를 내기는커녕, 오히려 더 냉정해졌던 것이다.

다이아몬드는 다이아몬드로 자르는 법이라고 했었다. 그렇다면 그에게 맞게 냉정해져야 할 것 같았다. 하지만 서진은 등에 느껴지는 그의 시선과 향기에 벌써 심장이 간질거리고 있었다. 따사로운 햇살이 바람에 부서졌다. 그리고 도로를 따라 걷는 두 사람의 어깨 위로 자꾸만 더운 바람이 불어왔다.

❖

딸랑, 따라랑~!!

낡은 문이 삐꺽 비명을 지르며 열리더니, 어느새 청명한 풍경 소리로 바뀌며 주위를 환기시켰다. 그러자 얼굴의 반을 차지하는 예의 그 돋보기안경을 코에 걸친 노인이 신문을 읽다 말고 골동품점 안으로 들어온 서진과 도혁을 올려다보았다. 두 사람을 보고도 놀라지 않는 것으로 보아, 노인은 아마 두 사람이 다시 이곳을 찾을 것이란 사실을 짐작하고 있었던 모양이었다.

『둘러보다 마음에 드는 것이 있으면 가져가. 또 인연이 닿는 물건이 있을지도 모르니까.』

노인은 표정만큼이나 모호한 말을 했다. 그리고 두꺼운 안경 속에서 날카롭게 빛나는 회색 눈동자는 노인이 뱉어낸 말을 무시할수 없게 만드는 묘한 분위기가 있었던 것이다.

『네, 알겠습니다.』

서진이 대답과 동시에 골동품점 안을 기웃기웃 살피기 시작했다. 도혁은 그런 서진을 조금 떨어진 곳에 서서 지켜보고 있었다.

신기한 물건들이 가득한 보물 상자를 발견한 아이처럼, 서진의 눈동자는 호기심으로 빛나고 있었다. 그리고 버릇인 듯 아랫입술을 살짝 베어 물자, 붉은 입술 사이로 새하얀 이가 보였다.

신비하고 고요한 느낌의 골동품점 안. 그리고 그곳을 환하게 만들어 버린 사람. 도혁은 그런 서진을 보며 차갑던 몸에 뜨거운 열기가 이는 것을 느꼈다. 이성 아래, 잠들어 있던 맹수의 본능이 눈을 뜨듯 그녀의 입술에서 시선을 뗄 수가 없었다.

"훗, 덥군."

도혁은 어렵사리 서진에게서 눈을 뗐다. 그러다 자신을 물끄러미 보고 있던 노인과 눈이 마주쳤다. 안경 속의 회색 눈동자. 어딘가 익숙한 느낌이 들었다. 그리고 모든 걸 다 알고 있는 듯 보이는 눈빛 역시 묘하게 거슬렸다. 사실 이 모든 것의 시작은 어쩌면 노인의 변덕 때문이기도 했으니까.

노인의 입가에 미소가 어렸다. 순간 도혁은 미간을 찌푸렸다. 조금 전 서진을 바라보며 느꼈던 마음속의 욕망을 모두 읽기라도 한 듯 의미심장했던 것이다.

젠장! 욕설과 함께 도혁이 기둥에서 떨어져 노인에게 다가갔다. 그러자 노인 역시 보고 있던 신문을 접어, 낡은 탁자 위로 내려놓았다.

『묻고 싶은 것이 있다면, 물어도 좋아.』

『혹시 처음부터 의도적이었습니까?』

도혁의 물음에 노인은 물끄러미 그를 응시했다. 그러다 피식 웃으며 모호한 대답을 했다.

『난 물건도, 사람도 처음부터 주인이 정해졌다고 생각하지. 특히 100년이나 흐른 물건은 더더욱. 시간을 초월해 주인을 찾아오기까지 자신을 잃지 않기 위해 부단히 노력했을 테니까.』

노인은 마치 골동품이 사람처럼 생명이 있는 듯 말하고 있었다.

『그럼 그 회중시계가 주인으로 내가 아닌, 한서진 씨를 선택했다는 건가요?』

『저 여자 이름이 한서진인 모양이군. 하지만 시간이 흘러 모든 것이 달라진다 해도, 본질적으로 변하지 않는 것들이 있으니까.』

돌려 말하고 있었지만, 노인의 대답은 하나였다. 그 회중시계의 주인은 그가 아닌, 한서진 저 여자라는 것. 그 회중시계를 그가 먼저 발견했고, 그리고 그것이 증조할아버지의 유품이라고 할지라도 그 사실은 변하지 않을 것이란 뜻이었다.

『믿을 수가 없군요. 한서진 씨가 왜 회중시계의 주인이 되어야 하는지 말입니다.』

『나 역시 그 이유를 몰라. 하지만 이 낡은 골동품점에서 오래 앉아 있다 보니, 신기한 일도 종종 있더군. 이성으론 이해할 수 없는 일들이.』

『그렇게 말씀하셔도…….』

『시험하고 싶지 않나? 아니, 궁금하지 않나? 대체 왜, 저 회중시계가 자네가 아닌 아무런 상관도 없는 한서진 저 여자를 선택했는지. 그리고 두 사람은 대체 어떤 운명으로 엮여 있는지도.』

노인의 말 때문이 아니었다. 사실 도혁 역시 궁금했다. 자꾸만 반복되는 한서진이란 여자와의 만남, 그리고 어느새 그의 머릿속에 들어와 그의 의식을 잠식시키기 시작한 그녀의 존재가.

『그런 허무맹랑한 말씀으로 절 설득할 순 없습니다.』

『자네 역시 어렴풋이 느끼고 있을 텐데?』

『뭘, 말씀이시죠?』

『그걸 왜 나에게 묻는지 모르겠군. 이미 답은 자네가 알고 있으면서 말이야.』

노인의 의미심장한 표정이 마음에 들지 않았다. 그리고 그 모습에 도혁은 미간을 찌푸렸다.

『손에 쥐려는 걸 놓으면, 가끔 더 큰 것을 쥘 수 있다는 사실을 기억하게.』

『손을 놓아야, 더 큰 것을 가질 수 있다는……..』

와르르르르!

"아앗! 콜록, 콜록, 콜록!"

도혁은 서둘러 소리가 나는 쪽으로 고갤 돌렸다. 그러자 유리창으로 들어오는 햇살에 뿌연 먼지가 솟아오르는 것이 보였다. 그리고 온통 먼지를 뒤집어쓴 서진이 뭔가를 들고 서 있었다. 그리고 그녀의 주변엔 무너져 내린 고서적이 흩어져 있었다.

"무슨 일이지?"

"콜록콜록! 별일 아니에요. 콜록콜록!"

"별일 아니긴. 엉망으로 만들어놓고선."

도혁이 서둘러 서진이 있는 곳으로 걸어갔다. 그리곤 와르르 무너진 책더미 속에서 서 있는 서진을 어이없다는 얼굴로 내려다보았다.

"손, 이리 내."

"아니에요, 전 괜찮아요. 혼자서도…….."

"혼자서 나오다, 뒤쪽에 쌓아놓은 책들도 무너질까 봐 그러는 거니까 얼른!"

"아, 그 생각은 하지 못했네요."

서진이 한 손을 내밀었다. 그러자 도혁이 나머지 한쪽 손도 마저 내밀라는 듯 눈짓을 했고, 서진이 그럴 수 없다는 듯 강경한 눈빛으로 고갤 가로저었다.

"이건 내려놓을 수 없어요."

"대체 뭘 발견했는데……."

"아마, 이 그림을 보면 민도혁 씨도 깜짝 놀랄 거예요. 그러니 한 손만으로 절 여기서 꺼내주세요."

도혁이 잠시 서진을 물끄러미 응시했다. 그리곤 작게 한숨을 내쉬더니, 그녀의 손을 붙잡고는 조심스럽게 끌어당겼다. 처음엔 꼼짝도 하지 않던 그녀가 그의 힘에 이끌려 움직이기 시작했다. 그러다 그녀의 뒤쪽에 쌓여 있던 책더미가 위험스럽게 흔들리는 것이 보였다.

"잠깐, 위험……."

그가 강한 힘으로 그녀를 끌어당겼다. 순식간에 강한 힘에 이끌린 서진은 그의 품에 와락 안겼다.

와르르, 풀썩. 뒤에서 들려오는 소리와 함께 또다시 먼지가 일었다. 도혁은 입고 있던 코트 속으로 서진을 바짝 끌어안았다.

햇살과 먼지가 사라졌다. 그리고…… 두근! 진한 사향 냄새와 섞인 사내의 청량한 체향이 그녀의 코를 간질였다. 코트 속은 어두웠고, 그녀의 뺨에 닿는 셔츠는 따뜻했다. 그리고 두근두근 뺨을 통해 그의 심장박동이 느껴졌다.

"괜찮나?"

그가 코트를 열어 그녀를 내려다보았다. 햇빛으로 반짝이고 있었다. 분명 무너져 내린 고서적에서 먼지가 일제히 잠에서 깨어나 햇빛 속에서 부서져 내리고 있었지만, 잔뜩 찌푸린 얼굴로 그녀를 보고 있는 도혁은 눈이 아릴 정도로 선명했다.

두근! 심장이 뛰고 있었다. 손에 느껴지는 그의 단단한 가슴에서 느껴지는 체온, 그리고 마음을 산란시키는 그의 향기에 서진은 입술을 깨물었다.

"전 괜찮은데……."

서진이 서둘러 그의 품속에서 빠져나왔다. 그리곤 발아래까지 무너져 내린 낡은 고서적을 걱정스러운 눈으로 바라보았다. 그저 고서적 위에 놓인 그림을 집으려던 것뿐이었다. 그런데 그 작은 일이 골동품점을 아수라장으로 만들어 버린 것이다. 서진은 작게 한숨을 내쉬며 아무 일 없다는 평온한 얼굴로 앉아 있는 노인을 돌아보았다.

『죄송합니다, 제가 다 정리해 놓겠습니다.』

서진의 말에 노인이 고갤 가로저었다. 그리곤 그녀가 들고 있는 그림에 오히려 흥미가 있다는 듯 바라보고 있었다.

"아, 맞다. 그림."

서진이 서둘러 그림을 들고 노인에게 다가가자, 도혁 역시 서진을 뒤따랐다. 그림을 탁자에 올려놓은 서진은 뿌옇게 내려앉은 먼지를 조심스럽게 손으로 닦아내기 시작했다. 그러자 먼지 속에 숨겨져 있던 헤이그의 운하가 서서히 모습을 드러내기 시작했다.

『100년 전 헤이그의 운하군.』

『네? 100년 전의 헤이그라고요?』

노인의 말에 서진과 도혁이 놀란 눈으로 서로 마주 보았다. 그러자 이번엔 도혁이 커다란 손을 뻗어 그림의 먼지를 마저 걷어냈다.

"운하 앞에 여자가 있군."

"사실 이 그림을 보고 놀란 것은, 바로 이 부분이에요."

서진이 손가락으로 여자의 옷자락을 가리켰다. 하지만 자세히 보니, 옷자락 속에 여자의 손이 있었고, 그리고 그 손엔 뭔가가 들려 있었다.

"이건……."

"회중시계 같아요. 제가 이곳에서 사간, 그 회중시계인진 확실히 알 수 없지만…… 분명해요."

서진의 말에 도혁이 생각에 잠긴 듯 잠시 말이 없었다. 여자가 들고 있는 것이 분명 회중시계임은 분명했다. 하지만…… 같은 물건일 것이라곤 확신할 수 없었다. 그렇다고 간과하고 넘어갈 수도 없었다. 회중시계는 물론 그것과 관련 있는 듯 보이는 그림의 발견까지. 요 며칠 계속되는 뜻밖의 상황이 도혁에겐 무엇 하나 허투루 넘길 수 없게 만들었던 것이다.

도혁이 서진에게 고갤 돌렸다. 얼굴은 물론 온몸에 먼지를 뒤집어쓰곤 골똘히 생각에 잠겨 있는 서진이 눈에 들어왔다. 그리고 이상하게도 그 모습이 무척이나 귀엽다는 생각이 들었다. 말끝마다 토를 달며, 한 번도 지지 않고 반박하는 까칠한 성격의 여자, 한서진이.

"두 개가 같은 물건인지 확인할 방법을 내가 알고 있지. 하지만 우선 씻어야겠군. 우리 두 사람 다 먼지를 뒤집어쓴 채 있을 순 없으니까."

그제야 서진은 자신의 옷과 도혁의 옷에 묻은 먼지를 보곤 미안한 얼굴을 했다.

『이 그림은 제가 사겠습니다.』

도혁이 서둘러 코트 주머니에서 지갑을 꺼내 탁자에 돈을 내려놓았다.

『이건 그림값일 테고, 그럼 청소비도 내고 가야겠지?』

노인의 말에 도혁이 한시름 났다는 듯 지갑에서 돈을 꺼냈다.

『그렇게 해주신다면, 오히려 저희가 더 감사하죠.』

돈을 받아 든 노인이 서진을 바라보았다.

『그럼 이 그림은 아가씨 것이 아니라, 이 남자분 것이 되었군. 괜찮겠나?』

노인의 말에 서진은 진지한 얼굴로 도혁을 올려다보았다. 그리곤 차분하지만, 힘이 담긴 목소리로 말했다.

"그 회중시계가 내 것이라고 인정해 준다면, 전 상관없어요."

"홋! 정말 협상에 탁월한 능력을 갖췄군. 다니는 회사가 어디지? 내가 스카우트를 하고 싶은데."

"죄송하지만, 전 옮길 생각 없습니다."

"아쉽군."

서진은 조금 놀랐다. 도혁의 표정과 말투에서 아쉬움이 느껴졌던 것이다. 민도혁이란 남자에게서 풍겨 나오는 강력한 카리스마는 성공한 기업가가 아니면 가질 수 없는 그런 것이었다. 그런 사람이 그녀를 인정하다니. 옮길 생각은 없었지만, 인정받는 것 같아 왠지 뿌듯했다.

『그럼, 가보겠습니다.』

어딜 가냐고 물을 새도 없이 도혁이 서진의 팔을 붙잡고 골동품
점을 나섰다. 서진은 노인에게 눈인사를 건넸을 뿐, 그녀가 만들
어놓은 아수라장에 대한 사과도 제대로 하지 못했다. 그렇게 서진
은 얼떨떨한 얼굴로 도혁에게 붙잡힌 채 걸어야 했다.

호텔 방문 앞에 서 있는 서진의 얼굴이 점점 굳어지기 시작했
다.

"여기가 대체?"

"내가 묵고 있는 호텔이야. 난 안쪽에 있는 욕실을 쓸 테니까,
한서진 씬 저기 있는 욕실을 쓰도록 해."

문을 열고 호텔 방 안으로 들어간 도혁은 굳은 채 서 있는 서진
은 보이지도 않는지 마호가니 책상 위에 그림을 내려놓았다. 그리
곤 입고 있던 코트를 벗으며 그녀를 돌아보았다.

"먼지 묻은 옷은 세탁을 맡길 생각인데, 한서진 씨 옷도……."

"아니요. 그럴 필요 없어요. 저, 지금 돌아갈 거라서요."

서진의 냉랭한 목소리에 그제야 도혁이 그녀를 제대로 바라보
았다. 그리곤 그녀가 무슨 생각을 하고 있는지 알겠다는 듯 어이
없는 표정을 했다.

"설마 내가 한서진 씨를 어떻게 하려고 이곳에 데려왔다고 생
각하는 건 아닐 테지?"

"그럼 아니란 말씀인가요?"

그녀의 대답에 도혁의 입술이 꽉 닫혔다. 그리곤 차갑게 눈을 빛내며 마음대로 하라는 듯 와이셔츠의 단추를 풀기 시작했다.

"이미 날 그런 사람으로 생각한 것 같으니, 더는 말할 것도 없겠 군. 돌아가고 싶으면 돌아가도 좋아. 하지만 난 분명히 얘기한 걸 로 기억하는데? 그 그림 속의 회중시계와 한서진 씨가 가져간 회 중시계가 같은 것인지 알아낼 방법을 알고 있다고 말이야."

"그게 사실인가요?"

"그럼 내 말을 믿지도 않았으면서 따라왔다는 건가?"

"아니요, 그건 아니에요."

"그렇담, 이렇게 말하면 안심할 텐가?"

"무슨 말인데요?"

"한서진 씨! 나에게도 취향이란 것이 있지. 한서진 씬, 내가 취 향인가?"

"네? 아니요, 절대!"

도혁의 물음에 서진이 펄쩍 뛰며 바로 부인했다.

"그렇다면 얘긴 끝났군. 서둘러. 난 기다리는 건 별로 좋아하지 않으니까."

뭔가 굉장히 불쾌한 얼굴을 하곤 도혁이 문을 열고 안쪽에 있는 방으로 들어가 버렸다. 쾅 닫힌 문이 서늘한 눈으로 쏘아보던 그 의 눈빛 같아 서진은 마음에 들지 않았다.

"뭐야? 그렇게 화낼 건 없잖아."

서진은 망설이던 끝에 천천히 방 안으로 들어왔다. 그리곤 도혁 이 가리켰던 욕실로 걸어갔다. 사실 샤워는 아니더라도 머리와 얼 굴, 그리고 목에 묻은 먼지는 씻어내고 싶었던 것이다. 달칵! 욕실로 들어간 서진은 우선 문을 잠갔다. 그리곤 입고 있던 옷을 천천히 벗기 시작했다.

수건으로 젖은 머리를 털고 나오던 도혁은 텅 빈 방을 보곤 서둘러 욕실로 걸어갔다. 그리곤 안에서 들려오는 물소리에 안심한 듯 숨을 내쉬었다. 그러다 자신의 행동을 깨닫곤 한심한 얼굴을 했다.

"지금 내가 대체 뭘 하는 건지?"

도혁은 욕실 문 앞에서 최대한 떨어지려는 듯 책상으로 걸어갔다. 그리곤 젖은 수건을 책상에 내려놓은 후 더운 숨을 몰아쉬었다. 취향이 아니라는 서진의 말에 울컥했던 이유를 알고 있었다. 그는 지금 한서진이란 여자에게 자꾸만 끌리고 있다는 것도. 그가 말했던 그의 취향과 상관없이.

그때 달칵 문이 열리는 소리가 들리더니, 서진이 밖으로 나오는 것이 보였다. 그리곤 그와 눈이 마주치자 망설이는 듯 주춤거리는 것도. 도혁은 그런 서진을 외면하며 전화기를 들어 룸서비스를 주문했다.

서진은 그런 도혁을 보며, 수건으로 젖은 머리카락을 닦아냈다. 머릴 감고 간단히 씻은 것뿐이었지만, 먼지와 땀이 섞여 불쾌하던 느낌이 사라지자 기분이 좋아졌다. 하지만 샤워해 물에 젖은 도혁을 보자 선뜻 다가갈 수 없었다.

상큼한 비누 향과 함께 남자 스킨 냄새가 호텔 방 안을 가득 채우고 있었다. 평소 향기에 민감한 편이 아니었지만, 자꾸만 도혁에게서 나는 향기가 그녀의 심장을 간질였다. 남자가 뿜어내는 묘한 색기에 그녀의 몸이 반응하고 있다는 말이 맞을 듯했다.

"커피와 간단한 음식을 시켰는데, 괜찮지? 커피가 싫으면 바꿔도 되고."

"아니에요, 커피 좋아해요."

어색한 분위기에 서진이 쭈뼛거리며 도혁이 서 있는 책상 쪽으로 걸어갔다. 그와 가까워질수록 자꾸만 심장이 팔딱거리고, 볼이 뜨거워져 당황스러웠다.

"이제 보여주세요."

서진이 최대한 침착하게 행동하기 위해 애쓰는 동안, 도혁 역시 마찬가지였다. 묘한 열기에 도혁은 서랍에서 낡은 수첩을 꺼내는 동안 더운 숨을 삼켜야 했다. 자신과 똑같은 비누 냄새가 서진에게 나고 있었다. 그 야릇한 느낌이 도혁의 몸을 뜨겁게 덥혀놓았다. 침대에서 격정의 시간을 보낸 후 자신의 체향이 그녀에게 잔뜩 밴 뒤처럼…… 후욱!

"이게 뭐죠?"

서진이 도혁이 꺼낸 낡은 수첩에 관심을 보였다. 어느새 그의 곁으로 바짝 다가서서 수첩을 유심히 살피는 서진에게 달콤한 향기가 났다. 피가 뜨거워지는 그런 향이.

"증조할아버지께서 남기신 유품. 아버지께서 돌아가신 후, 나에게 전해졌지."

책상 위에 올려놓은 가죽 수첩은 대를 이어온 유품답게 시간의 연륜이 깊게 묻어 있었다. 도혁은 손가락으로 조심스럽게 가죽을 쓸어내린 후, 이젠 귀퉁이가 해진 수첩의 가죽 덮개를 천천히 열었다. 그 모습을 서진은 잔뜩 기대한 표정으로 내려다보았다.

"일기장인 모양이군요."

"그랬던 모양이야. 1907년 헤이그에서의 일들이 기록되어 있더 군. 그리고 내가 보여주고 싶었던 부분은 바로, 여기."

도혁이 수첩 마지막 장을 펼쳐 서진의 앞에 내려놓았다.

"어, 이건."

"회중시계의 설계도야. 증조할아버지께선 재능이 많으신 분이 셨다고 해. 아마 그 시계 역시 할아버지께서 직접 설계한 모양이 야."

서진은 수첩을 바짝 끌어당겼다. 그리곤 시계의 설계 도면을 꼼꼼히 살피기 시작했다.

"회중시계가 있다면 직접 비교해 볼 수 있을 텐데, 아쉬워요."

"가지고 있지 않나?"

그의 물음에 서진이 고갤 끄덕였다.

"네, 사실 복원 전문가에게 맡긴 상태예요. 제가 아무리 녹을 제 거하려 해도 잘되지 않아서요."

"그랬군. 그럼 오늘은 그림과 수첩에 그려진 디자인이 같은지 만 확인해 봐야겠군."

도혁의 말에 서진이 고갤 끄덕였다. 그리고 회중시계의 디자인 을 꼼꼼히 살피기 시작했다. 앞면은 전체적으로 용이 시계를 감싸 고 있는 듯 섬세하게 조각되어 있었고, 뒷면은 좀 특이했다. 뭔가 오래된 고대의 도안처럼 생겼는데……

"이 문양, 팔괘군요."

"한서진 씨도 팔괘에 대해 알고 있군."

"네. 동양의 역학에서 자연계와 인간계의 본질을 설명하기 위 해 만든 기호체계라고 알고 있어요. 정약용 선생께서 그 명칭과 기호를 정리하셨다는 것도요."

"알고 있다니 더는 설명할 필요 없겠군. 그럼, 그림에서 여자가 들고 있는 시계의 디자인을 살펴봐야겠군."

도혁은 휴대폰을 꺼내 여자의 옷자락 부분을 확대해 사진으로 찍었다. 그리곤 찍은 사진을 확대해 자세히 살피기 시작했다.

"보이나요?"

호기심을 이기지 못하고 서진이 자리에서 일어섰다. 그리곤 도혁이 있는 쪽으로 다가와 허릴 깊게 숙여 휴대폰에 찍힌 사진을 확인하기 시작했다. 그림엔 회중시계의 옆면이 집중적으로 그려져 있었지만, 살짝 기울어진 각도였기 때문에 여자의 새끼손가락이 있는 부분에서 회중시계의 뒷부분이 살짝 보였다. 그리고 그 그림은 다름 아닌…… 팔괘였다.

"어, 여기 팔괘예요. 잠깐만요. 다시 좀 보구요."

서진이 흥분한 얼굴로 고갤 숙였다. 그 때문에 그녀의 몸이 서로의 숨결과 향기가 느껴질 정도로 그의 몸에 밀착되었다. 하지만 서진은 그 사실을 알지 못한 채 사진에 집중해 있었다.

서진이 휴대폰에 찍힌 사진을 보는 동안, 도혁은 더는 휴대폰을 볼 수가 없었다. 바로 코앞까지 다가온 서진의 향기에 온몸이 날이 선 듯 팽팽하게 긴장되기 시작했다. 어깨에 닿아 있는 그녀의 허리, 그리고 얼굴 옆까지 바짝 다가선 그녀의 얼굴까지. 그의 몸이 무서울 정도로 그녀에게 반응하고 있었다.

아직 채 마르지 않은 검은 머리카락이 둥근 곡선을 이룬 귀 뒤로 넘겨져 새하얗고 가느다란 목덜미가 드러나 있었다. 씻기 위해 열어놓은 셔츠 사이로 쇄골이 보였다. 특히 깊게 생각에 잠길 때마다 붉은 입술을 깨물어 더욱 선명해진 붉은색이 그를 유혹했다.

"같은 회중시계일지도 모르겠어요. 그럼 이 그림 속의 여자가 혹시 민도혁 씨의 증조할머님이시겠군요."

"아니, 증조할머닌 이분이 아니야."

"네? 이분이 아니라고요?"

순간 서진은 귓불을 스치는 뜨거운 숨결에 화들짝 놀랐다. 고갤 돌려 바로 눈앞에 있는 도혁을 보자, 그제야 자신이 어떤 일을 저질렀는지 깨달은 것이다.

"아, 죄송해요. 자세히 보려다 그만……."

당황한 서진이 서둘러 몸을 일으키려 했다. 하지만 서진은 그럴 수 없었다. 그가 그녀의 팔을 붙잡곤 놓지 않았던 것이다. 붙잡힌 손이 뜨거웠다. 그리고 그녀를 바라보는 검은 눈동자가 위험스럽게 빛나고 있었다.

두근! 그의 시선에 입술이 바짝 마르는 느낌이었다. 숨을 쉬는 것조차 버거울 만큼 긴장으로 바짝 굳어버린 것이다. 그 역시 그녀가 느끼는 감정을 읽은 듯 입가에 의미심장한 미소가 떠오르는 것이 보였다. 순식간에 얼굴이 붉어졌다. 서진은 그에게서 벗어나기 위해 그를 밀어냈다.

"그만 놓아…… 흐흡!"

그녀의 입술에 그가 입술을 부딪쳐 왔다. 물기에 젖은 부드러운 입술이 스치듯 닿았다 떨어졌다. 하지만 떨어졌던 입술은 다시 그녀의 입술을 쓸어내리며 천천히 베어 물 듯 입을 맞췄다. 뜨거운 열기와 함께 서진은 마른침을 삼켰다. 찌릿한 아픔이 등줄기를 타고 흐르는 전율이란 사실을 깨닫기엔 아직 일렀지만, 그녀의 심장이 무섭게 팔딱거리고 있었다.

"키스가 처음인가?"

순간 그가 그녀에게 입술을 떼어내더니 신기하다는 듯 물었다. 그러자 서진이 눈을 치켜뜨며 부인했다.

"누가 첫 키스란 거죠? 당연히 키스는 해봤……."

"그럼 숨 좀 쉬는 게 어때? 지켜보는 나 역시 숨이 넘어갈 것 같으니까."

"아, 휴우~!"

파르르 떨며 화를 낼 땐 언제고 순진하게도 그의 말에 숨을 내쉬는 서진을 보자, 도혁의 눈매가 부드러워졌다. 그리곤 더는 망설임 없이 그녀의 팔을 끌어당겼다. 순식간에 그의 품에 안긴 서진을 도혁은 말캉하고 부드러운 입술을 거칠게 베어 물었다.

"어엇, 흐흡……!"

동그랗게 커진 눈. 그의 입술에 막혀 버린 서진의 입술에선 더는 아무런 말도 없었다. 그녀의 입술 위를 스치는 그의 입술이 처음과는 달리 몹시도 뜨거웠다. 격정으로 거칠어진 열기를 품고 그녀의 입안으로 뜨거운 혀를 밀어 넣고는 농밀한 키스를 해왔던 것이다. 거친 키스에 서진이 고갤 흔들며 그를 밀어냈다. 그러자 그가 아쉽다는 듯 그녀의 입술에서 다시 떨어졌다.

"하아…… 취향이 아니라고 하지 않았던가요?"

서진이 입술을 가리며 눈을 치켜뜨며 쏘아보자, 도혁의 입가가 장난스럽게 올라갔다. 눈빛 역시 즐거운 듯 빛나고 있었다.

"취향은 바뀌는 법이니까. 이제 앞으로 내 취향은 한서진이 되겠군."

도혁의 눈이 웃고 있는 것을 보자 서진은 입을 꾹 다물었다. 심장이 두근거렸다. 그와 닿았던 입술이 뜨거웠고, 또 그를 원하고 있었다.

"제 취향은 익숙해지는 거예요. 하지만 민도혁 씨랑은……."

"그럼 지금부터 내게 익숙해지면 되겠군. 이렇게……."

"흐흡!"

이번엔 쉽게 물러서지 않을 생각인 듯했다. 그가 그녀의 뺨을 커다란 손으로 감싸 안았다. 그리고 그녀의 얼굴을 살짝 기울인 다음 더욱 깊숙이 혀를 밀어 넣고는 농밀한 키스를 퍼붓기 시작했다. 간질이듯 입술을 핥고 그녀의 혀를 휘감곤 강하게 빨아 당기자 등줄기를 타고 나른한 전율이 흘러내렸다.

"흐훗…… 하아…!"

그가 서진을 끌어당겼다. 그러자 엉거주춤한 자세로 의자에 앉아 있는 도혁의 다리 위로 걸터앉는 모양새가 되어버렸다. 엉덩이에 단단한 근육이 느껴지자 일어서려 했지만, 깊숙이 들어와 입안을 헤집는 그의 혀로 인해 자꾸만 다리에 힘이 풀렸다.

똑똑!

그의 키스가 더욱 농밀해지고 있었다. 습기를 머금은 더운 숨결이 자꾸만 입술을 통해 새어 나왔다. 타액에 젖은 뜨거운 입술이 닿았다 떨어질 때마다 서진은 심장이 꽉 오므라들 듯 온 신경이 그에게 반응하고 있었다.

똑똑!

다시 들려온 노크 소리에 도혁이 가까스로 그녀의 입술을 놓아주었다. 키스로 붉어진 입술과 열기로 검게 변한 서진의 눈동자를 내려다보며, 도혁은 룸서비스를 시킨 것을 후회했다.

"룸서비스가 온 모양이야."

도혁이 엄지손가락으로 아쉽다는 듯 서진의 입술을 어루만졌다. 그리곤 손끝으로 그녀의 입술에 묻은 그의 타액을 천천히 닦아주었다. 그제야 서진은 밖에 호텔 직원이 와 있다는 사실을 깨닫곤, 서둘러 그의 다리에서 내려갔다. 민망했다. 그의 다리에 걸터앉아 정신없이 키스에 열중했다는 사실에 얼굴이 뜨거웠다.

도혁이 방을 가로질러 문으로 걸어가는 것이 보였다. 서둘러 문을 열자 직원이 안으로 들어왔다. 서진은 문에 서서 얘길 나누는 두 사람을 보자, 더욱 민망해졌다. 분명 직원 역시 두 사람이 조금 전까지 무엇을 하고 있었을지 알 것만 같아 마음이 편치 않았다.

서진은 직원이 돌아가는 것을 확인한 후, 소파에 놓인 가방과 겉옷을 집어 들었다. 방을 가로질러 문으로 걸어가자, 도혁이 미간을 찌푸리는 것이 보였다.

"지금 어딜 가는 거지?"

도혁이 문을 지나쳐 나가려는 서진의 팔을 강하게 붙잡았다. 그와 시선을 마주하자, 서진은 난처한 얼굴로 시선을 피했다.

"내일 다시 올게요."

그녀의 대답에도 도혁은 그녀의 팔을 놓아주지 않았다.

"약속해요."

그제야 도혁이 그녀의 팔을 놓아주었다. 그리곤 바지 주머니에 손을 넣고는 문에 기댄 채 그녀를 내려다보았다. 세 번의 만남. 그리고 그 세 번의 만남 동안, 서진은 매번 그에게서 도망치듯 자릴 떴다. 그리고 지금 도혁은 그 사실이 마음에 들지 않았다. 한 번도 가려는 여잘 붙잡은 적이 없는 그였다. 하지만 매번 서진을 붙잡고 다음을 기약하는 사람은 다름 아닌, 그 자신이었던 것이다.

"내일 점심때, 회중시계를 가져올게요. 직접 확인해 봐야죠. 그 그림과 어떤 관계가 있는지도."

서진의 말에 도혁이 고갤 끄덕였다. 표정은 여전히 서늘했지만 더는 그녀를 잡지 않을 모양이었다.

"그럼, 내일 올게요."

서진이 도혁을 향해 살짝 고갤 끄덕여 보인 다음, 호텔 복도를 따라 걸어가기 시작했다. 여전히 심장이 미친 듯이 뛰고 있었다. 그리고 한편으로 그와 더 있고 싶다는 어이없는 생각마저 들었지만, 서진은 그 설레는 감정을 뒤로하곤 호텔을 빠져나왔다.

손바닥에 느껴지는 차가운 감촉. 시간의 때를 벗은 타원형의 회중시계는 이제 막 세상에 얼굴을 들이민 보석처럼 반짝거렸다. 그리고 자세히 보니 회중시계에 양각되어 있는 조각의 그림 역시 좀 특이했다. 회중시계를 감싸고 있는 용 모양은 많이 보아온 것이었지만, 바닥 밑면에 팔각으로 음각된 것은······.

"팔괘. 분명 동양의 팔괘야. 어제 수첩에서 본 것과 같아. 그런데 왜 이 회중시계에 팔괘를 새긴 걸까?"

사실 서진은 어제 도혁이 보여준 수첩을 보았을 때부터 좀 의아한 생각이 들었었다. 분명 그림 속의 여인이 이 회중시계를 들고 있었으니, 시계의 주인임엔 분명했다. 하지만 사랑하는 여인에게 주는 선물치곤 디자인이 너무 의미심장했던 것이다. 아마 이 회중시계 안엔 두 사람만이 알고 있는 특별한 뜻이 있을 것 같았다.

그러자 서진은 더 궁금해졌다. 그림 속의 여인이 누구고, 또 왜 이런 특별한 도안의 회중시계를 선물했는지도. 그리고 회중시계가 그 여인의 손을 떠나 100년 후 골동품점에 있게 된 이유 역시 궁금했다.

"잠깐, 여기 글씨가 있었는데."

서진은 시계를 들어 시계의 옆에 새겨진 글씨를 확인했다. 그리고 그 글씨를 천천히 읽어 내렸다.

"세, 이응이라?"

세로 시작된 글씨인 것 같았지만, 더는 알아낼 수 없었다. 오랜 시간이 흐르다 보니, 글씨는 지워져 사라졌지만 뭔가 알 것 같은 느낌도 들었다. 혹시 그 그림 속에 있던 여인의 이름이 아니었을까? 연인의 이름을 새겨, 선물했을 가능성이 컸다.

또다시 시작된 호기심에 서진은 회중시계를 꼭 쥐며 골똘히 생각에 잠겼다. 우선 도혁에게 가야 할 것 같았다. 회중시계가 그의 증조할아버님의 유품임을 확인한 후, 그 수첩에서 그림 속에 있는 여인과의 연관성을 찾아야 할 것 같았다. 그리고 유품이라면, 아쉽지만 돌려줘야 할 것 같았다.

벌써 열두 시, 점심때쯤 간다고 했으니 지금쯤 그가 그녀를 기다리고 있을 게 분명했다. 그가 묵고 있는 호텔로 걸어가는 발걸음이 그녀가 알아낸 진실만큼 흥분으로 빨라졌다. 서진은 도로를 따라 걷는 동안, 머리 위로 쏟아져 내리는 햇살에 왠지 현실감이 전혀 느껴지지 않을 만큼 따뜻하다고 생각했다. 그리고 한껏 들뜬 자신도.

어느새 호텔 로비에 도착한 서진은 프런트로 걸어갔다.

『비지니스룸 1204호에 연락해 주시겠어요? 로비에서 한서진……』

『비지니스룸 1204호 민도혁 씨 말씀이십니까?』

『네. 한서진이 로비에 와 있다고 하면……』

『죄송합니다, 민도혁 씨는 오늘 새벽 체크아웃하셨습니다.』

『네? 새벽에 체크아웃했다고요? 혹시, 한서진이란 사람 앞으로 남긴 메모는 없었나요?』

『죄송합니다. 서울에서 온 연락을 받고 긴급히 돌아가신 것만 적혀 있습니다. 그 외에 특별히 따로 남긴 메모는 없었습니다.』

『아, 그렇군요.』

서진이 멍한 얼굴로 돌아섰다.

'한국에서 급히 연락을 받았다면, 회사나 집에 무슨 큰일이 생긴 걸까?'

그가 한국으로 돌아갔다는 말을 듣자, 서진은 걱정되기 시작했다. 그러다 문득, 아무리 급하다고 해도 그녀에게 아무런 메모도 남기지 않고 떴다는 사실에 걱정으로 안타깝던 마음이 서서히 가라앉기 시작했다. 서진은 프런트의 직원에게 인사를 하곤 천천히 로비를 걸어나왔다. 호텔 문을 나서자, 조금 전까지 따사롭던 바람이 어느새 바뀌어 서늘해지고 있었다.

설렘에서 걱정으로, 그리고 걱정에서 다시 실망으로 바뀌는 동안 서진의 얼굴이 점점 굳어지기 시작했다.

후두둑, 후두둑!

또다시 비가 내리기 시작했다. 그녀의 마음 한편에 기대감이 있었던 모양이었다. 그녀가 민도혁이란 남자를 특별하고 신기한 인연이라고 생각하게 된 것처럼, 그 역시 그럴 것이라고 단정해 버린 것이다. 하지만…… 그는 그렇게 떠나 버렸다. 갑작스럽게 시작된 인연은 또 그렇게 갑자기 끝이 난 것이다.

휴우, 아무것도 아닌 관계에 미련을 남길 필욘 없었다. 기다리는 것 역시. 서진은 비가 그치길 기다리는 대신, 빗속을 뚫고 헤이그의 도로를 따라 걷기 시작했다.

〈1910년, 헤이그.〉

째깍, 째깍! 째깍, 째깍!

세경은 손에 놓인 회중시계의 초침을 물끄러미 내려다보았다. 원을 그리며, 규칙적으로 돌아가며 내는 소리가 자꾸만 그녀의 귓가를 두드렸다. 마치 무심히 지나가 버린 시간이 안타까워 시계를 멈추고 싶어하는 세경의 마음을 읽기라도 한 듯 초침은 한숨을 내쉴 틈도 주지 않고 쉼 없이 돌아가고 있었다.

"이 시간이 천천히 흘러갔으면 좋겠는데……."

안타까운 얼굴로 세경이 고갤 들었다. 그러자 앞에 앉아 있던 남자가 그녀의 손을 붙잡고는 그에게로 끌어당겼다.

두근! 세경은 무섭게 뛰는 심장 소리를 들으며 입술을 깨물었다. 그의 옆에 앉은 것만으로도 세경은 괜스레 얼굴이 붉어졌다. 맞잡은 손이, 그리고 닿아 있는 팔의 온기가 무척이나 뜨겁게 느껴졌다.

"휴! 하지만 이 시간 또한 흘러가 버리겠죠? 그리고 추억이 되어

버릴 테죠."

세경은 알고 있었다. 아무리 멈추려 해도, 시간은 두 사람을 그 시간 안에 묶어두는 법이 없다는 것을. 세경은 그가 들을세라, 몰래 한숨을 내쉬었다.

"그렇게 안타까우면, 이 단추라도 눌러 버릴까? 멈춰, 더는 가지 못하도록."

세경이 남자를 올려다보았다. 그녀가 몰래 한숨을 내쉬며 안타까워하고 있다는 사실을 그 역시 알고 있었던 모양이었다. 아니, 그 역시 같은 마음인 듯했다. 그녀를 내려다보는 눈빛이 너무도 아릿했다. 눈물이 날 만큼.

"아니요. 그럼, 안 되잖아요."

알고 있었다. 얼마 후면⋯⋯.

세경이 울컥 솟아나는 아픔을 그에게 들키지 않기 위해 자리에서 일어나 잔디를 따라 걸었다. 그리곤 헤이그의 운하를 바라보았다. 바람이 불어왔고, 그녀의 머리카락과 입고 있던 코트의 옷자락이 나부꼈다. 슬픔과 함께 심장이 아릿했다. 눈가가 뜨거웠고, 목이 자꾸만 조여와 침도 삼킬 수 없었다.

번쩍!

세경은 갑작스러운 불빛의 점멸에 놀라, 뒤를 돌아보았다. 그가 들고 있던 카메라를 내렸다. 헤이그 운하를 바라보며 서 있는 그녀의 모습을 카메라의 앵글에 담은 모양이었다. 그녀의 바람대로.

"이렇게 하면, 이 순간이 기억될 거야. 잊지 않게."

chapter 2

커다란 상자를 두 팔 가득 안은 채 서진은 박물관 3층에 자리한 사무실 안으로 들어갔다. 벌써 세 번이나 커다란 상자를 들고 지하와 3층의 사무실을 오가다 보니, 이마엔 어느새 송골송골 땀이 맺혀 있었다. 하지만 서진은 땀을 닦을 새도 없이 상자를 그녀의 책상 위에 올려놓은 후, 바로 권 팀장 자리로 걸어갔다.

"팀장님, 말씀하신 작품들은 지하 저장실에 보관해 놓았습니다. 가져오라고 하신 자료는 어떻게 할까요?"

서진이 손등으로 땀을 닦으며 책상에 앉아 서류를 보고 있는 지혜를 내려다보았다. 헤이그에서 돌아온 지 벌써 2달. 박물관 큐레이터로서 근무한 지는 한 달 반이 되어가고 있었다. 서류를 검토하고 있던 지혜는 손으로 서류를 한 장 넘기며 얼굴도 들지 않은 채 대답했다.

권지혜. 큐레이터 경력 6년차인 지혜는 이쪽 업계에선 알아주는 실력자였던 것이다. 이제 신입으로 들어온 서진에겐 깐깐하고 완벽주의자인 지혜 밑에서 일을 배울 수 있어 오히려 다행이었다. 사실 지혜의 까다로운 성격 덕에 6개월 이상 버틴 신입 큐레이터가 없을 정도였다. 그런 지혜 밑에서 서진은 즐거운 듯 일하고 있었고, 그 모습에 같은 사무실에서 근무하는 직원들은 혀를 내두를 뿐이었다.

"한서진 씨, 수고했어. 전시실에 남아 있는 작품은 없는 거지?"

"네, 제가 마지막까지 확인했습니다."

"월요일에 지하 보관실에 있는 작품들을 작업실로 보내 드려야 하니까, 그것도 확인 부탁해."

"네, 알겠습니다. 그럼 자료는 어떻게 할까요?"

"음, 혹시 서진 씨 주말에 시간 돼?"

"네, 특별한 일정은 없습니다."

"그럼, 자료 절반은 내 책상 위에 올려놓고, 나머지는 한서진 씨가 살펴봐 줄래? 사실 오늘 오후에 중요한 약속이 있어서 서울에 올라가 봐야 하거든."

"혹시 새로운 기획전 때문이신가요?"

서진의 질문에 지혜의 입가가 빙긋 호를 그렸다. 그리곤 그제야 서류에서 눈을 뗀 지혜가 서진을 올려다보았다. 한 달 반 동안 서진과 일하는 동안 그녀가 마음에 들었다. 처음엔 아름답고 여린 몸을 보며 얼마나 버틸까 걱정도 했지만, 그것은 그녀의 기우일 뿐이었다. 강단 있고 총명한 서진은 그 누구보다 열정적으로 일했다.

지금은 신입이라 잡일을 도맡아 하는 것이 그녀의 일상이었지만, 경력이 쌓이고 자신의 이름을 걸고 전시회를 열게 된다면, 그 누구도 따라오지 못할 만큼의 실력을 갖춘 큐레이터가 될 수 있을 것 같았다. 지혜는 서진을 볼 때마다 6년 전 그녀가 박물관에 신입으로 들어왔을 때가 떠올라 기분이 좋아졌다.

"만약 성사된다면, 한서진 씨가 많이 도와줘야 할 거야."

지혜의 말에 서진의 눈동자가 빛나기 시작했다. 그리곤 잔뜩 흥분한 목소리로 대답했다.

"뭐든 돕겠습니다, 팀장님."

"그래. 하지만 각오 단단히 해둬야 할 거야. 함께 일할 사람이 송곳같이 날카롭고 빙하처럼 냉정한 사람이거든. 사실 오늘도 약속 없이 내가 억지로 쳐들어가는 거야. 그렇게 하지 않으면, 절대 만나주지 않거든. 그것도 친구라 가능한 일이지만. 아마 지난번처럼 문전박대당할지도 몰라."

지혜가 문전박대를 당했다면서도 즐거운 듯 웃고 있었다. 서진은 그 모습에 호기심이 생겼다. 대체 유명 큐레이터인 지혜를 내쫓는 작가라니. 믿을 수 없었던 것이다.

"믿을 수 없지? 나도 그래. 그러니까 오늘은 꼭 성공할 수 있도록 응원이나 해."

"팀장님이시라면, 꼭 성공할 겁니다."

서진의 대답에 지혜의 입가에 미소가 어렸다. 사실 입에 발린 칭찬 같은 건 질색하던 그녀였다. 또한 부하 직원과 사담을 나누는 것 역시 좋아하지 않았다. 하지만 지혜는 어느새 서진의 어깰 두드리고 있었다.

"그럼, 수고해 줘."

"네, 걱정 마세요."

"이제 난 전쟁터로 가야겠군. 퇴근 전에 그를 잡아야 하거든. 서진 씬 자료 정리한 후 퇴근해. 한 달 반 동안 전시회 돕느라 수고했어."

"네, 팀장님. 월요일에 뵙겠습니다."

지혜가 가방과 코트를 챙기는 것이 보였다. 그러다 문득 가방에서 콤팩트와 립스틱을 꺼내더니 화장을 고치기 시작했다. 분명 이번 특별 기획전시를 위한 클라이언트를 만날 것이라고 했지만, 그것만은 아닌 듯했다. 그러기엔 지혜가 평소와 달리 무척이나 들떠 있었다. 작가를 만난 후, 저녁엔 데이트가 있는 건가? 불금의 데이트.

서진은 그런 지혜를 뒤로하곤 자리로 돌아왔다. 책상에 놓인 상자 안엔 살펴보아야 할 자료가 가득했다. 자료를 살펴볼 생각에 손가락이 근질거리기 시작했다. 요즘 서진은 하루하루가 설레고 즐거웠다. 서진이 손을 뻗어 자료를 들어 올리는데, 책상 위에 놓아두었던 휴대폰이 울렸다. 여동생 연서에게 걸려온 전화였다.

"응, 무슨 일이야?"

[오늘 일찍 끝나? 아니, 주말에 본가에 올 거야?]

"왜, 또? 할머니께서 찾으셔?"

[할머니야 당연히 언니를 찾으시지. 하지만 내가 전화를 한 건 그게 아니라…….]

"그게 아니면, 무슨 일인데? 바쁘니까 집에 가서 얘기하면 안 될까?"

[그건 안 돼.]

평소와 달리 수화기를 통해 들려오는 연서의 목소리에 조급함이 묻어 있었다. 그 목소리에 서진은 눈살을 찌푸리며 조금 전까지 건성으로 대답하던 통화에 주의를 기울였다.

"긴히 할 얘기가 있는 모양이네. 어서 말해봐. 듣고 있으니까."

서진의 재촉에도 연서는 쉽게 입이 떨어지지 않는 듯했다. 수화기를 통해 들려오는 한숨 소리와 잠깐의 침묵을 통해 지금 하려는 말이 무척이나 어려운 말임을 짐작할 수 있었다.

"한연서, 말해도 돼."

[사실, 언니에게 부탁할 게 있어서.]

"부탁? 대체 그 부탁이란 게 뭔데, 그렇게 땅이 꺼질세라 한숨까지 쉬는 건데?"

서진이 통화를 위해 잠시 멈췄던 손을 다시 상자로 뻗었다. 그리곤 그 안에 있는 자료를 집어 들었다. 연서의 부탁이란 말에 서진은 얼마 전 할머니 정 여사가 말했던 맞선이 떠올랐던 것이다. 그렇지 않아도 오늘 성북동 본가에 가면 할머니 정 여사에게 맞선 같은 것은 보지 않겠다고 못을 박을 생각이었다.

[언니, 오늘 사람 좀 만나줘.]

"사람? 설마 할머니께서 오늘 선보래? 분명 나에겐 2주 후라고……."

탁 소리가 나게 자료를 책상에 내려놓은 서진은 마땅찮은 얼굴을 했다. 차갑게 들리는 목소리 역시 그녀의 감정을 고스란히 드러냈다.

[저기 맞선이 아니라…… 내가 사랑하는 사람이야.]

"뭐?"

순간 서진은 그녀가 뭔가 잘못 들었다고 생각했다. 그래서 다시 반문할 수밖에 없었다.

"지금 뭐라고 했어? 내가 잘못……."

[잘못 들은 것 아니야. 나, 사랑하는 사람이 있어.]

믿을 수 없었지만, 사실인 모양이었다. 연서의 목소리에서 초조함이 잔뜩 묻어 있었던 것이다. 연서는 서진의 침묵에 더 조급해진 모양이었다. 그래서인지 묻지도 않은 말을 하나하나, 털어놓기 시작한 것이다.

[대학 선밴데…… 졸업반이야. 아니, 그게 아니라, 사실은 선배가 유학을 가게 됐어. 선배 말론 집안 하락을 받고, 함께 가자고 하는데……. 할머닌, 분명 허락하지 않으실 거야. 그렇겠지?]

서진의 대답을 원해서는 아닌 듯했다. 아마 연서 역시 할머니 정 여사의 대답을 뻔히 알고 있을 테니, 그저 서진에게 응원을 받고 싶은 모양이었다. 그렇게라도 희망을 품기 위해.

"함께 유학? 설마 약혼하겠다는 말이야?"

[뭐, 어쩌면…….]

"휴!"

서진은 놀란 마음이 조금 진정되자, 의자에 몸을 기댔다. 그녀 역시 너무도 갑작스러운 말이라, 뭐라고 말을 해야 할지 갈피를 잡을 수 없었던 것이다. 더군다나 연서는 스물두 살로 대학 3학년에 재학 중인 학생이었다. 그런데 약혼이라니. 갑자기 서진은 머리가 지끈거리기 시작했다. 연서의 목소리에 담긴 진한 감정에 앞으로 벌어질 일들이 상상이 됐다. 그리고 완고하기 이를 데 없는 정 여사와 치를 전쟁을 상상하자, 절로 한숨이 새어 나왔다.

"그러니까 네 말은 네가 사귀는 사람을 내가 만나줬으면 하는 거네?"

[맞아. 언니가 만나보고, 내 편이 되어줬으면 해서. 그래도 언니 말이라면, 할머니께선 들어주시잖아. 그러니까…… 제발 부탁해.]

서진은 작게 한숨을 내쉬었다. 그녀가 유럽으로 떠날 때까진 그런 내색 전혀 없던 연서였다. 그런데 약혼이란 말이 오가다니. 설마……?

"한연서, 너 혹시 약혼을 서둘러야 할 다른 이유가 있는 건 아니지?"

위험스러울 정도로 낮게 울리는 서진의 목소리에 연서는 말속에 담긴 뜻을 바로 알아챈 모양이었다. 그리곤 펄쩍 뛰며 그녀의 말을 부정했다.

[말도 안 돼. 아직 키스밖에 해보지 않았단 말이야. 그런데 아이라니…….]

홋! 연서의 말에 서진은 안도감으로 가슴을 쓸어내렸다. 서진의 억측에 화가 나 버럭 소릴 지른 연서가 귀여웠지만, 지금 한가하게 여동생의 순진함에 기뻐할 때가 아니었다.

"만나만 줄게. 하지만 무조건 네 편이 되어줄 순 없어."

[그거면 돼. 냉정한 눈으로 봐주기만 해.]

서진은 연서의 말에 작게 한숨을 내쉬었다. 그 남자에 대한 신뢰가 대단했던 것이다. 사람에게 쉽게 마음을 열지 않는 까다로운 성격의 연서에게 그런 신뢰를 받아내다니, 시시껄렁한 남자는 아닌 모양이었다.

"약속 장소와 시간, 문자로 보내. 퇴근하면 바로 올라갈 테니까."

통화를 끝낸 서진은 다시 상자 속에 남아 있는 자료를 모두 꺼내, 책상 위에 올려놓았다.

와르르. 한번에 너무 많은 자료를 쌓아 올린 모양이었다. 자료들이 옆으로 미끄러지며 쏟아지더니, 책상에 위에 어지럽게 흩어졌다. 툭, 자료 중 하나가 컴퓨터 옆에 놓아두었던 회중시계를 건드렸다.

서진은 손등에 느껴지는 차가운 감촉의 회중시계를 내려다보았다.

헤이그에서 돌아온 지 2달. 바쁜 일상에 쫓겨 헤이그에서 만났던 남자는 어느새 그녀의 삶에서 한 발짝 멀어져 있었다. 하지만 가끔 낡은 골동품점의 신비로운 풍경이라던가, 오래된 먼지 냄새와 함께 그가 떠오르곤 했다.

더는 만날 일이 없는 그를, 왜? 라는…… 의문과 함께.

시계를 바라보는 서진의 눈에 그늘이 졌다. 서둘러 머릿속에 떠오른 생각을 지우듯 회중시계를 집어 주머니 속으로 밀어 넣었다. 마음속에 자리한 아릿한 감정의 여운을 밀어내려는 듯. 그렇게…….

삐이~!

—대표님, 권지혜 씨께서 오셨습니다. 어떻게 할까요?

인터폰 소리와 함께 들려온 김 비서의 목소리에 도혁은 눈살을 찌푸렸다.

―대표님!

또다시 들려오는 김 비서의 목소리엔 난처함이 가득 묻어 있었다. 사실 몇 번이나 그를 찾아온 지혜를 바쁘다는 핑계로 사무실 문 앞에서 돌려보냈던 것이다.

"들여보내. 차는 됐어, 곧 돌아갈 테니까."

―네, 알겠습니다.

도혁의 대답에 김 비서는 한시름 놓았다는 듯 평소의 밝은 목소리로 대답했다. 도혁은 보고 있던 서류를 덮곤 잠시 눈을 감았다. 헤이그에서 돌아온 후, 근 2달 동안 잠을 제대로 자지 못한 탓에 머리가 지끈거렸다. 눈 역시 피로로 욱신거렸지만, 아직 봐야 할 서류가 산더미처럼 쌓여 있어 쉴 수도 없었다.

똑똑! 달칵!

문이 열리는 소리와 함께 지혜가 들어오자, 도혁 역시 자리에서 일어섰다. 피곤으로 그늘졌던 얼굴은 어느새 냉정한 사업가의 모습으로 돌아가 있었다.

"어서 와. 부모님께선 잘 계시지?"

도혁이 지혜를 보곤 부모님의 안부부터 묻자, 그녀가 살짝 미간을 찌푸렸다. 하지만 이내 노련한 큐레이터답게 미소와 함께 사무적인 목소리로 대답했다.

"안부까지 물어주시니 감사합니다, 대표님."

지혜의 대답에 이번엔 도혁의 서늘한 눈매가 날카로워졌다. 친구 권지혜로만 대하려 했던 그의 의도를, 눈치 빠른 그녀가 벌써

읽어낸 것이다. 그리곤 지혜는 가방에서 명함까지 꺼내 도혁에게
건넸다. 지혜는 지금 선을 긋고 있었다.

"박물관 큐레이터 권지혜입니다. 지난번 말씀드렸던, 대표님의
아버님이신 민 화백님의 작품들을 저희 박물관에서 전시하고 싶
습니다."

도혁은 지혜의 명함을 책상 위에 아무렇게나 던져 놓은 후, 사
무실 중앙에 놓인 소파로 걸어가 앉았다. 그러자 지혜 역시 그 옆
자리에 자리 잡은 후, 최대한 사무적인 얼굴로 도혁을 보았다.

"죄송하지만, 그건 좀 힘들 것 같군요. 지난번 몇 차례 말씀드린
것처럼 어머님께서 원치 않으시거든요. 그러니 시간 낭비하실 것
없이, 그만 돌아가 주십시오. 만약 친구 권지혜라면 얼마든 시간
을 내줄 용의는 있지."

어느새 바뀐 도혁의 말투에 지혜는 미간을 찌푸렸다. 그리곤 하
는 수 없이 큐레이터 권지혜가 아닌 친구의 얼굴로 도혁을 바라보
았다.

"어머님은 좀 괜찮으셔? 지난번 쓰러지셨다는 말은 엄마에게
들었는데, 전시회가 있어서 가보질 못했어. 미안."

"퇴원하신 후, 지금은 집에 계셔. 아주머니께 병문안 와주셔서
감사했다고 전해줘."

"알았어. 오늘 집에 들어가니까, 전할게. 그런데 어머님은 어디
가 안 좋아서 갑자기 쓰러지신 거야? 이젠 정말 괜찮은 거야?"

걱정스러운 얼굴을 한 지혜를 보며, 싸늘하던 도혁의 얼굴이 천
천히 풀어지기 시작했다. 지혜는 선우와 마찬가지로 도혁에게 어
린 시절부터 함께 자라온 몇 안 되는 친구였던 것이다.

"걱정할 것 없어. 하지만…… 전시회는 안 돼."

도혁이 노련한 사업가답게 다시 한 번 못을 박았다. 그러자 지혜는 허를 찔린 듯 움찔했다. 하지만 지혜 역시 포기할 생각이 없는 듯 가방에서 흰 봉투를 꺼내 도혁 앞에 내려놓았다.

"내가 기획한 전시 기획안이야. 살펴보면 알겠지만, 이번 전시회엔 민재영 화백님 작품만이 아니라, 네 증조할아버님이신 민국환 화백님의 작품도 함께 전시할 생각이야. 한국의 100년의 미술사. 그리고 그림 속에 갇혀 있던 시간. 그 잠들어 있던 시간을 관람객들이 공유하고 공감하는 거지. 그리고 이 모든 과정이 전시회의 요소가 되는 거야. 그래서 또 다른 작품이 되는 거지."

관객의 참여까지가 전시회의 일부라. 도혁은 지혜의 말에 눈을 가늘게 떴다. 그리고 조금 전 그녀가 했던 말 중, 그림 속에 갇혀 있던 시간. 그 말이 어딘가 모르게 귀에 익었다. 그리고 그 이유가 헤이그의 골동품점에서 발견한 그림 때문이란 걸 깨달았다. 서진이 뿌연 먼지를 걷어냈을 때, 도혁은 그런 느낌을 받았던 것이다.

"그 기획, 네가 한 거야?"

"뭐, 그렇다고 해야겠지?"

"그 말은, 다른 사람의 의견도 함께라는 거야?"

"사실 이번에 들어온 신입이 모티브를 주긴 했어."

그런 것까지 세세하게 말할 필욘 없었지만, 지혜는 자신도 모르게 사실대로 털어놓고 있었다. 이렇게 도혁 앞에서만 서면, 완벽한 큐레이터의 모습은 사라지고 그의 말에 일일이 반응하는 여자가 되어 있었던 것이다.

"신입 큐레이터가 들어온 모양이군."

"응, 꽤 쓸 만해. 사실, 고백하자면 쓸 만한 정도가 아니라, 뭔가 좀 달라. 한 달 반밖에 되지 않아서, 단정할 순 없지만 아마 굉장한 큐레이터가 될 것 같아."

지혜가 눈을 빛내며 새로 들어온 큐레이터를 칭찬하고 있었다. 일에 있어서 깐깐하기 그지없는 지혜가 후배를 칭찬하다니. 흔히 볼 수 없는 모습이었다. 사실 도혁 역시 호기심이 생겼다. 그림 속에 갇혀 있던 시간이란 기획을 한 신입 큐레이터. 자꾸만 그의 머릿속에 남아 신경을 자극했다.

"살펴는 보겠지만, 기대는 하지 마."

"지금은 그걸로 됐어. 지난번 문전박대당한 것보단 한 걸음 나아간 거니까. 이렇게 자꾸 두드리다 보면, 열리겠지. 사실 오늘도 문 앞에서 돌려보내질 각오로 왔거든. 하지만 이렇게 기획안을 건넸고, 살펴보겠다는 약속까지 받았으니. 이만하면 성공한 거지."

지혜가 지난번 도혁이 했던 일을 빗대 비꼬자, 도혁은 미안한 기색도 없이 냉정하게 대답했다.

"사실 이번에도 거절하려 했어. 마음을 바꿀 생각이 전혀 없는데, 서로 시간 낭비할 필욘 없다고 보거든."

"그래? 그럼 오늘은 왜 마음을 바꾼 건데?"

지혜의 질문에 도혁은 잠시 아무런 대답도 하지 않았다. 그녀의 기획안 때문이 아니라, 누군가가 떠올라 마음을 바꿨다는 말을 할 수는 없었다.

'훗! 이제 한국에 돌아와 있겠지?'

문득 떠오른 생각에 도혁의 입가가 씁쓸하게 비틀렸다. 그리고 눈동자 역시 그늘이 졌다.

"그림 속에 갇힌 시간을 공유한다는 말이 마음에 들었다면, 실망할래?"

도혁의 대답에 지혜 역시 그럴 줄 알았다는 듯 피식 웃었다. 사실 그녀 역시 서진의 얘길 들었을 때 뭔가 묘한 느낌을 받았었던 것이다. 냉정하기 그지없는 도혁 역시 그 말에 마음이 흔들리다니. 역시 그녀의 느낌대로 서진은 사람의 마음을 움직이는 뭔가를 가진 게 분명했다.

"내 기획안을 보고 마음을 바꾼 것이 아니라 실망이긴 하지만, 상관없어. 대신 그 말이 도화선이 되어 내 기획안을 보고 네가 마음을 바꾸게 될 테니까. 전시회를 하는 방향으로."

"훗, 그렇게 자신 있나 보군. 좋아, 살펴볼 테니 그만 돌아가 줘. 난 아직 일이 남아 있거든."

도혁이 자리에서 일어서자, 지혜가 아쉬운 듯 따라 일어섰다.

"퇴근 시간이 다 되었는데, 남은 일이 있는 거야? 오늘 금요일이란 건 알고 있어? 오랜만에 함께 저녁이라도 먹으려고 했는데. 안 돼?"

투정으로 시작해, 함께 저녁을 먹자는 말이 나오기까지 지혜의 목소리엔 다급함이 느껴졌다. 그리고 도혁의 대답을 기다리는 지혜의 표정 역시 조금 전 당당하던 모습과는 달리 거절당할지도 모른다는 생각에 잔뜩 긴장한 모습이었다.

"미안, 오늘은 안 되겠어."

"약속…… 이라도 있는 거야? 아님, 일이 많아? 뭐, 당연히 그렇겠지만."

예상하곤 있었지만, 그의 거절에 지혜가 당황한 듯 말이 많아졌다.

"한신 대표랑 선약이 있어. 다음에 선우가 오면, 같이 보자."

"아, 사업 얘긴가 보네."

그나마 다행이었다. 아직 민도혁에겐 불금을 시작으로 주말을
함께 보낼 애인이 없는 것이다. 도혁이 책상으로 걸어가 지혜에게
받은 기획서를 책상 위에 올려놓는 것이 보였다. 장신의 키에 감
색 양복을 입은 도혁의 뒷모습은 심장이 떨리도록 멋있었다. 어린
시절부터 보아왔지만, 그의 잘생긴 얼굴을 보면 자꾸 긴장되는 건
어쩔 수 없었다.

그가 돌아섰다. 그러자 유리창을 통해 들어온 햇살이 그의 얼굴
에 음영을 만들어냈다. 그가 그녀를 향해 걸어왔다. 그녀를 배웅
하기 위해 오는 것이었지만, 지혜는 괜스레 심장이 두근거렸다.

"멀리는 못 나가. 알지?"

그의 말에 지혜가 고갤 끄덕였다. 그렇게 지혜는 떠밀리듯 도혁
을 따라 문으로 걸어갈 수밖에 없었다. 훗! 정말 시간이 흘러도 빈
틈 하나 없이 냉정했다. 뻔히 자신이 그에게 호감을 갖고 있다는
것을 알고 있으면서도 그는 단 한 번도 내색하는 법이 없었다. 아
마 앞으로도 평생 친구로 적당한 거리에서 대할 게 분명했다. 아
무런 기대도 할 수 없게.

그것이 친구인 그녀에 대한 민도혁만의 배려겠지만, 가끔 너무
도 잔혹하단 느낌을 받았다. 그리고 그럴 때면 지혜는 항상 고민
에 빠졌다.

이렇게 그의 곁에서 친구란 이름으로 살아갈까? 아니면 다시
보지 못한다고 하더라도 그에게 여자로 남을까? 하는.

하지만 선택은 하나였다. 권지혜에게 민도혁은 가족처럼 소중하다는 것. 그에게 여자이길 포기할 만큼. 지혜는 애써 마음을 다독이며 도혁을 향해 밝게 웃으며 말했다.

"좋아. 선우가 서울에 오면, 밤새 술 마시는 거다. 누군가 쓰러질 때까지."

지혜가 돌아가자, 도혁은 서늘한 얼굴을 했다. 그리곤 김 비서에게 걸어갔다.

"8시에 한신 쪽 사람들과 약속이 있으니, 차를 대기시키도록 해."

"네, 대표님."

서진은 테이블을 사이에 두고 마주 앉아 있는 현우를 말없이 응시했다. 짧게 자른 단정한 머리와 짙은 눈썹. 그리고 강한 의지가 느껴지는 눈동자를 한 현우는 서진의 차가운 시선을 흔들림 없이 응시하고 있었다. 말없이 바라보는 그녀의 시선에 숨이 막힐 법한데도 아무런 내색도 하지 않고 앉아 있는 현우를 보자, 서진은 우선 그 듬직함이 마음에 들었다.

스물다섯, 그리고 연서의 나이 스물둘. 두 사람 다 성인이었지만, 성급한 감정으로 두 사람의 인생을 결정하기엔 이른 나이였다.

"함께 유학을 갈 생각이라고요? 부모님께선 알고 계시나요?"

10분여 동안 계속된 침묵을 깨고 서진이 마침내 입을 열었다.

그러자 현우는 작게 한숨을 내쉰 다음 차분한 목소리로 대답했다.

"사실 아버지께서 대학에 재직 중이시라, 본의 아니게 연서를 알고 계십니다. 그리고 마음에 들어 하셨구요. 아버지께서는 연서네 집안 어르신들께서 허락하신다면, 약혼 후 함께 유학을 가도 좋다고 하셨습니다."

현우의 대답으로 미루어보건대, 현우의 아버지가 Y대 교수인 모양이었다. 그러자 나이에 비해 진중해 보이는 현우의 어른스러움이 어느 정도 이해가 됐다.

"그럼 어머님은 뵙지 않은 모양이군요."

"아, 그게……. 사실 어머님께선 일찍 돌아가셨습니다. 그래서 아버지께서도 제가 일찍 결혼하는 것에 대해 적극 찬성하셨습니다."

현우의 말에 서진이 살짝 미간을 찌푸렸다. 사실 서진의 부모님 역시 10년 전 갑작스러운 교통사고로 돌아가신 것이다. 그 빈자리가 컸기 때문에, 연서가 결혼하게 된다면 시부모님 모두 살아 계셨으면 하는 바람이 있었다.

"내가 아니더라도, 할머님께선 반대가 심할 거예요. 우리 입장에선 연서가 막내인데다, 아직 학생이라 공부를 끝까지 마치길 바라고 있거든. 그래서 자신의 길을 가길 원하고 있어요. 만에 하나, 유학 중 아이라도 덜컥 생긴다면 연서에겐……."

"그건 걱정 마세요. 저희 역시 결혼할 때까지 아이는 갖지 않기로 했습니다. 제 공부도 중요하지만, 연서의 공부도 중요하니까요. 그러니 그 부분은 안심해도 됩니다."

분명 서진의 직설적인 질문에 얼굴이 붉어질 법도 했지만, 현우는 진지한 얼굴로 대답하고 있었다. 아마 그 문제 역시 연서와 현우도 심각하게 고민을 하고 얘길 많이 한 모양이었다.

"그렇다니 다행이군요."

서진은 앞에 놓여 있는 물컵을 들곤 천천히 마셨다. 그러자 그 역시 목이 탔는지, 물컵을 들어 모두 비우는 것이 보였다. 훗! 아무리 태연한 척하려 해도, 그것이 쉽지 않은 모양이었다. 물컵을 내려놓은 서진은 여전히 차가운 얼굴로 현우를 바라보았다.

"연서 부탁으로 어쩔 수 없이 나왔었는데, 오늘 현우 씨를 보니 만나길 잘했다는 생각이 드는군요. 돕겠다는 말은 할 수 없지만, 반대하진 않을 생각이에요. 할머니를 설득하는 일은 연서와 둘이서 잘해보도록 해요."

"정말이십니까? 그것만으로도 충분합니다. 정말, 감사드립니다."

벌떡 자리에서 일어선 현우가 기쁜 나머지 서진의 손을 덥석 잡았다. 그리곤 처음으로 환하게 웃는 것이 보였다. 너무도 갑작스러운 그의 행동에 서진은 당황했지만, 그렇다고 기뻐하는 그의 손을 매정하게 뿌리치는 것 또한 할 수 없었다.

"최현우 씨, 잘 부탁할게요. 믿어도 되겠죠?"

서진 역시 차갑게 굳어 있던 얼굴을 풀곤, 현우를 향해 부드럽게 웃어 보였다. 그러자 두 사람 사이에 흐르던 긴장감이 서서히 사라졌다.

"네, 평생 행복하게 해주겠습니다. 걱정 마십시오."

기쁜 얼굴로 대답하던 현우의 표정이 살짝 굳어지는 것이 보였다. 그리곤 조금 긴장한 얼굴로 서진이 아닌 그녀의 뒤에 서 있는 누군가를 보고 있었다. 무슨 일이지? 아는 사람이라도 만난 건가? 지금까지 침착하던 현우가 조금은 당황한 듯 굳은 모습을 하자, 서진 역시 불편해졌다.

"어, 저기…… 손님이……."

손님? 지금 내 손님이란 건가? 현우의 심상치 않은 태도에 서진 역시 긴장했다. 설마, 할머니께서 이곳에 오신 건가?

"현우 씨…… 잠깐만 내가 할머니께 말씀……."

서진 역시 당황한 표정으로 뒤를 돌아보았다. 하지만 정 여사가 아니었다. 그녀를 차갑게 쏘아보는 검은 눈동자는 바로 민도혁, 그였다. 업무 미팅이 있었는지 슈트 차림을 한 도혁은 현우와 서진을 번갈아 보며 뭔가 마음에 들지 않는다는 듯 미간을 살짝 찌푸리고 있었다. 호텔 커피숍의 조명 아래 서늘한 냉기를 뿜으며 서 있는 그는 숨이 막힐 정도로 매력적이었다. 서진은 그의 날카로운 시선에 입술이 바짝 타들어가는 느낌이었다.

"민…… 도혁 씨?"

"한서진 씨, 맞군. 잘못 본 게 아니었어."

낮게 울리는 목소리는 분명 그였다. 그녀를 내려다보는 그의 눈빛은 여전히 차가웠고, 언제나처럼 세련된 정장 차림에 강하게 뿜어져 나오는 카리스마는 주변의 사람들을 긴장시켰다.

서진은 그를 보자, 가슴 저 밑바닥에 있던 차가운 분노가 이는 것을 느꼈다. 아무런 말도 없이 한국으로 돌아가 버린 그날, 서진이 느껴야 했던 감정은 2달이 지난 지금도 생생히 기억났다. 그리고 그녀의 머리 위로 내리던 차가운 빗줄기 역시.

그런데 그런 그가 뻔뻔하게도 현우를 위험스러울 정도로 차가운 눈빛으로 쏘아보고 있었다. 마치 불륜이라도 저지른 애인을 보듯 그의 눈빛은 명백히 자기 것을 지키려는 남자의 소유욕이 담겨 있었다. 서진은 이 어이없는 상황이 괜스레 짜증이 났다.

"아는 분이십니까? 그렇다면, 제가……."

현우의 태도로 보아, 두 사람을 위해 자릴 피해줄 모양이었다. 그러자 서진은 싸늘한 얼굴로 도혁을 외면하며 현우에게 고갤 가로저었다.

"그럴 필요 없어요. 다시 얘길 나눌 만큼 가까운 사인 아니었거든요. 그렇다고 안부를 물을 사이 또한 아니죠. 그러니 현우 씨, 이제 돌아갈까 하는데……."

서진이 옆에 놓아두었던 코트와 가방을 집어 들었다. 그러자 현우 역시 옆에 놓여 있던 책과 가방을 챙기기 시작했다.

"모셔다 드리겠습니다."

현우가 차가운 냉기를 뿜어내는 도혁에게서 서진을 보호하려는 듯 두 사람 사이에 끼어들었다. 아마 서진이 보이는 차가운 태도에 현우 역시 도혁을 경계하게 된 모양이었다.

"그럼 부탁할게요."

서진이 도혁에겐 시선조차 주지 않은 채 레스토랑을 가로질러 문으로 걸어가기 시작했다. 서진을 따라 함께 걷는 동안 현우가 뭔가 묻고 싶어한다는 사실을 눈치챘지만, 서진은 모른 척했다. 그리고 등 뒤에서 느껴지는 도혁의 따가울 정도로 차가운 시선 역시 무시했다. 2달 만에 만난 그는 마치 어제 헤어진 사람처럼 그녀에게 온갖 소유욕을 드러내고 있었다. 그런 그의 태도가 서진은 마음에 들지 않았다.

"잠깐, 기다려!"

도혁이 무서운 기세로 다가와 서진의 손목을 강하게 붙잡았다. 그러자 서진 역시 지지 않고 그를 매섭게 쏘아보며 그의 손을 거칠게 뿌리쳤다.

"민도혁 씬 항상 제게 기다리란 명령만 하는군요."

"그게 아니라…… 난 얘길 하고 싶은 것뿐이야. 한서진 씨는 내게 들어야 할 말이 있을 텐데?"

"그렇게 생각했던 적도 있었죠. 하지만 지금은 유감스럽게도 민도혁 씨에게 더는 듣고 싶은 말이 없군요. 그럼, 이만. 다신 보고 싶지 않군요."

서진이 야멸차게 쏘아붙인 후, 그대로 밖으로 나가 버렸다. 도혁은 빈주먹을 꼭 쥐곤 주머니 속으로 손을 밀어 넣었다. 그리곤 잔뜩 찡그린 얼굴로 멀어져 가는 서진을 응시했다. 붙잡아야 했다. 또 언제 그녀를 다시 만날 수 있을지 기약조차 할 수 없었으니까. 하지만 서진의 서늘한 반응으로 보아, 그녀를 붙잡아도 소용없을 것 같았다. 젠장! 작게 욕설을 뱉어내던 도혁의 눈에 아직 밖으로 나가지 않고 서 있던 현우가 눈에 들어왔다. 그는 도혁을 충분히 이해한다는 표정으로 바라보고 있었다.

"한씨 집안의 여인들은 정말, 기가 세더군요. 포기하지 마십시오. 그럼!"

현우의 말에 도혁의 눈썹이 꿈틀거렸다. 그건 분명 위로였다. 한씨 집안의 여자들을 마음에 담은 남자들만이 공감할 수 있다는 그런 뉘앙스를 담은 위로. 도혁은 서진과 함께 걸어가는 최현우를 잔뜩 굳은 얼굴로 쏘아보았다. 2달 만에 운명처럼 다시 만난 서진을 보내며, 도혁은 작게 한숨을 내쉬었다. 그리곤 다른 방법을 찾아야겠다고 생각했다.

서진이 대문을 열고 안으로 들어가자, 연서가 기다렸다는 듯 빼꼼히 얼굴을 내밀었다. 하지만 뒤따라 나온 정 여사를 본 연서는 잔뜩 긴장한 얼굴로 몸을 바로 세웠다. 아마 서진이 정 여사에게 오늘 만난 최현우에 대해 말할까 걱정이 되는 모양이었다. 연서 역시 서진이 답답할 정도로 신중한 성격이란 사실을 알고 있었지만, 초조함이 그녀를 불안하게 만든 것이다.

"서진이 왔구나. 밥은 먹고 다니는 거니?"

정 여사가 조금 마른 듯 보이는 서진을 보곤 눈살을 찌푸렸다. 박물관 큐레이터가 되었다며, 천안으로 내려간다고 했을 때 정 여사는 반대했었다. 헤이그에서 돌아오면 당연히 그녀를 도와 한씨 일가가 세운 학교 재단 성화를 맡아 경영하리라 생각했었다. 하지만 정 여사의 기대와는 달리 서진은 큐레이터를 하겠다면 천안으로 내려가 버렸다.

"먹었어요. 어서, 들어가세요. 공기가 차요."

서진이 잔디가 깔린 마당을 지나, 고즈넉한 아름다움을 지닌 한옥의 안채로 들어서자 정 여사는 고갤 끄덕이며 나무 마루를 지나 응접실로 걸어가 버렸다. 집 안으로 들어서자, 대추의 은은한 향이 나고 있었다. 아마도 서진이 집에 온다는 말에 정 여사가 직접 준비한 모양이었다. 서진이 정 여사를 따라 응접실로 가려는데,

연서가 그녀의 팔을 붙잡았다.

"만났어?"

"응."

서진을 올려다보는 연서의 얼굴엔 긴장으로 굳어 있었다. 아마 서진이 현우를 만나는 동안, 이렇게 마음 졸이며 집 안을 서성인 모양이었다.

"선밴, 괜찮았어?"

망설이던 끝에 조심스럽게 물어오는 연서를 보며, 서진이 대답 대신 고갤 끄덕여 보였다. 언제 이렇게 커버린 걸까? 마냥 어리게만 보이던 연서는 이제 그녀의 어린 여동생이 아님을 실감했다. 어느새 성숙한 여자가 되어 있었던 것이다.

"그래, 진중한 사람인 것 같더라. 우선은 반대는 하지 않겠다고 말했어. 할머니를 설득하는 것은 너와 최현우 씨 몫이라고."

서진의 대답에 연서의 입가에 미소가 떠올랐다. 그리곤 그녀의 손을 덥석 잡더니 환하게 웃는 것이 보였다. 훗, 그 모습이 레스토랑 안에서 현우가 했던 행동을 떠올리게 했다. 아마, 사랑하면 행동은 물론 표정까지 닮아가는 듯했다.

"고마워, 언니. 나 얼른 현우 선배에게 전화해 봐야겠어. 일요일에 갈 거지? 밀린 얘긴 내일 해."

연서가 잔뜩 흥분한 얼굴로 별채로 가자, 서진은 응접실 쪽으로 고갤 돌렸다. 아마 지금쯤 대추차에 그녀가 좋아하는 잣을 고명으로 올리며 정 여사가 그녀를 기다리고 있을 게 분명했던 것이다.

사실 피곤했다. 한 달 반 동안 정신없이 일한 것도 그녀를 힘들게 한 이유 중의 하나였지만, 지금 그녀를 더 혼란스럽게 만든 것은 다름 아닌 민도혁 그 남자 때문이었다.

"피곤하다고 쉬고 싶다고 한다면, 당장 일을 그만두라고 하시겠지?"

서진은 작게 한숨을 내쉬곤 천천히 응접실로 향했다. 나무로 된 마루를 따라 걸어갈수록 대추의 달콤하고 진한 향기와 함께 정 여사의 마음이 전해졌다. 서진이 좋아하는 대추차를 준비하며, 그녀를 기다렸을 할머니의 마음을.

"뒷마당에 열렸던 그 대추로 만드신 것 맞죠?"

서진이 소파에 앉으며 탁자에 놓인 투박하지만 멋스러운 잔을 들어 올렸다. 손바닥에 느껴지는 따뜻한 온기에 서진의 입가에 저절로 미소가 어렸다.

"작년엔 예년보다 씨알이 굵더니, 차 역시 더 맛있는 것 같더구나. 먹어봐."

정 여사의 말에 서진이 김이 모락모락 나는 대추차를 조심스럽게 맛을 보았다. 한약을 연상시키는 진한 갈색과 함께 달큰한 대추 향이 그녀의 콧속으로 들어왔다.

"그런 것 같아요. 작년에 만드신 대추차보다 훨씬 진하고, 달아요."

서진의 말에 정 여사의 얼굴에 미소가 어렸다. 서진이 좋아하는 모습을 보기 위해 바쁜 일정 속에서도 시간과 정성을 들여가며 이 대추차를 만들었던 것이다.

"일은 힘들지 않고?"

정 여사의 물음에 서진이 고갤 가로저었다.

"즐거워요. 선배 큐레이터가 이쪽에서 전설과도 같은 분이시라……."

"권지혜 큐레이터야, 일 하나는 프로지. 하지만 밑에 있는 사람들이 견디기 힘들어한다는 소문이 있더구나. 그런데 넌…… 괜찮은 모양이지?"

아차! 잊고 있었다. 성화재단 산하, 미술관이 있다는 것을. 아마 지혜에 대한 정보는 그녀보다 정 여사가 더 자세히 알고 있을 게 분명했다.

"일에 있어서 완벽한 성격이라, 신입인 저에겐 최고의 사수라고 생각해요."

"네가 신입이라니! 다섯 살 때부터 네 할아버질 따라 미술관을 돌며 잔뼈가 굵은 넌데. 아마, 6년 차인 권지혜란 큐레이터보다 네 실력이 더 월등할걸? 그런데 그런 사람 밑에서 일을 배우면서, 기뻐하다니. 쯧쯧!"

정 여사는 마음에 들지 않았다. 그녀가 아는 서진은 손녀라서가 아니라 큐레이터로서 그 누구보다 뛰어난 재능을 지닌 아이였다. 절대 누구 밑에서 배울 실력이 아니라, 가르쳐야 마땅했다. 그런 서진이 박물관에서 잡일을 한다고 생각하자 마땅찮았던 것이다. 더욱이 정 여사 역시 나이가 드는지, 부쩍 기력이 달려 서진의 도움이 절실했다.

"난 네가 내 뒤를 잇길 원한다. 그러니 적당히 하다 들어오도록 해. 재단 일을 하면서, 네가 좋아하는 큐레이터 일도 동시에 할 수 있는데 거기서 왜 사서 고생을 하는지, 난 모르겠구나."

정 여사의 말에 서진이 마시고 있던 잔을 탁자에 내려놓았다. 그리곤 단호한 얼굴로 정 여사를 응시했다. 고집스럽게 닫힌 입매며, 날카로운 눈빛에서 정 여사는 서진이 무슨 말을 하려고 하는지 충분히 짐작할 수 있었다.

"죄송해요, 할머니. 전 박물관 일이 좋아요. 그러니 재단 일은 연서에게 맡기세요. 가끔, 미술관 쪽 일만 제가 도울게요."

"연서는 그릇이 안 돼. 아직 어리기도 하지만, 그 아인 경영을 맡기기엔 너무 감정적이지."

"아직 학생이니 공부를 하다 보면, 그릇이 될 거예요. 만약 그것도 아니라면 나중에라도 전문 경영인에게 맡기는 것도……."

"그건 안 될 말이야. 성화재단은 한씨 가문 대대로 이어진, 가업이야. 1917년에 너희 증조할아버지께서 학교를 세우신 후, 100년 동안 수많은 학생을 배출해 냈지. 백년지대계. 그 뜻을 내 대에서 끊어버릴 순 없으니까."

정 여사의 말에 서진은 답답했다. 그녀 역시 알고 있었다. 100년의 전통을 지닌 학교. 그리고 한씨 가문의 사람들은 그 전통을 지켜야 하는 의무를 갖고 있었다.

"그렇죠. 하지만 100년이란 시간이 흐른 만큼, 시대도 변했죠. 이제 재단엔 전문적인 경영인이 필요하다고 생각해요. 그래야 100년 후에도 성화라는 이름이 남아 있을 테니까요."

"말 한번 잘했구나. 그럼, 네가 그 전문 경영인과 결혼을 하는 건 어떻겠니? 그렇게만 된다면야, 모든 문제가 해결될 것 같구나. 내 조만간 자릴 마련할 테니……."

"지금 저보고 선을 보란 말씀이신가요?"

순간 서진은 미간을 찌푸렸다. 설마, 처음부터 이걸 노렸던 걸까? 서진은 날카로운 눈으로 정 여사를 보았다. 아니나 다를까, 정 여사는 찻잔을 들곤 환하게 웃고 있었다.

아, 정말! 걸려든 모양이었다.

"선이라고 하니, 너무 고리타분해 보이는구나. 그러니까 요샛 말로 소개팅? 그래 그거라고 보면 되겠지."

선이 아닌 소개팅. 아니, 선을 가장한 소개팅인 건가? 홋, 어찌 되었든 만나자마자 무조건 결혼 서약을 할 필요는 없는 모양이었 다.

"죄송하지만 선이건, 소개팅이건 싫어요. 아직 사람을 만날 생 각도 없고, 그럴 시간도 없어요."

"그래? 그럼 연서를 내보내야겠구나. 스물둘이라 좀 어리긴 하 지만, 그쪽에서 연서가 마음에 들면 교제하며 기다릴 테지. 넌 피 곤할 텐데, 어서 들어가서 쉬렴."

정 여사의 말에 서진이 입술을 깨물었다. 그전 같으면, 그런 입 에 발린 협박 같은 것엔 눈 하나 깜빡하지 않았을 테지만, 오늘 최 현우를 만나고 온 서진에겐 그냥 지나칠 수만은 없었던 것이다.

"연서는 아직 학생이에요. 할머니도 알고 계시잖아요."

"당연히 알지. 하지만 네가 싫다는데 어쩌겠니? 그리고 나 역시 나이가 들어, 더는 혼자서 재단 일을 맡는다는 게 힘에 부치는구 나. 그러니 네 말대로 전문 경영인을……."

"할머니!"

서진이 미간을 찌푸리며 정 여사를 불렀다. 그러자 정 여사가 작게 한숨을 내쉬는 것이 보였다. 강한 모습으로 언제나 당당하던 정 여사였지만, 다시 보자 그녀의 말처럼 좀 지친 듯 보였다. 힘에 부치다, 라는 말이 그녀를 맞선을 보게 할 요량만은 아닌 모양이었다.

"바로 결혼하라는 게 아니야. 한번 만나보고, 네가 마음에 들지 않는다고 하면 더는 강요하지 않으마. 아니, 그것도 싫다면 그 사람이 성화재단을 맡아 경영할 정도의 그릇인가만 봐주렴. 그것도 안 되는 거니?"

선이 아니라, 성화재단의 경영인을 뽑는 것이라면 말이 달라졌다. 객관적인 시각으로 그를 판단하면 되는 것이니까.

"그것이라면, 좋아요. 저 역시 누구보다 성화가 전통을 지키며 100년 후까지 명맥을 유지하길 원하니까요."

"그럼 되었구나. 약속 잡는 대로 연락할 테니, 오늘은 그만 들어가서 쉬려무나."

만족스러운 대답을 들은 정 여사는 서진을 놓아주었다. 응접실을 나서며 서진은 뭔가 당한 것 같다는 생각을 떨쳐 버릴 수 없었지만, 이미 약속한 이상 되돌릴 수도 없는 노릇이었다.

무엇보다 서진 역시 오늘은 쉬고 싶었다.

잊고 있었다고 생각한 민도혁을 다시 만난 순간, 서진은 그를 한 번도 잊고 있지 않았다는 사실을 깨달았다. 다만 회중시계를 만지작거리며 그에 대한 마음을 꾹꾹 눌러왔던 것뿐이었다.

화도 나고, 그의 거만한 태도에 분했지만…… 또다시 두근거렸다. 하지만…… 또 언제 그를 만나게 될지……. 설레는 마음 한켠으로, 안타까움이 밀물처럼 밀려들었다.

들어야 했을까? 아니, 듣고 싶었다. 변명일지도 모를 그의 답을.

샤워를 끝내고 욕실에서 나온 도혁은 젖은 머리카락을 털며, 테라스로 나가는 유리문을 열었다. 쉽게 잠이 오지 않을 것 같아, 잠시 산책을 할 생각이었던 것이다. 하지만 테라스를 오가는 횟수가 많아질수록 도혁의 머릿속은 더욱 또렷해졌다. 그리고 그 안엔 한서진 그 여자가 있었다.

자꾸만 밀어내려 해도 그의 의식 속을 파고드는 서진은 차가운 눈으로 그를 쏘아보기도 하고, 커다란 눈을 깜빡이며 그를 바라보기도 했다. 그리고 붉어진 입술을 하곤 그를 유혹하듯 바라보기도 했다.

아, 몸이 뜨거워졌다. 처음으로 여자에게 흥미를 느끼는 사춘기 소년 마냥, 그의 입술 위에서 파르르 떨리던 그녀의 입술을 떠올리자마자 그의 일부가 반응하기 시작했다. 또다시 샤워가 필요할 만큼. 도혁은 더운 숨을 뱉어내며, 뜨거운 열기를 잠재우기 위해 노력했다. 하지만 열기가 가신 후엔, 그녀의 입술을 맛볼 수 없다는 사실에 아쉬움을 삼켜야 했다.

도혁은 테라스 난간에 기대, 팔짱을 꼈다. 그의 의식은 이미 헤이그의 호텔로 날아가 있었다. 붉게 상기된 얼굴로 서진이 내일 오겠다고 했을 때, 도혁은 그녀를 보내지 말았어야 했다.

하지만 도혁은 서진을 보냈다. 그 역시 그의 감정이 혼란스러웠기 때문에 잠시 머릴 식힐 필요가 있었던 것이다. 서진의 차갑던 눈동자에 열기가 어렸을 때, 도혁은 그녀를 갖고 싶었다. 지독한 열기, 그 열기가 그를 온통 뒤흔들어 버렸다.

그때, 서울에서 어머니께서 쓰러져 위독하다는 전화가 걸려 왔었다. 서울로 돌아가야 했다. 그것도 최대한 빨리. 그는 전화를 끊자마자 공항으로 전화를 걸어, 가장 빠른 비행기 표를 예약했다. 한국으로 돌아갈 준비를 하는 내내, 도혁은 다음날 호텔에서 그를 기다릴 서진이 마음에 걸렸다. 로비를 서성거릴 그녀가 걱정이었고, 그가 아무런 메모도 남기지 않고 가버린 사실을 알고 화를 낼 그녀 역시 마음에 걸렸다.

하지만…… 왜였을까?

왜 그 순간, 그녀에게 아무것도 남기지 않고 떠났던 걸까? 두 달이 지난 지금도 도혁은 그때의 결정을 이해할 수 없었다. 하지만 이미 시간은 흘러가 버렸고, 다시 되돌릴 수 없었다. 두 달 동안, 그는 초조함을 견뎌야 했던 것이다.

그런데 오늘 서진이 그 앞에 나타났다. 만약 그녀를 다시 만나지 않았다면, 헤이그에 있는 선우를 통해 서진의 한국 연락처를 물을 생각이었다. 그런데 그녀가 약속이나 한 것처럼 그의 눈앞에 나타난 것이다.

한신그룹 대표와 만난 후, 집으로 돌아가려던 참이었다. 그런데 고갤 돌린 그의 시선 끝에 한서진이 있었다. 그가 기억하고 있는 단정하고 눈이 아릴 만큼 아름다운 모습으로. 도혁은 심장이 뛰기 시작했다. 그리고 의식할 새도 없이 그녀를 향해 걸어가고 있었다.

하지만 몇 발자국 가지 않아, 그의 발걸음이 멈췄다. 그녀는 남자와 함께였다. 서늘함이 감도는 아름다운 얼굴에 미소가 어려 있었고, 두 사람은 다정하게 손을 잡고 있었다. 생각지도 못한 광경에 도혁은 커다란 얼음을 삼킨 듯 답답했다.

최현우. 그녀가 그 남자를 그렇게 불렀다. 그리고 그런 현우를 보며, 도혁은 자신의 마음속에 숨어 있던 맹수의 잔혹함과 대면해야 했다. 한 번도 경험해 보지 못한 지독한 소유욕 역시.

『시험하고 싶지 않나? 아니, 궁금하지 않나? 대체 왜, 저 회중시계가 자네가 아닌 아무런 상관도 없는 한서진 저 여자를 선택했는지.』

지금 생각하니 헤이그의 골동품점에서 노인이 했던 말이 시작이었다. 만약 노인의 말처럼 회중시계가 그녀를 선택했다면, 그녀를 다시 만날 수 있을 것 같았다. 그렇게 도혁은 헤이그를 떠나, 한국으로 돌아왔다. 아무런 연결 고리도 남기지 않은 채 그와 그녀와의 특별한 인연을 시험하기 위해.

훗, 이젠 망설일 이유가 없는 건가?

도혁은 다시 그녀를 만나게 된다면, 절대 놓치지 않을 생각이었다. 불안감 대신 심장이 흥분으로 들뜨기 시작했다. 사냥 전, 맹수가 느끼는 초조함과 함께 기대감으로 설레고 있었다.

덜컹!

바람 소리와 함께 열어놓은 테라스의 유리문이 소릴 내며 흔들렸다. 그리고 그의 시선은 어느새 유리문을 통해 침대 한쪽 벽에 걸어놓은 그림으로 향해 있었다. 헤이그의 골동품점에서 서진이 발견한 100년 전의 그 그림이었다.

❖

어린 시절 서진의 주말은 단조로웠다. 따사로운 햇살을 받으며 마루에 누워 책을 읽는다든가, 사람의 발길이 뜸한 단골 고서점 구석에 앉아 종일 시간을 보내는 것이 다였으니까. 특히 할아버지 친구분이 운영하시던 고서점에 가는 것을 좋아했었는데, 커다란 창문 앞에 놓인 책상에서 시간을 보내는 것은 큰 기쁨이었다. 낡고 큰 유리창을 통해 들어오는 햇살과 가끔 지나가는 자전거 소리, 그리고 서점 주인이신 할아버지 친구분이 건네던 우유가 들어간 코코아. 아마 어린 서진은 그때부터 그렇게 천천히 가는 시간의 여유를 즐길 줄 알았던 것 같다.

가끔은 창밖으로 아이들이 뛰어다니는 것이 보였지만, 서진은 함께 놀고 싶단 생각은 해본 적 없었다. 그저 창문을 통해 아이들이 노는 모습을 물끄러미 바라볼 뿐.

그렇게 한 책상에 앉아 시간을 보내다 보면, 오후 3시를 기점으로 햇살이 점점 줄어들어 어느새 어둑어둑해져 불을 켜지 않으면 책을 읽지 못할 때가 왔다. 그리고 그것을 알리듯, 문이 열리고 할아버지께서 그녀를 데리러 오셨던 것이다.

아마 그때부터였던 모양이었다. 낡은 나무 문이 삐걱거리는 소리를 좋아하고, 서점 안에 떠도는 먼지 냄새를 좋아했으며, 서점 밖 사람들에 빠르게 흐르는 시간과는 달리 그녀의 속도에 맞게 시간이 흐르는 느낌을 좋아하게 된 것도. 이젠 사라져 버린 그 고서점이 아직도 그리운 것을 보면.

쏴아아!

소리와 함께 투명한 물줄기가 거품처럼 공중으로 날아올랐다.

서진은 새하얀 히아신스 위로 물방울이 떨어지는 모습을 지켜보았다. 초록의 싱그러운 이파리 위에 투명한 물방울이 쪼르륵 흘러내렸다. 그리곤 뽀얀 속살을 드러낸 히아신스의 흰 꽃잎에 물방울이 날아다니며, 무지개를 만들어냈다.

"여기 있었던 거야? 주말인데, 좀 더 자지 않고."

서진은 마당으로 나오는 연서를 보곤 수돗가로 걸어가 물을 잠갔다.

"외출하려던 것 아니었어?"

"하려고 했지. 근데……."

연서가 잠시 말을 멈췄다. 그리곤 정 여사가 있는 안채 쪽을 한번 흘끗거리더니, 심각한 얼굴로 서진에게 바짝 다가왔다. 정 여사가 들어서는 안 되는 심각한 비밀 얘기가 있는 모양이었다.

"할머니께서 선보라고 했다며?"

서진이 그것 때문이었느냐는 듯 피식 웃자, 연서가 심각한 얼굴로 되물었다.

"맞아? 그래서 언니는 좋다고 한 거야?"

"선이 아니라, 일 때문에 만나는 거야."

"일? 내가 듣기론 분명, 선이라고 하던데? 할머니께서 통화하시는 것을 들었는데, 경원그룹을 들먹이셨어. 예전에 할머니께서 만나보라고 한 그 남자가 경원그룹 사람이라고 했었잖아. 기억 안나?"

연서가 답답하다는 듯 눈을 치켜뜨며, 서진의 말을 정정했다. 서진은 털을 바짝 세운 고양이처럼 구는 연서를 뒤로하곤 평상으로 걸어가기 시작했다. 연서가 왜 화를 내고 있는지 알고 있었다.

하지만 서진은 연서처럼 그렇게 심각하게 받아들여지지 않았다. 정 여사가 이젠 다 큰 손녀를 어떻게 하지 못하리란 걸 알고 있으니까. 하지만 연서는 태평한 서진을 보자 열이 나는지 뒤따라오며 채근했다.

"언니, 할머니께 싫다고 해. 할머니께서 뭐라고 언닐 구워삶았는진 모르지만, 이건 분명, 선이야. 일이 아니란 말이야."

"선이라고 해도, 내가 일로 만들면 그만이야. 난 성화재단을 맡아 경영할 대표이사를 만나러 가는 거야. 그리고 괜찮다면, 오케이할 생각이고."

"언니!"

연서는 태평한 얼굴로 평상에 앉아 있는 서진이 답답한 모양이었다.

"또 왜?"

연서가 서진의 옆에 앉으며, 또다시 심각한 얼굴을 했다.

"만약 나 때문에 허락한 거라면, 그럴 필요 없어. 내 문젠 내가 알아서 할 거야. 그러니 언니가 하기 싫은데 억지로……."

"한연서, 내가 누구 때문에 생각을 바꿀 사람이야?"

서진의 물음에 연서는 고갤 가로저었다. 연서가 아는 서진은 한번도 흔들린 적 없이 자신의 길을 걸어가는 사람이었다. 그래서 더 걱정이기도 했다. 그런 사람이 지금까지와는 달리 마음이 흔들렸다는 것은 소중한 사람을 위해 자기 뜻을 꺾었단 뜻이었으니까. 그리고 그 사람이 연서, 자신일까 봐 싫었다.

"그러니 그런 쓸데없는 걱정은 하지 말고, 네 얘기나 해봐. 어쩌면 이렇게 이야기할 수 있는 시간도 얼마 남지 않았을지도 모르잖아."

서진의 말에 잔뜩 찌푸려졌던 연서의 얼굴이 조금씩 풀어지기 시작했다. 그제야 연서 역시 현우와 약혼 후 유학을 가게 된다면, 가족과 헤어진다는 사실을 깨달은 모양이었다. 일반적인 유학과 약혼 후에 가는 유학이란…… 전혀 다른 의미였으니까.

"언니, 미안해. 내가 너무 갑자기……."

연서의 말에 서진이 그럴 것 없다는 듯 고갤 가로저었다.

"미안하긴. 난 오히려 다행이란 생각이 들어. 부모님 돌아가시고, 내가 아무리 노력해도 그 빈자리를 다 채워줄 수 없어서 안타까웠거든. 그 부분을 최현우 그 친구가 채워준다면, 난 기쁠 것 같아."

"아니야. 난 충분히 언니와 할머니께 많은 걸 받는걸. 한 번도 부족하다고 느낀 적 없었어. 난 언제나 넘치는 사랑을 받는, 한씨 집안의 막내니까."

서진이 손을 들어 뺨 옆으로 흘러내린 연서의 머리카락을 쓸어 넘겨주었다. 어리게만 보이던 여동생이 이젠 사랑하는 사람을 만나 여자가 되어 있었다.

"그렇게 말해주니 고마운걸?"

서진은 연서를 보자, 갑자기 가슴이 먹먹해져 왔다. 이별이라……. 울컥 뜨거운 무언가 올라오며, 코끝이 시큰해져 왔다. 곧 이별이 올 것 같은 예감을 떨쳐 버릴 수 없었다.

"날씨가 좋다."

서진이 아린 감정을 숨기려는 듯 억지로 웃으며 쾌청한 하늘을 올려다보았다. 그러자 연서 역시 그녀를 따라 하늘을 보았다. 두 사람 다 뭐라, 섣불리 얘기할 수 없었던 것이다. 그렇게 화창한 주말 오후가 먹먹한 가슴을 안고 흘러가고 있었다.

"햇빛이 좋다."

"응. 시간이 천천히 갔으면 좋겠어. 아니, 잠시 멈췄으면 좋겠다. 고장 난 시계처럼."

서진의 말에 연서가 고갤 끄덕였다. 너무도 평화로운 주말 오후였다.

햇살이 눈부셨고, 히아신스의 새하얀 꽃잎이 바람에 나비처럼 날아오르는 그런. 잊고 싶지 않아, 기억 속에 사진처럼 남기고 싶은 그런, 두 사람에겐 추억이 될 그런 날이었다.

chapter 3

 호텔 커피숍 여자 화장실로 들어간 연서는 세면대에 손을 씻었다. 그리곤 종이 수건으로 손을 닦으며 천천히 숨을 내쉬었다. 약속한 시간이 되려면 아직 1시간 30분이나 남아 있었다. 긴장한 나머지 7시 30분인 약속시각보다 너무 일찍 도착해 버린 것이다.

 "훗, 잘할 수 있어."

 연서는 거울에 비친 자신을 보며, 다시 한 번 마음을 가다듬었다. 평소와는 달리 단정하게 머릴 묶고 정장 차림을 해 최대한 서진의 차갑고 세련된 분위기를 내기 위해 노력했지만, 청순하고 앳돼 보이는 연서로선 그런 분위기를 내기엔 역부족이었다.

 연서는 가방에서 립스틱을 꺼내 다시 한 번 발랐다. 하지만 이내 다리가 후들거려 서 있을 수가 없는 듯, 화장실 빈칸을 찾아들어 가 변기 덮개 위에 주저앉았다. 그리곤 눈을 꼭 감았다.

"괜찮아. 다 언니를 위한 거야. 할머니께서 아셔도…… 이미 끝나 버린 후일 테니 괜찮아. 휴우!"

연서는 천천히 감았던 눈을 떴다. 그리곤 휴대폰을 꺼내 서진에게 문자를 보냈다.

「언니, 오늘 할머니께서 전화하셔도 절대 받지 마. 알았지?」

문자를 다 보낸 연서가 휴대폰을 주머니에 넣으려는데, 휴대폰 벨소리가 울렸다. 현우였다. 순간, 연서는 입술을 깨물며 잠시 망설였다. 하지만 이내, 휴대전화의 전원을 꺼버렸다.

"미안, 선배. 언닐 강제로 결혼시킬 순 없어."

연서가 자리에서 일어났다. 지금 그녀는 서진이 오기로 된 맞선 장소에 와 있었다. 정 여사가 서진에게 전하라고 했던 약속 장소와 시간을 알리지 않은 대신, 그녀가 맞선 장소에 나와야겠다고 생각한 것은 순전히 연서 혼자만의 판단이었다. 서진은 선이 아니라고 했지만, 이건 정 여사가 재단을 핑계로 강제로 결혼을 시키려는 게 분명했다. 사랑하지도 않는 남자와 의무 때문에 하는 결혼. 연서는 언니 서진이 그런 결혼을 하는 것이 싫었다.

서진과 함께 보냈던 주말 오후 그녀를 보며 눈시울을 붉히던 서진을 본 순간, 연서는 이 계획을 세웠다. 그리고 오늘 만나는 경원그룹 둘째 아들이 괜찮은 사람이라면, 그 남자에게 양해를 구한 후 서진과 만나게 할 생각이었다. 연서는 마음을 다잡으려는 듯 주먹을 꼭 쥐었다. 그리곤 약속 장소로 나가기 위해 천천히 숨을 내쉬었다.

❖

사무실에 앉아 자료 정리를 끝낸 서진은 자료 파일을 들고 책상에서 일어섰다. 그리곤 심각한 얼굴로 앉아 있는 지혜에게 갔다. 일주일 내내 조급한 기색을 감추지 못하는 것으로 보아, 광복 70주년을 기념해 준비하고 있는 기획 전시회에 문제가 생긴 모양이었다. 초조한 듯 연락을 기다리는 지혜를 보자, 서진은 덩달아 걱정이 되기 시작했다. 이러다 민 화백 측에서 연락이 오지 않는다면, 기획 전시회에 차질이 생길 수도 있었던 것이다.

　"팀장님, 여기 부탁하신 자료 가져왔습니다."

　"수고했어, 한서진 씨."

　자료를 받아 책상 위에 올려놓은 지혜는 여전히 굳은 얼굴이었다. 그리곤 울리지 않는 휴대폰을 초조한 얼굴로 쏘아보고 있었다. 서진은 그런 지혜를 보며, 자리로 돌아가는 대신 조심스럽게 입을 열었다.

　"지난번 서울에 가셨던 일이 생각처럼 잘 풀리지 않으신 모양이죠?"

　서진의 물음에 지혜가 한숨을 내쉬었다. 그리곤 조금은 포기한 듯한 목소리로 입을 열었다.

　"안 될 것 같아. 그날은 조금 마음이 있나 싶었는데, 내 기획안을 보고도 마음을 바꾸지 않은 모양이야."

　"팀장님의 기획안을 보고도 아무런 연락이 없다고요?"

　서진이 믿을 수 없다는 얼굴을 하자, 지혜가 조금은 위안이 된 듯 고갤 끄덕였다.

　"그래. 내 완벽한 기획안을 보고도 흔들리지 않다니. 정말 얼음

심장이 분명해. 사실, 결정적으로 반대하시는 분이 계시다고 했거든."

"반대하시는 분이요?"

"응. 내가 금요일에 찾아갔던 사람이 바로, 민 화백님의 아들이었거든. 그런데 민 화백님의 부인 되시는 박 여사님께서 더는 전시회를 원치 않으시나 봐."

"아, 그랬군요. 그런데 전시회를 반대하는 특별한 이유라도 있는 건가요? 이번 기획 전시회를 통해 독립운동가셨던 민국환 화백님의 그림도 함께 전시된다면, 가족들에게도 더할 나위 없이 좋은 일일 텐데요."

서진이 이해할 수 없다는 얼굴을 하자, 지혜는 뭔가 알고 있는 듯 미간을 찌푸렸다. 그리곤 남이 듣는 걸 원치 않는 듯 작은 목소리로 말했다.

"아마 사람들의 입에 오르내리는 것을 원치 않으시는 것 같아. 사실 민국환 화백님께서 타계하신 후, 그분의 작품이 세상에 공개되면서 한바탕 시끄러웠었거든. 그리고 그분이 고종황제의 최측근으로 알려지면서 더했지. 아마, 루머도 있었던 것 같아."

"무슨 루머였는데요?"

"그게, 그림 속에 고종황제의 숨겨진 보물을 찾는 열쇠가 있다나? 뭐, 그런 황당한 소문이 나돌았던 것 같아. 하지만 어떤 사람들은 그것을 사실로 받아들였고, 민국환 화백님의 그림을 훔치려고 한 사람들이 있었지. 아마, 그래서 전시회를 하는 걸 꺼리는 것 같아."

"그런 어이없는 일이 있었다면, 꺼리실 수밖에 없었겠네요."

"그래. 그리고 얼마 전 사모님께서 쓰러지신 모양이야."

"아."

서진은 고갤 끄덕였다. 사실 그녀가 어렸을 때, 할아버지와 함께 민국환 화백의 그림을 딱 한 번 본 적이 있었다. 유럽에서 유학하고 한국에 돌아온 그는 그림이 아닌, 가업을 이어받아 사업가로 활동했다고 했다. 하지만 민국환 화백이 타계한 지 얼마 후, 그의 작업실에서 100여 점이 넘는 작품이 발견되었고, 일제강점기에 활동했던 박수근 화백을 비롯한 서양화가로서 재조명을 받게 된 것이다.

그리고 그가 고종황제의 최측근이었단 사실이 더해지면서, 그가 비밀리에 그림을 그려야 했던 이유에 대한 억측이 생겨난 모양이었다. 정말 황당하기 그지없는 루머였다. 하지만 세월이 흘렀고 그 루머를 기억하는 사람들 역시 거의 없는 지금, 한국의 미술계에 한 획을 긋는 가치 있는 작품들이 어두운 창고에 갇혀 빛을 보지 못한다고 생각하자 서진은 안타까운 마음이 들었다.

"저기, 팀장님. 혹시 제가 민 화백님의 사모님을 만나봬도 될까요?"

"한서진 씨가?"

"네. 팀장님께서 민 화백님이 아드님을 설득하시는 동안, 전 사모님을 만나뵙고 이야기를 나누다 보면 마음을 돌리실지 모르잖아요. 사실 자신은 없지만, 아무것도 하지 않고 있는 것보단 나을 것 같아서요. 한번 해보고 싶습니다, 허락해 주세요."

서진이 지혜의 동의를 구하자, 지혜 역시 잠시 생각에 잠겼다. 그녀 역시 아무것도 하지 않고 포기하는 것보단 서진에게 도혁의 어머니 박 여사를 만나 설득해 보는 것도 괜찮을 것 같았다. 무엇보다 이제 와 기획전시회의 주제를 바꿔 새로운 아이템을 찾기엔 시간이 너무 촉박했다.

"좋아. 사모님껜 내가 연락을 해놓을 테니까, 한번 해보도록 해. 대신 사모님의 건강이 좋지 못하다고 하시니까, 그 점 유의하고."

"네, 팀장님. 열심히 해보겠습니다."

지혜의 허락이 떨어지자, 서진의 눈빛이 빛나기 시작했다. 어린 시절 할아버지와 보았던, 민국환 화백의 그림을 다시 볼 수 있다고 생각하자 심장이 두근거리기 시작했다.

띵동~!

그때 문자메시지를 알리는 신호음이 들려왔다. 서진은 지혜에게 고갤 끄덕여 보인 다음, 서둘러 자리로 돌아왔다. 그리곤 책상에 놓여 있는 휴대폰을 들어 문자를 확인했다. 연서에게서 온 메시지였다.

「언니, 오늘 할머니께서 전화하셔도 절대 받지 마. 알았지?」

"대체 또 뭐야? 설마 최현우와 일을 벌써 말한 건가?"

서진은 작게 한숨을 내쉬며, 자리에 앉았다. 그녀의 예상과는 달리 너무도 빨리 진행되는 상황이 걱정되기 시작했다. 그때 기다렸다는 듯 휴대폰이 울렸다. 할머니 정 여사였다.

서진은 잠시 망설였다. 연서가 문자로 할머니 전화를 받지 말라고 말한 데는 그만한 이유가 있을 것 같았던 것이다.

'최현우에 대해 물으려는 걸까?'

서진은 정 여사의 전화를 피할까도 했지만 받는 쪽을 택했다. 피한다고 해서 달라질 것은 없었기 때문이었다. 이왕 이렇게 된 이상, 어느 쪽으로든 결론을 내는 것이 좋을 것 같았다.

"네, 할머니. 무슨 일 있으세요?"

서진의 물음에 정 여사는 잠시 말문이 막힌 듯 답이 없었다. 그러다 조급한 목소리로 입을 열었다.

[일은 내가 아니라, 네게 있겠지.]

"네? 그게 무슨……?"

[얘가. 너 지금 S호텔에 가는 중 아니었어? 오늘이 바로, 선보기로 약속한 날이잖니. 사실 박물관에서 시간을 빼주지 않으면 어쩌나 걱정했는데, 정말 다행이지 뭐니. 그래? 다 와 가지?]

"아…… 네."

순간 서진은 말을 멈췄다. 그리곤 재빨리 머릴 굴리기 시작했다. 할머니 정 여사의 분위기로 봐선, 그때 말했던 선 이야기가 분명했다. 하지만 그것이 오늘이었단 말은 처음 듣는 일이었다.

'대체 어떻게 된 거지? 왜 나에겐 약속에 대해 한마디도 하지 않았던……. 설마? 조금 전 연서에게 온 문자메시지의 내용이 이것이었나?'

서진은 눈살을 찌푸리며 잠시 생각에 잠겼다. 그러자 그 침묵에 조급함을 느낀 정 여사는 서진의 대답을 재촉했다.

[서진아? 왜 말이 없어? 설마, 너 안 나간 것은 아니지?]

"안 나가긴요? 가는 중이니, 걱정 마세요. 그런데 할머니, 제가 요즘 정신이 없어서 그러는데 S호텔에서 몇 시라고 하셨죠?"

[얘가, 얘가. 연서가 문자로 보낸다고 했었는데, 보내지 않은 거야? 걱정하지 말라고 철석같이 약속해 놓고는. 쯧쯧!]

연서라는 말에 서진은 모든 것이 이해가 된 듯 입술을 깨물었다. 그녀의 예상대로 연서가 일부러 그녀에게 맞선에 관한 얘길 하지 않은 모양이었다.

"네. 듣긴 했는데, 다시 한 번 정확히 알려주세요. 사실 길이 막혀 좀 늦을 것 같아 걱정도 되고……."

늦어진다는 말에 정 여사가 서둘러 약속 장소와 만날 상대를 이야기해 주었다.

[약속 장소는 S호텔 1층 커피숍이고 시간은 7시 30분. 경원그룹 차남이니 잘 살펴보도록 해. 학벌은 물론 인품까지 좋다고 했으니…….]

"네, 알겠어요. 성화재단을 맡겨도 될 그릇인지 천천히 잘 살펴볼게요. 그럼, 끊을게요."

서진은 정 여사가 수화기를 통해 뭐라고 하는 소리가 들려왔지만, 그 소리를 무시하곤 서둘러 휴대전화를 끊었다.

"정말, 연서 이 녀석……."

서진은 서둘러 시간을 확인했다. 벌써 6시. 이제 1시간 30분밖에 남아 있지 않았던 것이다. 서진은 자리에서 일어나 지혜에게 다가갔다.

"팀장님, 죄송하지만 집에 일이 있어서 그러는데 지금 퇴근해도 될까요?"

연서는 탁자를 사이에 두고 앉아 있는 경원그룹의 차남, 진일헌을 바라보았다. 올해 서른두 살이라고 한 일헌은 나이보다 훨씬 진중한 모습이었다. 그렇다고 나이가 들어 보이는 것은 아니었다. 오히려 젠틀한 느낌에 잘생긴 외모가 눈이 가는 훈남이었다.

연서는 그런 일헌을 보며 잠시 후회했다. 아직 일헌의 인품이 어떤지 알지는 못했지만, 그가 가진 배경과 외모는 서진의 짝으로 합격점이었던 것이다.

"생각보다 동안이시군요."

일헌은 커피 잔을 들어 올리며 연서에게 말을 건넸다. 그의 질문에 연서는 불안해졌다. 그녀의 앞에 앉아 있는 일헌의 눈빛과 태도는 나무랄 데 없이 예의 발랐지만, 뭔가 묘한 구석이 있었던 것이다. 마치 모든 것을 다 알고 있는 듯 불쾌한 빛이 담겨 있었다. 설마? 아닐 거야.

"아, 네. 동안이란 말을 좀 듣는 편이라."

연서는 일헌의 질문에 최대한 태연한 얼굴로 대답했다. 그리곤 서둘러 휴대폰의 시간을 초조한 눈빛으로 확인했다. 이제 8시가 조금 넘었을 뿐이었다. 연서는 입술을 깨물곤 고갤 들었다. 그러다 물끄러미 그녀를 바라보고 있는 일헌과 눈이 마주치자, 자꾸만 걱정되기 시작했다.

알고 있는 걸까? 내가 언니가 아니란 걸?

연서는 미간을 찌푸리며 주스 잔의 빨대를 들어 일부러 호로록! 소릴 내며 마셨다. 그리곤 일헌이 어떤 얼굴을 하는지 슬쩍 보았다. 하지만 그는 그녀의 예상과는 달리 아무런 반응도 보이지 않았다.

"제가 원래 먹는데 소리가 좀 나서…… 괜찮죠?"

"상관없습니다."

일헌 역시 커피 잔을 들곤 커피를 마셨다. 연서와는 확연히 다른 품격 있는 모습으로.

쳇, 정말 뭐야? 설마 다 알고 있는 건가? 아니야, 분명 사진은 전해주지 않았다고 했었는데……. 연서는 다시 한 번 호로록! 소리를 내며 주스를 마신 다음, 주스 잔에 남아 있는 얼음을 꺼내 오도독오도독 씹기 시작했다.

"배가 고파 음식을 주문할 생각인데, 한서진 씨도 주문하시겠습니까?"

컥! 얼음을 씹던 연서가 다 씹지 못한 얼음을 한꺼번에 넘겼다. 그러자 목구멍에 한꺼번에 얼음이 넘어가며, 차갑고 얼얼한 감각에 인상을 썼다. 일헌이 그런 연서에게 냅킨을 건네며 걱정스러운 얼굴을 했다.

"괜찮으십니까, 한서진 씨?"

"아, 네. 이제 괜찮아요. 갑자기 얼음을 넘기다 보니……. 제가 좀, 칠칠치 못한 성격이라……."

"그게 아니라, 제가 마음에 들지 않은 모양이군요. 한서진 씨 본인 대신 다른 사람을 내보낼 만큼요."

순간 연서의 눈이 동그랗게 커졌다. 그리곤 조금 전 자신이 들었던 말을 믿을 수 없다는 듯 다시 물었다.

"네? 지금 그게 무슨 말씀이시죠?"

"지금 제 앞에 앉아 있는 사람이 한서진 씨가 아닌 것 같다고 했습니다."

"네?"

꿀꺽! 연서가 마른침을 삼키며 일헌을 바라보았다. 젠장! 처음부터 다 알고 있었던 모양이었다. 그래서 그렇게 불쾌한 얼굴을 했던 거야. 연서가 아무런 대답도 하지 못한 채 입술을 깨물자, 일헌이 다시 한 번 재차 물어왔다.

"아닙니까?"

"네, 당연히 아니죠. 제가 한서진입니다."

"그래요?"

그녀의 거짓말에 일헌의 입가가 차갑게 굳어지기 시작했다. 조금 전까지 그녀를 바라보던 예의 바르던 시선 역시 기분이 상한 듯 차가워진 것 같았다.

아, 어떡하지? 인정하고, 미안하다고 사과해? 아니면 끝까지 우길까?

연서는 초조했다. 그리고 자신의 성급한 행동을 후회하기 시작했다. 자신의 섣부른 결정으로 일이 어긋나 버린 느낌이었던 것이다. 여기서 수습하지 않는다면, 어쩌면 일이 걷잡을 수 없이 커질지도 몰랐다.

"저기, 진일헌 씨! 사실 제가 여기에 나온 이유는⋯⋯."

"야, 한연서!"

현우의 목소리에 연서는 얼어붙은 듯 아무런 말도 할 수 없었다. 긴장한 얼굴로 고갤 돌리자, 잔뜩 화가 난 얼굴로 서 있는 현우를 볼 수 있었다. 아, 어떻게! 갈수록 태산이라더니, 일이 계속 꼬여가고 있었다.

대체 어떻게 알고 온 거지? 미진이 그게 벌써 현우에게 말한 게 분명했다.

"현우 선배! 그러니까 이건⋯⋯."

연서가 난처한 얼굴로 현우와 일헌을 번갈아 보았다. 그러자 현우 역시 맞은편에 앉아 있는 일헌을 무섭게 쏘아본 다음, 연서의 손목을 확 붙잡고는 자리에서 일으켜 세웠다.

"죄송합니다. 누구신지 잘 모르겠지만, 연서에겐 애인이 있습니다. 제가 있는 이상, 선 같은 건 볼 이유가 없다는 뜻입니다. 그러니 제가 데려가겠습니다."

"어, 선배…… 저기 이건 그런 게 아니라……."

"한연서, 넌 아무 말도 하지 마. 지금 나, 무지 참고 있으니까."

현우의 말에 연서가 서둘러 입을 다물었다. 그러자 일헌 역시 자리에서 일어섰다.

"한연서 씨였군요."

일헌은 현우의 갑작스러운 등장에도 놀란 기색이 전혀 없었다. 오히려 한연서란 말에 모든 상황이 이해가 된 듯 침착한 모습이었다. 하지만 다음 순간, 일헌의 표정이 변했다. 현우의 뒤에 무서운 얼굴을 한 민도혁이 당장에라도 덤벼들 듯 사나운 기세로 서 있었던 것이다.

"민…… 도혁?"

하지만 이내, 일헌은 섣불리 다음 말을 잇지 못했다. 현우를 보는 눈빛이 너무도 서늘했던 것이다. 또한 제일그룹의 대표인 민도혁이 대체 왜 여기서 냉기를 뿜으며 현우를 쏘아보고 있는지도 궁금했다.

"최현우 씨!"

낮게 울리는 목소리가 위험스럽게 들렸다. 그 목소리에 현우가 그제야 도혁을 돌아보았다.

"아, 당신은……."

"당신 지금 뭐 하는 거지? 설마, 한서진 씨와 이 여자 사이에서 양다리를 걸친 건가?"

"네? 양다리라니. 아닙니다. 한서진 씨완 그런 사이가 아니라……."

순간, 현우의 몸이 휘청거렸다. 도혁이 강한 힘으로 현우의 멱살을 붙잡았던 것이다.

"아악, 지금 대체 무슨……."

연서가 놀라 휘청거리는 현우를 붙잡으며 도혁을 쏘아보았다. 그러자 도혁이 현우를 거칠게 밀어내며, 두 사람을 차가운 얼굴로 바라보았다.

"감히…… 한서진 씨를 속인 건가?"

최대한 분노를 억제하고 있었지만, 도혁에게선 위험한 분위기가 느껴졌다. 현우는 도혁의 차가운 태도에 주춤 뒤로 물러섰다. 차갑게 얼어붙은 공기. 그 냉혹한 기운의 중심에 민도혁이 있었다.

그리고…….

또각, 또각!

"지금 다들 뭐 하시는 거죠?"

차갑게 들려오는 서진의 목소리에 도혁을 제외한 세 명의 시선이 동시에 그녀를 향했다.

"한연서! 네가 말해볼래? 일이 왜 이렇게 된 건지 말이야."

서진은 연서를 시작으로 현우, 일헌을 지나…… 등을 보이며 서 있는 남자에게 가 멈췄다. 남자 역시 서진의 시선을 느낀 듯 천천히 돌아서는 것이 보였다. 맙소사!

"민…… 도혁? 당신은 또, 왜 여기 있는 거죠?"

서진이 눈살을 찌푸리며 도혁을 쏘아보았다. 그리곤 위험스럽게 일렁이는 도혁과 시선을 마주한 서진은 혼란스러운 듯 더는 입을 열지 못했다.

도혁은 현우, 연서와 함께 호텔 한쪽 기둥 옆에 서서 일헌과 얘길 나누고 있는 서진을 바라보았다. 일헌을 향해 미안한 듯 웃고 있는 서진을 보자, 도혁의 눈매가 날카로워졌다. 이지적인 느낌의 서진과 부드러운 인상의 일헌. 마주 보며 얘길 나누는 두 사람은 그의 눈에도 화가 날 정도로 잘 어울려 보였던 것이다.

도혁은 초조함을 느끼며 바지 주머니에 손을 밀어 넣었다. 마음 같아선 일헌에게 다신 서진과 만날 일 따위 없을 거라며, 서진의 손을 끌어당겼을 테지만 지금 그는 참는 중이었다. 더는 서진의 눈 밖에 나는 것은 피하고 싶었다. 하지만 스멀스멀 밀려오기 시작하는 소유욕에 도혁의 입가가 점점 싸늘하게 굳어졌다.

S호텔 대표인 선우의 아버님을 만나뵙고 나오던 참이었다. 그런데 잔뜩 화가 난 얼굴로 로비를 지나쳐 걸어가는 현우를 보았을 때, 도혁은 한서진을 떠올렸다.

혹시라도 한서진과 만나기 위해 온 것이라면……? 하는 생각에 그의 발걸음이 무작정 현우의 뒤를 따르고 있었다. 회사로 돌아가야 한다는 사실도 잊은 채 냉정하고 자존심 강한 민도혁이 한서진을 만나기 위해 누군가의 뒤를 쫓은 것이다.

하지만 그곳에서 도혁은 생각지도 못한 상황에 맞닥뜨린 것이다. 그리고 현우가 서진 외에 다른 여자를 만나고 있다고 생각한 순간 느꼈던 분노는 생각보다 컸다. 그에겐 중요한 일을 미루고라도 만나길 원했던 여자였다. 그런데 다른 남자가 그렇게 하찮게 취급했다는 사실에 분노가 치밀어 올랐던 것이다.

'한서진은……'

휴! 도혁은 옆에 서 있는 연서와 현우에게 고갤 돌렸다. 그러자 조금 전부터 호기심 어린 눈빛으로 그를 바라보고 있던 연서와 눈이 마주쳤다. 아마 그와 서진의 관계가 몹시도 궁금한 모양이었다.

"혹시, 우리 언니 애인이세요?"

연서의 질문에 도혁이 연서와 현우를 번갈아 보았다. 두 사람을 보자, 도혁은 그제야 그날, 현우가 했던 말을 이해할 수 있었다. 한씨가의 여자들이 기가 세다는.

"언니 대신 선을 보다니, 너무 무모하군."

"알아요. 그래서 지금 후회하고 있어요. 하지만 언니가 사랑하지도 않는 남자와 결혼하게 둘 순 없었어요. 그러니까 대답해 주실래요? 언니, 애인인가요?"

연서가 진지한 얼굴을 했다. 그러자 도혁 역시 신중한 얼굴로 연서를 보았다.

"아직은, 한서진 씨의 그 무엇도 아니지. 하지만 앞으로 될 생각이야. 한서진 씨의 그 무엇이. 그리고 오늘 일은 내가 한연서 씨에게 고마워해야겠군."

도혁의 대답에 연서의 입가에 만족스러운 미소가 떠올랐다. 그가 그녀에게 고맙게 생각하는 이유를 바로 알아차렸던 것이다. 연적인 모양이군.

"아마, 만만치 않을걸요? 그리고 저기 있는 경원그룹의 진일헌 씨 역시 꽤 멋진 남자 같더군요. 무엇보다 언니한테 호감이 있는 것도 같고…….”

연서의 말에 도혁이 일헌을 바라보았다. 큰 키에 예의 바른 태도. 그리고 부드러운 인상의 일헌은 도혁의 눈에도 꽤 괜찮아 보였다. 그래서 서진이 그를 보며 미안한 마음을 갖는 것도, 그리고 그를 향해 웃는 것도 싫었다.

“어머, 이제 이야기가 끝났나 봐요. 언니가 와요.”

연서의 말에 도혁이 뒤를 돌아보았다. 그러자 일헌이 호텔을 나가는 것이 보였고, 조금 전 일헌과 있을 때와는 달리 차갑게 굳은 얼굴로 세 사람을 향해 다가오는 서진을 볼 수 있었다.

“먼저 돌아가도록 해. 여긴 내가 알아서 하도록 하지.”

서진에게 시선을 떼지 않은 채 연서와 현우에게 돌아가라고 말했다.

“정말, 그래도 돼요?”

연서가 빠져나갈 기회를 잡은 듯 넙죽 대답했다.

“그래. 오늘 일에 대한 보답이라고 해두지. 최현우 씨, 또 보도록 하지.”

“네, 그럼 부탁하겠습니다. 사실 저도 연서랑 할 얘기가 있거든요.”

그 말에 연서의 표정이 어두워졌다. 그 모습을 보며, 현우가 연서의 이마에 살짝 딱밤을 놓았다.

“잘못한 것은 알고 있나 보지?”

“미안.”

연서의 사과에 굳었던 현우의 얼굴이 부드러워졌다. 그러자 연서가 현우의 손을 잡았다.

"선배, 얼른 뛰어! 언니에게 잡히면, 오늘 죽을지도 몰라."

서진에게 붙잡힐세라, 연서가 현우의 손을 잡아끌며 로비를 빠져나가는 것이 보였다. 그 모습을 본 서진 역시 빠른 걸음으로 다가왔다.

"한연서! 너, 거기 안 서!"

서진이 연서를 따라 빠르게 걸어가자, 도혁이 그녀의 팔을 붙잡았다.

"내가 보냈으니, 동생에게 화낼 것 없어."

"민도혁 씨가 보냈다고요? 대체 무슨 권리로요?"

서진이 눈을 치켜뜨곤 도혁을 쏘아보았다.

"아무런 권리도 없지. 하지만 내가 한서진 씨에게 할 얘기가 있거든. 한서진 씨 역시 내게 듣고 싶은 말이 있지 않나?"

도혁의 질문에 서진은 아니라고 선뜻 부정할 수 없었다. 그의 말처럼 궁금했다. 인정하고 싶지 않았지만.

"우선 여길 나가는 것이 좋겠군. 아까부터 호텔 직원들이 우릴 보기 시작했거든."

"아!"

그제야 서진은 호텔 프런트 쪽으로 고갤 돌렸다. 도혁의 말처럼 직원들이 두 사람을 보고 있다, 슬쩍 시선을 피하는 것이 보였다.

"그럼 전, 집으로 가야겠군요."

서진이 그의 손을 뿌리치며 가려 했다. 하지만 도혁은 그녀의 팔을 잡은 손에 힘을 주었다. 하지만 이내 그것도 안심되지 않은 듯 손에 깍지까지 끼곤 로비를 가로지르기 시작했다.

"지금 뭐 하시는 거죠? 당장 놓아주세요, 민도혁 씨!"

"이야기가 끝나면 놓아주지."

서진은 그녀의 힘으론 미동도 않는 그를 쏘아보았다. 원치 않았지만, 그렇게 그의 손에 붙잡힌 채 이끌려 갈 수밖에 없었다.

운전석 옆자리에 앉은 서진은 운전석의 도혁을 쏘아보았다. 자동차 안에 켜진 조명이 서늘하게 보이는 그의 얼굴을 한결 부드럽게 했다. 좁은 자동차 안은 특유의 가죽 냄새와 함께 그의 향기로 가득했고, 그의 시선은 언제나 그렇듯 그녀에게 향해 있었다. 그의 시선 따위 의식하고 싶지 않았다. 하지만 그녀의 노력과는 달리, 그녀의 심장은 자꾸만 들썩였다.

또다시 이 남자를 만나게 되다니. 대체 왜일까? 헤이그 이후, 왜 이 남자는 자꾸만 내 앞에 예고도 없이 나타나는 걸까? 서진은 아직도 이 묘한 만남을 받아들일 수 없었다.

"좋아하는 음식 있나? 그곳으로 가지."

"아니요, 배고프지 않아요. 가다 지하철을 탈 수 있는 곳에서 적당히 내려주세요. 돌아가야 해요."

"저녁이 먼저야. 그리고 내 얘기가 끝나면 데려다주지."

"집이 서울이 아니에요. 그러니 지금 가지 않으면 곤란해요. 내려줘요."

"그럼 어딘지 말해. 데려다줄 테니까."

"그럴 필요 없다고……."

"혹시 나와 밤새 함께 있고 싶은 건 아니겠지?"

"뭐라구요? 말도 안 돼."

서진이 말도 안 된다는 듯 눈을 치켜떴다.

"그럼, 어디로 가야 하는지나 말해. 내가 오해하지 않게."

도혁의 고집스러운 눈빛에 서진은 한숨을 내쉬었다. 그의 말처럼 쉽게 그녀를 놓아주지 않을 모양이었다.

"천안으로 가주세요."

"도착할 때까지, 좀 쉬도록 해."

이내 자동차가 움직이기 시작했다. 천안으로 가는 동안 서진은 말없이 창밖을 바라보았다. 하지만 그녀의 시선은 유리창에 비친 도혁을 좇고 있었다. 입고 있던 감색 정장 상의를 벗어 뒷좌석으로 던져 놓은 그는 흰색 와이셔츠 차림이었다. 단정하게 매고 있던 넥타이 역시 풀어져 있었고, 답답한 듯 단추 2개를 풀어놓은 셔츠 사이로 그의 목덜미가 보였다. 그리고 운전대를 잡고 있는 팔 역시 소매를 걷어 올린 상태였기 때문에 단단한 팔의 근육이 드러나 있었다.

맹수의 기질을 단정하고 세련된 옷 속에 감춘 듯, 그의 몸에선 야성의 냄새가 물씬 뿜어져 나오고 있었다. 그 모습에 설레는 한편, 알 수 없는 두려움에 서진은 온몸이 바짝 긴장했다.

"마음에 드나?"

앞을 보고 있다고 생각했던 그가 불쑥 그녀에게 말을 걸어왔다. 유리창을 통해 그와 시선이 마주치자, 서진은 당황한 기색을 숨기며 그에게 고갤 돌렸다.

하지만 자동차 안은 어깨가 맞닿을 듯 좁았다. 그리고 붉어진 빰과 당황한 표정 또한 숨길 수 없을 정도로 가까웠다. 어두운 공간 안에서 두 사람의 시선이 마주치자, 차갑던 공기가 변하기 시작했다.

두근! 서진은 그의 시선을 애써 외면했다. 태연한 척하려 해도 한번 그의 시선을 의식하기 시작하자, 그의 숨소리와 그녀를 바라보는 눈빛 하나에도 민감하게 반응했다.

"뭐가 마음에 든다는 거죠?"

서진이 그가 뭘 묻는지 모르겠다는 듯 시치미를 떼자, 피식! 그가 웃는 소리가 들렸다. 그녀의 시선이 그의 목덜미며 팔뚝을 지나 운전대를 쥐고 있는 손까지 홀린 듯 훑고 지나갔단 사실을 그역시 알고 있었다.

이렇게 된 이상 더는 아닌 척할 수도 없게 된 것이다.

"그래요, 제가 좀 봤어요. 보이는데 눈을 가릴 수도 없고. 만약 제가 민도혁 씨의 몸을 보는 게 싫다면……."

"내 몸을 보고 있었던 모양이군. 난 그저, 내 운전이 마음에 드냐고 물었던 것뿐인데."

"뭐, 뭐라고요?"

"내 운전이 마음에 들었느냐고 물었어. 그런데…… 한서진 씨 꽤 음흉한 구석이 있군. 내 몸을 훔쳐보고 있었다니. 그래, 내 몸을 본 감상은 어때? 마음에 들었나?"

그가 웃고 있었다. 아, 이런! 너무도 뻔한 그의 술수에 말려든 건가?

"아니요, 전혀요!"

서진이 고갤 돌리자 유리창을 통해 그가 웃고 있는 것이 보였다. 휴! 참 이상했다. 27년 동안 한 번도 마주친 적 없는 두 사람이었다. 하지만 한 번 마주친 후, 자꾸만 자신의 삶이 그와 얽히고 있었다. 마치 지구와 달 사이에 인력이 존재하듯, 두 사람 사이에 끌어당기는 강력한 인력이 있는 듯했다.

"그 사람과 또 만날 생각인가?"

그 사람? 이라면, 설마 경원그룹의 진일헌을 말하는 건가?

"네, 다시 만나기로 했어요. 오늘 일도 사과할 겸, 아직 그가 어떤 사람인지 봐야 하니까요."

서진의 말에 도혁의 눈빛이 날카로워졌다.

"그가 마음에 든 모양이군."

"이건 마음에 들고 안 들고의 문제가 아니라……."

"만나지 마."

순간 서진은 아무런 말도 하지 않았다. 그저 눈살을 찌푸리곤 도혁을 쏘아볼 뿐이었다.

"그건 제가 결정할 일이지, 민도혁 씨가 상관할 일은 아닌 것 같군요. 이제 할 얘기하시고 돌아가 주세요."

"나 외에 다른 남잔 만나지 마."

정말 이 남자, 날 어떻게 생각한 거지? 내가 자기 말 한마디에 움직일 사람으로 보인 건가? 서진의 표정이 차갑게 굳어졌다. 지나친 간섭이었다.

"정말 이해할 수 없군요. 대체 민도혁 씨가 뭔데, 제게 이런 말을 하는지 모르겠군요."

마침 도혁의 자동차가 아파트 주차장에 도착했다.

"데려다준 것은 고맙습니다. 그럼, 안녕히 가세요."

서진이 안전띠를 풀곤 대답도 기다리지 않고 차에서 내렸다. 그러자 도혁 역시 서진을 따라 내리더니, 앞서 걸어가는 서진의 팔을 붙잡곤 강하게 돌려세웠다.

"또 뭐죠?"

"그럼 내가 한서진 씨 남자가 되면 되는 건가? 그렇게 된다면, 권리가 생기는 것이겠지?"

대체 무슨 말을 하는 건지……. 내 남자라면……. 그 말이 서진의 심장을 간질였다. 눈앞에 서 있는 민도혁이란 남자가 그녀의 것이 된다니.

"누가 허락한데요?"

그녀가 소릴 지른 동시에 그가 서진을 그의 품으로 끌어당겼다. 강한 힘에 이끌려 그의 품에 안기듯 끌어당겨진 서진은 바로 코앞까지 다가온 그의 얼굴을 올려다봐야 했다. 짙은 어둠과 함께 그의 향기가 그녀를 지배했다. 단단한 팔이 그녀의 허릴 바짝 끌어당기더니, 위험스러울 정도로 낮은 목소리로 말했다.

"허락…… 하게 될 거야. 우연처럼 거듭되는 만남이 더는 우연이 아니라는 것을, 한서진 씨도 부정하진 못할 테니까."

그는 필연이라고 말하고 있었다. 서진은 당연하다는 듯 그녀를 안고 있는 도혁을 보며, 눈살을 찌푸렸다. 아니라고 말해야 했다. 그저 몇 번 우연히 겹친 것뿐이라고. 이제 다신 만나지 않을 것이라고. 그의 손을 뿌리치고 그를 밀어내야 했다. 하지만…… 서진은 야멸차게 돌아서지 못했다.

자꾸만 거듭되는 그와의 만남에 그녀 역시 두 사람 사이에 뭔가 알 수 없는 끈이 있음을 느끼고 있었다. 그리고 그 끈은 운명이란 이름과 너무도 닮아 있었다.

지금도 그녀를 내려다보는 도혁의 강한 시선에 서진은 설레고 있었다. 입술이 바짝 마르고 온몸이 뜨거워졌다. 차갑던 그가, 열기를 품고 거침없이 그녀에게 다가오고 있었고 그 모습에 서진의 심장이 무섭게 뛰고 있었다.

그가 고갤 숙였다. 그러자 그의 숨결이 뺨에 닿았다. 입술을 간질이는 그의 숨결에 서진은 뒤로 물러서려 했다. 하지만 도혁은 그녀를 단단히 붙들곤 그러지 못하게 했다. 아니, 그녀의 허릴 감은 팔에 힘을 주어 바짝 끌어당겼다. 그녀의 몸이 생생히 그의 몸을 느낄 수 있도록.

"만나지 않겠다고 약속해."

그의 시선이 그녀의 입술에 향해 있었다. 그 짧은 순간 서진은 후훅 날카롭게 숨을 들이쉬며, 입술을 깨물었다. 그의 시선에 입술이 바짝 마르는 느낌이었다. 그리고 그 강한 눈빛에 서진은 본능적으로 혀를 내밀어 마른 입술을 축였다. 의도하지 않았지만, 그의 눈빛 역시 변하기 시작했다.

"난……."

그의 손이 그녀의 턱을 붙잡곤 그녀의 입술을 야릇하게 쓸어내렸다. 서진은 얼어붙은 듯 더는 아무런 말도 할 수 없었다. 그가 다음에 뭘 할지 알 수 있었다. 하지만 피할 수 없었다. 곧이어 그의 입술이 닿을 듯 다가왔고, 더운 입김이 먼저 그녀의 입술을 스쳤다. 습기를 품은 짙은 열기에 피가 뜨거워졌다.

두근! 저릿한 감각과 함께 미친 듯이 뛰는 심장. 서진 역시 뜨거운 숨을 내쉬며 그를 올려다보았다. 열기를 담은 검은 눈동자가 그녀를 보고 있었다. 그 순간 애를 태우던 그의 입술이 다가왔다. 성급한 열정에 그의 입술이 거칠게 그녀의 입술을 찾았다. 타액으로 축축하게 젖은 입술이 비벼지는가 싶더니 어느새 그녀의 입술을 가르고 그의 뜨거운 혀가 그녀의 입안으로 들어왔다.

짙은 욕망을 품은 혀가 그녀의 혀를 거칠게 얽고는 힘껏 빨아당겼다. 서진은 목덜미를 타고 흐르는 날카로운 감각에 놀라, 그에게 벗어나기 위해 버둥거렸다. 하지만 그녀의 허릴 단단히 휘감은 그의 팔이 힘이 들어가는가 싶더니 바짝 조여들어 왔다. 꼼짝도 할 수 없었다. 허릴 휘감은 뜨거운 열기, 그리고 자꾸만 예민한 곳을 자극하는 뜨거운 키스로 인해 서진은 거친 숨을 몰아쉴 수밖에 없었다.

"아하……."

더욱 깊숙이 파고들어 왔던 혀가 잠시 떨어진 사이 젖은 입술 사이로 가느다란 신음이 흘러나왔다. 하지만 그가 그녀의 턱을 살짝 기울인 후 그녀의 입술을 삼키듯 더 깊고 농밀한 키스를 해왔다.

사내의 욕망이 고스란히 느껴지는 키스. 도혁은 그의 심장에 뜨겁게 일고 있는 열기와 소유욕을 숨김없이 그대로 드러냈다. 그녀의 손이 그의 옷자락을 붙드는 것이 느껴졌다. 그리고 그녀의 손끝이 파르르 떨리고 있음을 느끼자, 더는 참을 수 없을 것 같았다. 조금 더 키스가 깊고 은밀해진다면 그녀를 가져야 했다.

"후웃, 하아!"

그가 거친 숨을 몰아쉬며 그녀의 입술을 놓아주었다. 젖은 입술 새로 연신 뜨거운 숨이 새어 나오는 것으로 보아 몸속에 일고 있는 욕망을 가까스로 참고 있는 듯했다. 서진 역시 꼭 감았던 눈을 뜨며 거친 숨을 내쉬었다.

귓불에 그의 입술이 스치듯 닿았다. 그리곤 언제 그랬냐는 듯 평소의 모습을 되찾은 그가 그녀를 놓아주었다. 멍하니 서 있는 서진의 주머니에서 휴대전화를 꺼내 그의 번호를 누르곤 전화를 걸었다. 자동차 안에서 그의 휴대폰이 울리는 것이 보였다. 그제 야 서진은 그가 그녀의 연락처를 저장했다는 것을 알았다.

"지금 뭐 하는……."

도혁이 그녀의 휴대전화를 돌려주었다.

"전화하지."

서진은 차로 걸어가는 그를 보며 입술을 깨물었다. 키스 한 번에 이렇게 속수무책으로 당해 버리다니. 자신이 한심하게 느껴졌다. 차에 탄 도혁은 시동을 건 후, 그녀를 다시 한 번 바라보았다. 차가운 분위기와는 달리 눈동자에 담긴 열기를 확인한 순간, 서진은 채워지지 않는 야릇한 허기에 입술이 저릿했다. 그가 휴대폰을 들더니 어디론가 전화를 걸었다.

이내 그녀의 휴대폰이 울리기 시작했다. 서진이 그를 보자 도혁이 전화를 받으라는 듯 눈짓을 했다. 마지못해 서진이 휴대전화를 받았다.

"오늘 하지 못한 얘긴 다음에 해야겠군. 또 오지."

그녀에게서 눈을 떼지 않은 채 그가 말했다. 귓가를 울리는 그의 목소리가 심장을 쓸어내릴 만큼 다정했다. 잠시 후, 그가 차를 출발시켰다. 서진은 멀어져 가는 도혁의 자동차를 바라보며 작게 한숨을 내쉬었다. 또 올 것이라고 했다. 서진은 들고 있던 휴대전화를 꽉 붙들었다. 아직도 심장은 쿵쾅거렸고, 손끝이 떨리고 있었다. 민도혁 그가 또다시 그녀의 삶에 성큼 들어와 있었던 것이다.

서진은 식탁 앞에 서서 물을 마셨다. 자꾸만 갈증으로 목이 탔다. 그가 돌아가고, 집에 들어온 후에도 서진은 들뜨는 마음을 진정시킬 수 없어 거실을 서성였다. 휴! 정말 어떻게 된 모양이었다. 민도혁이란 남자의 예의 없고 거친 행동에 심장이 두근거리다니.

누군가를 좋아했던 적은 있었다. 눈이 마주치는 순간 설레며 가슴을 쓸어내린 적도 있었고, 첫 키스에 심장이 두근거리기도 했었다. 따사로운 봄날, 푹신한 구름 위를 걷는 달콤하고 나른한 느낌이 사랑이라면 첫사랑도 해보았다.

하지만 이렇게 한순간 모든 것이 혼란스러울 정도로 격정적인 느낌은 처음이었다. 그의 눈빛이 닿는 곳마다 아릿하고, 자꾸만 한서진이 아닌 것처럼 느껴지게 하는 그런 감정은 처음이었다. 온몸이 뜨거워지고, 그와의 키스를 곱씹으며 더한 쾌락에 갈증을 느끼는 것 역시.

서진은 자신의 변화가 마음에 들지 않았다. 고요하던 그녀의 일상이 그로 인해 자꾸만 무너지고 흔들리고 있었다. 그리고 그녀의 감정 역시. 서진은 서성거림을 멈추곤 방으로 들어가기 위해 발걸음을 돌렸다. 그때, 소파 아래 떨어져 있던 서류를 발견하고 서둘러 걸어갔다.

"왜 이게 여기 떨어져 있지? 설마 팀장님께서 주셨던 자료 중 하나를 떨어뜨린 건가?"

서진은 서둘러 자료의 표지를 훑어보기 시작했다.

고종황제의 비밀 국새라?

아마 2014년 오바마 대통령이 방한하면서 가지고 들어온 고종황제의 국새에 관한 내용인 듯했다. 서진은 방으로 들어가는 대신 탁자에 앉은 다음 천천히 내용을 살피기 시작했다. 2009년 개인 경매에 올랐던 황제어새를 되찾은 후, 2014년 한국전쟁 중 미국 해군 병사가 가져갔던 국새에 대해 상세히 적혀 있었다. 서진은 작년 5월 문화재청 주최로 경복궁에 전시되었던 고종황제의 국새들을 떠올렸다. 미국에서 되찾은 9개의 국새와 함께 기존의 국새와 어보들을 한자리에 전시했던 것이다.

특별 전시된 어새와 어보들 모두 눈을 뗄 수 없을 만큼 대단했었지만, 특히 서진은 1903년 이후 러시아 이탈리아 황제 등에게 도움을 청하기 위해 보낸 친서에 사용되었다던 비밀 국새인 황제어새를 본 순간 한동안 걸음을 멈춘 채 홀린 듯 바라보았었다. 대부분이 용 모양의 형태를 갖춘 어새와 어보와는 달리 거북 모양의 손잡이로 된 비밀 국새의 위엄에 푹 빠져 버린 것이다.

하지만 지금, 서진은 서류를 코앞까지 바짝 당긴 후 천천히 종이 위에 인쇄되어 있는 수강태황제보를 날카로운 눈으로 살피기 시작했다. 금방이라도 불을 내뿜을 것 같은 용 모양의 손잡이와 함께 팔각형으로 된 바닥면. 그리고 그 팔각형의 측면엔 주역의 팔괘가 음각되어 있었다.

"이건 분명……."

서진은 자리에서 일어나 방으로 갔다. 그리곤 가방 안에서 회중시계를 꺼낸 다음 다시 자리로 돌아왔다. 탁자에 놓인 자료 위에 회중시계를 놓은 뒤, 시계와 수강태황제보와 번갈아 보았다. 하지만 A4 용지에 보이는 수강태황제보의 사진만으론 두 물건 사이의 공통점을 더 찾는 것은 어려웠다.

그저 회중시계와 수강태황제보 모두 윗부분은 용 모양이 새겨져 있고, 바닥에 팔각의 형태를 띤 팔괘가 새겨져 있다는 것 외엔. 그저 우연일 뿐이었다. 세상엔 비슷하게 겹치는 우연의 산물들이 산처럼 많았으니까. 그리고 무엇보다 두 개의 물건 사이에 접점이 없는 상태에서 비교하고 같은 선상에 놓고 연관 짓는 것 역시 터무니없는 억측이란 생각이 들었다.

"잠깐, 그리고 보니 전주 국립박물관에서 고종황제의 국새가 전시된다고 했었는데……."

하지만 다시 보고 싶어졌다. 사진이 아닌 실물로 회중시계와 수강태황제보를 놓고 직접 비교해 보고 싶었다. 서진은 서둘러 휴대폰의 일정표를 찾았다. 그리곤 전국에 있는 박물관의 전시 일정을 체크하기 시작했다.

"뭐야, 전시회 일정이 이번 주 주말까지네."

휴대폰을 내려놓는 서진의 시선은 이미, 회중시계와 수강태황제보에 향해 있었다.

아무런 연관도 없을지도 몰랐다. 하지만 확인하고 싶었다. 헤이그의 낡은 골동품점에서 우연히 발견한 이 회중시계로 인해 민도혁이란 남자와의 인연이 계속되고 있었다. 그가 그녀에게 사람을 붙였고, 그래서 그녀가 가는 곳마다 나타나는 것이 아니라면 알고 싶었다.

왜 이런 일이 자꾸 일어나는지. 또 왜…… 이렇게 그에게 강하게 이끌리는지.

서진은 탁자에 놓여 있는 회중시계를 집어 들었다. 차가운 감촉과 함께 전해지는 익숙함. 서진은 이미 고장 난 회중시계의 열림 단추를 꾸욱 눌렀다. 하지만 언제나 그렇듯 시계는 미동도 없이 고요했다.

잠들어 있는 회중시계라? 서진은 이 회중시계가 마치 100년 전의 이야기를 비밀스럽게 품고 그 진실을 밝혀줄 누군가를 기다리며 잠들어 있는 것은 아닌가 하는 생각이 들었다.

"훗! 말도 안 돼."

서진은 이내 고갤 가로저었다. 하지만 생각에 꼬리를 물고 자꾸만 연상되는 생각을 멈출 수 없었다. 의문이 생긴다면, 확인할 수밖에 없었다. 답이 나올 때까지.

〈1907년, 헤이그 기차역.〉

검은 연기를 내뿜으며 기차가 플랫폼으로 들어오고 있었다. 세경은 머리에 쓴 스카프를 끌어내려 얼굴을 가리고는 조심스럽게 주위를 살폈다. 며칠 전부터 그녀의 뒤를 쫓던 일본 감시자가 있는지 다시 한 번 살펴보기 위해서였다.

눈 아래까지 내려온 스카프 사이로 천천히 주위를 살피던 세경은 아무도 없다는 것을 확인하자, 쓰고 있던 스카프를 벗었다. 그러자 스카프 속에 감춰져 있던 검은 머리카락이 바람에 일렁였다. 그리고 창백하리만큼 새하얀 아름다운 얼굴 역시 모습을 드러냈다.

세경은 검은 눈동자를 빛내며 열심히 기차가 들어온 플랫폼을 바라보았다. 그러자 지나가던 사람들이 세경을 흘끗흘끗 돌아보았다. 서양인으로 가득한 헤이그의 기차역. 이곳에서 신비로운 외모의 동양인 여인을 발견한 사람들은 세경에게서 홀린 듯 눈을 떼지 못했던 것이다.

세경은 사람들의 시선에 벗었던 스카프를 다시 쓰고 싶어졌다. 따갑게 쏟아지는 그 많은 시선이 그녀에겐 익숙지 않았던 것이다. 하지만 고갤 숙일 수도 없는 노릇이었다. 기차에서 내릴 남자가 누군지 세경은 알지 못했다. 대신 그 남자에게 그녀의 사진을 주었다고 했으니, 아마 그가 그녀를 알아보고 찾아올 수밖에 없는 상황이라 더했다.

어느새 기차가 멈추고 사람들이 하나둘씩 내리기 시작하자, 세경은 검은 머리카락을 쓸어 귀 뒤로 넘겼다. 그리곤 허릴 꼿꼿이 펴곤 당당하게 고갤 들었다. 많은 사람이 그녀 옆을 스치고 지나갔다. 그 사람들 속엔 동양인 남자들도 있었다. 하지만 누구 하나 그녀에게 먼저 말을 걸어온 사람은 없었다. 시간이 지날수록 세경은 초조해졌다.

이 기차가 아니었나?

세경은 문득 고민에 빠져 버렸다. 이내 기차는 다음 역으로 출발하려는 듯 역무원의 호각 소리가 들려왔다. 그러자 세경은 걸음을 옮기기 시작했다. 지금이 아니면 안 되는데……. 이 기차가 아니면 또다시 일본인 감시자의 눈을 따돌릴 수 있을지 확신할 수 없었던 것이다.

조급하고 안타까운 마음에 빠르게 움직이던 세경의 발걸음이 뚝 멈췄다.

이대로 끝나는 건가? 아무것도, 하지 못한 채 끝이 나는 건가?

울컥 분노가 치솟았다. 가슴이 미어지도록 아팠고, 그 아픔을 느끼는 심장이 싫어 세경은 입술을 깨물었다. 절망을 느끼는 순간, 져버리는 것이었다. 멈춰 선 순간, 포기해 버리는 것이었다. 세경이 고갤 세차게 흔들며 다시 걷기 시작했다.

그 남자, 그녀와 만나기로 한 그 남자를 찾아야 했다. 미친 듯이 인파를 헤치고 걷던 세경의 손을 누군가 강하게 붙잡았다.

엇, 누구? 라고 생각한 순간, 세경은 강한 힘에 끌려당겨졌다.

설마? 그녀를 감시하던 일본인이 그녀를 기어이 찾아낸 걸까? 세경은 눈물이 왈칵 쏟아지려 했다. 하지만 일본인 앞에선 절대 울음을 보일 수 없었다. 그것이 조선인으로서의 마지막 자존심이었으니까.

"한세경, 오랜만이구나."

눈물을 참기 위해 피가 나도록 입술을 깨물고 있던 세경의 귓가에 부드럽고 낮은 목소리가 들려왔다. 날카롭게 치켜 올라갔던 세경의 눈이 어느새 내려왔다. 그리곤 눈앞에 서 있는 남자를 알아보곤 놀람으로 눈이 커졌다.

"오라버니."

"한동안 널 알아보지 못했지 뭐야. 이젠 숙녀가 되어버렸네. 장난치며 뛰놀던 그 꼬맹이가."

너무도 그립고 그립던 다정한 미소였다. 다신 볼 수 없다고 생각했던 미소이기도 했다. 세경은 그를 보자 참고 있던 눈물이 왈칵 쏟아지기 시작했다. 울려고 했던 것이 아니었다.

기쁨과 안도. 그리고 그 무언가가 눈앞에 서 있는 남자를 본 순간, 한순간에 터져 나와 버린 것이다. 그가 손을 뻗어 세경의 뺨에 흘러내린 눈물을 천천히 닦아주었다.

"뭐야? 다 큰 숙녀인 줄 알았는데, 아직 어린애였네. 다행이다. 네가 그대로라서."

그가 세경을 그의 품속으로 끌어당겨 안았다. 그리곤 눈물을 흘리는 그녀를 위로하려는 듯 등을 토닥였다. 조선을 떠난 지 3년 만에 처음으로 느껴보는 안도감이었다.

"오라버니께서 오시리라곤 전혀 생각지 못했어요. 분명 미국에 있다고……."

"승윤이라면 분명 네게 그렇게 말했을 테지."

남자의 입가에 쓸쓸함이 묻어 있었다. 남자의 친구이기도 한 한승윤은 그의 품에 안겨 눈물을 흘리고 있는 세경의 친오라버니이기도 했다. 남자가 꾹꾹 눌러 참고, 숨기고 있던 마음을 단박에 알아차린 눈치 빠르고 그를 거절한 야속한 친구이기도 했다.

그 순간 세경이 얼굴을 붉히며 그의 품에서 빠져나왔다. 감정의 봇물이 지나가자, 그녀의 행동에 부끄러움을 느낀 모양이었다.

"죄송해요. 이런 모습을 보여서요."

세경의 말에 남자의 입가에 미소가 떠올랐다. 다정하고 달콤한. 하지만 뭔가 허무하고 슬픈 느낌 역시 함께였다.

"갈까?"

남자의 말에 세경이 고갤 끄덕였다.

"아 참, 여기선 내가 네 약혼자란 걸 잊지 마."

잊지 않을 것이다. 아니, 어떻게 잊을 수 있을까? 단 한 번 그녀에게 온 처음이자 마지막 기회를.

chapter 4

　천안의 아파트에 서진을 두고 온 지 벌써 사흘이 지나가고 있었다. 도혁은 스킨 병을 내려놓으며 지갑과 휴대폰을 주머니에 밀어넣었다. 그리곤 책상에 놓여 있던 자동차 키를 들고 방을 나왔다. 1층으로 내려가는 계단에 다다르자, 도혁은 소파에 앉아 차를 마시고 있던 어머니 박 여사를 발견하곤 잠시 발을 멈췄다. 지난번 쓰러진 후 부쩍 결혼 얘기를 꺼내기 시작한 박 여사였기 때문에 퇴근 후, 외출하는 도혁을 붙잡아 이것저것 물을 게 분명했던 것이다.

　"이 밤에 외출하게?"

　"네, 갑자기 해야 할 일이 생각나서요. 늦을지도 모르니 걱정 마시고 주무세요."

　도혁의 말에 박 여사의 입가에 미소가 어렸다.

"일이야 내일 하면 될 텐데, 혹시 데이트야?"

도혁이 계단을 내려와 박 여사 앞에 앉았다. 그리곤 기대감에 눈을 빛내는 박 여사를 보며, 도혁은 잠시 망설였다. 사실 지금 그는 서진을 만나러 천안에 가려던 참이었다. 퇴근 후 집에 들어왔지만, 쉽게 잠이 올 것 같지 않았다. 자꾸만 방 안을 서성이며 채워지지 않는 허기에 입이 바짝 타들어가는 느낌이었다. 그리고 그 이유가 한서진 때문이란 사실을 깨달은 것이다.

서울에서 천안, 이 시간에 다녀오기엔 가깝지 않은 거리였다. 지금 가면, 정말 서진의 얼굴만 보고 서울로 돌아와야 할지도 몰랐다. 그런데 지금 그 잠깐을 보기 위해 길을 나선 것이다.

"아니에요."

"그래? 난 또, 밤늦게 외출하는 널 보고 기대했지 뭐야. 혹시 마음에 드는 여자가 없으면, 내 한번 알아볼까?"

박 여사는 무척이나 아쉬운 표정이었다. 서른두 살의 도혁이 아직 애인 하나 없다는 것이 내심 불안했던 것이다. 아무리 일이 바빠 여잘 만날 시간이 없다고 하더라도, 만날 생각조차 하지 않는 도혁이 박 여사는 걱정이었다. 지난번 몸이 아파 쓰러진 후엔 더욱 그랬다. 더 늦기 전에 도혁이 그가 사랑하는 여자와 가정을 꾸리길 원했던 것이다.

"그러실 필요 없습니다. 결혼은 제가 알아서 하겠습니다. 그나저나 몸은 좀 어떠세요?"

"난, 괜찮아. 아 참, 지혜가 전화했더라."

"지혜가요?"

도혁은 잠시 생각에 잠긴 듯 말이 없었다. 사실 지혜가 건넨 특별 전시회에 대한 기획안은 썩 괜찮은 편에 속했다. 하지만 또다시 20년 전과 같은 일은 겪고 싶지 않았다.

"그래. 아버님의 그림을 보고 싶다고 하더구나. 어떻게 할까?"

"전 싫습니다. 하지만 어머니께서 원하신다면, 만나는 것까지 반대할 이유 없겠죠."

도혁의 대답에 박 여사가 고갤 끄덕였다. 사실 박 여사 역시 내키지 않았다. 아무리 친한 친구의 딸이 한 부탁이라도 해도 또다시 그런 경험을 하고 싶진 않았던 것이다.

"저기, 도혁아."

"네, 말씀하세요."

"내 생각엔, 네 증조부님과 아버지 그림을 기증하는 건 어떻겠니? 박물관이나, 아니면 다른 기관에 말이야."

"기증이요?"

처음 듣는 말에 도혁이 놀란 얼굴을 했다. 하지만 박 여사는 전부터 오래도록 생각해 왔었는지 담담했다. 또한 도혁만 동의한다면, 마음을 굳힌 듯 보였다.

"보관 창고에 잠들어 있는 것보단, 많은 사람이 볼 수 있게 하는 것이 좋지 않을까 해서. 네 생각은 어떠니?"

박 여사의 질문에 도혁의 얼굴에 신중한 빛이 떠올랐다. 한 번도 그림을 기증해야겠단 생각은 해본 적이 없었던 것이다. 그렇다고 해서 어머니의 생각을 무시할 수만은 없었다. 어머니의 말씀처럼 증조할아버님과 아버지의 그림이 빛을 보지 못하고 있다는 사실은 안타까웠던 것이다.

"생각해 보겠습니다."

도혁이 자리에서 일어섰다. 그리곤 흘러내린 숄을 박 여사의 어깨 위에 다시 올려주었다. 박 여사는 그런 도혁을 보며 빙긋 미소를 지었다.

"이렇게 다정한 남잔데, 왜 여자들이 마다하는 건지. 아마 네 차가운 얼굴 때문인 것 같으니, 최대한 웃도록 해."

"여자들이 마다하는 것이 아니라, 지금까지 관심이 가는 여자가 없었을 뿐이니 안심하세요."

"지금 그 말은, 관심이 가는 여자가 생겼단 뜻이니?"

박 여사의 질문에 도혁은 그저 애매한 웃음으로 답했다. 그리곤 응접실을 가로질러 현관으로 향했다.

"민도혁! 그런 거야?"

"지혜 부탁은 어머니 좋으실 대로 하세요. 그림을 기증하는 문제는 생각해 보겠습니다."

도혁은 자리에서 일어나 그를 부르는 박 여사를 남겨두고 현관을 나섰다. 그리곤 서둘러 주머니에서 휴대폰을 꺼냈다. 한서진. 액정 화면에 서진의 이름이 떴다. 버튼을 누르자, 그녀의 휴대폰으로 연결되는 통화음이 그의 귓가를 울렸다. 심장까지도.

퇴근 후, 서울 본가에 온 서진은 집 안으로 들어가기 전 작게 한숨을 내쉬었다. 이리 다급히 그녀를 호출한 이유는 분명, 지난번 경원그룹 진일헌과 만났던 일이 정 여사의 귀에 들어간 모양이었다. 집에 들렀으면 한다는 정 여사의 전화를 받았을 때, 할머니의 목소리가 잔뜩 굳어 있었던 것이다.

"뭐 하는 게야? 왔으면 어서 들어오지 않고."

집 안에서 들려오는 정 여사의 목소리에 서진은 마당을 가로질러 툇마루로 향했다. 그리곤 미닫이문을 열고 안으로 들어가자, 때마침 연서가 그녀를 기다리고 있었다. 잔뜩 굳은 얼굴로 입술을 깨물고 있는 연서를 보자, 서진은 그녀의 추측이 맞는다는 것을 알 수 있었다.

"왜?"

"그게 내가 실수로……."

"뭐 하는 게야? 둘 다 안으로 들어오지 않고."

정 여사의 날카로운 목소리에 연서가 서둘러 입을 다물었다. 아마 밖에서 소곤거리는 인기척을 들은 모양이었다. 휴! 정말 눈치 하나는 빠르시다니까. 하지만 서진 역시 대충 짐작이 갔다. 할머니가 왜 이렇게 화가 나서 그녀를 호출했는지를.

서진이 최대한 담담한 얼굴로 방으로 들어가자, 방에 앉아 있던 정 여사가 서진의 뒤를 따라 들어오는 연서를 쏘아보는 것이 보였다.

"할머니, 저 왔어요."

"앉아라. 연서 너도."

서진이 자리에 앉자, 연서 역시 정 여사와 최대한 눈을 마주치지 않으려는 듯 서진의 뒤에 바짝 다가서서 앉았다. 그리곤 슬쩍 서진의 뒤에 숨기까지 했다. 휴! 두 사람의 모습을 보자, 그녀가 오기 전까지 얼마나 살얼음판이었을지 상상할 수 있었다. 하지만 서진은 모르는 척하기로 했다.

"무슨 일로 절 부르셨어요?"

서진의 말에 정 여사가 한숨을 내쉬었다. 그리곤 격앙된 목소리로 입을 열었다.

"그 자리에 저 맹랑하고 철없는 것이 대신 나갔다며?"

"그 일로 절 부르셨어요? 아마, 절 걱정해서 대신 나간 모양이에요."

"아무리 그래도 그렇지. 그 자리가 어떤 자린데! 내가 그걸 알고 얼마나 가슴이 떨리던지……."

정 여사가 가슴에 손을 올려놓고는 마음을 진정시키려는 듯 쓸어내리는 것이 보였다. 하지만 진정이 되지 않는 듯 손이 부르르 떨리는 것이 보였다. 정말 놀란 모양이었다. 사실 그날 서진 역시 놀란 것은 마찬가지였으니, 정 여사가 사실을 알았을 때 어떤 마음이었을지 충분히 짐작할 수 있었다.

"그쪽에서 연락이 왔었나 보군요."

"연락이 오긴! 연서 저 녀석이 친구랑 전화하는 것을 듣고 알았지 뭐니!"

아! 일헌이 아니었나? 서진은 그제야 모든 것이 이해가 갔다. 그리고 그날 처음 보았던 인상 그대로 진일헌이란 사람은 신뢰가 가는 인물임이 분명했다. 그런 황당한 일을 겪고도 입을 다물다니.

"그랬군요."

"다행히 그쪽에선 이 일을 덮기로 한 것 같지만, 내가 다 얼굴이 화끈거려서 말이다. 혹시 다시 만나기로 한 거니?"

"네, 곧 다시 만나기로 약속했어요. 그러니 할머닌 더는 걱정 마세요."

서진의 대답에 잔뜩 굳어 있던 정 여사의 얼굴이 서서히 풀어지는 것이 보였다. 하지만 여전히 연서에게 화가 난 듯 이따금 연서와 시선이 마주칠 때마다 눈빛이 날카로워졌다.

"생각해 보니, 진일헌이란 그 사람 참 듬직하구나. 그렇게 큰일이 있었는데도, 아무 말도 하지 않다니. 다른 집안 같았으면, 벌써 골백번 사람을 보냈을 텐데 말이야. 그나저나 네가 보기엔 어떻든?"

"잠깐 본 것이 다라 뭐라 말할 순 없지만, 첫인상만으로 보자면 괜찮아 보였어요. 다시 보면, 더 많은 것을 알게 되겠죠."

"그래?"

정 여사의 눈동자가 빛나는 것이 보였다. 그 모습에 서진은 다시 한 번 일헌을 다시 보는 이유는 성화재단을 맡길 대표로의 자질을 보기 위한 것이라고 못을 박고 싶었다. 하지만 참기로 했다. 그녀의 옷자락을 붙잡고 잔뜩 긴장해 있는 연서가 걱정이었기 때문이었다.

"네. 그러니 할머니도 연서를 너무 나무라지 마세요. 섣불리 행동한 것은 잘못이지만, 오히려 이번 일을 통해 진일헌 씨의 사람 됨됨이를 볼 기회가 됐잖아요. 그리고 다시 만날 거고."

일부러 서진은 일헌을 다시 만날 것이란 사실을 강조했다. 그 말에 연서가 참고 있던 숨을 내쉬는 것이 보였다. 정 여사 역시 여전히 마땅찮은 표정이었지만, 처음처럼 그렇게 화가 나 있진 않았다. 아마 그녀의 예상처럼 서진이 진일헌을 다시 만날 것이란 것에 화가 누그러진 모양이었다.

"할머니, 하실 말씀 없으시면 그만 내려가 볼게요. 내일 또 일찍 출근해야 하거든요."

"늦었는데, 자고 내일 가지 그러니."

"아니에요. 요즘 특별 전시회 때문에 일이 많아요."

서진이 서둘러 자리를 털고 일어섰다. 그러자 정 여사 역시 아쉬운 듯 따라 일어섰다. 직장 때문에 떨어져 살기 시작한 후, 한 달에 두어 번 보는 것이 다라 무척이나 아쉬운 모양이었다.

"거긴 매일 바쁘다니? 주말에도 통 오질 않고. 힘들면 그만두고 올라오라니까."

"일은 많지만 힘들지 않아요. 제가 좋아하는 일이니까요."

서진의 대답에 이젠 더는 말할 기운도 없다는 듯 정 여사가 한 숨을 내쉬었다. 서진의 고집에 더는 설득할 힘이 없는 모양이었다.

"차는 가져왔니?"

"네, 오늘은 가져왔어요."

"운전 조심하고. 아 참, 내 정신 좀 봐. 반찬을 싸놨는데."

정 여사가 서둘러 방을 나가 부엌으로 가는 것이 보였다. 서진은 그럴 필요 없다고 마다하려 했다. 하지만 서진이 온다고 정성스레 음식을 준비했을 정 여사를 생각하자 그럴 수 없었다.

"언니, 정말 진일헌 씰 다시 만나기로 한 거야?"

그때까지 말없이 앉아 있던 연서가 호기심으로 눈을 빛내며, 작은 목소리로 속삭였다.

"응. 다시 만나야지."

"그럼, 민도혁이란 그 사람은? 난 개인적으로 민도혁이란 사람이 더 마음에……."

"민도혁 씨완 아무런 사이도 아니야. 그리고 진일헌 씨를 만나는 건, 네가 일을 엉망으로 만드는 바람에 다시 만나는 거야. 그러니 앞으로 절대 너 혼자 판단해 일 벌이지 마. 현우 씨 일도 있는데, 최대한 할머니께 점수를 따야 하는 건 너잖아."

"알았어. 그 일은 정말 미안했어. 난 언닐 생각해서 한 건데, 일이 이렇게 될 줄은 정말 몰랐거든. 사실 현우 선배한테 얼마나 혼이 났나 몰라. 정말 미안해."

연서가 침울한 얼굴을 했다. 그 표정에 서진은 손을 뻗어 연서의 어깨를 토닥였다.

"할머니께 죄송하다고 해."

"알았어. 그런데 정말 민도혁 씨완 아무 사이도 아닌 거야? 그날 진일헌 씨와 언니랑 함께 있는 모습을 보는 눈빛이 장난 아니었거든. 활활 타오르는 활화산……."

"또 뭐가 활화산이란 건데?"

반찬 꾸러미를 가지고 나오던 정 여사가 또 무슨 꿍꿍이냐는 듯 연서를 쏘아보았다. 그러자 연서가 서둘러 입을 다물곤 정 여사의 팔을 붙잡았다.

"할머니께서 활화산처럼 폭발하시기 전에 잘못했다고 빈다는 말이었어요. 할머니, 다음부턴 절대 그런 일 없을 거예요. 그러니 딱 한 번만 용서해 주세요. 네?"

애교스럽게 웃는 연서를 보며, 서진과 정 여사가 어이없는 얼굴을 했다. 하지만 표정은 한껏 부드러워져 있었다.

"그럼, 전 가볼게요."

서진이 정 여사가 건네는 꾸러미를 받아 들곤 집을 나섰다. 차
에 탄 서진은 가방을 열어 휴대폰을 확인했다.

부재중 통화 표시. 민도혁 그 사람이었다.

휴대전화를 붙잡은 서진의 손이 가늘게 떨렸다. 휴대전화에 그
의 이름이 뜬 것만으로 이런 감정이라니. 물끄러미 휴대전화를 바
라보던 서진은 서둘러 가방 속으로 전화를 밀어 넣었다.

왜 전화한 걸까?

자동차에 시동을 켜고 천안으로 가는 내내 머릿속에 떠나지 않
는 의문이었다. 전화해 보면 그만이었지만, 그러고 싶진 않았다.
자존심의 문제가 아니라, 그녀가 그에게 전화를 해도 되는 사이인
지 그녀조차 알 수 없었던 것이다.

훗, 우연이 겹쳐 필연처럼 느껴지는 몇 번의 만남과 두 번의 키
스. 하지만 한서진과 민도혁은 아무런 사이도 아니었다. 아무것도
아닌 관계, 타인. 그렇다고 해서 딱히 타인 또한 아니었다. 두근거
리고, 만나고 싶고, 관심이 가고, 그리고 그의 뜨거운 키스에 자꾸
만 몸이 뜨거워졌다. 그런 남자가 그녀에게 타인일 리 없었다.

그럼, 대체 뭘까?

어느새 아파트에 도착한 서진은 차를 주차했다. 하지만 서진은
한동안 자동차에서 내리지 못한 채 앞에 서 있는 남자를 주시했
다. 헤드라이트에 비친 눈에 익은 자동차, 그리고 그 자동차에 기
대 서 있는 남자가 그녀의 눈을 사로잡았던 것이다.

두근! 운전대를 붙잡은 그녀의 손에 힘이 들어갔다. 민도혁, 그
남자였다.

운전대 위에 걸쳐 놓은 도혁의 손가락이 초조하게 움직였다. 시간 역시 더디게 흘러가고 있었다. 천안에 도착한 지 벌써 3시간. 서진은 전화를 받지도 않았고, 또 연락이 오지도 않았다. 도혁은 더는 앉아서 기다릴 수 없는지 자동차 문을 열고 차에서 내렸다. 그리곤 옆 좌석에 있던 상자 하나를 들고, 경비실 쪽으로 걸음을 옮기기 시작했다. 만약 서진이 그의 전화를 피하는 것이라면, 마냥 기다리는 대신 다른 방법을 찾아야 했기 때문이었다.

"무슨 일이십니까?"

도혁이 문을 두드리자, 경비 아저씨가 문을 열고 밖으로 나왔다. 사실 그 역시 몇 시간째 주차장에서 꼼짝도 하지 않는 도혁의 차를 보고 있었던 것이다. 한눈에도 비싸 보이는 차에 잘생기기까지 한 도혁이 누굴 기다리는지 궁금했던 모양이었다. 하지만 가까이에서 도혁을 마주한 순간, 경비 아저씨는 도혁에게서 뿜어져 나오는 카리스마에 놀란 듯 주춤 뒤로 물러섰다.

"혹시 한서진 씨 집에 들어왔습니까?"

"아, 지난번에 이사 온 예쁜 아가씨를 찾아온 모양이네. 전화해 보지 그래요."

"전화했는데, 받지 않아서요."

"쯧쯧, 싸운 모양이네."

도혁의 말에 경비 아저씨는 혀까지 차며 안됐다는 얼굴을 했다.

"그게 아니라……."

도혁은 경비 아저씨 말을 정정하려다, 그만두었다. 차라리 그렇게 생각하게 두는 편이 서진에 대해 물어보기 편할 것 같아서였다.

"집에 들어왔습니까?"

"오늘은 좀 늦는 모양이네요. 그러고 보니 벌써, 12시네."

"평소에도 이렇게 늦습니까?"

"아니, 매일 그런 건 아니지만, 가끔은 늦을 때가 있더라구요. 얼마나 예의가 바른지, 이 아파트에서도 몇 명이나 아가씨의 연락처를 물으러 왔는지 모른다니까. 하지만 이런 애인이 있었다니."

"그랬나요? 이제 한서진 씨 연락처 묻는 남자들이 있으면 애인 있다고 말씀해 주세요. 그리고 여기."

도혁이 그가 신기 위해 사다 놓은 양말 상자를 경비 아저씨에게 건넸다. 그러자 경비 아저씨가 손사래를 치며 마다했다.

"앞으로 자주 올 텐데, 이것저것 부탁할 게 많을 것 같아서요."

그제야 경비 아저씨가 상자를 받아 들었다.

"다음엔 그냥 와서 궁금한 것 있으면 물어요. 그리고 내 한서진 씨 연락처 묻는 남자들이 또 있으면 잘생긴 애인이 있다고 말할 테니까."

"감사합니다."

도혁이 다시 차로 되돌아왔다. 이번엔 차 안으로 들어가는 대신 자동차에 기대섰다. 팔짱을 끼고 아파트 입구를 바라보았다. 그때 자동차 한 대가 들어왔다. 자동차가 멈추고 아직 끄지 않은 헤드라이트가 그를 비추었다.

도혁은 강렬한 빛 속에서 놀란 듯 그를 보고 있는 서진을 볼 수 있었다. 도혁이 그녀에게 걸어가자, 서진 역시 자동차의 시동을 껐다. 그리곤 자동차 문을 열고 밖으로 나왔다.

"여긴 대체 무슨 일이죠?"

"한서진 씬 이 늦은 시간까지 어딜 다녀온 거지?"

"저야, 서울 본가에 다녀왔죠. 하지만 민도혁 씨야말로 이 늦은 시간까지 왜 여기에 있는 것인지 궁금하군요. 대체 무슨 일이죠?"

서진의 물음에 도혁이 그녀에게 한 발짝 다가섰다.

"한서진 씬, 내가 왜 이 늦은 시간에 여기에 있다고 생각하지?"

"네? 그걸 제가 어떻게 알죠?"

"왜 모른다는 거지? 남자가 여자 집 앞에서 밤늦게까지 기다리고 있다는 건, 단 한 가지 이유뿐일 텐데 말이야."

두근! 지금 민도혁이 뻔뻔한 얼굴로 그녀가 보고 싶어서 왔다고 말하고 있었던 것이다.

"당연히 알고는 있죠. 하지만 그게 민도혁 씨와 저에게도 해당하는지 몰랐을 뿐이에요."

"정말 너무하는군."

그가 의외라는 서진을 내려다보고 있었다. 마치 한서진 씨, 그런 사람이었느냐는 듯.

"내가 뭘 너무한다는 거죠?"

"그런 키스를 해놓고, 우리가 아무 사이도 아니라니 하는 말이야."

키…… 스. 순식간에 서진의 볼이 달아올랐다. 그 모습에 도혁의 입가에 미소가 떠올랐다.

"내가 언제 키…… 아니, 그걸 했다는 거죠? 그건 민도혁 씨가……."

"내가 했지. 하지만 한서진 씨 역시 내 혼을 쏙 빼놓을 정도로 반응해 놓고…… 헙!"

놀란 서진이 더는 말을 하지 못하게 그의 입을 막았다. 손바닥에 그의 입술이 느껴졌다. 그리고 입술 새로 새어 나오는 더운 숨결이 그녀의 손바닥을 간질였다. 그 순간 바로 손을 뗄까도 했지만, 그녀가 그의 입을 막지 않는다면 두 사람이 키스한 사실을 동네방네 떠들 기세였던 것이다.

"그만, 누가 듣기라도 하면……."

서진이 주위를 살폈다. 그러자 도혁이 그녀의 손을 붙잡았다. 붙잡힌 손이 뜨거워 서진이 화들짝 손을 떼어냈다.

"남이 들으면 안 되는 거였나?"

"그건 아니지만, 굳이 큰 소리로 얘기할 필요도 없는 거잖아요."

"그렇군."

그가 또다시 웃고 있었다. 이번엔 좀 더 은밀하고, 의미심장하게.

대체 뭐야? 또 무슨 속셈인 거지?

아니나 다를까, 도혁이 그녀에게 고갤 숙였다. 그리곤 그녀의 귓불에 그의 뜨거운 숨결이 느껴질 정도로 가까이 다가와 낮은 목소리로 속삭였다.

"사실 난 은밀하고 비밀스러운 관곌 좋아하지. 은밀한 비밀 연애."

은밀한 비밀 연애라니. 서진은 어이가 없는 얼굴로 그를 올려다보았다. 그는 지금 두 사람의 관계가 연인 사이라고 말하고 있었던 것이다.

"그런데 한서진 씬 배고프지 않나? 서울로 올라가기 전에 뭐라도 좀 먹고 싶은데."

"아니요, 전혀요."

서진이 차가운 얼굴로 가방을 다시 뗐다. 그를 남겨두고 집으로 들어갈 기세였던 것이다. 그러자 도혁이 그녀의 팔을 붙잡았다.

"매정하군. 한서진 씨 보겠다고 여기까지 온 날 모른 척하다니. 누가 그러는데, 이럴 땐 라면 먹고 갈래요? 하고 묻는 거라고 하던데. 한서진 씬 날 초대할 생각 없나?"

"전혀요!"

"휴! 그럼 내가 초대해야겠군. 한서진 씨, 저기 편의점에서 라면이라도 먹을까? 보니까 저기서 라면을 파는 것 같던데."

서진이 도혁이 가리킨 편의점 쪽으로 고갤 돌렸다. 그러자 유리창 문을 통해 컵라면을 먹고 있는 학생들이 보였다.

"전 배고프지 않아요. 그런데 민도혁 씬 편의점에서 라면 먹어본 적 있나요?"

"아니, 전혀. 하지만 맛있을 것 같군. 그리고 저긴 다 동행이 있더군. 혼자 먹으면 뻘쭘할 것 같으니, 함께 가주지 않겠어?"

혼자 라면을 먹는다는 말에 서진이 잠시 망설였다. 도혁은 이때다 싶었는지, 더는 고민하지 못하도록 서진의 손을 붙잡았다. 그리곤 그녀의 손을 잡아끌며 편의점으로 향했다.

서진은 지금 편의점 앞에 서서 컵라면이 익길 기다리고 있었다. 그녀의 시선은 편의점에서 서서 음식을 먹는 일이 신세계를 발견한 콜럼버스라도 된 듯 잔뜩 들떠 있는 도혁에게 향해 있었다. 그리고 그런 도혁을 보며 피식 웃고 말았다. 그와 이렇게 서서 편의점에서 컵라면을 먹게 되다니 아직도 이 상황이 얼떨떨했다. 자꾸만 그에게 휘말리는 느낌이었다.

"3분이 되었으니, 이제 먹어도 되겠지?"

도혁이 서진 앞에 놓인 라면 뚜껑을 먼저 열어주고는 그 역시 나무젓가락을 들어 라면을 먹기 시작했다.

"맛있군."

마치 컵라면을 처음 먹어보는 것처럼 도혁의 눈동자가 빛나고 있었다. 설마? 그럴 리가. 서진 역시 고갤 가로저으며 라면을 먹기 시작했다.

"주말엔 뭐 할 생각이지?"

"주말이요? 전주에 좀 가려구요."

"전주에? 거긴 왜 가는 건데?"

그의 물음에 서진은 먹고 있던 젓가락을 내려놓았다. 그리곤 잠시 망설였다.

다녀와서 얘길 할까? 혹여 아무것도 아니라면, 말해봤자 소용없는 일인데…….

그녀가 망설이는 이유는 단 하나였다. 단지 그녀의 추측일 뿐이라는 것. 하지만 만에 하나 그녀의 추측이 맞는다면, 회중시계가 도혁의 증조할아버님 유품이었기 때문에 마냥 모르는 척할 수도 없었다.

"전주 박물관에서 고종황제의 국새가 전시되고 있어요. 전시 일정이 주말까지라 보러 가려고요."

"고종황제의 국새? 그런 쪽에 관심이 있는 모양이군, 한서진 씨는."

"그런 것도 있지만, 사실 이번엔 다른 이유가 있거든요."

"다른 이유?"

도혁 역시 젓가락을 내려놓고는 서진에게 고갤 돌렸다. 그러자 서진이 가방에서 서류를 하나 꺼내 도혁에게 건넸다. 그것을 받아 든 도혁은 〈고종황제의 비밀 국새〉란 제목의 서류를 들춰보기 시작했다.

"이게 어떻다는 거지?"

"거기 순종이 고종황제에게 태황제의 존호를 올리며 만들었다는 수강태황제보를 한번 보세요. 어디선가 본 것 같지 않나요?"

서진의 말에 도혁이 서류를 자세히 살피기 시작했다. 사진을 다 확인한 도혁이 서류를 덮곤, 서진을 날카로운 눈빛으로 물끄러미 응시했다.

"혹시 회중시계의 도안과 비슷하다는 말을 하려는 건가?"

"네. 그냥 제 추측일지도 모르겠지만, 두 물건 사이에 공통점이 있지 않을까 하는 생각이 들었거든요. 그래서 직접 보고 비교해 보려구요."

도혁이 미간을 찌푸렸다. 뭔가 심각한 고민을 하는 듯 그의 눈동자 역시 날카로운 빛을 띠고 있었던 것이다.

"저기 그래서 말인데, 혹시 지난번 그 수첩에 고종황제의 국새와 관련된 얘긴 없었나요?"

호기심으로 서진의 눈동자가 빛나고 있었다. 그 모습에서 도혁은 서진이 이 일을 얼마나 진지하게 생각하고 있는지 알 수 있었다.

"아니, 없었어."

"그래요? 아쉽네요. 하지만 만약, 기회가 된다면 그 수첩 다시 볼 수 있을까요? 그냥 호기심이 생겨서요."

도혁이 서진에게 서류를 건넸다. 그리곤 잠시 생각에 잠긴 듯 말이 없더니, 어느새 서진을 향해 고갤 끄덕였다.

"그럼 주말에 함께 전주에 가는 것도 좋겠군. 같이 국새를 보고 난 후에 수첩도 보고. 한서진 씨 생각은 어때?"

"네, 좋아요."

수첩을 볼 수 있다는 생각에 서진은 두 번 생각할 겨를도 없이 대답했다. 그가 그런 서진을 보며, 의미심장하게 웃고 있다는 것도 모른 채.

"데이트군."

뭐, 데이트?

"잠깐 지금 무슨……?"

"예약은 내가 하지. 이제, 그만 가야겠군. 서울까지 올라가려면 서둘러야 할 것 같거든."

도혁은 더는 할 말이 없다는 듯 서둘러 밖으로 나갔다.

"잠깐, 민도혁 씨!"

당황한 서진이 가방을 들곤 서둘러 그를 뒤따랐다. 성큼성큼 걸어가는 도혁을 따라잡기 위해선 서진은 달리다시피 해야 했다.

"기다려요, 민도혁 씨!"

서진이 그의 팔을 붙잡았다. 그러자 도혁이 그 힘을 이용해 순식간에 서진을 끌어당겼다.

"어엇, 잠깐!"

놀란 서진이 끌려가지 않기 위해 버텼다. 하지만 그가 다시 힘을 줘, 힘껏 끌어당기자 어느새 서진은 그의 품에 안겨들었다. 흐흡! 그의 단단한 가슴에 폭 안겨 버린 서진이 눈을 날카롭게 뜨곤 도혁을 쏘아보았다.

"그렇게 갑자기 잡아당기면, 다칠 수 있잖아요."

"갑자기 안고 싶어져서."

도혁의 장난스러운 표정에 서진이 미간을 찌푸렸다.

"할 말이 있어서 온 거라구요. 누가 마음대로 안으래요?"

"나 역시 한서진 씨를 안고 싶었던 것뿐이야. 그러게 좀 더 버티지 그랬어!"

안기기 싫으면 버티라니. 정말 뻔뻔스러운 말이었다. 하지만 지금 그의 품에 안겨 있는 서진은 편안한 느낌이었다. 그 순간, 도혁이 그녀의 목덜미에 얼굴을 묻었다. 그리곤 달콤한 목소리로 낮게 속삭였다. 유혹하듯 부드럽고, 밤처럼 어둡고 은밀하게.

"이렇게 안고 있으니, 이번엔 다른 것이 하고 싶군."

다른 것? 이란 말에 화들짝 놀란 서진이 서둘러 그의 품에서 빠져나왔다. 그리곤 한 발짝 그에게서 떨어지며 그를 경계하듯 쏘아보았다. 그 모습에 도혁의 입가에 미소가 어렸다.

"훗, 난 굿나잇 인사를 하려던 것뿐이었는데, 한서진 씬 다른 생각을 한 모양이지?"

인사였다고? 서진은 당황한 얼굴로 서둘러 그 말을 부정했다.

"저 역시 당연히…… 흐읍!"

그가 고갤 숙인다고 생각한 순간 서진이 뒤로 물러서려 했다.

하지만 이미 그의 입술이 그녀의 입술에 닿아 있었다. 말캉하고 부드러운 입술이었다. 열기를 품은 달콤하고 아릿한.

순식간에 그녀의 입술에 닿았던 그의 입술이 떨어졌다. 깃털처럼 가볍게, 그리고 진한 아쉬움을 남긴 채.

"연락하지. 데이트 기대되는군."

그가 자동차에 올랐다. 그리곤 창문을 열어 그녀에게 고갤 끄덕여 보인 후 주차장을 빠져나갔다.

데이트라……. 서진의 입가에 자신도 모르게 미소가 떠올라 있었다. 자동차를 몰고 오는 내내, 규정하지 못했던 그녀와 도혁의 관계가 그의 한마디에 정리된 것이다.

타인에서 연인…… 의 중간. 지금 두 사람은 그 언저리에 마주 서 있었다.

❖

고요한 침묵 속에 감도는 긴장감. 그의 손끝에 수첩이 한 장 한 장 넘어갈수록 도혁을 감싸고 있던 공기가 무겁게 가라앉고 있었다. 휴! 책상에 앉아 수첩을 살피던 도혁이 결국 의자를 밀고 자리에서 일어섰다. 테라스로 통하는 문을 열고 밖으로 나간 도혁의 얼굴이 서늘했다.

고종황제의 국새와 증조할아버님의 회중시계라.

두 물건 모두 100년 전이란 시간의 공통점을 갖고 있다고 생각했을 뿐, 도혁은 서진처럼 한 번도 같은 선상에 놓고 살펴본 적이 없었던 것이다.

분명 수첩 안에선 고종황제라든지 국새에 대한 언급은 없었다. 하지만 수첩에 기록된 내용은 1907년 헤이그에 관한 것이었다. 그리고 종종 눈에 띄는 암호처럼 보이는 그림들이 서진의 말을 듣고 다시 수첩을 살펴보기 시작하자, 의문이 들기 시작했다. 헤이그 특사. 고종의 밀명을 받고 헤이그로 간 특사에 대한 이야기는 역사를 배운 한국인이라면 다 알고 있는 역사적 사실이었다.

하지만 그의 증조부인 민국환은 비밀 특사가 아닌, 유학생 신분일 뿐이었다. 고종황제와 어린 시절부터 친분이 두터웠던 것은 잘 알려진 사실이었지만, 소문처럼 호머 헐버트와 함께 밀사일 가능성은 희박했다.

하지만…… 만약 그의 생각과 달리 민국환이 고종황제의 또 다른 밀사였다면, 어떻게 되는 거지? 신분을 숨기고 고종의 황명을 받은 밀사였다면…… 그는 대체 고종에게 어떤 밀명을 받았던 걸까?

휴! 도혁은 머릿속에 떠오른 생각에 퍼즐 조각을 천천히 끼워 맞추기 시작했다. 국환이 죽고 10년이 지났을 때, 비밀 화실이 있다는 것을 알았다고 했다. 그리고 그 그림의 가치는 유명 화가들의 뛰어난 솜씨와 어깨를 견줄 정도라는 것도.

왜 증조할아버지는 그가 그림을 그리고 있다는 것을 숨긴 걸까? 왜 비밀 화실에 자신의 그림을 숨겼던 걸까?

민국환이 남긴 유일한 유품인 수첩과 회중시계. 그리고 그가 그렸던 그림 속에서 그 실마리를 찾을 수밖에 없었다.

그리고 또 한 가지.

아직 찾지 못한 또 하나의 회중시계. 사실 헤이그의 낡은 골동품점에서 발견한 회중시계는 두 개가 한 쌍으로 이루어진 것이었다. 지금까지 회중시계가 두 개인 이유를 단순히 연인들의 페어란 의미로만 생각했다.

하지만 아닐지도 몰랐다. 한 꺼풀 사고의 껍질을 벗겨내면, 그 상식 밖의 세상엔 지금과는 다른 진실이 숨어 있을 때가 있었다.

또 다른 진실과 마주할지도 모른다라?

도혁의 눈동자가 날카롭게 빛나고 있었다. 몸속의 피가 뜨거워졌다. 도혁은 기대감과 그가 알게 될 진실의 무게만큼의 흥분으로 심장이 뛰고 있음을 똑똑히 느낄 수 있었다.

그리고…… 한서진.

여러모로 한서진과 자신의 인연은 깊은 모양이었다.

'홋, 그럼 20년 전의 기록 역시 살펴봐야겠군. 증조할아버님의 그림을 훔치기 위해 들어왔던 도둑의 정체 역시도.'

도혁이 난간에 기대 검은 밤하늘을 올려다보았다. 간혹 진실은 밤처럼 어두운 곳에서 바라볼 때 더욱 선명하게 모습을 드러낼 때가 있었다. 마치 어둠이 짙을수록 환하게 빛나는 무수히 많은 별처럼.

후두둑, 내리는 빗줄기를 뚫고 서진이 약속 장소인 건물 안으로 들어섰다. 퇴근 시간이라 사람들로 분비는 도로를 우산을 쓰지도 않고 달려온 서진은 어깨에 내려앉은 물방울을 서둘러 털어냈다. 지혜의 부탁으로 국립 중앙박물관에 왔던 서진은 우산을 챙기지 못했던 것이다. 서진은 구멍이 뚫린 듯 내리는 하늘을 올려다보며 작게 한숨을 내쉬었다. 천안으로 내려가기 전까지 비가 그치기만을 바랄 뿐이었다.

[오늘 저녁, 뵙고 싶은데. 시간 되십니까?]

박물관에서 자료를 찾던 중 일헌에게 걸려온 전화였다. 갑작스러운 전화, 그리고 약속에 잠시 난처해하고 있을 때 일헌이 그녀의 마음을 읽기라도 한 듯 미안한 목소리로 다시 말을 이었다.

[사실 이틀 후에 유럽 출장이 잡혀 있습니다. 일정상 보름 후에 한국에 들어올 수 있을 것 같아, 실례를 무릅쓰고 연락드렸습니다. 정 시간이 되지 않는다면, 다음으로…….]
"아니에요. 오늘 뵙기로 하죠. 장소와 시간 알려주세요."

서진은 일헌의 갑작스러운 전화에 놀라기도 했지만, 어차피 한번은 꼭 봐야 했다. 그리고 최대한 빨리 일을 마무리 짓고 싶기도 했다. 그렇게 된다면, 더는 정 여사가 대표 자리를 두고 그녀를 괴롭히지 않을 것 같았기 때문이었다.

"그 사람, 만나지 마!"

순간 서진은 멈칫 걸음을 멈추었다. 이 순간 도혁이 생각이 나다니. 서진은 스스로 중증이라고 생각했다. 그날 이후, 도혁은 그녀의 옆에 있지 않아도 항상 그녀의 옆에 있는 것이나 다름없었다. 이렇게 매 순간 불쑥불쑥 튀어나왔던 것이다.

"한서진 씨!"

서진이 고갤 들자, 이미 도착해 기다리고 있던 일헌이 그녀에게 다가왔다. 비에 젖어 엉망인 그녀와는 달리 말끔한 모습이었다. 자동차를 타고 왔을 테니 당연하겠지만.

"도착해 계셨군요."

"서진 씨와 만날 생각에 들뜬 모양입니다. 도저히 그냥 있을 수 없어서 서둘러 왔습니다."

일헌이 주머니에서 손수건을 꺼내 서진에게 건넸다. 서진은 잠시 망설이다 뺨을 타고 흘러내리는 빗물이 느껴지자 손을 내밀었다.

"고맙습니다."

손수건을 받아 든 서진이 얼굴에 묻은 빗물을 닦아냈다. 그러자 오히려 일헌이 미안한 듯 그녀를 물끄러미 내려다보았다.

"저 때문에 다 젖어버렸네요. 욕심을 내는 것이 아니었는데……."

"아니에요. 비야 하늘에서 내리는 거지, 사람의 의지로 되는 건 아니니까요. 그리고 전철역에서 여기까지 채 2분도 걸리지 않아 그리 많이 젖진 않았어요. 그리고 손수건도 빌려주셨잖아요. 이건 다음에 돌려 드려야 할 것 같은데, 괜찮을까요?"

"저야 좋습니다. 그걸 핑계로 한서진 씨와 다시 한 번 만날 기회가 생기는 것이니까요."

일헌의 말에 서진이 그를 바라보았다. 문득 그가 이미 그녀에게 호감 비슷한 것을 갖고 있다는 생각이 들었던 것이다. 그리고 그 날, 서진 대신 나간 연서를 보고도 그렇게 놀라지 않았다고 했었 다. 또한 그녀가 나타났을 때 역시.

"혹시 우리 전에 만난 적이 있었나요?"

서진의 질문에 일헌의 입가에 미소가 떠올랐다. 이제 기억이 났 느냐는 듯 눈동자 역시 기쁨으로 빛나고 있었다.

"기억나셨나요?"

그의 물음에 서진이 미간을 찌푸렸다. 눈에 띄는 외모에 흠잡을 것 없는 태도의 일헌이었다. 만약 그를 보았다면 분명 기억했을 정도로 인상 깊은 외모였던 것이다. 하지만 그녀의 기억 속엔 진 일헌이란 사람은 없었다.

"죄송합니다. 기억나는 게 아니라, 진일헌 씨의 태도가 조금 이 상하단 생각이 들어 물어본 것뿐입니다. 제 생각대로 전에 만난 적이 있는 모양이군요."

그녀가 미안한 얼굴로 일헌을 보았다. 그러자 일헌이 고갤 가로 저으며 그럴 것 없다는 얼굴을 했다.

"사실 한서진 씬 기억하지 못할 겁니다. 키라란 브랜드로 활동 중인 한혜영 씨의 파티에서 봤었거든요. 인사만 건네고 한서진 씬 자릴 떴으니, 절 기억하지 못하는 게 당연하죠."

"아, 그랬군요."

서진은 4년 전 헤이그에서 있었던 키라의 헤리엇 백화점 런칭 파티를 떠올렸다. 하지만 그 많은 사람 중 일헌에 대한 기억은 없 었다.

"그럼 진일헌 씨도 헤이그에 있었던 모양이군요."

서진은 묘한 느낌을 받았다. 헤이그라.

그곳에서 민도혁을 만났다. 그리고 자꾸만 그녀에게 의문을 던지는 회중시계 역시. 그런데 진일헌 역시 헤이그에서 그녈 보았다니. 서진은 다시 한 번 날카로운 눈빛으로 일헌을 살피기 시작했다. 그 역시 서진을 내려다보고 있었다. 도혁과는 다른 갈색 눈동자. 매섭게 보이는 그와는 달리 한없이 다정해 보이는 눈빛이었다.

그때, 가방 속에 넣어두었던 휴대전화가 울렸다. 서둘러 가방에서 휴대전화를 꺼낸 서진은 긴장한 표정으로 휴대전화를 쏘아보았다.

"중요한 전화면 받으세요."

"아, 그건 아닌데……."

잠시 망설이던 서진은 통화 버튼을 눌렀다.

[어디야? 아직 퇴근하지 않은 거야? 비도 오는데…… 거긴 괜찮아?]

수화기를 통해 들려오는 도혁의 목소리엔 걱정이 담겨 있었다. 마치 비가 내려 그녀가 걱정되어 전화를 건 것처럼.

"퇴근했어요. 아마, 천안에도 비가 오고 있겠죠. 전국적으로 내리는 비라고 했으니까요."

[천안이 아닌 모양이군. 어디, 서울 본가야? 지금 내가 갈까?]

서진이 서울에 왔다는 말에 축 가라앉아 있던 도혁의 목소리가 들뜬 듯 힘이 들어갔다. 그녀가 보고 싶어 한달음에 달려올 기세로.

"아니요. 약속이 있어서요. 그럼 끊을게요."

[약속? 누구랑?]

이번엔 도혁의 목소리가 날카로워져 있었다. 경계하듯 잔뜩 긴장한 목소리였다. 홋! 서진은 휴대전화를 통해 들려오는 그의 목소리만으로 그가 느끼는 감정을 그녀 역시 느낄 수 있다는 사실에 놀라고 있었다.

"서진 씨, 그만 들어가야 할 것 같은데……."

"아, 죄송해요."

서진이 일헌에게 미안한 눈빛을 보냈다. 그리곤 고갤 돌리고 작은 목소리로 말했다.

"미안해요. 들어가 봐야겠어요."

[잠깐, 한서진! 누구랑 같이 있는 건데? 한서진…….]

조급하게 들리는 그의 목소리를 뒤로하고 전화를 끊은 서진이 휴대전화를 가방 속에 넣었다. 그러자 일헌이 기다렸다는 듯 그녀의 팔을 붙잡았다.

움찔. 그저 여자를 에스코트하기 위한 매너였을 테지만, 순간적으로 서진은 가방을 다른 쪽으로 메는 척하며 그의 손에서 빠져나왔다. 불쾌한 것은 아니지만, 불편했다. 그것을 일헌이 느끼지 못했을 리 없었다. 하지만 그는 이해한 듯 여전히 서진을 따뜻한 눈빛으로 내려다보고 있었다.

"그럼 안으로 들어갈까요? 이곳에 더 있다간, 감기에 걸리지도 모르겠군요."

"네, 그래야 할 것 같아요. 이제 좀 추워지는군요."

어색하게 웃으며 서진은 일헌의 안내를 받으며 레스토랑 안으로 들어갔다.

＊

도혁은 이미 끊긴 휴대폰을 마치 적이라도 된 듯 차갑게 쏘아보았다. 대체 뭐야? 대체 어떤 자식이 서진을 불러낸 거야? 휴대전화 너머로 들려오던 목소리는 분명 남자의 것이었다. 그리고 그 남자란 사실에 도혁의 눈빛이 날카롭게 빛나고 있었다.

설마? 경원그룹 진일헌을 만난 건가? 젠장!

도혁은 거칠게 휴대전화를 주머니에 넣고는 앞에 놓인 차가운 물컵을 들어 벌컥벌컥 마셨다. 뜨겁게 솟아나기 시작한 격한 분노에 이성의 끈이 끊어질 것 같았다.

"뭐야, 민도혁. 무슨 일 있어?"

회원제로 운영되는 호텔 칵테일 바에서 술을 시키지도 않고 물을 마신 이유는 하나였다. 이 시답지도 않은 모임이 끝나면, 차를 몰고 서진에게 가기 위해서였다. 그런데…… 젠장! 그런 자신과는 달리 진일헌을 만나고 있다고 생각하자, 화가 났다. 그때 어느새 다가온 지혜가 차갑게 굳은 얼굴의 도혁을 보며 이상하단 얼굴을 했다. 분명 조금 전까지만 해도 무료하고 지루해 돌아가고 싶단 표정이긴 했지만, 이렇게 저기압이진 않았던 것이다. 그리고 이렇게 살벌하게 공격적이지도 않았었다.

대체 그사이 무슨 일이 있었던 거지?

"혹시 너, 경원그룹 진일헌에 대해 아는 것 있어?"

"진일헌 씨? 그 사람은 왜?"

지혜의 눈동자가 호기심으로 빛났다. 그리곤 도혁에게 바짝 다가서며 다시 한 번 물었다.

"왜 그러는데? 이유를 말해야 알려주지."

도혁은 부쩍 관심을 보이는 지혜를 보며 미간을 찌푸렸다. 그리곤 다시 앞에 놓인 물컵을 들어 물을 마셨다. 속이 바짝 타들어가는 느낌이었다.

젠장! 마음 같아선 두 사람이 있는 곳까지 쳐들어가 서진을 데리고 나오고 싶었다. 그리고 일헌에게도 한서진이 자신의 것임을 단단히 못 박아두고 싶었다. 하지만 계속 그의 전화를 받지 않는 서진 때문에 그녀를 찾아갈 수도 없었던 것이다. 이렇게 초조해져 버리다니.

"그 사람 전화번호는 알아?"

이유도 말하지 않은 채 일헌의 연락처를 묻는 도혁을 보며, 지혜의 눈빛이 날카로워졌다. 평소 민도혁은 냉정하기 그지없는 성격이었다. 하지만 지금은 더 날카롭고 서늘했다. 또한 자신의 감정을 여과 없이 드러내고 있었다. 냉정하기 그지없는 민도혁이.

대체 무엇이 냉혈한 민도혁에게 이성을 잃게 한 것일까? 만약 그것이 여자였다면 문제였겠지만, 경원그룹 진일헌 때문인 듯하니…….

"알아. 하지만 집에 가서 알려줄게. 지금 네 기세론 일헌 씨의 얼굴에 펀치라도 날릴 것 같으니까. 혹시 사업적으로 널 곤란하게 한 거야?"

"그건 아냐. 하지만 날 곤란하고 불쾌하게 만든 것은 맞아."

도혁이 더는 앉아 있을 수 없는 듯 의자에서 일어섰다.

"왜? 벌써 가게?"

지혜가 마땅찮은 얼굴로 함께 일어섰다. 1년에 단 2번 갖는 모임이었다. 그나마 선우가 한국에 있을 땐 도혁 역시 종종 모임에 나왔지만, 최근엔 코빼기도 내밀지 않고 있었던 것이다. 그런 그가 그녀의 전화를 받고 모임에 나오겠다고 했을 때, 무척 놀랐지만 지금 가만히 생각해 보니 일헌에 대해 알아보기 위해 나온 모양이었다.

"미안, 가볼 데가 있어서."

"가볼 데? 설마 경원그룹으로 쳐들어가는 건 아니지?"

지혜의 농담에 도혁의 입매가 차갑게 비틀렸다. 그러자 지혜는 더는 물을 수 없다는 것을 깨달았다. 아무리 친구지만, 도혁은 언제나 선을 분명히 했던 것이다.

"연락처 꼭 보내줘. 다음에 또 보자."

"잠깐, 민도혁!"

지혜가 도혁을 불렀다. 그러자 도혁이 마지못해 돌아서는 것이 보였다.

"또 왜?"

"대신, 전시회 기획안 다시 한 번 봐줘. 그리고 조만간 어머님 찾아뵙기로 했어. 그러니 방해하지 마. 그것만 약속해 주면……."

"좋아. 그러니 연락처 꼭 보내."

밖으로 나온 도혁은 휴대전화를 꺼냈다. 평소라면 갑자기 끊겨버린 전화 같은 것은 신경 쓰지 않았을 그였다. 하지만 지금 도혁은 무척이나 서진의 전화가 신경이 쓰였다. 그녀와 함께 있는 사람이 일헌이라고 생각하자 더욱 그랬다.

받지 않는 전화에 대한 짜증, 그리고 스멀스멀 고갤 드는 어둠고 진득한 분노. 아무리 이성적인 성격의 도혁이었지만, 이 감정만은 억제할 수 없었다.

엘리베이터를 타고 지하 주차장에 도착한 도혁은 서둘러 차에 올랐다. 주차장을 빠져나와 도로로 나오자 후두둑 빗방울이 차 앞유리를 적셨다.

비가 내리고 있었다. 그리고 그 빗속을 우산도 없이 달려가는 사람들이 눈에 들어왔다. 전엔 비 오는 날의 풍경엔 전혀 관심도 없었다. 비를 맞고 걸어가는 사람들을 봐도 무덤덤했다. 하지만 지금은 내리는 비를 보며 걱정이 되는 사람이 생겼다.

혹여 빗속을 우산도 없이 걷진 않을까? 아니면 비를 맞아 감기에 걸리진 않을까? 하는 걱정도.

이제 무심히 지나치던 일상은 더는 무의미한 것이 아니었다. 소소한 하나하나가 바로, 한서진이란 여자와 연관되기 시작하면서 무엇 하나 지나칠 수 없게 되어버린 것이다. 매일매일 예보되는 날씨마저도.

서진은 말없이 창밖을 응시했다. 서울에서 천안으로 오는 동안 서진의 머릿속은 온통 도혁에게서 걸려온 전화로 가득 차 있었다. 그렇게 전화를 끊고 일헌과 식사를 하는 동안 그녀는 목에 가시가 걸린 것처럼 편치 않았던 것이다.

하지만 두 사람이 헤어질 즈음엔 일헌이 능력 있는 사업가란 사실과 함께 뛰어난 인재를 발굴해 내는 학원 재단에도 관심이 있다는 것을 알게 되었다. 능력은 있지만 잔혹한 사냥꾼은 아니어야 했고, 이성적이지만 눈에 보이지 않는 가치를 간과하지 않는 사람. 서진은 성화재단을 맡을 사람은 그런 사람이어야 한다고 생각했다. 그리고 그 요건에 진일헌은 무척이나 가까운 사람이었다.

"우산도 없지 않습니까? 모셔다 드리겠습니다."

"아니요, 괜찮습니다. 천안에 갔다 다시 서울로 돌아오려면, 피곤하실 거예요. 출장 준비하셔야 하잖아요. 그리고 저 전철 타는 것 좋아해요."

서진의 말에 일헌이 아쉬운 듯 이맛살을 접었다.

"그럼 유럽 출장 후에 또 뵐 수 있을까요?"

"볼 기회가 있겠죠. 사실 제가 진일헌 씨를 만나겠다고 한 이유는⋯⋯."

"알고 있습니다."

"알고 있다구요? 어떻게⋯⋯ 그걸?"

"한서진 씨와 얘길 나누는 동안 알았습니다. 한서진 씨가 절 만난 이유는 결혼 상대자가 아니라, 성화재단의 대표를 정하기 위해 만났다는 것을요. 하지만 전, 한서진 씨를 계속 만나고 싶습니다. 혹시 사귀는 사람이 있나요?"

일헌의 물음에 서진은 선뜻 대답하지 못했다.

사귀는 사람이라? 몇 번 우연처럼 만나, 키스를 나눈 사람이 있었다. 그리고 데이트라고 말하는, 마치 연인처럼 그녀를 바라보는 뜨거운 눈빛의 남자는 있었다.

"사귀는 사람은 없습니다. 하지만 신경이 쓰이는 사람은 있어요."

"아하! 이런……."

서진의 대답에 일헌의 얼굴이 안타까움에 찌푸려지는 것이 보였다. 하지만 이내 일헌은 서진을 똑바로 응시했다. 그리곤 포기하지 않겠다는 듯 그녀에게 말했다.

"아직은 사귀는 사이가 아닌 것 같으니, 포기하지 않을 겁니다. 유럽에서 돌아오는 대로 손수건을 받으러 가겠습니다."

당황한 서진이 거절하려 했지만 이미 일헌은 자리에서 일어난 후였다. 그렇게 지하철역까지 그가 든 우산을 쓰고 함께 걸어가는 동안, 두 사람은 각자 생각에 잠긴 듯 아무런 말도 하지 않았다. 그 어색하고 묵직한 침묵. 그리고 그녀를 바라보던 일헌의 시선과 목소리에 담긴 열기에 서진의 마음이 무겁게 가라앉고 있었다.

휴! 한숨과 함께 서진은 택시에서 내렸다. 후두둑! 떨어지는 빗방울이 서진의 뺨에 닿았다. 여전히 빗줄기가 강했다. 서진은 메고 있던 가방을 머리 위로 올려 우산처럼 만든 후 아파트 현관을 향해 뛰기 시작했다.

하지만 얼마 가지 못해, 서진의 발걸음이 눈에 띄게 느려졌다. 그리곤 어느새 멈춰 선 서진은 가로등 아래 우산을 들고 서 있는 도혁을 바라보았다. 그가 서진을 향해 걸어오기 시작했다. 우산에 떨어진 빗방울들이 튕겨 나가며 가로등의 은은한 불빛에 흩뿌려졌다.

그녀 앞에 멈춰 선 그는 싸늘한 얼굴이었다. 순식간에 서진은 그가 쓰고 있던 우산 안으로 들어가 있었다. 천천히 가방을 내리자, 그가 보였다. 가로등을 등지고 그녀를 내려다보고 있는 민도혁이 있었다.

얼마나 이곳에서 그녀를 기다린 걸까?

우산을 쓴 그의 어깨가 빗물에 젖어 있었다. 흠뻑 젖은 어깨를 보며, 서진은 오랫동안 그가 빗속에 서 있었다는 것을 깨달았다. 차 안에서 기다리면 될 걸, 정말 막무가내라니까.

"젖었잖아요? 대체 언제부터 여기에 있었던 거죠? 그러니 다음부턴 무작정 이렇게…… 엇! 아파요! 민도혁 씨!"

서진은 그녀의 손목을 꽉 붙잡은 도혁을 올려다보았다. 하지만 도혁이 내뿜는 차가운 냉기에 입을 다물었다. 너무 오랫동안 빗속에 서 있게 해서 화가 난 것일까? 아니면…….

"전화 그렇게 끊어서 미안해요. 그리고 받지 못한 것도. 하지만 그렇다고 여기까지 내려오다니…… 다음부터 이러지 마세요."

"내가 그것 때문에 화가 났다고 생각하는 건가, 한서진 씬?"

아닌 건가? 그럼 왜 이렇게 화가 난 것일까? 왜 잔뜩 예민해진 맹수처럼 모든 신경을 곤두세우곤 그녀를 쏘아보는 걸까?

"네, 난 잘 모르겠군요. 왜 민도혁 씨가 여기에 있는지도, 그리고 왜 그렇게 화가 나 있는지도."

서진의 대답에 도혁의 입가가 씰룩이는 것이 보였다.

"그럼 정확히 말해야겠군."

도혁이 서진을 바짝 끌어당겼다. 바짝 다가선 거리. 그에게 붙잡힌 손과 그녀를 바라보는 눈빛 모두 서진의 심장을 바짝 타들어가게 했다. 애가 탄다. 아마 그 의미가 지금 그녀의 마음인 것 같았다.

"난, 한서진 씨에게 마음이 있는데 한서진 씬 어떻지? 아니, 이렇게 말해도 둔한 한서진 씬 이해를 못할 것 같으니 다시 말하지."

도혁이 고갤 가로저으며 다시 정정해서 말했다.

"그건, 한서진 씨가 날 보지 않기 때문이지. 앞으로 다른 남자는 만나지 마. 웃지도 말고, 말도 건네지 마. 아니, 쳐다보지도 마. 나 역시 내 인생엔 한서진이란 여자 한 사람밖에 없을 것이란 뜻이야."

두근! 심장이 미친 듯이 뛰고 있었다. 그가 쏟아낸 고백의 말에 머릿속이 하얗게 변해 뭐라고 말해야 할지 도저히 알 수가 없었다. 민도혁이란 사람의 인생에 여잔 자신뿐이라니. 서진은 불에 덴 듯 뜨거운 고백에 입술이 얼어붙어 버렸다. 하지만 도혁은 그런 그녀를 보곤 오해한 모양이었다. 잔뜩 굳은 얼굴로 그녀를 쏘아보더니 주머니에서 뭔가를 꺼냈다.

"이건 전주행 기차표야. 역에서 기다리지. 그리고 한서진 씨가 역에 나온다면…… 난…… 전주에서 한서진, 너 안을 거야. 절대 놓지 않을 거고."

그 말을 끝으로 도혁이 서진의 손을 놓았다. 대신 그가 쓰고 있던 우산을 그녀의 손에 쥐여준 후 뒤도 돌아보지 않고 빗속을 걸어가기 시작했다. 차에 오른 도혁이 그녀에겐 눈길조차 주지 않고 차를 출발시켰다. 빗속을 뚫고 가는 도혁의 자동차 후미등이 그녀의 눈동자 속에 긴 여운을 만들었다.

서진은 그렇게 빗속에서 멍하니 서 있었다. 그리곤 그가 건넨 전주행 기차표를 물끄러미 내려다보았다.

전주행 기차표. 그리고 그녀를 안겠다는 선언과도 같은 약속에 서진의 뺨이 가로 등불 아래 붉게 달아올라 있었다. 기차표를 든 손이 미세하게 떨리고 있었다. 심장이 조여들며, 입안이 바짝 타들어갔다. 휴! 입술 밖으로 새어 나온 숨결이 뜨거웠다. 한동안 그렇게 빗속에 서 있던 서진이 천천히 움직이기 시작했다.

〈1907년, 헤이그.〉

어두운 항구의 골목길을 걷던 국환은 코트 깃을 바짝 세워 얼굴을 가렸다. 긴장감에 등줄기를 타고 차가운 기운이 흘러내렸다. 그러자 국환은 모자를 깊숙이 눌러써, 얼굴을 가린 후 주머니에서 회중시계를 꺼내 시간을 확인했다.

새벽 2시 59분. 약속 시간인 3시까진 1분밖에 남아 있지 않았다. 걸음을 재촉하며, 뿌연 안개가 가득한 항구를 따라 걷던 국환은 약속 장소인 빈 창고 안으로 들어갔다. 텅 빈 창고 안으로 들어서자, 숨죽여 걷던 그의 발걸음 소리가 천둥처럼 크게 들려왔다.

최근 바짝 조여들어 온, 감시자의 손에 잡힐지도 모른다는 불안감과 고국에서 온 밀서를 꼭 받아야 한다는 절박함에 국환의 얼굴엔 비장함이 흘렀다. 만약 그에게 전해진 이 약속이 그를 잡기 위한 덫이라면 그는 이 자리에서 죽게 될지도 몰랐다. 하지만 밀지를 받은 국환은 위험을 무릅쓰고라도 와야 했다. 그리고 확인해야 했다. 만약 그에게 전달된 약속 장소와 시간이 감시자들의 덫이라면, 그는 알아내야 했다. 고종황제가 만든 비밀 조직 안에 밀고자가 누구인지를. 또한 그는 고종의 밀서가 일제의 손에 들어가지 못하도록 막아야 했다.

"멈추시오."

갑작스럽게 들려오는 사내의 목소리에 국환은 발걸음을 멈췄다. 그였다. 언제나 그에게 밀서를 전해주는 사내. 국환은 익숙한 사내의 목소리에 안도했다. 하지만 아이러니하게도 한 번도 국환은 그 사내의 얼굴을 본 적이 없었다. 비밀과 보안유지가 중요한 밀서의 운반인 만큼, 누가 누구에게 전달되는 것 역시 철저히 비밀에 부쳐져 있기 때문이었다. 고종의 비밀 조직은 그렇게 철저했다.

"거북의 집을 받으러 왔소."

쪽지에 적힌 대로 국환은 접선을 위한 암호를 말했다. 그러자 사내는 날카로운 눈빛으로 국환을 쏘아보더니 천천히 입을 열었다.

"거북의 수장은 모든 일을 은밀히 진행하라 했소. 최대한 빨리 거북의 알을 옮기시오."

털썩! 끄으르륵!

바닥에 무언가 떨어지는 소리가 들렸다. 그리곤 발로 국환이 있는 쪽으로 상자를 미는 듯, 바닥에 나무 끌리는 소리가 들렸다.

"거북의 수장은 무사하신가?"

"잘 계시니 걱정 마시오. 그리고 밀사 하나가 상하이로 이동 중이지. 아마, 국환 동지를 위한 미끼가 되어줄 것이오. 그러니 서둘러 때를 봐, 거북의 알을 옮겨야 할 것이오."

사내의 말에 국환이 고갤 끄덕였다.

"마지막으로 조심하시오. 감시의 칼날이, 그대를 노리고 있다고 들었소."

잠시 침묵이 흘렀다. 감시자가 그를 죽이려는 모양이었다. 하지만 상관없었다. 고종의 비밀 조직의 일원이 된 순간부터, 그의 목숨은 그의 것이 아니었기 때문이었다.

"걱정 마시오. 목숨을 걸고라도, 꼭 밀서의 내용을 수행하겠소."

국환의 대답에 사내가 고갤 끄덕였다. 그리곤 사내는 언제나 그렇듯 어둠 속에서 소리 없이 움직이는 것이 보였다. 끼익! 창고의 문이 열리는 소리가 들렸다. 그리고 문이 열리는 순간, 새어 들어온 달빛에 사내의 그림자가 보였다.

"또 연락하겠소. 그때까지 무사하길 빌겠소. 국환 동지."

사내가 처음으로 고갤 돌려, 국환을 보았다. 달빛에 음영이 져 있었지만, 국환은 처음으로 사내의 얼굴을 똑똑히 볼 수 있었다. 사내의 얼굴을 본 국환의 눈동자가 놀라움으로 커졌다.

'맙소사, 저 사내가 황제의 비밀결사대였나?'

놀라움도 잠시, 사내가 어둠 속으로 사라져 버리자 국환은 바닥에 놓여 있던 상자를 집어 들었다. 손바닥에 느껴지는 매끈한 나뭇결. 그리고 그 위에는 섬세하게 조각된 문양이 느껴졌다. 국환이 상자를 들어 문을 통해 들어온 달빛에 상자의 문양을 확인했다.

금빛으로 음각된 거북 문양.

고종황제의 비밀 국새인 황제어새와 같은 문양의 거북이었다. 국환은 서둘러 상자를 품속에 밀어 넣었다. 그리곤 어둠 속에 몸을 숨긴 채 그림자처럼 창고를 빠져나갔다.

chapter 5

사각, 사각!

연필을 든 섬세한 손이 부지런히 움직이고 있었다. 새하얗던 노트엔 어느새 둥근 원을 감싸고 있는 용 모양의 그림과 함께 시계에 새겨진 글자가 똑같이 종이에 옮겨졌다.

세아. 대체 이 글자가 뜻하는 건 뭘까 서진은 궁금했다. 그러다 문득, 세아라는 글자가 다가 아닐지도 모른다는 생각이 들었다. 시간이 흘러 지워졌지만, 회중시계에 세아란 글자 외에 또 다른 뭔가가 있을 것 같았던 것이다. 어쩌면 고장 난 시계의 뚜껑을 열어 내부를 볼 수 있다면 그 어떤 실마리를 찾을 수 있지 않을까 하는 생각마저 들었다.

'혹시, 세아란 글자는 어떤 문장에 일부인 것은 아닐까? 뭔가를 뜻하는 암호…… 처럼.'

서진이 생각에 잠긴 동안 쉼 없이 움직이던 그녀의 손 역시 노트 위에 멈췄다. 그러다 뭔가 심히 불쾌한 듯 미간이 찌푸려지나 싶더니, 탁 소리 나게 노트 위에 연필을 내려놓았다. 서진은 기차의 좌석 등받이에 몸을 깊이 묻곤 팔짱을 낀 채 기차 창문을 통해 보이는 풍경을 물끄러미 바라보았다.

빠르게 달리는 기차의 창문으로 아름다운 풍경이 오래된 흑백의 활동사진처럼 지나갔다. 하지만 서진의 마음은 온통 다른 곳에 쏠려 있었기 때문에 그 풍경이 눈에 들어오지 않았다. 대신 서진은 비어 있는 자리를 바라보았다. 그 눈빛은 무척이나 서늘했고, 또한 아릿한 듯 안타까워 보였다.

"이건 전주행 기차표야. 역에서 기다리지. 그리고 한서진 씨가 역에 나온다면…… 난…… 전주에서 한서진, 널 안을 거야. 절대 놓지 않을 거고."

왜 이렇게 답답한 걸까?

서진은 마음속에 이는 감정을 잠재우려는 듯 잠시 눈을 감았다. 하지만 여전히 서진의 눈동자에선 실망감을 지울 수 없었다. 당연히 선택권은 그녀에게 있다고 생각했다. 그에게 전주행 기차표를 받는 그 순간, 그가 있을 것이라고.

하지만 도혁은 기차역에 없었다. 그 순간 그녀의 가슴속에 밀려든 서늘한 기운에 서진은 당황했다. 그날 이후, 약속한 날짜가 되기까지 많은 고민을 했었다. 그를 떠올리는 것만으로 심장이 두근거리고, 그에게 붙잡혔던 손의 열기가 떠올라 잠을 이룰 수도 없었다. 이미 서진은 민도혁이란 남자를 마음에 담고 있었던 것이다.

하지만…… 휴!

"결국, 인정할 수밖에 없는 건가?"

처음 그가 기차역은 물론 기차에 타지 않았다는 사실을 알았을 때, 많이 당황했었다. 그리곤 화가 났고, 다음 순간 걱정이 되기 시작했다. 서둘러 휴대전화로 전화를 걸어보았지만, 그의 휴대전화는 이미 꺼져 있는 상태였다.

초조함, 그리고 심장에 느껴지는 욱신거리는 아픔. 그 순간 왜 그런 생각이 들었는진 알 수 없었다. 하지만 서진은 만약 이대로 그를 다시 만나지 못한다면 어떻게 하지? 란 생각에 아무것도 손에 잡히지 않았다. 그제야 서진은 민도혁에 대해 아무것도 모른다는 사실을 깨달았다. 그가 누구고 어디에 사는지. 또 무슨 일을 하는지도. 그녀에겐 그의 이름과 휴대번호가 다였다.

그가 그녀를 찾아오지 않는다면, 다시 만나기 역시 어렵다는 것도 알았다. 당연하다고 생각했던 그와의 만남이 당연한 것이 아님을 서진은 빈 좌석을 보며, 깨달은 것이다. 어쩌면 다시 만날 수 없다란 생각에 심장이 자꾸만 욱신거렸다.

그때 기차 안에 설치된 스피커를 통해 전주역에 도착했다는 방송이 흘러나왔다. 서진은 서둘러 마음을 가라앉히곤 무릎 위에 놓여 있던 노트를 가방 안으로 밀어 넣었다. 그리곤 회중시계를 주머니에 넣기 전에 손바닥에 놓곤 천천히 만지작거렸다.

금속의 서늘한 감촉이 처음엔 이물감으로 낯설게 느껴졌지만, 점점 그녀의 온기와 같아져 한 몸처럼 익숙해져 갔다. 순간, 서진은 이 회중시계가 민도혁 같다고 생각했다.

차갑고 냉정하던 그가, 어느새 그녀의 삶 속에 들어와 이젠 없으면 안 될 익숙한 존재가 되어 있었던 것이다. 기차가 멈춰 섰다. 서진은 통로를 따라 걸어가 기차에서 내렸다. 그리곤 플랫폼을 따라 사람들과 함께 입구를 향해 걸어가기 시작했다.

두근! 순간 심장이 먼저 반응했다. 가라앉았던 마음은 어느새 들뜨기 시작했다.

다른 사람보다 한 뼘은 큰 키에 눈에 띄는 완벽하리만치 잘생긴 얼굴. 그리고 그녀를 보며 서 있는 서늘한 인상의 도혁은 가슴 설레도록 멋있었다. 그를 본 순간, 서진이 걸음을 멈췄다.

그러자 입구에 서 있던 직원에게 도혁이 뭔가 말을 하는가 싶더니, 그가 그녀에게 걸어오기 시작했다. 그와의 거리가 가까워질수록 서진은 그를 쏘아보았다. 그가 그녀 앞에 멈춰 섰다.

"왔군."

"기차역이 이곳, 전주역이었나요?"

서진의 물음에 도혁의 눈동자가 빛나기 시작했다.

"한서진 씬, 천안아산역이라고 생각했던 모양이군."

서진이 눈을 가늘게 뜬 채 도혁을 쏘아보았다. 설마? 처음부터 이걸 노렸던 걸까?

그러자 애타던 마음도, 그를 본 순간 기쁨으로 설레던 마음을 뒤로하고 서진은 그를 노려보았다. 이렇게 자신을 놀리다니. 그리곤 화가 난 얼굴로 그를 지나쳐 걷기 시작했다.

"한서진!"

그가 그녀의 이름을 부르며 그녀의 팔을 붙잡았다. 그리곤 그녀를 그윽한 눈빛으로 바라보더니 그의 품속으로 끌어당겼다.

"안기기 싫으면 버티라고 했죠? 지금은 민도혁 씨가 꼴도 보기 싫군요."

서진이 차갑게 쏘아붙이곤 그의 손을 뿌리쳤다. 그러자 도혁의 얼굴이 당혹스러운 듯 찌푸려졌다. 그녀의 차가운 서슬에 조금 놀란 눈치였다.

홋! 그 모습에 서진은 조금은 만족스러웠다. 하지만 서진은 쉽게 그를 용서할 마음은 없었다. 사실 역에서 보자고 했던 말을 전주역이 아닌, 천안아산역이라고 생각한 잘못도 있긴 했지만 한 시간 반 동안 혼자 기차를 타고 오는 내내 애가 탔다. 그리고 그 짧은 시간, 서진은 자신의 마음을 알아버린 것이다. 알려주고 싶지 않았다. 그에겐 아직이었다.

서진이 차가운 냉기를 일으키며 플랫폼을 따라 걷기 시작했다. 그리고 당황한 도혁이 서진의 뒤를 따랐다.

도혁의 자동차를 타고 전주 박물관에 도착한 서진은 서둘러 차에서 내렸다. 그리곤 주차를 하는 도혁을 남겨둔 채 박물관으로 향했다. 역에서 나와 택시를 타려는 서진을 도혁이 끌다시피 해 그의 차에 태웠지만, 여전히 서진은 그에겐 시선조차 주지 않았던 것이다.

박물관으로 향하는 동안 도혁은 몇 번이나 서진에게 말을 걸어 왔고, 서진은 '네, 아니요'란 단답형의 말로 대꾸하거나 어떤 질문엔 아예 대답조차 하지 않았다.

가방을 고쳐 메고 계단을 올라가던 서진은 다급하게 뒤따라오는 도혁의 발걸음 소리를 들으며 피식 웃었다. 자꾸만 심장 부근이 간질거렸다. 기분 좋게 부는 바람과 청명하고 쾌청한 날씨까지. 서진은 오랜만에 갖는 여행의 여유로움에 평소보다 더 들뜨기 시작했다.

유리문을 열고 박물관 안으로 들어간 서진은 내부를 쭈욱 둘러보았다. 그리곤 기획 전시관이라고 쓰인 안내판을 확인한 후, 그쪽으로 발걸음을 옮기기 시작했다.

'고종황제의 비밀 국새.'

박물관 벽 한쪽을 가득 메운 국새의 사진을 본 서진은 가방에서 노트와 연필을 꺼내 들었다. 그리곤 서둘러 전시실 안으로 들어갔다. 하지만 그 순간 서진은 묘한 감정에 휩싸인 채 발걸음을 멈췄다.

두근두근!

심장이 강하게 뛰고 있었고, 손끝이 묘하게 떨렸다. 욱신거리는 심장의 아릿함과 함께 울컥 뭔가 뜨거운 것이 목구멍을 타고 올라왔다. 그리고…… 목덜미를 타고 흐르는 서늘한 냉기에 숨을 쉴 수가 없었다. 서진은 손을 들어 목 주변을 꾸욱 눌렀다. 뜨거운 덩어리가 울컥 목구멍을 타고 올라오자 목이 메어왔다.

후욱! 꽉 조인 폐부 속으로 가까스로 공기를 몰아넣은 후에야 서진은 숨을 쉴 수가 있었다. 하지만 울컥 솟아났던 아릿한 슬픔은 도저히 밀어낼 수 있었다.

"무슨 일 있어?"

서진은 어깨에 닿는 도혁의 손길에 움찔 몸을 떨었다. 그리곤 옆에 서 있는 도혁을 올려다보았다. 도혁의 눈동자엔 걱정스러운 감정이 서려 있었다.

"그게 아니라……."

그럼 뭘까? 갑작스럽게 밀려온 이 감정은……. 부모님께서 갑작스러운 사고로 돌아가셨을 때 외엔 한 번도 이렇게 심장이 아릴 정도로 슬프지 않았었다. 감정에 메말랐다고 느낄 정도로 무감했던 그녀였던 것이다. 서진은 걱정스러운 얼굴로 그녀를 내려다보고 있는 도혁을 향해 그녀가 느끼는 감정의 정체를 어떻게 설명해야 할지 알 수 없었다.

"왜? 어디가 아파서 그래?"

"아니에요. 그런 게 아니라…… 그냥, 요즘 잠을 못 자 피곤했던 모양이에요."

도혁에게 대충 얼버무린 후, 서진은 여전히 긴장한 모습으로 기획 전시실 안으로 들어갔다. 무언가에 이끌리듯 서진은 유리관 안에 전시된 고종황제의 국새들을 지나 오른쪽 끝에 전시 중인 어보 앞에 멈춰 섰다.

밝은 조명 아래 금방이라도 하늘로 승천할 것 같은 모습의 용이 그녀를 노려보고 있었다. 그리고 그 용을 아래서 떠받치고 있는 팔각형의 괘.

서진은 멍하니 수강태황제보를 바라보았다. 직접 본 어보의 위엄에 감동한 것일까? 아니면 왜 이런 감정이 밀려드는지 서진은 이해할 수 없었다. 한동안 꼼짝도 하지 않고 어보를 노려보고 있던 서진은 들고 있던 노트에 어보의 모습을 하나하나 옮기기 시작했다.

그녀의 섬세한 손놀림에 그녀의 노트 안에 또 하나의 어보에 새겨진 용이 승천할 듯 날아오르기 시작했다.

서진은 박물관 앞 벤치에 앉아 조금 전 기획 전시관에서 그린 그림을 내려다보았다. 몇 번을 날카로운 시선으로 그림을 쏘아보 았지만, 그녀가 찾고 있는 그 어떤 것을 찾을 순 없었다. 사실 서 진은 지금 그녀가 무엇을 찾고 있는지조차 알지 못했으니까. 그래 서인지 자꾸만 거대한 바닷속에서 바늘 하나를 찾는 것 같은 망막 함에 답답했다. 그리고 조급해졌다.

'하지만 전시관에서 어보를 처음 보았을 때 느꼈던 그 감정은 대체 무엇이었을까?'

서진은 입술을 깨물며 작게 한숨을 내쉬었다. 직접 본 국새는 황제의 위엄과 장인의 섬세함이 느껴질 만큼 매우 아름다웠다. 하 지만 다른 특별한 실마리를 찾을 수는 없었다. 사진에서처럼 용 모양의 손잡이와 팔각의 측면에 새겨진 팔괘 외엔.

아니면 혹시 팔괘가 의미하는 뜻과 연관이 있는 걸까?

서진은 실망감으로 미간을 찌푸렸다. 뭔가 있을 것 같았다. 그 녀의 육감은 분명 회중시계와 수강태황제보 사이엔 연결되어 있 는 특별한 뭔가가 있다고 말하고 있었다. 하지만 아직 그것이 무 엇인지 감조차 잡지 못하고 있는 현실이 너무도 안타까웠다.

서진은 노트를 덮고 커피를 주문하고 있는 도혁을 물끄러미 응 시했다. 그 역시 그녀와 마찬가지로 기대했던 게 분명했지만, 그 녀와는 달리 아무런 내색도 하지 않고 있었다. 분명 아무런 상관 도 없는 그녀보다 증조할아버님의 유품과 관계가 있다고 생각해 더 기대하고 있었을 텐데도 도혁은 냉정함을 잃지 않았다.

휴! 서진은 작게 한숨을 내쉰 다음 노트를 챙겨 가방 안으로 밀어 넣기 시작했다. 그러다 다시 노트를 꺼내 그림을 그리기 시작했다.

사각사각! 소릴 내며 움직이던 연필 끝에 도혁의 얼굴이 나타나기 시작했다. 짙은 눈썹, 서늘한 눈매. 그리고 그 눈동자 속에 담긴 그윽함까지. 순간 연필이 차갑게 다문 그의 입술에 가 멈췄다. 서진은 그 차가운 입술이 얼마나 뜨거워질 수 있는지 알고 있었다. 그리고 또 얼마나 그녀의 심장을 두근거리게 하는지도.

서진은 문득 그녀가 그려놓은 도혁의 얼굴을 보며 놀란 듯 노트를 덮었다. 초상화엔 그리는 사람의 마음이 담긴다고 했었다. 그리고 그녀가 그린 도혁의 모습엔 분명…….

"마셔."

어느새 커피를 들고 그녀에게 다가온 그가 커피를 건네며 그녀 옆에 앉았다.

"고마워요."

"실망한 모양이지?"

서진이 도혁을 보았다. 무심한 목소리로 말을 건네왔지만 분명 그 목소리엔 그녀를 걱정하는 마음이 담겨 있었다. 훗, 서진은 민도혁이란 남자가 차가운 겉모습 아래 따뜻한 배려를 품고 있는 사람이란 사실을 어렴풋이 느낄 수 있었다. 조금만, 용서해 줄까?

"수첩 가져왔나요?"

"응. 가져왔어."

그의 대답에 서진의 눈동자가 기대감으로 빛나기 시작했다. 전주역에서 그리고 박물관에서 그를 차갑게 외면하던 그녀의 모습은 온데간데없이 사라지고, 호기심 어린 눈빛으로 그를 바라보고 있었다. 지적인 호기심이 그에 대한 화를 누그러뜨린 모양이었다.

햇빛에 서진의 투명한 눈동자가 촉촉했다. 검은 속눈썹과 오뚝한 콧날. 그리고 물기를 머금은 붉은 입술이 그의 시선을 붙잡았다.

"지금 볼 수 있나요?"

"차에 있으니, 다른 곳으로 옮겨서 보도록 하지. 그리고 오늘 그린 그림과 회중시계까지 함께 보면서 비교하다 보면, 우리가 놓친 뭔가를 찾을 수 있을지도 모르니까."

그의 대답에 서진의 입가에 미소가 어리며, 알겠다는 듯 아이처럼 고갤 끄덕였다. 햇살을 닮아 밝고 환한 그 미소에 도혁은 심장이 지끈거렸다.

"조금 전 보니, 뭘 또 그리는 것 같던데. 뭘 그렸는지 볼 수 있을까?"

"아, 그게……. 별것 아니에요."

당황한 서진이 둥근 탁자 위에 내려놓았던 노트를 집어 들곤 서둘러 가방에 넣으려 했다. 보여주고 싶지 않았다. 만약 그녀가 그린 그의 초상화를 본 순간, 그녀가 그를 어떤 눈으로 바라보고 있는지 알아내고 말 테니까.

너무 서두른 탓일까? 가방 안으로 급하게 노트를 넣다 보니, 탁자 위에 올려놓았던 커피가 그녀의 손과 부딪혀 위험스럽게 흔들렸다.

"앗, 뜨거!"

서진은 손이 데일 것 같은 뜨거움에 화들짝 놀랐다.

"괜찮나?"

"아, 네. 어, 조심…… 아아!"

놀란 한숨과 함께 서진이 손을 뻗었지만, 이미 늦어버렸다. 너무 뜨거웠던 나머지, 다른 쪽으로 밀어놓으려던 커피 잔이 넘어져버린 것이다. 그리고 그 커피는 옆에 앉아 그녀에게 팔을 뻗은 도혁의 소매를 적셔놓았다.

맙소사! 화들짝 놀란 서진이 서둘러 자리에서 일어섰다. 살짝 닿았을 뿐인데도 손가락이 화끈거릴 만큼의 뜨거운 온도였다. 분명 도혁 역시 고통스러울 테고, 빨리 차가운 얼음물에 식히지 않으면 화상을 입을 수도 있었다.

"민도혁 씨, 괜찮아요? 얼른 그 옷부터 벗어요."

서진이 그의 셔츠로 무작정 손을 뻗었다. 그리곤 바지에서 셔츠 자락을 빼내 그의 옷을 벗기려 했다. 걱정스러운 마음과 당혹스러움에 지금 그곳이 박물관 앞 벤치고, 관람객들이 휴식을 취하기 위해 나와 있다는 사실 또한 생각지 못한 채 그의 옷을 벗기려 했다.

"잠깐, 한서진 씨! 난 괜찮으니……."

"괜찮긴 뭐가 괜찮다는 거죠? 이러다 화상이라도 입으면……."

"한서진 씨! 제발 진정해."

그가 다른 사람에게 들리지 않는 낮은 목소리로 으르렁거렸다. 그제야 서진은 고갤 들어 그를 올려다보았다. 그의 얼굴이 붉어져 있었다. 언제나 서늘하던 그의 눈동자에 어린 당혹감. 서진은 그 감정을 덴 곳이 고통스럽기 때문이라고 결론 내렸다. 고통 앞에선 냉정함도 무너지는 법이니까.

"하지만……."

"주위를 봐. 한서진 씨가 여기서 내 옷을 벗긴다면 우린 경찰서로 가야 할 거야."

"아!"

서진의 얼굴이 순식간에 붉어졌다. 화들짝 놀란 듯 그녀는 도혁의 옷에서 손을 떼곤 고갤 숙였다. 얼굴이 화끈거리고 창피해 도저히 얼굴을 들 수가 없었던 것이다.

"우선 화장실에 다녀올 테니까, 여기서 기다리도록 해. 만약 구할 수 있다면, 얼음을 좀 가져다주겠어?"

도혁의 부탁에 서진이 고갤 끄덕였다. 도혁은 걱정으로 잔뜩 굳은 서진을 보자, 팔의 아픔보단 그녀가 더 걱정이었다. 훗, 맙소사! 자신의 아픔보다 그녀에 대한 마음이 먼저라니. 도혁이 그녀의 어깨 위에 손을 올려놓았다.

"그렇게 많이 데이진 않았으니 걱정할 것 없어. 사실 여기서 옷을 벗어 보여주고 싶지만, 워낙 조각 같은 몸매라. 그리고 난 개인적으로 많은 사람보단 단 한 여자 앞에서 벗는 게 취향이거든. 그게 한서진 씨라면 더 좋고."

그의 농담에 서진의 얼굴이 붉게 달아올랐다. 그리고 농담처럼 뱉은 말이 농담이 아니란 사실을 알고 있었기 때문에 더 그랬다.

"그럴 일 없으니까 어서 화장실에나 가세요. 상처가 깊어지면 안 되잖아요."

그녀가 평소의 얼굴을 되찾자, 도혁이 그제야 안심이 된 듯 화장실로 향했다. 서진 역시 그가 화장실로 들어가는 것을 본 후, 서둘러 얼음을 구하기 위해 발걸음을 옮겼다. 미안함과 걱정으로 서진의 발걸음이 빠르게 움직이고 있었다.

　비닐에 들어 있는 차가운 얼음주머니를 팔 위에 올려놓은 도혁은 작게 한숨을 내쉬었다. 그나마 입고 있던 옷 때문인지, 아니면 순간적으로 팔을 치워서인지 상처는 생각처럼 깊지 않았다. 그저 뜨거운 커피가 닿았던 팔과 손등이 붉어져 있었고 조금 따끔거린 정도.

　물집 또한 없었고, 손등에 느껴지는 통증 역시 차가운 얼음주머니를 대고 있는 동안 서서히 사라지고 있었다. 도혁은 약국에서 화상 연고를 사러 갔다 돌아오는 서진을 물끄러미 응시했다.

　훗! 도혁은 당황해 그의 옷을 벗기려고 하던 그녀의 모습이 떠오르자 입가에 미소가 떠올랐다. 이성적인 한서진이 그의 다친 팔을 보고 당황해하던 모습이 싫지 않았다.

　"이것 좀 발라봐요. 그리고 이것도."

　도혁은 손을 뻗어 서진이 건넨 쇼핑백 받아 들었다. 화상 연고와 소독된 거즈 외에 반팔 티셔츠가 들어 있었다. 도혁이 티셔츠를 꺼내자 서진 역시 쇼핑백으로 손을 넣어 화상 연고를 꺼냈다.

　"반팔이군. 날 위해 사온 모양이지?"

　"가서 입고 오세요. 연고 발라줄게요."

　서진의 말에 자리에서 일어선 도혁이 자동차로 걸어가며 말했다.

　"화장실까지 갈 필요 없이, 차 안에서 입지 뭐."

　뒷좌석 문을 열고 안으로 들어간 도혁은 입고 있던 옷을 벗기 시작했다. 하지만 좁은 공간에서 아픈 팔을 신경 쓰며 옷을 벗기란 생각처럼 쉽지 않은 모양이었다. 그때, 달칵! 문이 열리고 서진이 고갤 들이밀었다.

"도와줄까요?"

도혁이 다치지 않는 팔을 서진에게 내밀며 한시름 놨다는 듯 말했다.

"여기 소매 좀 잡아주겠어?"

서진이 차 안으로 들어오더니 그의 옷의 소매를 붙잡았다. 그리곤 그가 쉽게 옷을 벗을 수 있게 천천히 잡아당겼다. 스륵 소릴 내며 옷 속으로 그의 팔이 사라졌다. 잠시 후 그의 옷이 벗겨져 근육질의 팔이 모습을 드러냈다. 어느새 아픈 쪽 팔만 남겨둔 채 그의 상반신이 눈앞에 있었다.

두근! 그녀의 눈이 저절로 그의 상반신에 고정되었다. 조각처럼 아름다운 어깨 근육을 지나 군살 없는 등 근육을 훑어 내렸다. 좁은 자동차 안은 그의 체취와 섞인 청량한 향기로 가득했다.

뭔가 묘하게 마음을 자극하는 향기에 서진이 후욱 숨을 삼키자, 자신도 모르게 단전에 힘이 들어갔다. 순간 차 안의 공기가 덥게 느껴졌다. 그리고 그와의 거리 역시 너무도 가깝게 느껴졌다. 어느새 그를 의식하기 시작한 것이다.

흠칫! 순간 도혁이 그녀 쪽으로 몸을 기울였다. 그러자 그의 맨 어깨가 그녀의 팔에 닿았다. 진한 남자의 향기와 함께.

그가 서진에게 손을 내밀었다. 서진은 잠시 그의 의도를 파악하지 못한 채 멍하니 그의 손을 바라보았다. 그러자 도혁 역시 이상하다는 듯 서진을 바라보았다.

"거기 반팔 티셔츠 좀 주겠어?"

"아, 티셔츠. 여기 있어요."

서진이 서둘러 고갤 숙인 후 옆에 놓아두었던 반팔 티셔츠를 집어 도혁에게 건넸다. 하지만 도혁은 그녀에게서 티셔츠를 받아 드는 대신 그녀를 물끄러미 바라보았다. 서진은 혀로 바짝 마른 입술을 축였다.

"여기 옷이요."

그녀의 재촉에도 도혁은 미동도 하지 않았다. 그의 눈은 그녀의 붉은 입술을 바라보고 있었던 것이다. 뺨이 화끈거렸다. 무엇보다 눈을 어디에 둬야 할지 몰라 서진은 난처했다. 그가 손을 뻗어오자, 서진은 긴장으로 움찔 몸을 굳혔다.

하지만 그의 손은 그녀가 아닌 티셔츠를 붙잡았다. 티셔츠의 얇은 천 사이로 맞닿은 그의 온기에 서진은 자꾸만 마른침을 삼켜야 했다. 왜 이렇게 이 남자에게 반응하는지 알 수가 없었다. 자꾸만 성적으로 그를 의식하게 되는지도.

혹시 욕구불만인 건가? 이 욕망이 채워진다면, 이 복잡한 감정 역시 사라지는 걸까?

"고마워."

"아니요, 오히려 제가 미안하죠. 제 실수잖아요. 더는 도울 게 없다면, 전 밖에서 기다릴게요."

서진이 서둘러 자동차에서 나가려 했다. 그러자 도혁이 아직 할 말이 남은 듯 손을 뻗어 그녀의 팔을 붙잡았다.

어엇, 휘청!

너무 서두른 탓일까? 급히 차에서 내리려던 서진은 그가 잡아당기는 힘에 균형을 잃고 다시 자동차 뒷좌석에 주저앉았다.

뭐지? 이 느낌은……?

뭔가 달랐다. 넘어지지 않으려고 본능적으로 뻗어 올린 손에 차가운 자동차의 가죽 대신 뭔가 물컹한 따뜻한 느낌이 느껴졌다. 그리고 그 물컹하던 느낌은 그녀의 손안에서 딱딱하게 변하기 시작했다. 설마?

놀란 서진이 그를 올려다보았다. 도혁의 서늘한 눈동자가 어느새 열기를 품고 그녀를 바라보고 있었다. 그제야 서진은 그녀가 짚고 있던 그 딱딱한 무언가가 그의 일부라는 것을 알았다.

"아, 미안……."

"흐흡. 잠깐 그렇게 누르면……."

"아, 그러려고 그런 게 아니라……."

서진이 당황한 나머지 다시 자리에서 일어서려다 이번엔 그의 단단한 가슴에 손을 올려놓아 버렸다. 손에 느껴지는 단단하고 따뜻한 감촉에 서진이 서둘러 손을 떼려 했다. 하지만 불상사는 다음에 일어났다. 엎치락뒤치락 서로 몸을 떼어내려다 결국 그녀가 그의 다리 위로 주저앉은 것이다. 윽! 딱딱하던 그의 일부가 이젠 옷을 뚫고 나오려는 듯 뜨거운 기세로 그녀의 다릴 찔러대고 있었다.

"아, 미안……."

화들짝 놀라 자리에서 벌떡 일어서려 했지만 좁은 공간에선 그것 역시 마음대로 할 수 없었다. 그저 그의 다리를 깔고 앉은 채 붉어지는 얼굴을 감추며 입술을 깨물 뿐이었다.

"한서진……."

그의 목소리에서 숨길 수 없는 열기가 느껴졌다. 그리고 그녀의 손을 붙잡은 그의 손 역시 뜨거웠다. 그 열기가 서진의 심장을 뜨겁게 했다. 이름을 불린 것만으로 이렇게 뜨거워질 수 있다니. 서진은 미친 듯이 뛰는 심장박동 소리를 그가 듣지 않기만을 바랄 뿐이었다.

"아, 그럼 전 밖에서……."

벗어나야 했다. 그의 벗은 몸에서 뿜어 나오는 열기와 자동차 안을 가득 채운 사내의 색 향. 서진은 몸속에 이는 뜨거운 격정을 잠재우기 위해선 그에게서 멀어져야 했다. 서진이 서둘러 자동차 문을 열었다. 그러자 차가운 공기가 차 안으로 들어왔다. 타들어 갈 듯 긴장된 공기가 조금씩 누그러지기 시작했다. 이번엔 도혁 역시 그녀를 붙잡지 않았다.

"난 좀 더 있어야 할 것 같군."

그가 옷을 입는 것이 보였다. 하지만 여전히 몸속에 열기가 가시지 않는 모양이었다. 그리고 그녀가 성나게 한 그 부분 역시.

화끈! 대체 무슨 상상을 하는 건지!

스물일곱. 성인인 여자가 남자에게 성적으로 반응하는 것은 너무도 당연한 일이었다. 민도혁은 눈을 뗄 수 없을 만큼 잘생겼고, 벗은 몸 역시 흠잡을 곳 없이 완벽했다.

거칠게 뛰는 심장. 뜨거워진 숨결. 붉어진 얼굴. 마치 자동차 안에서 밀회를 즐긴 듯 서진은 묘하게 흥분되어 있었다. 자동차에 내린 서진은 차가운 바람에 뜨겁던 마음을 가라앉혔다. 잠시 후 도혁 역시 차에서 내리는 것이 보였다.

"이쪽으로 와요. 약 발라야죠."

서진이 조금 전 앉아 있던 벤치로 걸어갔다. 그리곤 연고의 뚜껑을 열고 그녀의 맞은편에 앉은 도혁의 손을 잡아당겼다. 그의 손을 붙잡은 그녀의 손끝이 떨리고 있었다. 서진은 목을 가다듬으며 마음을 진정시킨 후, 그의 팔에 연고를 바르는 일에 집중했다.

"정말 괜찮나요? 응급실에 가야 하는 것 아닐까요?"

면봉으로 조심스럽게 연고를 바르며 서진이 후후 바람을 불었다. 그녀의 입김이 그의 손에 닿을 때마다 도혁은 아픔이 느껴지는 듯 흠칫 몸을 굳히는 것이 보였다. 그러자 서진은 조금이라도 그의 아픔을 덜어주기 위해 천천히 바람을 불었다.

"좀 피곤하군."

서진이 고갤 들었다. 그러자 도혁이 서진을 물끄러미 응시하고 있었다. 두근! 또다시 주책없이 뛰는 심장 때문에 당혹스러웠지만, 서진은 최대한 담담해지려 했다.

"그래요?"

"응. 여기서 자고 내일 올라가고 싶은데, 한서진 씬 괜찮겠나?"

흔들림 없이 날카롭게 날아드는 도혁의 시선에 서진은 침착하려 했다. 하지만 서로 얽히듯 맞잡은 손이 불에 덴 것처럼 뜨거웠다.

그와 함께 하룻밤을 보낸다라? 아니, 단순히 함께 있다는 의미가 아니었다.

"내 인생엔 한서진이란 여자 한 사람밖에 없을 것이란 뜻이야. 한서진, 널 안을 거야."

그의 여자가 된다는 것. 민도혁과 함께 하룻밤을 보낸다는 것은 바로 그런 뜻이었다.

"약속…… 이었으니까요."

마음속에 휘몰아치는 감정과는 달리 서진의 목소리는 의외로 담담했다.

"그럼, 갈까? 좀 쉬고 싶군."

지친 듯 낮게 가라앉은 목소리였다. 서진은 그를 따라 일어서며 도혁의 등을 물끄러미 응시했다. 아침 일찍 전주역에 도착하기 위해선 새벽부터 차를 몰고 왔을 그를 생각하자, 피곤한 것도 무리는 아니란 생각이 들었다. 거기에다 팔까지 다쳤으니, 쉬고 싶을 테지. 이제 서진은 그와 단둘이 밤을 보낸다는 것보다 그의 상태가 더 걱정되기 시작했다.

뜨거운 물에 샤워한 서진이 헤어드라이어로 머리를 말렸다. 부드럽고 따뜻한 바람에 길고 윤기나는 머리카락이 휘날렸다. 서진은 머리를 말리는 동안 창문을 통해 보이는 정원을 바라보았다. 한옥 특유의 그윽한 소나무 향과 함께 산수화처럼 펼쳐진 운치 있는 정원이 한눈에 들어왔다.

도혁과 함께 도착한 이곳은 한옥을 현대적인 감각으로 개조한 개인 소유의 별장인 듯했다. 한옥의 장점을 최대한 살린 반면, 생활하는 사람의 편리함 역시 고려해 아름다움과 실용성을 모두 갖춘 그런 집이었다. 머릴 다 말린 서진은 헤어드라이어를 내려놓은 후 방의 한쪽에 놓여 있는 옷장을 노려보았다. 그 안에 대체 뭐가 들어 있는지 궁금했던 것이다.

"잠옷인 건가?"

옷장 문을 연 서진이 손을 뻗어 옷걸이에 걸린 실크 잠옷을 만져 보았다. 차갑고 매끄러운 감촉과 함께 진줏빛의 은은한 색감이 아름다운 옷이었다. 하지만 만약 이 잠옷을 입게 된다면, 깊게 팬 가슴선 때문에 무척이나 섹시한 옷이 될 것 같았다.

우아하고 단정한 느낌과 요부처럼 자극적인 분위기를 동시에 갖춘 옷. 한마디로 남자의 무한한 상상력을 자극하는 그런 잠옷이었다.

"대체 이런 옷을 누가……?"

서진이 잠옷은 그대로 놓아둔 후, 아래쪽 서랍으로 손을 뻗어 열었다. 그러자 이번엔 잠옷과 한 세트인 듯 보이는 속옷이 들어 있었다.

"이건 또…….'"

차마 서진은 다음 말을 잇지 못했다. 손에 들린 속옷은 중요 부위만 가릴 수 있을 뿐 다른 부분은 가느다란 레이스로 연결되어 있었다. 서진은 얼굴이 화끈거렸다. 그리곤 무의식적으로 손에 들린 속옷을 꽉 모아 쥔 다음 서둘러 원래 있던 곳에 넣곤 서랍을 닫아버렸다.

옷장 문까지 닫은 서진은 침대로 걸어갔다. 그리곤 그녀가 조금 전 벗어놓았던 옷을 다시 입고는 방을 나섰다. 복도를 따라 걸어가자, 처음 도혁과 함께 도착했던 응접실이 나왔다. 인기척이 느껴지지 않는 것으로 보아 도혁은 아직 잠에서 깨어나지 않은 모양이었다.

"아직도 자는 건가?"

서진은 잠시 머뭇거리다, 도혁이 머물고 있는 방 쪽으로 조심조심 걸어갔다. 한옥에 도착한 후 두 사람은 간단히 점심을 먹었다. 그리고 도혁은 좀 쉬어야겠다며 방으로 들어가 버린 것이다. 혼자 남은 서진은 한옥의 내부와 밖의 정원을 구경하다, 결국 그녀 역시 그녀의 방으로 들어왔다. 그리곤 그녀 역시 잠이 들어버린 것이다.

평소 낮잠을 자지 않는 그녀였지만, 며칠 동안 도혁과의 약속을 떠올리며 고민하다 보니 잠을 설쳤던 것이 원인이었던 모양이었다. 몇 시간 충분히 잠을 자고 일어나자, 피곤했던 몸이 개운해졌다.

조심스럽게 나무 복도를 따라 걸어가다 서진은 가장 안쪽에 있는 방문 앞에서 발걸음을 멈췄다. 그리곤 안에서 인기척이 들리는지 알아보기 위해 문에 귀를 댔다.

방 안은 고요했다. 아마 자는 모양이었다.

휴! 뭘까? 안심되는 동시에 실망감이 밀려들었다. 서진이 문에서 얼굴을 뗀 후, 응접실 옆에 있는 부엌으로 가기 위해 걸음을 옮기기 시작했다.

덜컹, 드르륵!

순간 굳게 닫혀 있던 미닫이문이 열리는가 싶더니, 도혁이 불쑥 손을 뻗어왔다. 그리곤 놀라 서 있는 서진의 손목을 붙잡곤 강하게 방 안으로 끌어당겼다.

다시 굳게 닫힌 문.

두근두근! 미친 듯이 뛰기 시작한 심장. 그녀의 손목을 붙잡은 커다랗고 뜨거운 손. 그리고 그녀의 귓불을 스치는 더운 숨결. 서진은 숨 막힐 듯 날카로운 긴장감에 입술을 깨물었다.

고갤 들어 그를 보지 않아도 알 수 있었다. 그의 눈 속에 담겨 있을 뜨거운 열기를. 그녀의 피부에 닿는 그의 시선에 입술이 따끔거렸고 그의 숨결이 스쳤던 귓가가 화끈했다.

질끈 눈을 감고 있던 서진이 그 날카로운 성적 긴장감을 이기지 못하고 고갤 들었다. 그러자 기다렸다는 듯 뜨겁게 습기를 가득 머금은 그의 입술이 그녀의 입술을 허기진 맹수처럼 집어삼켰다.

나풀거리며 흔들리던 마음이 온통 그를 향했다. 지독히도 심장을 간질이는 그의 향기에 서진의 눈꺼풀이 파르르 떨리며 떠지는가 싶더니, 무겁게 가라앉기 시작했다.

청량하고 사내의 자극적인 향기와 지독한 열기에 서진 역시 휩싸이기 시작했다.

눈도 뜨지 않은 채 기지개를 켜자, 나른한 만족감에 도혁이 눈을 떴다. 그리곤 머릿속이 맑아지기 시작하더니, 지금 그가 있는 곳이 전주의 별장이란 사실을 깨달았다. 이곳에 서진과 함께 와 있다는 사실 역시.

홋! 누군가 같은 공간에 머물고 있단 사실에 이렇게 만족스러운 느낌을 받다니.

도혁은 나른하고 기분 좋은 이 느낌이 싫지 않았다. 하지만 자꾸만 중독될 것 같은 예감에 미간을 찌푸렸다. 옆에 있지 않아도 누군가와 닿아 있다는 느낌. 자꾸만 들뜨고 보고 싶고, 또 안고 싶은 지독한 소유욕까지. 아마 그는 지금, 한서진이란 여자에게 흠뻑 빠져 있었다.

도혁은 서진을 떠올리는 것만으로도 몸 한쪽이 뻐근해졌다. 불편한 듯 고갤 쳐드는 감각에 도혁은 서둘러 침대에서 일어섰다. 차가운 물에 몸을 씻고 나면 핏속에서 뜨겁게 날뛰기 시작한 욕망이란 놈이 다시 잠들 것 같아서였다.

사실 서진에게 전주에서 그녀를 안겠다고 했지만, 그건 서진이 다른 남자를 만났다는 질투에서 비롯된 소유욕이었다. 이미 그의 몸은 걷잡을 수 없는 지독한 욕망으로 날뛰고 있었지만, 서진이 거부한다면 억지로 가질 생각은 없었다. 아직은 욕망을 억누를 정도의 자제력은 있었던 것이다.

쏴아아아!

차가운 물줄기에 샤워를 마친 그가 욕실 문을 열고 나왔다. 그러다 문밖에서 서진의 인기척을 들을 수 있었다. 순간 도혁은 걸음을 멈추곤 문을 주시했다. 경계심 많은 그녀가 도망치지 않게 말이다.

서진이 그의 방문 앞에서 잠시 서성거리더니, 방문을 향해 몸을 기대는 것이 보였다. 훗! 아마 방 안에서 인기척이 들리는지 확인하려는 모양이었다.

내가 걱정돼서 온 건가?

도혁의 입가에 미소가 떠올랐다. 그리곤 차가운 물로 식혔던 열기가 또다시 날뛰기 시작하더니, 피를 뜨겁게 달궈놓았다. 자동차 안에서 서진이 그의 품에 주저앉았을 때, 그의 몸의 한 부분을 자

극하던 날카로운 쾌감이 떠오르자 도혁은 더운 숨을 몰아쉬어야
했다.

후우!

천천히 숨을 내쉬며 열기를 잠재우려 했지만 한번 욕망으로 뜨
거워진 몸은 스위치가 켜진 전등처럼 위험스럽게 깜빡였다. 도혁
은 들고 있던 수건을 탁자 위에 던지듯 내려놓곤 문을 향해 걸어
갔다. 그리곤 돌아가려는 서진을 붙잡기 위해 문을 열었다.

서진이 눈에 들어왔다. 갑작스럽게 열린 문과 그리고 그 너머
그녀를 삼킬 듯 내려다보고 있는 도혁을 보곤 그녀의 눈동자가 놀
란 듯 커졌다. 도혁이 손을 뻗어 그녀의 손목을 붙잡았다. 도망치
지 못하게, 아니, 자신 외엔 아무것도 생각하지 못하게 하고 싶었
다.

강한 힘으로 그녀를 그의 품으로 끌어당기곤 문을 닫아버렸다.
그리곤 놀라 고개도 들지 못하는 서진을 물끄러미 응시했다. 그녀
역시 샤워를 했는지 상큼한 비누 향이 났다. 물기에 젖어 그의 손
에 닿는 그녀의 피부가 차가웠다. 하지만 이내 그의 열기에 전염
된 듯 그녀의 몸에도 열기가 어리기 시작했다.

질끈 입술을 깨물며 고개 숙였던 서진이 고갤 들었다. 더는 참
을 수 없었다. 당연히 욕망을 억누를 자제심이 남아 있다고 자신
했었다. 하지만 아니었던 모양이었다. 그녀의 손목을 붙잡는 순
간, 아니, 방문에 어린 그녀의 그림자를 본 순간 그 역시 심장이
뜨거운 평범한 남자일 뿐이었다. 마음에 품은 여자를 갖고 싶어하
는 소유욕 많은 남자일 뿐이었던 것이다.

도혁은 금방이라도 단물을 흘릴 것 같은 붉은 입술을 거칠게 집

어삼켰다. 혀로 말캉하고 촉촉한 감촉의 입술을 쓸어내리곤 도톰한 아랫입술을 강한 압력으로 빨아 당겼다. 하지만 그것 역시 허기진 그의 욕망을 채울 수 없는 듯 두 팔로 그녀의 허릴 힘껏 끌어당겨 그의 품에 가둬 버렸다. 입술을 핥던 그의 입술이 그의 타액으로 젖은 그녀의 입술을 가르고 안으로 밀고 들어갔다.

그녀의 향기가 났다. 달큼하기까지 한 그녀의 타액을 흠뻑 빨아당겨 삼킨 뒤, 도혁은 서툴게 머뭇거리고 있는 그녀의 혀를 강하게 휘감았다. 더는 머뭇거릴 새가 없는 듯 다급한 격정이 느껴졌다.

"하아…… 한서진."

뜨거운 숨결과 함께 한숨처럼 그녀의 이름을 불렀다. 서진 역시 등줄기를 타고 흐르는 야릇한 감각에 허공에 덩그러니 떠 있던 손을 뻗어 그의 옷자락을 붙잡았다. 그녀의 허리에 감은 팔에 힘이 들어가며 그녀를 바짝 조여왔다. 그에게 붙잡힌 혀가 얼얼해 눈물이 나올 정도였지만, 그 아릿한 아픔과 함께 온몸으로 퍼져 나가기 시작한 날카로운 쾌락에 서진은 몸이 떨려왔다.

"흐흣! 하아……."

한 치의 틈도 없이 맞닿았던 입술이 떨어지자, 서진의 입술을 통해 물기 어린 신음이 새어 나왔다. 등줄기를 타고 흐르던 쾌감은 어느새 허벅지 안쪽 은밀한 곳까지 전달된 듯 움찔 힘이 들어갔다.

출렁! 두 사람의 무게에 못 이겨 침대가 흔들렸다. 집요하게 파고들어 휘저어놓은 그의 혀가 그녀의 혀를 휘감곤 강하게 빨아 당겼다. 그녀의 몸 위로 포개듯 올라온 그의 단단한 가슴이 탐스럽게 부푼 그녀의 가슴을 짓눌렀다. 그리고 또 한 부분, 그녀의 손길에 날카롭게 반응하던 그의 남성 역시 그녀의 아랫배를 쉴 새 없이 자극하고 있었다. 서진은 온몸으로 그가 뿜어내는 욕망을 느낄수 있었다.

"하아!"

그의 손이 거침없이 그녀의 티셔츠를 밀어 올렸다. 그리곤 가슴을 감싸고 있던 속옷을 위로 밀어 올리더니 타액으로 젖어 끈적한 입술로 봉긋하게 솟아오른 그녀의 가슴을 덥석 베어 물었다.

"흐흡!"

그의 키스로 부어오른 서진의 입술을 통해 야릇한 신음이 새어나왔다. 그녀의 눈동자 역시 갑작스럽게 밀려온 나른한 쾌락에 진한 열기가 어렸다. 뜨겁고 축축했다. 부풀어 오른 가슴을 한 손으로 쥐곤 가슴 한가운데 솟아오른 붉은 정점을 혀로 굴리듯 빨아당기자, 쾌락으로 온몸이 잘게 떨리기 시작했다. 서진은 날 선 쾌락을 감당할 수 없는 듯 시트를 붙잡곤 눈을 감아버렸다.

"한서진, 눈 떠!"

서진이 눈을 떠 그를 올려다보았다. 짙은 욕망으로 검은 눈동자가 위험스럽게 빛나고 있었다.

"눈 감지 마. 고개도 돌리지 말고, 날 봐. 내가 얼마나 널 원하는지, 봐. 그리고…… 보여줘. 너 역시 날, 얼마나 원하는지."

그의 입술이 그녀의 이마 위에 닿았다 떨어졌다. 그리곤 눈 위에, 콧등 위에, 입술에.

꽃잎처럼 부드럽고 화인처럼 뜨거운 입술이 얼굴에 닿을 때마다, 서진의 심장에도 그 입술 자국이 그대로 찍혔다.

서진이 고갤 끄덕이자, 도혁의 입술이 다시 서진의 가슴 위로 내려왔다. 이번엔 양손으로 욕심껏 뽀얀 가슴을 터뜨릴 듯 그러쥐었다. 아릿한 아픔과 함께 찾아온 열기에 서진은 더운 숨을 몰아쉬었다.

"흐흡!"

그의 손이 움직일 때마다 그녀의 뽀얀 가슴 역시 모양을 바꾸며 일그러졌다. 남자의 손에 점령당한 여자의 가슴이 묘하게 선정적이었다. 그리고 붉게 자리한 정점 역시 그의 입술에 머금어질 때마다 타액으로 젖어 더욱 짙은 색으로 변해갔다. 단단하게 일어선 정점을 혀로 핥고 빨아 당기던 도혁의 입술이 날씬한 배를 지나 아래로 내려왔다. 그리곤 손을 뻗어 그녀가 입고 있던 바지의 버튼을 풀기 시작했다.

지퍼가 내려가는 소리가 들리자, 서진은 팔로 얼굴을 가리고 싶어졌다. 하지만 그와 한 약속을 떠올리곤 입술을 깨물며 부끄러움을 견뎌냈다. 어느새 청바지가 침대 아래로 떨어졌다. 채 벗지 못하고 밀려 올라간 셔츠와 브래지어, 그리고 그녀의 허리엔 위험스러울 정도로 아슬아슬하게 얇은 팬티가 걸려 있었다.

이제 막 해가 지기 시작해, 어둑해진 방 안에 잔뜩 흐트러진 채 침대에 누워 있는 서진을 보자 도혁은 강렬한 욕망에 몸을 떨었다. 허릴 강타하는 강렬한 욕망에 미간이 찌푸려질 정도였다. 거친 손길로 도혁이 서진의 팬티를 끌어 내렸다. 그러자 다리 사이를 통해 미끄러지듯 속옷이 흘러내렸다.

"하아……."

길고 매끄러운 다리 사이에 자리한 여자의 검은 수풀이 유혹하듯 그의 눈길을 끌었다. 서진은 그의 시선이 향한 곳이 어딘지 깨닫곤 서둘러 다릴 모아 가리려 했다. 하지만 그것 역시 여의치 않았다. 도혁이 먼저 손을 뻗어 그녀의 다릴 넓게 벌리곤 욕망으로 가득한 눈으로 그곳을 바라보고 있었던 것이다.

"하아, 거긴……."

검은 수풀 속에 숨겨진 붉은 열매. 이미 투명한 애액으로 젖어 질척해 보이는 꽃잎이 그의 시선에 부끄러운 듯 떨리고 있었다. 서진은 다시 다리를 오므리기 위해 바르작거렸다. 하지만 그의 손에 단단히 붙잡힌 다리를 풀어내기란 쉽지 않았다.

"예뻐, 그러니 더 볼 수 있게 해줘."

화끈! 서진의 얼굴이 온통 붉어졌다. 예쁘다니. 믿을 수 없었다. 한 번도 자세히 그곳이 어떻게 생겼는지 본 적은 없었지만, 그의 말처럼 예쁠 것 같진 않았던 것이다. 그녀가 움직임을 멈추자 도혁이 그녀의 다릴 놓고 입고 있던 티셔츠를 벗었다. 그러자 근육으로 이루어진 조각처럼 완벽한 상반신이 모습을 드러냈다. 도혁이 침대 아래로 티셔츠를 던져 버리곤 이번엔 바지를 벗었다.

서진의 시선이 자연스럽게 그의 하체로 이동했다. 단단한 근육질의 다리와 그 다리 사이에 자리한 남성이 뜨거운 열기로 잔뜩 성이 난 채 일어서 있었다. 그 모습에 서진은 입안이 바짝 타들어 갔다. 묘한 열기에 심장이 두근거렸다.

그가 그녀에게 몸을 숙였다. 그리곤 채 벗지 못했던 그녀의 티셔츠와 브래지어를 벗겨냈다. 이제 침대 위에 알몸으로 마주한 두 사람은 서로의 몸을 홀린 듯 바라보았다. 가느다랗고 부드러운 곡선으로 이루어진 여자의 육체와 강한 힘을 뿜어내는 남자의 몸.

어둠이 밀려드는 좁은 방 안에 남녀의 육체가 얽히듯 닿아 있는 모습이 무척이나 색스러웠다. 금방이라도 하나가 되어 얽힐 듯 서로를 원하고 있었다.

도혁이 더는 참을 수 없는 듯 그녀의 입술에 농밀한 키스를 시작했다. 또다시 얽힌 두 개의 혀가 하나인 듯 엉켰다 떨어지길 반복했다. 맞닿은 두 입술에선 연신 뜨거운 신음이 새어 나왔다.

더운 숨결과 젖은 신음. 격정으로 거칠어진 도혁의 손이 조급하게 서진의 가슴을 움켜쥐었다. 또다시 단단하게 일어선 유두를 손가락으로 비틀며 그가 그녀의 수풀에 성나 단단히 발기한 남성을 금방이라 밀어 넣을 듯 찔러댔다. 그럴 때마다 수풀 속 내벽이 바르르 떨리며 울컥 애액을 토해냈다.

"하아…… 하윽!"

허리가 자꾸만 비틀렸다. 들어올 듯 들어오지 않고, 자꾸만 애를 태우듯 움직이는 그로 인해 서진의 숨결이 더욱 거칠어졌다. 허벅지 안쪽에 자리한 수풀에선 가득 품고 있던 달큼한 애액을 연신 흘려보내고 있었다. 봉긋한 가슴을 욕심껏 애무하던 그의 손이 그녀의 다릴 붙잡았다. 그리곤 그 역시 애가 탔는지 그녀의 다리를 위로 밀어 올리곤 단단히 솟은 남성을 그녀의 입구 안으로 슬쩍 밀어 넣었다.

흠칫! 갑작스러운 그의 침입에 그녀가 놀라 몸을 떨었다. 이미 입구는 애액으로 질척거렸지만, 아직 그를 받아들일 만큼은 아닌 모양이었다. 도혁이 그녀의 가슴을 놓아주곤 이번엔 그녀의 허벅지 안쪽을 천천히 쓸어내렸다. 그리곤 그의 남성 대신 그의 손가락을 천천히 밀어 넣었다. 좁았다. 손끝을 내벽 입구 안으로 밀어 넣기 위해 힘을 주었지만, 굳게 닫힌 내벽이 문을 열지 않았다. 그러자 이번엔 그의 입술이 수풀 속 꽃살을 왈칵 베어 물었다. 그리곤 혀끝으로 살살 달래듯 쓸어내린 후 잘게 떨리는 내벽의 입구 안으로 혀를 밀어 넣었다.

"하학!"

그녀의 허리가 들리는가 싶더니 그녀의 고개가 위험스러울 정도로 뒤로 젖혀졌다. 그녀의 입술을 통해 새어 나오는 교성 역시 끊어질 듯 날카로웠다. 내벽을 자극하던 그의 혀가 사라지더니 어느새 그의 손가락이 내벽을 가르며 미끄러지듯 안으로 들어왔다.

"흐흡! 하아……."

순간 그녀의 아랫배에 힘이 들어간 듯 긴장하는 것이 느껴졌다. 도혁이 안으로 깊숙이 밀어 넣었던 손을 빼내려고 하자, 이번엔 그가 나가길 원치 않는다는 듯 점액질로 미끈거리는 내벽이 그의 손가락을 단단히 붙잡곤 놓지 않았다.

서진의 입술 새로 날카로운 신음이 새어 나왔다. 허벅지에 힘을 주며 그의 손가락을 꽉 움켜쥐곤 허릴 비트는 서진이 너무도 사랑스러워 도혁은 더는 참을 수 없었다. 그녀 역시 그를 원하고 있었던 것이다. 지독한 욕망이 허덕이는 자신처럼, 그녀 역시 그를 원하고 있었다.

손가락을 빼낸 도혁이 양손으로 그녀의 다릴 더 넓게 벌렸다. 그리곤 훤히 드러난 수풀 속 밀부의 입구에 그의 남성을 천천히 밀어 넣기 시작했다.

"하아…… 하훗!"

반쯤 그녀의 안으로 들어갔을 즘, 도혁은 움직임을 멈추곤 놀란 눈으로 서진을 내려다보았다. 고통을 참는 듯 잔뜩 찌푸려진 미간, 그리고 눈가에 맺힌 눈물은 분명……

"한서진, 날 봐."

그가 부르자 서진은 아픔을 밀어내며 눈을 떠 그를 보았다.

"혹시 처음인 건가?"

화끈! 이번엔 얼굴뿐만 아니라 온몸이 붉게 물들기 시작했다. 대답도 하지 못한 채 서진이 시선을 피하자, 도혁이 그녀의 턱을 붙잡곤 다시 그를 보게 했다. 대답을 듣지 않아도 알 수 있었던 것이다.

"난, 행운아군."

도혁이 그녀의 입술에 키스했다. 이번엔 격정으로 타오르는 거친 키스가 아니라, 깃털처럼 부드럽고 솜사탕처럼 달콤한 그런 키스였다. 그 부드럽고 달콤한 키스에 서진의 심장이 팔딱였다.

"아플…… 거야. 최대한 노력은 하겠지만…… 나 역시 처음이라."

"하흑!"

말이 끝나기가 무섭게 그가 그녀의 안으로 깊이 들어왔다. 또다시 아픔으로 서진의 미간이 찌푸려졌다. 그리고 조금 전 그가 했던 말을 떠올렸다. 설마, 지금 그 역시 처음이란 말을 한 건가? 서진 역시 놀란 얼굴로 그를 올려다보았다. 하지만 도혁은 그녀가 더는 아픔을 느끼지 않게 하려는 듯 밀려드는 욕망과 싸우느라 눈을 질끈 감고 있었다.

홋, 서진 역시 여자의 첫 경험이 고통이란 말을 들어 알고 있었다. 하지만 그중 몇은 처음부터 아픔이 아니라 최상의 쾌락을 느낀다는 얘기도 함께 들었었다. 만약 누군가 그녀에게 지금 느끼는 것이 아픔과 쾌락 중 하나를 선택하라고 한다면, 서진은 중간인 듯했다. 아팠지만 뭔가를 찢는 듯한 고통은 아니었다. 그렇다고 쾌락을 느끼는 것도……

"하악……!"

서진은 멈춰 있던 그가 갑자기 움직이기 시작하자 더는 아무것도 생각할 수 없었다. 이번엔 멈추지 않고 그녀의 안쪽 끝까지 한 번에 들어왔던 것이다.

"힘을 빼. 최대한 힘을 빼야…… 흐흡!"

그가 숨을 삼키는 소리에 서진이 그를 올려다보았다. 그러자 등줄기를 타고 흐르는 날카로운 쾌락을 견디던 도혁이 미간을 찌푸린 채 그녀를 내려다보았다. 그리곤 욕망으로 잔뜩 쉰 목소리로 그녀의 귓가에 낮게 속삭였다.

"갑자기 그렇게 조이면…… 하아!"

거친 숨을 몰아쉬는 도혁을 보며 서진은 어리둥절한 얼굴을 했다. 조인…… 다라? 아마 본능적으로 그녀의 내벽이 밖으로 빠져나가는 그를 꽉 붙든 모양이었다. 또다시 그가 허릴 움직였다. 그러자 서진은 밀려드는 아픔 때문에 아무것도 생각할 수 없었다. 내벽 깊숙이 들어왔던 남성이 천천히 빠져나갔다가, 다시 일정한 리듬으로 그녀의 깊숙한 곳까지 찌르며 들어왔다. 그가 움직일 때마다 그녀의 몸이 움찔움찔 떨리며, 자꾸만 아랫배에 힘이 들어갔다. 처음보단 그의 움직임이 조금은 수월한 듯 빨라지기 시작했다. 애액으로 질척한 내벽을 오갈 때마다 아픔으로 굳어졌던 그녀의 몸이 어느새 그의 움직임에 맞춰 흔들리기 시작했다.

느리지만 일정한 리듬을 타고 그가 허리를 흔들며 진퇴를 거듭
했다. 그러는 동안 그의 입술이 더운 숨결을 뱉어내며, 그녀의 귓
불을 깨물고 여린 목덜미를 입술로 쓸어내렸다. 허리를 움직일 때
마다 그의 입술 역시 그녀의 가슴의 붉은 정점을 입에 물고 삼킬
듯 빨아 당겼다. 붉은 정점이 얼얼해져 작은 스침에도 예민하게
반응하기 시작했다. 끈질기게 그녀의 몸을 쓰다듬는 그의 손길에
긴장으로 굳었던 서진의 몸이 서서히 이완되기 시작했다. 아픔 역
시 엷어졌다.

순간, 서진의 허리가 비틀렸다. 아픔만 느껴지던 내벽에 야릇한
열기가 일기 시작했던 것이다. 또다시 튕기듯 그녀의 허리가 비틀
렸다. 그러자 그의 손에 붙잡힌 탐스러운 가슴이 탐욕스럽게 흔들
렸다. 흐읍! 서진이 열기로 달아오른 뜨거운 숨을 뱉어내며 입술
을 깨물자, 도혁이 손을 뻗어 그녀의 다리를 붙들었다. 그리곤 그
의 허리에 단단히 고정한 후 다시 그녀의 안으로 깊이 파고들었
다. 흐흣! 관능으로 떨리는 진득한 신음이 그녀의 입술을 통해 새
어 나왔다.

도혁 역시 거친 숨을 몰아쉬었다. 허리를 관통하는 날카로운 쾌
감에 등줄기를 타고 땀방울이 흘러내렸다. 처음이라 고통스러워
할 서진을 생각해 최대한 느릿느릿 움직이려 안간힘을 썼지만, 자
꾸만 욕망이란 놈의 고삐가 풀려 사납게 날뛰려 했다.

"괜찮아?"

이마에 솟아난 땀을 쓸어주며 그가 서진을 바라보았다. 붉게 상
기된 뺨 위로 수줍은 미소가 어렸다. 지금 두 사람은 서로 가장 깊
숙한 곳까지 맞닿아 있었다. 더는 가까워질 수 없는 거리에서 서

로를 마주한 두 사람은 그 어느 때보다 격한 만족감을 느꼈다.

소유, 아니, 완전한 소유.

"이제, 아프지 않아요."

아프지 않을 리가 없었다. 하지만 그 말에 도혁은 더는 자제력의 끈을 붙잡을 여유가 없었다. 서진의 목덜미에 얼굴을 묻고는 느릿느릿 움직이던 허릴 빠르게 움직이기 시작했다. 쫀득하고 애액으로 젖은 그녀의 내벽을 오갈 때마다 모든 감각이 뜨겁게 날뛰며 한곳으로 피가 몰렸다.

서진 역시 그의 빠른 움직임에 침대 시트를 말아 쥐었다. 아픔과 함께 찾아온 낯선 감각에 묘하게 몸이 들썩였다. 아랫배 안쪽이 간질거렸다. 그가 거칠게 그녀의 내벽을 찌를 듯 쓸어낼 때마다 아릿하고 묘한 감각에 입안이 마르기 시작했다.

"흐흡!"

도혁에게 했던 말처럼 아프지 않은 것은 아니었다. 하지만 자꾸 갈증이 났다. 심장이 조여오고 등줄기를 타고 흐르는 나른한 감각에 서진의 입술 새로 격한 신음이 새어 나왔다. 그의 움직임에 맞춰 엉덩이가 들썩거렸다. 그가 안으로 깊숙이 들어와 간질거리는 내벽을 쓸어낼 때마다 정체를 알 수 없던 감각이 형태를 갖추기 시작했다.

욕망과 쾌락. 그녀가 느끼는 감각은 다름 아닌, 육체의 쾌락이었다.

서진은 그가 주는 날 선 쾌락에 온몸이 뜨거워졌다. 어느새 격정으로 흐드러지듯 피어난 몸에선 땀이 배어 나왔다. 단단히 결합된 부분에선 질척거리는 야릇한 소리가 연신 새어 나왔고, 두 육체가 닿았다 떨어질 때마다 땀으로 젖어 끈적였다.

"하훗! 하아…… 하흡!"

도혁 역시 느낄 수 있었다. 빠르게 허리를 움직이며 그녀의 안으로 밀고 들어갈 때마다 애액으로 질척해진 내벽이 자꾸만 그의 남성을 끌어당겼다. 서진의 허리가 야릇하게 비틀리고 시트를 쥔 손에 힘이 들어가는 것을 볼 수 있었다. 그리고 열기로 인해 반짝이는 눈동자와 연신 뜨거운 숨을 내뱉는 입술. 분명 서진 역시 아픔만이 아니라, 그처럼 지독한 욕망에 몸을 떨고 있었다.

"하아, 한서진……."

그녀의 이름을 부르는 그의 목소리에 진득한 욕망이 배어 나왔다. 서진은 귓불 아래 느껴지는 그의 뜨거운 숨결에 다시 한 번 몸을 떨며 허릴 비틀었다. 달콤하기보단 잔혹했다. 뜨겁고 온몸을 긴장시키며 휘몰아친 날카로운 쾌락에 서진의 입술에선 흐느낌이 새어 나왔다.

그녀의 가슴을 그러쥐곤 정점을 비틀며 애무하던 그의 손이 그녀의 허릴 단단히 붙잡았다. 그 역시 더는 쾌락의 무게를 감당할 수 없는 모양이었다. 뜨겁게 달궈진 남성이 거칠게 내벽을 가르고 들어왔다. 성난 황소의 그것처럼 강하게 그녀를 압박해 왔다. 다시 쾌락의 파도를 타고 밀려 나간 남성이 찌를 듯 다급하게 그녀의 안으로 가득 채웠다.

뜨거운 숨결이 시간이 흐를수록 더욱 거칠어졌고, 격정으로 허릴 움직이는 그의 몸짓 역시 격렬해졌다. 여유가 없는 듯 다급하게 밀고 들어오는 그를 느끼며 서진 역시 더는 아무것도 생각할 수가 없게 되었다. 지독한 열기로 온몸이 떨려왔다. 입술을 깨물며 뜨겁게 밀려오는 쾌락의 파도를 잠재우려 입술을 깨물었지만, 한번 시작된 욕망은 쉽사리 사그라지지 않았다. 오히려 그의 움직임이 격렬해질수록 더욱 커졌다.

"하흑, 도혁……. 하훗!"

그녀의 낭창한 허리가 들썩였다. 흔들림이 격렬해질수록 허리 역시 위험스럽게 휘기 반복했다. 더는 참을 수 없을 것 같았다. 빠르게 뛰는 심장이 터질 듯 부풀었고, 뱉어내는 숨결 역시 거칠었다. 그만이라고. 더는 참을 수 없다고 말하려던 찰나…….

그가 절박한 격정으로 그녀의 가장 깊은 곳까지 들어오더니, 욕망으로 몸을 떨며 그녀의 안에 모든 것을 쏟아내기 시작했다.

"하악……."

"하아, 서진…… 한서진……."

거친 숨을 몰아쉬며 그녀의 이름을 부르던 도혁이 그녀의 입술에 진한 키스를 퍼부었다. 온몸으로 느끼는 격정을 그녀와 함께 나누려는 듯 키스는 거칠고 농밀했다. 온몸을 휩쓸고 지나간 날카로운 쾌락의 여운에 서진의 눈동자에선 눈물이 흘러나왔다.

사랑하고 있었다. 이 남자, 민도혁을.

이 감정을 어쩌지 못해 눈물이 흘러내릴 만큼. 그를 사랑하고 있었다.

그녀의 몸에서 내려온 도혁이 그녀를 꽉 끌어안았다. 쾌락의 여운을 품고 있는 몸을 안고 도혁이 시트를 끌어당겨 아직 한 몸처럼 얽혀 있는 몸을 덮었다.

그녀의 머리카락을 쓸어 넘기는 그의 손이 무척이나 다정했다. 그리고 그녀를 내려다보는 눈빛 역시 눈물이 날 정도로 부드러웠다.

"한서진, 이제 내게 여자는 너뿐이야."

서진의 입가에 미소가 떠올랐다. 소유욕을 드러내듯 그의 손이 그녀의 허릴 단단히 끌어안고 있었다. 서늘한 눈에 담긴 뜨거운 열기가 그녀를 들뜨게 했다. 하지만 또 한편으론 앞으로 시도 때도 없이 드러낼 그의 소유욕이 걱정되기도 했다. 그런 그녀의 마음을 아는지 모르는지 그가 그녀의 이마에 입술을 비벼왔다. 다정한 그 입맞춤 하나에 서진의 입가에 미소가 떠올랐다. 가슴을 촉촉이 적시는 따뜻함이 그녀를 노곤하게 했다. 어느새 밖은 어두워져 있었고, 두 사람은 격한 열정에 지친 듯 눈을 감았다. 그리곤 나른하고 기분 좋은 잠 속으로 빠져들었다.

창문을 통해 들어오는 햇살에 서진은 천천히 눈을 떴다. 나른한 느낌과 함께 기지개를 켜자, 몸 여기저기에서 비명을 질러대며 근육이 뻐근했다. 특히 허벅지와 수풀 속의 밀부의 입구는 다릴 움직일 때마다 맨살에 쓸려 아릿했다.

그제야 서진은 어젯밤 도혁과의 일을 떠올리며 얼굴을 붉혔다. 그리고 지금 그녀는 그의 침대에 누워 있었고, 그가 어젯밤 입고 있던 셔츠만 걸친 채란 사실도. 서둘러 상체를 일으켜 침대에 앉은 서진은 그녀의 옷과 속옷을 찾기 위해 두리번거렸다.

하지만 그가 벗겨내 침대 아래 던져 놓았던 그녀의 옷과 속옷이 보이지 않았다. 대신 침대 옆 탁자 위에 그녀가 어제 그녀의 옷장에서 보았던 진줏빛 잠옷이 단정하게 개어진 채 놓여 있었다. 그리고 레이스로 된 야한 속옷 역시.

"말도 안 돼. 나보고 저걸 입으라고?"

서진은 작게 한숨을 내쉬며 잠옷을 외면했다. 저 옷을 입느니, 차라리 그의 옷을 입고 있는 편이 더 나을 것 같았다. 하지만 팬티는 입어야 할 것 같았다. 움직일 때마다 자꾸만 맨살이 부딪혀 쓸리자 그 부분이 아릿한 아픔과 함께 묘하게 자극적이란 느낌이 들었다.

화끈! 서진은 얼굴이 뜨거워졌다. 그가 불러일으킨 쾌락에 예민하게 반응하는 자신의 몸이 낯설었다. 내 몸이 욕망을 밝히는 몸이었었나? 서진은 입고 있는 티셔츠를 밀고 올라온 유두를 보며 입술을 깨물었다.

서둘러 침대에서 내려온 서진이 욕실로 가기 위해 일어섰다. 하지만 그 순간, 문이 열리더니 쟁반 위에 주스와 빵을 든 도혁이 안으로 들어왔다. 그제야 서진은 어젯밤부터 아무것도 먹지 않고 있었다는 사실을 깨달았다.

"씻게?"

"아, 네."

이미 샤워를 했는지 머리카락이 젖어 있었다. 그리고 그에게선 청량한 스킨 냄새가 났다. 그 향에 서진은 또다시 입술을 깨물었다. 그녀의 몸에서도 같은 향이 났던 것이다. 밤새 그의 품에 안겨 잠들었던 터라, 그의 향에 흠뻑 물든 모양이었다.

"먹고 나서 씻도록 해."

도혁이 서진의 손을 잡아 다시 침대에 앉혔다. 그리곤 쟁반을 들고 그 역시 침대에 걸터앉은 후 주스 잔을 들어 그녀에게 건넸다.

"고마워요. 도혁 씬 안 먹나요?"

"난 벌써 먹었어. 그러니 어서 먹어."

그에게 주스 잔을 받아 든 서진이 신선한 과일 주스를 마셨다. 하지만 자꾸만 그녀를 바라보고 있는 그의 시선이 신경 쓰여 편하게 먹을 수 없었다. 서진이 빵을 집어 들며 분위기를 바꾸려는 듯 그에게 말을 건넸다.

"아침 먹은 후, 수첩을 좀 봤으면 하는데. 볼 수 있나요?"

"다 먹은 후 천천히 보도록 하지. 사실 그전에 할 일이 좀 있거든."

"할 일이요? 그게 뭔데요?"

서진의 눈동자가 호기심으로 빛나기 시작했다. 도혁의 증조할 아버님의 유품인 수첩도 보고 싶긴 했지만, 그것보다 더 중요한 일이 뭔지 궁금했던 것이다.

"어서 먹어. 먹은 후에 얘기할 테니까."

속을 알 수 없이 애매하게 답한 도혁이 빵을 들어 다시 서진에게 건넸다. 서진은 더 궁금해졌다. 대체 할 일이 뭐기에 저리도 뜸을 들이는지 궁금했다.

"다 먹었으니, 말해봐요. 할 일이란 게 대체 뭐죠?"

쟁반을 들어 탁자 위에 올려놓고 다시 침대로 걸어오는 도혁을 보며, 서진이 말했다. 그러자 또다시 도혁의 입가에 의미심장한 미소가 어렸다. 유난히 반짝이는 눈. 그리고 그 눈동자에 어린 열기는 분명……. 두근! 말도 안 돼!

"잠깐, 민도혁 씨! 하웃!"

그가 손을 뻗어 그녀의 가슴을 움켜쥐었던 것이다. 그러자 단단하게 솟아오른 유두가 부끄러움도 모르고 옷 위로 고갤 내밀고 있었다.

"벌써 단단해진 모양이군. 설마 이곳도……."

너무도 순식간이었다. 그가 손을 뻗어 그녀의 허벅지까지 내려온 그의 셔츠를 밀어 올리더니, 다리 사이의 수풀 속으로 쓰윽 들어왔던 것이다. 그리곤 천과 맨살에 쓸려 예민해진 내벽의 입구를 만지작거렸다.

"흐흣!"

움찔거리며 서진이 그의 손을 밀어내려 했다. 하지만 이미 그의 손끝은 축축하게 젖어 끈적이는 내벽의 입구를 자극하고 있었다. 순식간에 다시 침대에 눕혀졌다.

"흣, 벌써……."

툭! 서진이 손을 뻗어 베갤 집어 그에게 던졌다.

"그만해요. 여기서 한마디만 더 하면……."

그가 웃고 있었다. 너무도 달콤하고 매력적인 미소에 서진의 심장이 또다시 들썩였다.

"나 역시 원해. 널 갖는 것 외엔 아무것도 생각할 수 없을 만큼."

그가 그녀의 몸 위로 올라왔다. 하흣! 또다시 기대감과 나른한 쾌락에 서진의 입술에선 뜨거운 숨결이 새어 나왔다. 그녀의 허릴 타고 앉아 그가 옷을 벗기 시작했다. 그녀의 눈에 이미 단단하게 부풀어 오른 그의 일부가 들어왔다.

두근! 이젠 부끄러움도 없이 그녀의 몸이 그에게 반응했다. 붉어진 얼굴을 감출 수도 없었다. 햇살이 창문을 통해 눈부시게 빛나고 있었기 때문에 그녀의 얼굴에 나타난 표정이 고스란히 드러났다. 그리고 아침부터 두 사람은…….

밀어내야 했다. 수첩도 봐야 했고, 회중시계와 어제 박물관에서 그려왔던 수강태황제보도 봐야 했다.

"다른 생각하지 마."

도혁이 자신 외에 다른 생각을 하는 것은 용납하지 않겠다는 듯 서진을 날카롭게 쏘아보고는 그녀의 입술에 진한 키스를 퍼부었다. 그녀가 입고 있던 셔츠를 그녀의 머리 위로 벗겨내고는 그 역시 바지를 벗어 침대 아래로 떨어뜨렸다.

"흐흡!"

한 손으로 서진의 가슴을 꽉 그러쥔 도혁이 나머지 한 손으론 그녀의 허벅지 안쪽을 천천히 쓸어내렸다. 하흑! 이미 예민해진 수풀 속 입구가 떨리기 시작했다. 그리곤 그의 손가락을 흠뻑 적셔놓았다. 질척거리는 입구 안을 그의 손끝이 천천히 움직이며 자극했다. 애를 태우듯 느릿느릿 움직이는 그의 손길에 서진은 애가 탔다.

또다시 격렬한 욕망이 온몸에서 들끓기 시작했다. 뜨겁게 이는 열기에 서진은 거친 숨을 내쉬었다. 어느새 서진의 몸에서 옷이 떨어져 나갔다.

커튼도 치지 않은 햇살 아래, 그녀의 몸이 눈부시게 빛났다. 그가 기다릴 새도 없이 그녀의 깊숙한 곳까지 한 번에 들어왔다. 낭창낭창한 허리가 호를 그리며 휘는가 싶더니, 그를 깊숙이 받아들였다.

"하훗……!"

아름다운 두 육체가 한 몸인 듯 얽혀들었다. 날카로운 쾌락이 폭풍처럼 휘몰아쳤다. 부끄러움에 얼굴을 붉히던 서진 역시 그의 허리에 다릴 단단히 휘감고는 그의 움직임에 맞춰 격정으로 흔들리기 시작했다. 그의 바람처럼 서진은 아무것도 생각할 수 없었다. 오직 그녀를 가득 채우고 있는 그와 머릿속이 새하얗게 변할 만큼 지독한 쾌락 외엔.

〈1907년, 헤이그.〉

세경은 초조한 얼굴로 방 안을 서성였다. 2층 창문을 통해 집 앞 골목길이 한눈에 내려다보일 테지만, 섣부르게 창문 곁으로 갈 수 없는 상황이었다. 분명 골목길 귀퉁이에 그녀를 감시하고 있는 일본인이 서 있을 게 분명했던 것이다. 그렇게 손톱을 물어뜯으며 초조해하던 세경은 결국 방에 놓여 있던 이젤과 캔버스를 비롯한 화구(畫具)를 챙기기 시작했다. 언제나처럼 공원에서 지나가는 사람들에게 초상화를 그려주기 위해서였다.

사실 공원에서 그림을 그리며 돈을 받는 것은 어디까지나 그녀를 감시하고 있는 일본인의 시선을 피해 동지들과 연락을 위한 방편이었지만, 요즘처럼 감시가 삼엄해진 상황에선 더욱 연락이 절박했던 것이다. 그리고 며칠 동안 그가 돌아오지 않고 있었다.

설마? 일이 잘못된 걸까?

세경은 답답해 미칠 것 같았다. 당장에라도 그를 찾아 나서고 싶었지만, 신중하게 행동하지 않으면 오히려 그가 위험해질 수 있음을 잘 알고 있었다.

민국환. 세경은 그의 이름을 마음속으로 되뇌며 집을 나섰다. 헤이그에 온 지 3년 동안 그녀가 터득한 것이 있다면 그녀의 뒤를 따르는 감시자의 시선을 언제 어디서나 감지해 내는 능력이었다. 그녀와 함께 활동하는 동지들의 목숨까지 걸려 있는 위험한 상황에서 본능이란 무서울 정도로 발달했던 것이다.

그녀의 지정석이나 다름없는 공원 벤치에 이젤을 세웠다. 그리곤 캔버스를 이젤 위에 올려놓곤 화구가 들어 있던 나무 상자를 펼쳐 그림값을 놓을 수 있도록 발치 아래 내려놓았다. 모든 준비를 끝낸 세경은 목탄을 들어 빈 캔버스 위에 그림을 그리기 시작했다. 그러자 언제나 그렇듯 공원에 있던 네덜란드인들이 신비롭고 아름다운 동양인 유학생의 그림을 보기 위해 모여들기 시작했다.

쨍그랑!

어느새 비었던 화구 통 안에 동전이 쌓이기 시작했다. 해가 뉘엿뉘엿 지고 있었다. 목탄을 든 세경의 손끝이 떨리고 있었다. 오후 내내 벤치에 앉아 아무것도 먹지 못한 채 초상화를 그렸지만, 그녀가 기다리는 사람은 오지 않았다.

마지막 손님이 돌아간 후 세경은 주섬주섬 이젤과 화구를 챙겨 다시 집으로 돌아왔다. 어둑한 골목길을 따라 걷는 세경의 어깨가 유난히 지쳐 보였다. 그나마 다행인 것은 항상 그녀를 뒤쫓던 일본인 감시자가 오늘은 돌아갔다는 사실이었다.

세경은 떨리는 손끝으로 흘러내린 머리카락을 쓸어 올렸다. 메마르고 까칠한 입술 새로 작은 한숨이 새어 나왔다. 사흘 전 집을 나서던 국환은 분명 고종황제가 보낸 밀서를 받기 위해 항구에 다녀오겠다고 했었다. 그리고 그 밀서는 분명 만국평화회의에 참석하기 위해 온 헤이그의 특사 3인에게 전할 예정이었고. 하지만 아무리 기다려도 그는 돌아오지 않고 있었던 것이다.

설마…… 아니야. 그럴 리 없어.

고갤 가로저어 불길한 생각을 떨쳐 낸 세경이 걸음을 재촉했다. 어쩌면 그가 집에 돌아와 있을지도 몰랐던 것이다.

멈칫! 빠르게 움직이던 세경의 발걸음이 멈춰 섰다. 그리곤 어둑한 골목길을 쏘아보았다. 불빛이 흐린 가로 등불 아래 코트 깃을 세운 남자가 주머니 속에 손을 넣고는 초조한 듯 서 있었던 것이다. 이내 세경의 발이 움직이기 시작했다. 걷던 그녀가 어느새 뛰고 있었다.

"대체 왜 이제야……."

와락!

숨도 쉴 수 없을 만큼 강하게 국환이 세경을 끌어안았다. 순식간에 그의 품속으로 끌려들어 간 세경은 더는 원망의 말을 뱉어낼 수 없었다. 그의 입술이 세경의 입술을 막아버린 것이다. 그리곤 있는 힘껏 그녀의 입술을 빨아 당겼다. 아릿한 아픔이 밀려들었다. 하지만 그 아픔보다 세경을 놀라게 한 것은 지금 그녀가 국환과 첫 키스를 했다는 사실이었다.

물어뜯을 듯 세경의 입술을 헤집고 거칠게 휘감는 국환의 혀로 인해 그녀의 몸이 긴장으로 굳어졌다. 설레듯 달콤한 첫 키스가 아닌, 남자의 욕망이 고스란히 담긴 키스에 꼼짝도 할 수 없었다.

지금까지 손을 잡은 것이 다였다. 길을 걷다 스치는 손등의 감촉에 놀라 얼굴을 붉혔던 적은 있었다. 그리고 휘청이는 그녀를 붙잡아주었던 적도.

하지만 국환은 한 번도 이렇게 그의 감정을 내보인 적 없었다. 그녀의 시선을 피해 날아들던 그의 뜨거운 시선을 종종 느꼈지만, 세경 역시 그 시선을 외면해야 했다.

하지만 그런 그가 이성을 잃고 그녀를 끌어안고는 키스하고 있었다. 한 번도 상상도 해보지 못했던 그와의 키스. 세경은 꼼짝도 할 수 없었다. 그의 입술이 떨어지는가 싶더니, 그가 어느새 바닥에 떨어진 이젤과 화구상자를 집어 들었다. 그리곤 그녀의 손을 잡고 집으로 들어갔다.

현관으로 들어서자마자, 국환이 이젤과 화구 상자를 거칠게 바닥에 내려놓고는 2층으로 향했다.

"잠깐, 오라버니……."

미친 듯이 심장이 뛰고 있었다. 손목을 붙잡은 그의 손이 너무도 뜨거워 세경은 입술을 깨물었다. 계단을 오르던 국환이 그녀를 돌아보았다.

"거절은 안 돼."

낮지만 단호한 목소리였다. 잘생긴 국환의 얼굴에 잔뜩 그늘져 있었다. 분명한 건 지금 그에게 감당할 수 없는 커다란 일이 생겼다는 것이었다. 이성을 잃고 억지를 부릴 만큼.

"무슨 일이 있었군요."

세경의 눈동자가 안타까움에 흔들리는 것이 보였다. 그러자 국환은 세경을 애써 외면하며, 그녀의 손을 잡아끌었다. 그에게 이끌려 2층 침실로 가는 동안 세경은 그의 등을 바라보았다. 힘겹게 감정을 억누르고 있는 그를 보며 세경은 그를 위로해 주고 싶었다.

세경에게 혼인 전, 순결을 잃는다는 것은 죽음과도 같은 일이었지만, 그녀에게 국환은 목숨처럼 소중한 남자였다. 마음을 허락한 유일한 남자였다. 하지만…… 세경은 입술을 깨물었다.

"아무리 싫다고 해도…… 오늘 널 안을 거다."

마치 고집을 피우듯 국환이 다시 한 번 말했다. 그 역시 알고 있었다. 고국으로 돌아가면, 그에겐 약혼녀가 기다리고 있다는 것을. 집안끼리 이루어진 정략혼이지만, 거부할 수 없다는 것도. 하지만 지금 이 마음 역시 진심이었다. 그가 붙잡은 세경을 절대 놓아줄 수 없을 것 같았다. 특히 오늘은.

방으로 들어간 국환이 불도 켜지 않고 그녀를 벽으로 밀어붙였다. 그리곤 가슴에 꾹꾹 눌러 삼켜야만 했던 연정을 지독히도 농밀한 입맞춤으로 대신하기 시작했다. 세경은 거부하는 대신 그를 꼭 끌어안았다.

왜 이렇게 슬픈 걸까? 왜 이리 숨도 쉬지 못할 만큼 아린 걸까?

절망으로 흔들리는 그의 어깨가 안쓰러워 세경은 그를 꼭 끌어안았다. 그녀가 국환에게 해줄 수 있는 것은 이런 하찮은 위로밖에 없었으니까.

거칠게 파고드는 입술이 잠시 멈추는가 싶더니, 그의 등이 떨리기 시작했다. 울고 있다고 생각할 만큼 그가 몸을 경직시킨 채 감정을 통제하고 있었다.

"오라버니……."

그가 세경을 으스러질 듯 꽉 끌어안았다. 숨도 쉬지 못할 만큼 강하게. 그리곤 그녀를 침대 쪽으로 데리고 가더니 두 사람의 몸이 동시에 포개지듯 침대에 눕혀졌다.

두 사람의 무게를 못 이긴 침대가 흔들렸다. 순식간에 침대에 눕혀진 세경은 그녀의 몸을 내리누르는 그의 무게를 느꼈다. 하지만 국환은 움직이지 않았다. 그녀의 목덜미에 얼굴을 묻곤 거친 감정을 삼키고 있었다. 세경이 손을 뻗어 그의 등으로 팔을 둘렀다. 그리곤 위로하듯 그를 꽉 끌어안았다.

울음소리가 들린 것도 같았다. 한 번도 무너진 적 없는 당당한 어깨가 흔들리고 있었다. 그렇게 국환은 세경의 품에서 지독한 아픔을 견뎠다.

다음날, 헤이그의 신문엔 다음과 같은 기사가 실렸다.

─만민평화회의에 참석하기 위해 온 대한제국 고종의 특사, 이준 사망. 망국의 아픔에 가슴을 움켜잡다.

chapter 6

전주에서 돌아온 후, 일상은 빠르게 지나갔다. 그사이 몇 번이나 걸려온 정 여사의 전화로 서진은 주말이 아닌 평일에 성북동에 온 것이다. 하지만 정 여사는 재단 쪽에 급한 일이 생겼는지, 서진 혼자만 남겨두고 외출을 했다. 천안으로 돌아갈까도 생각했지만, 마침 내일 서울에서 약속이 잡혀 있던 터라 자고 가기로 마음을 바꾼 것이다.

달칵! 굳게 닫혀 있던 문이 열리자, 서진이 다락방으로 올라갔다. 벽 쪽으로 손을 뻗어 전등 스위치를 누르자, 캄캄했던 다락방이 순식간에 환해졌다.

10년간 굳게 닫혀 있던 다락방에선 먼지 냄새와 함께 오래도록 멈춰 있던 시간의 냄새가 났다. 어린 시절 즐겨 찾던 낡은 고서점에서 그리고 헤이그의 골동품점에서도 맡았던 그 익숙한 시간의 향기에 서진은 문득 그리움에 심장이 아려왔다.

　방 안을 천천히 눈으로 훑어 내리던 서진은 조심스럽게 한 발짝 다락방 안으로 들어섰다. 그러자 10년간 정지되어 있던 공기가 서서히 변하기 시작하더니, 어느새 서진은 가슴속에 켜켜이 쌓아놓았던 추억과 마주했다.

　본가에 온 후, 10년간 한 번도 열지 않았던 다락방의 문을 연 이유는 충동처럼 밀려들어 온 그리움 때문이었다. 10년 전 부모님의 갑작스러운 사고와 함께 이곳에 부모님의 사진과 추억이 담긴 물건들을 넣어둔 채 굳게 문을 걸어 잠갔던 것이다. 그리고 가능한 한 열어보지 않으려 노력했었다.

　이 집엔 자식과 며느리를 잃은 할머니와 그리고 부모님을 잃은 어린 여동생. 그날 이후, 한씨 집안의 가장이 되어야 했던 열일곱의 서진이 있었다. 아픔을 내색하지 못하고, 묵묵히 각자의 슬픔을 견뎌야 하는 가족이.

　하지만 왜였을까? 10년 동안 굳게 걸어 잠갔던 문을 열고 그동안 꺼내 볼 수 없었던 마음을 바라보게 된 이유가. 아마 그것은 그 어떤 것으로도 채울 수 없는 공허함이 채워지기 시작했기 때문이었다. 민도혁, 그에 의해서.

　서진은 가지런히 쌓아놓은 책 위에 걸터앉은 후 책장에 꽂혀 있는 사진첩을 꺼내 부모님과 함께 찍은 사진들을 하나하나 살펴보고 시작했다. 사락, 사락! 천천히 사진첩의 페이지가 넘어갔다. 그리고 그 안에서 여전히 행복한 모습으로 남아 있는 부모님을 보며, 서진의 입가에 아릿한 그림이 떠올랐다.

　사진첩을 넘기던 서진의 손이 어느 순간 멈췄다. 그리곤 그중 사진 하나를 꺼내 유심히 바라보았다.

"이 사진은……."

사진 속엔 할아버지와 어린 서진이 있었다. 그리고 벽엔 그림이 걸려 있는 것으로 보아, 아마도 그녀의 나이 7살 때 할아버지와 처음 간 미술전시회에서 함께 찍은 사진인 모양이었다.

"분명 민 화백님의 전시회였던 것 같은데…… 어디 다른 사진은 더 없는 건가?"

서진의 손이 분주히 움직였다. 하지만 사진첩을 모두 찾아보았지만, 이 사진 한 장외엔 없는 것 같았다. 아쉬운 마음에 서진은 사진을 물끄러미 바라보았다. 그러다 문득, 그날 할아버지의 기분이 좋지 않았다는 것을 깨달았다. 언제나 인자하게 웃던 할아버지는 전시회를 가는 내내 화가 난 듯 차갑게 굳은 얼굴로 서진의 손을 붙잡고 있었던 것이다.

잠깐 그러고 보니 그날 무슨 일이 있었던 것 같았다. 자세히 기억나지 않았지만, 할아버지는 종이 가방 안에 보자기로 싼 상자를 넣어 가지고 갔었다. 그리고…….

"뭐였지? 그날, 분명 할아버지께서 하신 말씀이 있었는데. 그게 뭐였더라? 절대 잊어선 안 된다고…….."

서진은 미간을 잔뜩 찡그리고 그날 일을 떠올리려 했다. 하지만 당시 7세였던 그녀가 그날의 일을 모두 기억하기엔 20년이란 시간은 너무 오래였다. 서진은 사진을 다시 사진첩에 넣고는 자리에서 일어섰다. 그리곤 사진첩을 원래 있던 자리로 돌려놓기 위해 책꽂이 쪽으로 손을 뻗었다.

"언니, 여기 있는 거야?"

그때 다락 아래서 연서의 목소리가 들려왔다. 그러자 서진이 문 쪽으로 고갤 돌린 후, 큰 소리로 대답했다.

"응, 다락방에……. 어, 이런……."

투둑, 와르르르!

순간 손에서 미끄러진 사진첩이 바닥으로 떨어졌다. 그러자 불빛 아래 책 위에 쌓여 있던 뿌연 먼지가 안개처럼 일었다. 그리고 그 장면이 너무도 익숙해 서진은 피식 웃음을 터뜨렸다. 이번엔 연서가 부르는 소리에 놀라 쌓여 있던 책을 무너뜨린 것이지만, 그날 헤이그의 골동품점에선 특별한 그림을 발견했기 때문이었다.

문득 서진은 그녀가 발견해 도혁에게 주었던 그림을 떠올렸다. 100년 전 헤이그의 운하 앞에 서 있던 동양인 여성. 그리고 그녀의 손에 들린 회중시계. 분명 그 그림 역시 특별한 인연이 있는 그림이었던 게 분명했다. 그럼 다음엔, 수첩과 함께 그 그림 역시 봐야겠다고 서진은 생각했다.

"언니, 여긴 왜 왔어? 찾는 물건이라도 있는 거야?"

어느새 계단을 올라와 다락으로 얼굴을 불쑥 내민 연서가 어리둥절한 얼굴을 했다.

"갑자기 잊고 있었던 게 생각나서. 그러는 너는 왜 이렇게 일찍 들어왔어? 최현우 씨랑 만난 것 아니었어?"

서진은 연서를 보는 대신 허릴 숙여 무너져 내린 책과 상자들을 들어 다시 차곡차곡 책장 위에 쌓으며 대답했다.

"당연히 만났지. 그런데 할머니가 전화해선, 언니 집에 왔으니까 얼른 들어가라고 하잖아. 그나저나 오늘 목요일인데 서울엔 웬

일이야?"

"아, 내일 서울에서 약속이 있거든. 그리고 찾을 자료도 있고 해서, 겸사겸사 오늘 올라온 거야."

"서울에서 약속이? 누군데? 설마, 경원그룹 진일헌 씨를 만나는 건 아니지?"

"아니야. 그리고 진일헌 씬 이미 지난주에 만났어. 지금은 유럽 출장 중이라고 알고 있고."

"뭐야? 벌써, 만났어?"

연서가 조금 놀란 얼굴로 서진을 바라보았다. 일헌을 벌써 만나다니, 전혀 예상치 못했던 모양이었다. 그리고 조금은 실망한 표정이기도 했다. 연서는 당연히 일헌이 아니라, 민도혁이란 남자를 만났을 것으로 생각했던 것이다.

"응."

물건을 정리하느라, 연서의 실망한 얼굴을 보지 못한 서진은 별일 아니라는 듯 말했다. 바닥에 떨어진 책들을 어느 정도 제자리 옮긴 후 서진이 자리에서 일어섰다. 그러다 문득 책들 사이에서 낡은 나무 상자가 눈에 들어왔다.

뭐지? 서진은 손을 뻗어 책을 치웠다. 그러자 책에 가려져 있던 나무 상자가 모습을 드러냈다. 나무로 된 상자 위엔 흐릿하지만, 거북 문양이 그려져 있었다.

이게 대체 뭐지?

호기심에 나무 상자 위에 쌓인 먼지를 쓸어 내리던 순간, 서진은 연서의 말에 멈칫 움직임을 멈췄다.

"그럼, 그 사람은 안 만났어? 민도혁 씨 말이야."

연서 역시 서진이 긴장하고 있다는 것을 눈치챈 듯 더 집요하게 묻기 시작했다.

"만났지? 혹시 주말에 전주에 함께 간 것 아냐?"

그저 넘겨짚은 것이겠지만, 귓불이 뜨거워지려 했다. 서진은 최대한 담담한 얼굴로 상자를 집어 들곤 일어섰다. 눈을 빛내고 있는 연서의 눈에서 벗어나기 위해선 피하는 방법밖에 없었던 것이다.

"그런 것 아냐. 어서 내려가자. 할머니 오실 시간 다 된 것 같으니까."

상자를 아무 곳에나 밀어 넣고는 다락방의 입구로 걸음을 옮겼다. 서진이 방을 나서려 하자, 연서 역시 계단을 내려가 서진이 방에서 나올 수 있도록 자릴 만들어주었다. 불을 끄고, 다시 다락방 문을 닫은 서진이 계단을 내려왔다.

"언니, 말 좀 해봐. 민도혁 씬 어떤 사람이야?"

"나도 몰라. 그런데 넌, 왜 민도혁 씨에게 관심 두는 건데?"

"서늘한 냉미남에 카리스마까지. 완벽해. 그런데 왜 몰라?"

연서가 조금은 놀란 눈으로 서진을 바라보았다. 사실 서진 역시 놀라고 있었다. 그를 사랑하게 되고, 또 가장 내밀한 부분까지 소유하게 되었지만, 그에 대해 아는 것이 아무것도 없다는 사실에.

하지만 그가 회사를 경영하는 기업인이고, 최고의 교육을 받은 엘리트라는 것은 알 수 있었다. 그리고 함께 있는 동안 그에 대해 물어볼 기회는 여러 번 있었지만, 한시도 떨어지지 않고 그녀를 만지작거리는 그의 손길에 10분 이상 진지한 대화를 할 수 없었던 것이다.

그는 지독한 허기에 굶주린 맹수 같았다. 그녀를 붙잡은 그는 좀처럼 놓아주지 않았다. 집요하게 그녀를 탐했고, 뜨거운 열정으로 그녀를 소유했다. 끝없이 계속될 것 같은 지독한 욕망이었다.

"그러니까 말이야."

"가끔 언니를 보면, 그런 쪽으론 헛똑똑이라니까. 당연히 물어봤어야지."

"이제부터 알아봐야지. 시간은 많으니까."

"관심이 전혀 없는 건 아니었네. 그런데 두 사람, 어디서 만난 거야?"

사실 연서는 그것이 가장 궁금했다. 그동안 서진에게 남자가 생겼을 것이라곤 전혀 생각도 하지 못했던 것이다. 그런데 카리스마 작렬에 심장이 쿵 내려앉을 정도로 멋진 남자를 숨겨놓고 있었다니. 그러면서 또 맞선까지.

"헤이그에서 우연히 만났어."

서진은 연서의 말에 웃음이 나오려 했다. 관심 정도가 아니었다. 지금 이 순간에도 서진은 도혁을 생각하고 있었으니까.

"혜영이 언니한테 갔을 때 만난 거야?"

"응, 우연하게 잠깐. 하지만 그것뿐이었어. 그 사람이 갑자기 한국으로 돌아갔거든. 그러다 S호텔에서 현우 씨랑 만났을 때, 다시 만난 거야."

"말도 안 돼. 언니, 여행지에서 만났던 사람을 한국에서 다시 만날 수 있는 확률이 얼마쯤 된다고 생각해?"

"그러게 얼마나 될까?"

"1%. 어쩌면 더 낮을지도 모르지."

확신에 찬 듯 고갤 끄덕이는 연서를 보며, 서진 역시 그렇게 생각했다.

"그렇겠지?"

"응. 그러니까 할머니와 나랑 상관없이 언니 마음이 가는 곳으로 가면 돼. 무슨 말인지 알지?"

언제 이렇게 커버린 것일까? 언제나 그녀의 손을 잡고 뒤에 숨어 있던 연서가 그녀에게 자신이 원하는 길을 가라고 말하고 있었다.

"알았으니까, 네 얘기 좀 해봐. 할머니껜 언제 말씀드릴 생각이야?"

"조만간 말해야지. 그런데 언닌 내일 바로 천안으로 내려갈 거야?"

"응, 주말에 박물관에 나가봐야 해. 팀장님께 보고서도 제출해야 하고."

"쳇, 천안에 내려가더니 완전 그쪽 사람이 된 모양이네. 현우 선배랑 언제 한번 내려갈게."

"그래, 같이 와."

서진이 미닫이문을 열고 마당을 내다보았다. 할머니 정 여사가 오는지 살피기 위해서였다.

"할머니께서 늦으시네. 전화라도 한번 해봐야 하나?"

"하지 마! 오시면 분명 진일헌 씨랑 만났던 일만 캐물으실 거야. 언니, 그 사람이랑 결혼할 맘 같은 건 전혀 없는 거지?"

"지난번에도 말했듯이 진일헌 씨를 만난 건, 성화재단 대표가 되어도 좋을 사람인지 보기 위해서야. 할머니께서도 합의한 사실이고."

"정말? 하지만 할머닌……."

완전 기대하는 눈치였다. 경원그룹 진일헌과 서진 언니가 결혼해 성화재단을 물려받을 것이라고 말이다.

"그러다 마실 테지. 이제 들어가자. 좀 쉬어야겠어."

서진의 말에 연서가 고갤 끄덕였다. 하지만 못내 걱정되는 모양이었다. 연서가 방으로 가자, 서진 역시 방으로 들어와 침대에 걸터앉았다. 그리곤 알람을 맞추기 위해 휴대폰을 집어 들었다. 그러다 도혁에게 걸려온 부재중 통화와 문자를 확인했다.

벌떡! 자리에서 일어난 서진은 의자에 놓여 있던 카디건을 집어들었다. 그리곤 조심스럽게 집을 빠져나왔다.

가로등 불빛을 따라 그림자 하나가 일렁였다. 그 모습에 도혁이 차에서 내린 후, 걸어오는 사람이 누군지 확인하기 위해 서성였다. 하지만 그의 바람과는 달리 골목길을 따라 걸어오는 사람은 서진이 아니었다.

순간 들떴던 마음이 다시 가라앉기 시작하더니, 도혁은 차에 기대 검은 하늘을 올려다보았다. 늦게까지 계속된 회의를 끝내고 사무실로 들어왔을 때, 서진에게 와 있는 메시지를 확인했다. 서울에 왔으니, 천안에 오지 말라는 내용이었다. 서둘러 시간을 확인해 보니, 벌써 2시간 전에 보낸 메시지였다.

서울에 왔다는 서진의 말에 왜 이리 들뜨는지. 도혁은 차에 기댔던 몸을 일으켜 세운 후 서진이 걸어올 도로를 응시했다. 또다시 가로등 불빛 아래로 검은 머리카락이 파도처럼 일렁이는 것이 보였다. 아직 등불에 비친 그림자일 뿐이었지만 그 그림자의 주인이 누군지 분명히 알 수 있었다. 어느새 도혁이 빠르게 움직이고 있었다.

골목길을 따라 걷던 서진은 성큼 눈앞에 나타난 도혁을 보곤 놀란 얼굴을 했다.

"많이 기다렸어요? 휴대폰을 방에 놓고, 연서랑 얘길 하느라 이제야 확인했어요. 열한 신데, 전활 받지 않으면 돌아가지 그랬어요. 정말 막무가내라니까."

물끄러미 자신을 내려다보고 있는 도혁을 보며, 서진이 미안한 얼굴을 했다. 그가 이 밤에 그녀를 찾아올 것이라곤 전혀 예상치 못했던 것이다.

"서진 씨가 서울에 있는데, 어떻게 그냥 있어. 이런 기회, 흔치 않을 텐데 말이야."

그를 보기 위해 서울에 온 것도 아니었다. 내일 약속 때문에 서울에 온 것뿐이었는데도, 그는 마치 그녀가 그를 만나기 위해 서울에 온 것처럼 기뻐하고 있었다. 서진이 손을 뻗어 도혁의 손을 붙잡았다. 얼마나 이렇게 기다린 걸까? 그의 손이 차가웠다.

"차 안에서 기다리지 그랬어요."

"차 안에 있었으니까 그런 얼굴 할 필요 없어. 우선, 충전!"

그가 서진을 끌어당겼다. 그의 품에 안긴 서진은 천천히 그의 가슴에 몸을 기댔다. 뺨에 닿는 단단한 가슴, 그리고 익숙한 그의 향기에 서진의 입가엔 어느새 미소가 떠올라 있었다. 그녀 역시 그가 그리웠던 것 같았다.

"민도혁 씬 뭐 하는 사람이에요?"

불쑥 꺼낸 질문에 도혁이 서진을 내려다보았다. 그리곤 이제야 그런 질문을 하느냐는 듯, 서진의 무심함에 혀를 내둘렀다.

"훗, 이제야 나한테 관심이 생긴 모양이군. 그럼 내일 내가 근무하는 회사로 오겠어? 아님, 내가 사는 집으로 와도 좋은데."

그의 장난스러운 대답에 서진이 그를 밀어냈다.

"그런 농담 재미없어요. 혼자 사는 것도 아닐 텐데, 집에 어떻게 가요."

곱게 눈을 흘기며 장난 그만하라는 듯 서진이 말하자, 도혁이 이내 진지한 표정을 했다. 그의 말을 장난으로 받아들인 그녀에게 무척이나 서운하다는 얼굴이었다.

"어머니랑 둘이 살고 있긴 하지. 하지만 집에 초대한다는 말은 농담이 아닌 진심이야. 아마, 어머니께서 좋아하실 거야."

서진이 도혁을 올려다보았다. 지금 그 말은 그녀를 그의 어머니에게 소개하고 싶다는 뜻을 내비치고 있었다. 어쩌면 너무 앞선 생각일지도 몰랐지만, 그 말은 마치…….

"나중에요. 좀 더 서로에 대해 알게 되면, 그때…….."

"얼마만큼 더 알아야 하는 거지?"

"그러니까 우선은 민도혁 씨가 뭘 하는 사람인지 알아야죠. 그리고 내가 어떤 사람이고, 뭘 좋아하는지. 내가 무슨 일을 하는 사람인지도 모르잖아요?"

서진의 말에 도혁이 진지한 얼굴로 그녀를 물끄러미 응시했다.

"그럼 한 서진 씬 무슨 일을 하는 사람이지?"

도혁의 질문에 서진은 잠시 망설였다. 전주행 기차 안에서 그를 다시 만나지 못할지도 모른다는 초조함이 사라지자, 그런 것쯤 천천히 알아가면 그뿐, 문득 중요하지 않다는 생각이 들었던 것이다.

"훗!"

"왜 웃지?"

"그냥, 내가 너무 조급했나 봐요. 갑자기 내가 민도혁 씨에 대해 아무것도 모른다고 생각하니까, 불안했는지도 모르겠어요. 사실 전주행 기차 안에서 이렇게 엇갈리다 보면, 다시 만나지 못할지도 모른다고 생각 했…… 어엇! 잠깐, 민도혁 씨!"

또다시 그의 품 안으로 끌어당겨졌다. 조금 전과는 달리 그녀를 당기는 강한 힘에 서진은 어리둥절했다. 도혁은 그녀의 목덜미에 얼굴을 묻었다. 그의 숨결이 그녀의 목덜미를 간질이며 만족스러운 한숨을 내쉬었다.

"내일 퇴근 시간에 맞춰 제일그룹 본사 건물로 와. 내가 뭐 하는 사람인지 직접 보여줄 테니까."

이제 불안해할 필요 없다는 듯 그녀를 안심시켰다.

"내일 ……이요?"

"응."

귓불을 스치는 그의 입김에 서진의 볼이 뜨거워졌다. 또다시 그의 향기에 담뿍 물든 서진은 손을 뻗어 그의 허리로 팔을 둘렀다. 그의 품에 안긴 채 서진은 안도감을 느꼈다. 민도혁이란 남자에게 보호받고 있다는 느낌이 싫지 않았다.

"늦었어요. 이제 돌아가야죠."

"조금만…… 조금만 더 이렇게 있다가."

그가 가기 싫다는 듯 그녀를 꽉 끌어안았다. 그러자 서진은 차가운 밤공기에 그가 감기에라도 걸리지 않을까 걱정이 되기 시작했다.

"그럼 차로 가요. 이렇게 서 있다간, 감기에 걸리지도 몰라요."

서진의 말에 도혁이 서진을 놓아주었다. 그리곤 그녀의 손목을 잡고는 그의 차로 걸어가기 시작했다. 운전석 옆자리에 서진을 태운 후, 도혁 역시 차에 올랐다. 그리곤 그가 그녀 쪽으로 고갤 숙이는가 싶더니, 그녀의 입술에 키스하려는 듯 코앞까지 다가왔다.

"잠깐, 아직 할 얘기가……."

그 순간 서진이 뭔가를 발견하곤, 말을 멈췄다. 그리곤 도혁의 등 뒤로 검은색 자동차가 골목 입구로 들어오는 것을 확인한 순간, 숨기라도 하려는 듯 몸을 움츠렸다. 그 차는 할머니 정 여사의 차였던 것이다.

서진이 손을 뻗어 그의 목덜미에 팔을 감았다. 그리곤 그녀 쪽으로 그를 바짝 끌어당겨 몸을 숨겼다. 하지만 서진의 행동을 다른 의미로 받아들인 도혁이 그녀의 입술에 키스를 해왔다. 그의 품에 안겨 그를 방패막이로 쓸 생각이었던 서진은 갑작스러운 키스에 심장이 팔딱거리기 시작했다.

"훗, 한서진!"

그의 입술이 잠시 떨어지는가 싶더니, 그의 입가에 의미심장한 미소가 떠올랐다. 평소와 달리 먼저 다가온 서진을 보자 도혁의 몸이 순식간에 뜨거워졌다. 이젠 그녀의 작은 행동 하나하나가 그에겐 커다란 영향을 미치게 된 것이다.

"잠깐, 도혁 씨! 그게 아니라…… 흐흡!"

더운 숨결을 뱉어내듯 도혁의 입술이 서진의 입술을 파고들었다. 순식간에 그녀의 입술을 열고 들어와 허기진 듯 도혁의 뜨거운 혀가 그녀의 혀를 강하게 빨아 당기기 시작하자, 서진은 당황하고 말았다. 정 여사의 눈을 피하려고 그의 목에 팔을 감은 건 사실이었지만 생각보다 농밀해진 키스로 그녀 역시 할머니의 눈에 띄지 말아야 한다는 것도 잊고 열중해 버린 것이다. 말캉하고 뜨거운 그 감촉에 아랫배가 뜨거워졌다. 후웃! 그녀가 시작한 열기였지만, 어느새 그가 불어넣은 뜨거운 열기에 심장이 뛰기 시작했다.

그의 손길이 티셔츠 속으로 파고들었다. 그리곤 속옷을 밀어 올린 그의 커다란 손이 부드럽고 풍만한 가슴을 욕심껏 그러쥐었다. 움켜쥔 손에 의해 새하얀 가슴 위의 유두가 예민하게 반응했다. 그의 두 손가락에 단단해진 정점을 비틀며 비비자 서진의 입술에선 야릇한 신음이 새어 나왔다.

그가 그녀의 붉은 혀를 휘감곤 힘껏 빨아 당겼다. 뒤엉킨 두 개의 혀가 열기를 품고 일렁였다. 아무리 가져도 부족했다. 그녀의 메시지를 받았을 땐, 얼굴만 보고 가자고 생각했었다. 하지만 어느새 들끓기 시작한 욕망으로 한 부분이 뻐근했다. 무섭도록 지독한 허기였다.

지금 멈추지 않는다면, 이곳이 주택가의 골목이란 사실도 잊은 채 차 안에서 그녀를 안아버릴 것 같았다. 촉촉하게 젖어 그의 남성을 빨아 당기는 그녀의 내벽이 얼마나 기분 좋은지 알고 있었기 때문에 더욱 그랬다.

"후우!"

어렵사리 그녀의 입술에서 입술을 떼어낸 도혁이 서진을 내려다보았다. 여전히 뜨거운 숨을 뱉어내는 그의 눈동자가 위험스럽게 빛나고 있었다. 서진 역시 느낄 수 있었다. 그가 지금 화마처럼 뜨거운 욕망을 참아내고 있다는 사실을. 순간 서진은 심장이 덜컥 내려앉았다. 그의 키스에 흠뻑 빠져 있느라, 어쩌면 할머니가 자신을 알아봤을지도 모른다는 생각이 들었던 것이다.

"가야겠어요."

도혁 역시 붙잡지 않았다. 서진이 문을 열고 밖으로 나가자, 그가 차에서 내렸다. 그리곤 자동차를 돌아 그녀에게 다가왔다. 손을 뻗어 입술에 묻은 그의 타액 역시 닦아주었다. 그의 손길에 서진의 가슴이 따뜻해졌다.

"약속 잊지 마."

고갤 끄덕인 서진이 아쉬운 듯 손을 놓지 못하는 도혁을 남겨둔 채 골목길을 따라 걸어가기 시작했다. 그리곤 집으로 들어가기 전, 대문 앞에 멈춰 선 후 도혁을 돌아보았다. 가로등 불빛 아래 그리운 듯 그가 서 있었다. 그를 향한 뜨거운 마음이 일렁였다.

서진은 그를 자세히 보기 위해 눈을 가늘게 뜨곤 그를 바라보았다. 그때, 뭔가 달라 보였다. 분명 가로등 아래 서 있는 남자는 도혁이었다. 하지만 서진은 그가 다른 사람처럼 느껴졌다. 아주 오래전에도 한 남자가 그녀를 저렇게 기다린 적이 있었던 것 같다.

어처구니없는 생각에 서진이 눈을 감았다가 떴다. 그러자 그녀가 알고 있는 민도혁이 서 있었다. 휴! 그제야 안도한 서진이 대문을 열고 들어갔다.

조금 전 머릿속을 스쳤던 생각은 대체 뭐였을까? 누구…… 였지?

❖

약속 장소인 민 화백의 집은 평창동에 있었다. 주인의 손길이 하나하나 느껴지는 정원을 지나 2층 건물의 저택으로 들어간 서진은 고용인에 의해 응접실로 안내되었다. 엔틱한 느낌의 가구는 물론, 고급스럽고 섬세한 형태의 장식품까지 정말 아름다운 집이었다. 하지만 서진의 눈길을 사로잡은 것은 고가의 가구와 장식품이 아니었다. 응접실 벽에 걸린, 그림. 분명 본 적이 있는 그림이었다. 민국환 화백의 전시회를 위해 만들어진 팸플릿에선 이 그림에 대한 소개는 전혀 없었다. 그렇다면 이 그림은 할아버지의 손을 잡고 미술 전시회에 갔을 때 본 그림이 분명했다.

사실 7살이던 서진의 눈에도 이 그림은 무척이나 충격이었다. 대부분이 유화로 그려진 풍경화였지만, 이 그림을 비롯해 4개의 작품은 강력한 색채와 분명하지 않은 형체가 어린 서진의 눈엔 신비롭게 보였던 것이다. 지금은 이 그림이 칸딘스키의 영향을 받은 추상화란 사실을 알고 있었지만, 7살 어린 소녀의 눈엔 특별한 형태의 퍼즐 조각처럼 느껴졌었다.

그리고 그 느낌은 지금도 마찬가지였다. 짙푸른 코발트빛 바다, 그리고 불어오는 바람에 흔들리는 검은 너울. 그 검은빛 너울은 마치 누군가의 죽음을 애도하듯 아릿했다. 그리고 너울 아래 여인의 옆얼굴 역시 슬픔이 가득 묻어 있는 것 같았다.

욱씬! 순간 서진은 온몸에 소름이 일었다. 너울 아래 마치 여인의 눈동자에서 눈물이 흐르고 있는 것처럼 느껴진 것이다. 그리고 둥근 원형의 물결. 처음엔 그 물결이 파도의 일렁임 정도로 여겨졌지만, 자세히 보니 반복되는 원형의 물결은 형상이 있었다. 그리고 그 형상은 매우 낯이 익었다. 분명, 분명……

"회중시계. 분명 이건……."

좀 더 가까이 그림이 있는 벽으로 걸어가려던 순간, 문이 열리고 인기척이 느껴졌다.

"갑자기 아들에게 전화가 걸려왔지 뭐예요. 손님을 이렇게 기다리게 하다니 미안해요."

서진이 입구 쪽으로 몸을 돌리자, 단아한 분위기의 중년 여성이 부드러운 미소를 지으며 서 있었다.

"아닙니다, 그렇지 않아도 그림을 보고 있었습니다."

박 여사가 조금 전 서진이 보고 있던 그림 쪽으로 고갤 돌렸다. 그리곤 이해할 수 있다는 듯 고갤 끄덕이곤 응접실 가운데 놓인 소파로 걸어왔다.

"증조할아버님 그림이죠. 아마 이 그림을 무척이나 소중하게 여기신 듯해요. 사실 비밀 화실에서 이 그림이 발견되었을 때, 이 작품 외에 4개의 작품이 따로 보관되어 있었다고 들었거든요. 자, 이쪽으로 와서 앉아요. 차를 준비했는데, 괜찮죠?"

"네, 감사합니다."

서진이 차분한 얼굴로 소파로 걸어왔다. 그리곤 그녀의 맞은편에 앉은 후 가방에서 명함을 꺼내 박 여사에게 건넸다. 박 여사는 서진이 건넨 명함을 유심히 바라보았다.

"한서진 씨군요."

고갤 들어 서진을 향해 웃는 박 여사의 모습은 50대 후반이라곤 믿을 수 없을 만큼 아름다웠다. 가녀린 몸에 단정한 원피스 차림의 박 여사는 말투에서 느껴지는 것처럼 온화한 성격과 우아한 분위기의 미인이었다.

"네, 권 팀장님 밑에서 일한 지 3개월 되었습니다. 뛰어난 분이셔서, 많이 배우고 있는 중이구요."

"지혜가 어렸을 때부터 똑 부러지긴 했지. 그나저나 한서진 씨 정말 미인이네요. 큐레이턴 모두 이렇게 미인들만 있는 건가요?"

박 여사가 서진을 보며 빙긋 웃었다. 그러자 서진이 수줍은 듯 고갤 숙였다.

"과찬이십니다. 하지만 권 팀장님께선 아름다운 외모만큼이나 일에서도 인정받고 계시니, 일부는 맞는 말일지도 모르겠습니다."

박 여사는 서진을 물끄러미 응시했다. 외모 면에선 서구적인 미인 스타일의 지혜보단, 서늘한 인상의 지적인 분위기에 서진이 훨씬 아름다웠다. 그리고 부드러운 목소리에 담긴 힘이 사람의 마음을 잡아끄는 묘한 매력이 있었다. 특히 흔들림 없이 바라보는 검은 눈동자가 박 여사에게 깊은 신뢰감을 주었고, 처음 본 사람이었지만 오랫동안 알아온 듯 묘하게 안심이 되었다.

"지혜 말이 전시회를 했으면 한다죠?"

"네. 광복 70주년을 맞아 알려지지 않은 항일 예술인들을 재조명하기 위한 특별 전시회를 기획 중입니다. 무엇보다 민국환 화백님께선 고종황제의 최측근으로 황제의 밀사였다고 알려졌기 때문에 이번 전시회를 통해 재조명을 받는다면……."

"그렇다고 하더군요. 20년 전 증조할아버님의 화실이 발견되었을 때, 주요 일간지와 매스컴에서 그 그림이 고종황제가 비밀리에 숨긴 보물을 찾는 열쇠라고 했었죠. 하지만 전 믿지 않아요. 소문일 뿐이었답니다. 왜냐하면, 증조할아버님께선 그 그림 외에 고종황제의 보물에 대한 그 어떤 유언도 남기지 않았거든요. 만약 정말 그 그림 속에 고종황제의 보물을 찾는 열쇠가 있다면, 그것에 관련해 유언장이라도, 아니, 힌트라도 남겼을 것으로 생각해요. 하지만 없었어요. 그저 소문일 뿐이었죠."

어느새 박 여사의 눈가가 그늘이 져 있었다. 그때의 일을 떠올리고 있는지, 미간 역시 잔뜩 찌푸려진 상태였다. 순간 서진은 지혜가 슬쩍 흘려보내듯 이야기했던 말이 떠올랐다. 20년 전 그림이 발견되었을 당시 가족들은 무척이나 힘든 시간을 보냈었다고.

"죄송합니다. 제가 떠올리고 싶지 않은 일을 떠올리게 한 모양입니다."

서진이 사과하자 박 여사가 이젠 다 지나간 일이라는 듯 고갤 가로저었다.

"그럴 것 없어요. 이젠 20년이나 지난 일인데요."

다 지나간 일이라고는 했지만, 박 여사의 표정은 그렇지 않았다. 마치 그때의 아픔이 고스란히 남아 있는 듯 무척이나 슬퍼 보였다. 어깨를 토닥이며 위로하고 싶어질 만큼.

"혹시 무슨 일이 있었는지 물어도 될까요?"

서진의 물음에 잠시 망설이던 박 여사가 고갤 끄덕이며 입을 열었다.

"사실 그때, 둘째를 임신 중이었죠. 하지만 그때 집에 도둑이 들었고, 난 유산을 했어요."

"아, 죄송합니다. 묻는 게 아니었는데. 아이를 잃은 아픔은 시간이 지나도 사라지지 않는 슬픔일 테니까요."

서진이 미안한 얼굴을 했다. 그러자 박 여사의 입가에 미소가 어렸다.

"아니에요. 얼마 동안은 힘들었지만, 내겐 또 아들이 있었으니까요. 아마 그 아이가 곁에 없었다면 견디기 힘들었을 거예요."

"따뜻한 성품을 지닌 아드님을 두신 모양이군요. 어머님의 아픔을 헤아릴 줄도 알고. 뿌듯하시겠어요."

"그래요. 참 든든하고 괜찮은 애죠. 사실 내 자식이라 그렇겠지만, 정말 어디 내놓아도 부끄럽지 않은 아들이에요. 하지만 일중독이라 걱정이에요. 그리고 가족 외에 다른 사람에겐 얼마나 차가운지, 그런 성격을 견디고 결혼까지 생각해 줄 여자가……."

그러다 박 여사가 말을 멈췄다. 그리곤 그녀의 말을 경청하고 있는 서진을 물끄러미 바라보더니, 다시 조심스럽게 입을 열었다.

"혹시 한서진 씨 애인 있나요?"

"네?"

"만약 애인이 없다면, 우리 아들 만나볼래요?"

박 여사의 뜻을 이해한 서진이 당혹스러운 얼굴을 했다. 하지만 차분한 얼굴로 박 여사를 바라보았다.

"예쁘게 봐주셔서 감사합니다. 하지만 지금 만나고 있는 사람이 있어서요."

"휴, 그렇겠죠? 이렇게 예쁘고 참한 서진 씰 남자들이 가만 놔둘 리 없지."

박 여사가 아쉬운 얼굴을 했다. 진심이었던 모양이었다.

그때 노크 소리와 함께 집에서 일하는 도우미 아주머니께서 찻잔이 놓인 쟁반을 들고 안으로 들어왔다. 그러자 서진은 안도했다.

"차 들어요."

"네, 감사합니다."

서진이 찻잔을 들어 차를 마시기 시작했다. 그윽한 홍차의 향이 긴장했던 마음을 서서히 누그러뜨려 주었다.

"사실 내 생각이긴 하지만, 증조할아버님의 그림과 남편의 그림을 기증할까 해요."

"기증이요?"

서진이 놀란 듯 찻잔을 내려놓고는 박 여사를 응시했다.

"사실 20년 전 전시회가 처음이자 마지막 전시회였답니다. 그리고 앞으로도 전시회를 할 생각은 없구요. 하지만 문득 내 생각만 하는 건 아닌가 하는 생각이 들어서요. 특히 증조할아버님의 그림은 미술사에서 중요한 자료일 텐데, 그것을 사장시키고 있는 건 아닌지, 죄책감이 들기 시작했거든요."

"하지만 민국환 화백님의 그림을 가치로 환산하면, 어마어마한 액수일 텐데. 괜찮으시겠습니까?"

"돈이 문제였다면, 벌써 경매에 내놓았겠죠."

서진은 박 여사의 말에 고갤 끄덕였다. 사실 이만한 저택에서 살 정도라면 돈에 구애를 받지는 않을 것이란 생각에서였다. 생각해 보니, 잘 알려지지 않았지만 민 화백의 집안은 한국에서 유명한 기업가 집안이란 소문이 있었던 것도 같았다.

"사실 좀 놀랐습니다. 기증이란 것이 쉽지 않은 선택이란 걸 알고 있으니까요. 그런 결심을 하신, 박 여사님이 존경스럽습니다."

서진의 눈동자에 존경심이 떠올라 있었다. 민국환과 민재영 화백의 그림은 수백억 원의 가치를 지닌 그림들이었다. 기증이란 말에 서진은 욕심이 났다. 프랑스의 루브르 박물관이나 오르세 미술관처럼 유명 화가의 그림을 소장할 수 있다는 생각에 심장이 뛰었다. 하지만 서진은 목까지 올라오는 말을 꾹 삼켰다. 그 누구보다 욕심이 났지만, 자신보다 훨씬 그림의 가치를 높여줄 큐레이터가 있을지도 모른다는 생각에서였다.

"그럼 박물관에 기증하기 전까지 시간이 좀 있겠군요. 그럼, 오늘 제가 드린 전시회 기획안도 살펴주십시오. 민 화백님 두 분의 그림을 기증 전에 마지막으로 박물관에서 전시하고 싶습니다."

서진이 가방에서 서류를 꺼내 박 여사에게 건넸다. 하지만 박 여사는 서류를 받는 대신 서진을 물끄러미 바라보았다. 분명 기증이란 말을 꺼내면 당연히 자신에게 맡기라고 설득할 줄 알았던 것이다. 하지만 서진은 그녀를 설득하는 대신, 마지막으로 두 사람의 그림을 박물관에 전시하고 싶다는 뜻을 비치고 있었다.

"왜죠? 왜 서진 씬 그림을 달라고 하지 않는 거죠?"

호기심에 박 여사의 눈동자가 빛나고 있었다.

"사실 욕심이 납니다. 하지만 제가 욕심내는 것보단, 박 여사님께서 두 화백님의 그림을 가장 가치 있게 만들어줄 곳을 찾는 것이 좋겠단 생각이 들어서요. 전, 기증 전에 박물관에 마지막으로 전시할 수 있다는 것만으로도 충분히 영광입니다."

서진의 대답을 듣고서야 박 여사가 서류를 받아 들었다. 그리곤 옆에 내려놓은 후, 만족스러운 미소를 지었다.

"아들과 상의를 해야겠지만, 결론이 나면 연락드리죠. 지혜도 있지만, 무엇보다 한서진 씨라면 믿고 맡겨도 괜찮을 것 같은 생각이 들거든."

이번엔 서진의 눈동자가 놀라움에 커졌다. 하지만 박 여사의 눈동자를 본 순간, 그녀가 지금 한 약속이 괜한 말이 아님을 알 수 있었다.

"맡겨주신다면, 최선을 다하겠습니다."

"사실 금고에 4개의 그림이 더 있답니다. 하지만 그 그림과 저기 벽에 걸린 그림은 기증 목록에서 빠질지도 모르겠어요. 아들 말이 그건 유품인 것 같다고 했거든요."

서진은 조금 전 그녀가 보았던 그림 쪽으로 시선을 돌렸다. 민국환 화백이 남긴 5개의 그림이라. 서진은 다시 한 번 벽에 걸린 그림을 보고 싶었다. 그리고 금고에 보관되고 있다는 4개의 그림 역시.

제일그룹 본사 건물로 들어간 서진은 1층 안내데스크로 향했다. 직원들을 위한 휴게시설로 꾸며진 제일그룹의 1층 라운지는 마치 호텔 내에 있을 법한 카페 분위기로 꾸며져 있어, 처음 방문한 서진에겐 무척이나 인상적인 모습이었다. 직원들의 복지가 잘 돼 있기로 소문이 난 그룹이었기 때문인지 자유로운 분위기 속에서 담소를 나누고 있는 사람들의 모습에서 여유로움이 느껴졌다.

"누구를 찾아오셨습니까?"

서진이 안내데스크 앞에 서자, 단정한 인상의 여직원이 서진을 향해 친절한 미소로 말을 걸어왔다.

"한서진입니다. 민도혁 씨를 만나러 왔습니다."

순간 여직원의 눈동자가 호기심으로 빛나는 것이 얼핏 보였다. 그리고 서진을 유심히 살피는 기색까지. 하지만 이내 환하게 웃으며, 왼쪽 엘리베이터를 가리켰다.

"왼쪽 전용 엘리베이터를 이용하십시오. 대표님께서 기다리고 계십니다."

대표님? 설마 도혁이 제일그룹의 대표였던 건가?

"아, 네."

서진이 직원이 알려준 엘리베이터로 걸어가자, 옆에 서 있던 보안요원이 그녀를 전용 엘리베이터 앞까지 안내했다. 엘리베이터에 탄 서진은 여전히 얼떨떨한 기분이었다. 성공한 기업인이란 느낌은 있었지만, 그가 제일그룹의 대표였다니. 직접 그녀의 눈으로 보지 않고는 믿기 힘들 것 같았다.

어느새 엘리베이터가 23층에 멈췄다. 문이 열리고 복도로 나온 서진은 잠시 걸음을 멈췄다. 마호가니로 만들어진 커다란 문에서 느껴지는 중압감에 서진은 주먹을 꼭 쥐었다. 잠시 망설이던 서진이 단호한 얼굴로 문으로 걸어갔다. 그리곤 손을 뻗어 노크하려는 순간, 벌컥 문이 열렸다.

그리곤 그가 서 있었다. 1층 안내데스크의 직원으로부터 연락을 받은 듯, 그녀를 내려다보며 웃고 있었다.

"왔군."

"아, 네."

서진이 긴장한 얼굴로 그를 올려다보았다. 묻고 싶은 말은 많았다. 하지만 그의 등 뒤로 비서들이 호기심 어린 눈빛을 본 순간 입을 다물었다. 이제야 1층 안내데스크의 여직원이 그녀를 유심히 살폈는지 조금은 알 수 있을 것 같았다.

대표의 여자. 아마, 젊고 잘생긴 제일그룹의 대표를 찾아온 여자에 대한 호기심이었던 것이다. 하지만 정작 도혁은 그런 호기심 어린 시선들은 눈에 들어오지 않은 모양이었다. 그녀가 그의 사무실에 왔다는 사실에 기분이 좋은 듯 서진의 손을 붙잡았다.

"들어와. 퇴근하려면 10분 정도 남았는데, 차라도 마실 텐가?"

"아니에요. 조금 전 마시고 왔어요."

"그래?"

평소보다 긴장한 서진을 도혁이 이상하다는 듯 내려다보았다. 그리곤 당황한 얼굴로 붙잡힌 손을 빼내려 하자, 왜 그러냐는 듯 미간을 찌푸렸다.

"왜? 바로 나갈까?"

"그게, 아니라. 이 손 좀, 놓고 들어가요."

서진이 입술을 깨물며 눈으로 두 사람을 호기심 어린 눈으로 바라보고 있는 비서들을 가리켰다. 그제야 서진이 당황한 이유를 안 도혁이 비서들을 향해 고갤 돌렸다.

"김 비서, 시간 되면 알아서 퇴근하도록 해."

"아, 네. 대표님!"

도혁의 말에 40대 초반처럼 보이는 여직원이 대답했다. 그러자 그 옆에 서 있던 세 명의 비서들 역시 고갤 숙이는 것이 보였다. 이제 됐지? 라는 표정으로 도혁은 서진의 손을 잡아끌었다. 아니,

이번엔 보란 듯이 그녀를 끌어당겨 한쪽 팔로 어깰 감싸 안기까지 했다.

그를 따라 사무실로 들어가는 동안 서진은 따가운 시선이 느껴졌다. 하지만 그녀는 최대한 담담한 표정으로 비서들을 향해 살짝 고갤 숙여 인사를 건넸다. 잠시 후 그의 사무실 안으로 들어간 서진은 문이 닫히자마자, 도혁에게 눈을 흘겼다. 문이 닫힌 후, 네 명의 비서들이 무슨 말을 할지 충분히 짐작할 수 있었던 것이다. 보스의 여자. 충분히 자극적이고 호기심이 동하는 화젯거리였다.

"놀란 모양이군."

"날 놀라게 하려고, 말 안 한 건 아니고요?"

서진이 차가운 얼굴로 쏘아붙이자, 도혁이 즐거운 듯 웃었다.

"그 어떤 일에도 눈 하나 깜박하지 않던 한서진이 놀란 얼굴을 하다니, 신기한데?"

"전, 하나도 즐겁지 않아요. 그러니 내가 더 놀라기 전에 숨기는 것이 있다면 어서 말하세요."

서진이 뾰족한 목소리로 대답하자, 도혁이 그녀의 손을 잡고는 창문 쪽으로 걸어갔다.

"먼저 이것부터 봐. 내가 가장 많은 시간을 보내는 곳이야. 그리고 가장 많이 바라보는 풍경이지. 한서진 씨한테 꼭 보여주고 싶었어."

서진은 커다란 통창으로 내려다보이는 서울을 바라보았다. 창문이 액자가 되어 서울의 모습이 거대한 풍경화처럼 담겨 있었다.

빽빽이 들어찬 건물 숲. 그리고 그 숲 사이로 보이는 거대한 물길. 한강의 모습까지. 그가 보내는 일상. 그리고 그의 눈동자에 담긴 가장 많은 풍경이 이곳이라고 생각하자, 서진은 눈앞에 펼쳐진 풍경을 가능한 한 세밀하게 눈 속에 담기 시작했다.

"그리고……."

그가 뒤에서 그녀의 허릴 감싸 안았다. 그녀의 등에 그의 단단한 가슴이 느껴졌고 그녀의 목덜미에 그의 숨결이 느껴졌다. 하아! 다정하게 그녀의 귓가를 속삭이는 목소리에 담뿍 묻어 있는 달콤함에 서진의 심장이 팔랑거렸다.

이곳은 완전한 그의 공간이었다. 그의 허락 없인 그 누구도 들어오지 못하는 그만의 공간에 서진이 들어와 있었다. 서진은 이젠 익숙해진 그의 향기에 예민해졌던 신경이 누그러짐을 느꼈다. 허릴 감싼 그의 손 위에 서진이 손을 올려놓았다. 그리곤 몸에 힘을 빼곤 그의 가슴에 등을 기대며, 이제 해가 지기 시작하는 서울의 모습을 바라보았다.

그녀가 몸을 기대자, 그녀의 허릴 감고 있는 그의 팔에 힘이 들어갔다. 허릴 조여오는 그의 힘에 온몸이 나른해졌다. 그가 바짝 그녀를 당겨 안자, 서진의 뺨에 그의 차가운 머리카락이 닿았다. 두근! 그의 숨결이 그녀의 뺨을 스쳤다. 서진은 이곳이 그의 사무실이란 사실도 잊은 채 자꾸만 두근거리는 심장 때문에 무척이나 당혹스러웠다. 바짝 마르기 시작한 입술을 혀로 축인 후 평소처럼 말하려 노력했지만, 자꾸만 몸속에 열기가 서리기 시작했다.

"그리고…… 또 뭐죠?"

하지만 입술을 통해 흘러나온 서진의 목소리가 떨리고 있었다. 도혁 역시 그것을 깨달은 듯 대답 대신 붉어진 그녀의 귓불을 입술로 쓸었다. 따뜻하고 촉촉한 입술이 예민한 귓불에 비벼지자,

서진의 입술 새로 놀란 신음이 새어 나왔다.

"흐흡!"

서진이 몸을 굳히며, 손으로 귓불을 감쌌다. 그러자 그의 입술이 귓불을 감싼 그녀의 손등에 무수히 많은 키스를 퍼붓기 시작했다.

"잠깐, 그만해요. 여긴 사무실이잖아요. 누가 들어오기라도 하면……."

"걱정 마. 내 허락 없인 아무도 들어오지 않을 테니까. 그리고 이미, 퇴근 시간이야."

서진은 조금 전 그의 사무실로 들어오기 전에 퇴근 시간이 되면, 가라고 했던 그의 말을 떠올렸다.

뭐야? 처음부터 이럴 생각이었던 것은 아니겠지?

다시 그녀의 손등에 키스하는 그를 보자, 무척이나 의심스러웠다.

"하지만 임원들이 서류를 들고 올지도…… 흡!"

그가 이로 그녀의 손등을 살짝 물었던 것이다. 놀란 서진이 귓불에서 손을 떼어냈다. 그러자 기다렸다는 듯 도혁의 입술이 서진의 귓불을 깨물었다. 허릴 단단히 감고 있던 그의 손이 위로 올라오더니 그녀의 가슴을 가득 움켜쥐었다.

움찔! 또다시 서진의 몸이 긴장으로 굳어졌다. 입술 새로 흘러나오려는 신음을 꾹 참아낸 그녀가 그의 손에서 벗어나기 위해 버둥거렸다.

"이러지 마요. 누가 오기라도 하면……."

"쉿!"

그의 목소리에 버둥거리던 서진이 움직임을 멈췄다. 그리곤 고개 들어 그를 올려다보았다. 놓아달라고 말하기 위해서였다. 하지만 서진은 그의 눈동자에 어린 열기를 본 순간, 그녀는 입술을 깨물었다. 해가 지기 시작한 사무실에 서 있는 그가, 심장이 아릴 만큼 섹시해 보였다. 이곳이 어딘지도 잊고 그를 넋을 잃고 바라볼 만큼. 뜨거운 그의 입술이 그녀의 귓불을 스치더니, 어느새 그녀의 입술을 천천히 쓸어내렸다.

　"내가 숨기고 있는 비밀이 하나 더 있는데, 궁금하지 않나?"

　습기를 머금은 뜨거운 숨결이 그녀의 입술을 간질였다. 서진의 열기로 바짝 말라 버린 입술은 그의 타액으로 서서히 젖어들기 시작했다.

　"그게, 뭔데요?"

　대답 대신 도혁은 떨리는 그녀의 입술을 간질이듯 조심조심 훑어 내렸다. 애를 태우듯 느릿느릿 움직이는 그의 입술에 서진 역시 서서히 뜨거워지고 있었다. 순간 서진은 자신의 대담함에 놀라고 있었다. 누가 들어올지도 모른다는 긴장감과 함께 그녀의 온몸을 휘감은 그의 열기에 몸이 반응하고 있었던 것이다.

　흥분과 떨림. 그리고 그 뒤에 찾아올 격한 쾌락. 서진은 마른침을 삼키며 최대한 침착해지려 했다. 하지만 도혁이 그녀를 돌려세웠다. 그러자 두 사람은 서로를 마주한 채 서 있었다.

　그가 그녀를 옆으로 밀자, 서진의 등이 벽에 가 닿았다. 순식간에 벽과 그의 몸 사이에 갇혀 버린 서진은 어찌해야 할지 망설이며, 그를 올려다보았다.

　"한서진!"

그가 입술로 그녀의 귓불을 쓸며 그녀의 이름을 불렀다. 후욱!
그러자 꽉 닫힌 서진의 입술 새로 억눌린 신음이 새어 나왔다. 단
단한 그의 몸이 그녀의 몸에 밀착되었다. 맞닿은 몸 위로 그의 움
직임이 느껴질 때마다 서진은 입술을 깨물었다. 그녀를 바라보는
그의 눈빛엔 노골적인 욕망이 담겨 있었던 것이다. 그 열기에 입
고 있는 블라우스 위로 단단해진 유두가 스치며 예민하게 반응했
고, 스커트 위로 단단해진 그의 일부가 느껴졌다.

설마 여기서…….

"사랑해, 한서진. 이것이 내가 숨기고 있던 마지막 비밀이야."

두근! 예상치 못한 고백에 서진의 눈동자가 커졌다. 심장 역시
미친 듯이 뛰고 있었고, 뜨겁게 일기 시작한 달콤하고 아릿한 감
각에 서진은 목구멍이 꽉 조여왔다. 사랑이란 단어가 이렇게 눈물
이 날 정도로 달콤하고 아린 감정이었단 사실을 서진은 새삼 깨닫
는 중이었다. 도혁이 그녀의 입술에 진한 키스를 퍼붓기 시작했
다. 놀라 벌어진 입술 새로 뜨거운 혀를 밀어 넣었다. 격정으로 거
칠어진 그의 손길이 스커트에서 블라우스 자락을 끄집어낸 후, 단
추를 풀어냈다. 그리곤 벌어진 블라우스 사이로 브래지어 안에 단
단하게 부풀어 오른 그녀의 가슴을 손으로 더듬어 꽉 그러쥐었다.

흐흡! 그의 입술에 단단히 결박당한 혀와 그의 손에 붙잡힌 채
파들파들 떨고 있는 유두. 서진은 등줄기를 타고 흐르는 날카로운
쾌락에 거친 신음을 삼켜야 했다. 타액으로 젖어 있는 입술이 닿
았다가 떨어지길 반복할 때마다 붉은 혀가 더욱 강하게 얽혀들었
다. 잠시의 떨어짐도 용납하지 않겠다는 듯 자석처럼 빨려들었다.
서진이 손을 뻗어 그의 목덜미에 팔을 둘렀다. 이젠 그녀의 몸은

그가 주는 쾌락에 너무도 빨리 반응하고 있었던 것이다.

그 사실이 무척이나 당혹스러웠고, 또 한편으로 설레고 있었다. 그의 공간에서 그에게 안긴다는 생각을 하자, 벌써 아랫배 안쪽이 꽉 조여들며 젖기 시작했다.

그리고…… 사랑해, 라는 단 한 마디에 그녀는 아무것도 생각할 수 없게 되었다. 뜨겁게 뛰는 심장과 그리고 그녀 역시 똑같은 마음만 있었다. 그렇게 서진은 그의 키스에 온몸으로 반응했다.

허리에 걸려 있던 치마가 너무도 쉽게 바닥으로 떨어졌다. 그리곤 그의 팔에 안겨 옮겨지는가 싶더니 어느새 서진은 그의 책상 위에 눕혀졌다. 잠시 그가 멀어지는가 싶더니, 달칵 소리와 함께 문이 잠기는 소리가 들려왔다. 그 소리에 서진은 눈을 감았다.

그녀에게 되돌아온 그가 그녀의 다리를 넓게 벌렸다. 그녀의 다리 사이에 자릴 잡은 그가 손을 뻗어 풀어 헤쳐진 블라우스를 밀어내곤 가슴을 가리고 있던 속옷을 밀어 올렸다. 그리곤 새하얀 가슴 위에 부풀어 오른 붉은 정점을 단번에 베어 물곤 강하게 빨아 당겼다. 그녀의 몸이 강한 쾌락에 들썩였다. 아랫배 안쪽이 자꾸만 수축하며 채워지지 않는 열기에 간질거리기 시작했다. 이미 수풀 속 밀부 안에선 달콤한 애액이 흘러나와 입고 있는 속옷을 흠뻑 적셔놓았다.

가슴을 쥐고 강하게 빨아 당기던 그가 손을 뻗어 그녀가 입고 있는 팬티스타킹과 속옷을 한꺼번에 끌어 내렸다. 다리 사이로 흘러내리는 속옷의 느낌이 평소보다 외설적으로 느껴지자, 서진은 얼굴을 붉혔다. 이곳에서, 그것도 그의 책상 위에 다릴 벌린 채 누워 그에게 안기게 되다니. 서진은 다신 그의 사무실에 발을 들여

놓지 못할 것 같았다.

그의 손길이 그녀의 밀부를 자극했다. 젖어 끈적이는 입구가 부끄러운 줄도 모르고 그의 손을 욕심껏 빨아 당겼다. 도혁은 애액으로 질척해진 입구의 안으로 손가락을 깊이 밀어 넣었다. 그러자 그녀의 허벅지가 긴장하는가 싶더니 어느새 그의 손을 받아들이며 꽉 조여왔다.

느릿느릿 내벽을 오가던 그의 손가락이 이번엔 입구를 감싸고 있는 꽃살을 문지르며 자극했다. 하흑! 짙게 묻어나는 열기와 함께 서진은 양손으로 얼굴을 가렸다. 쾌락으로 떨고 있는 얼굴을 그에게 보이고 싶지 않았던 것이다.

그가 벨트를 푸는 소리가 들려왔다. 서진은 사무실 안을 울리는 그 소리가 너무도 외설스럽다고 생각했다. 바질 벗은 그가 이번엔 손을 뻗어 책상에 누워 있는 그녀를 일으켜 세웠다. 그리곤 도혁이 그의 의자에 앉더니 그녀를 그의 다리 위로 걸터앉게 했다.

"아, 잠깐⋯⋯."

다리를 벌린 채로 그의 다리를 타고 앉은 자세가 된 서진은 당황해 의자에서 내려오려 했다. 하지만 도혁이 그녀를 힘주어 더욱 단단히 끌어안더니 단단히 발기된 그의 몸 위에 앉혔다.

흐흡! 잔뜩 흐트러진 차림으로 그의 몸 위를 타고 앉게 된 서진은 당혹감과 쾌락 사이에서 입술을 깨물었다. 그리곤 바로 코앞에 있는 그의 얼굴을 도저히 마주 볼 수 없어 자꾸만 고갤 숙이려 했다.

"날 봐."

그가 손을 뻗어 그녀의 턱을 붙잡곤 위로 올렸다. 턱에 닿는 그의 손이 너무도 뜨거웠다. 서진은 붉어진 얼굴을 들어 도혁을 보았다. 그녀의 눈동자에 그가 들어왔다. 조금 전까지 차갑고 세련된 분위기의 남자는 사라지고, 욕망으로 몸부림치는 맹수가 그녀를 삼킬 듯 바라보고 있었다.

"말해주겠나? 날, 어떻게 생각하는지."

그의 숨결이 뺨에 닿았다. 절박하게 느껴지는 그의 격한 숨결에 서진은 입술을 깨물었다. 그 역시 그녀의 마음을 입으로 듣고 싶은 듯했다. 그녀처럼.

"날…… 사랑하나?"

손끝이 떨리고 있었다. 서진이 그 떨리는 손을 뻗어 그의 어깨 위에 손을 올려놓았다. 그러자 그녀의 몸이 오롯이 그의 몸에 기대게 되었다. 그에게 몸을 싣자 벌어진 그녀의 다리가 더욱 넓게 벌어졌다. 그 공간을 이용해 그녀의 밀부를 자극하던 그의 남성이 그녀의 입구를 찾아 천천히 움직이는 것이 느껴졌다.

"사랑…… 해요."

신음처럼 달콤한 대답에 긴장으로 굳어 있던 도혁의 입가에 만족스러운 미소가 떠올랐다. 너무도 듣고 싶었던 말이었다. 도혁은 더는 참지 않았다. 어느새 그의 남성을 살짝 물고 있는 그녀의 입구 안으로 힘을 주어 밀고 들어가기 시작했다.

하훗! 그를 받아들이는 서진의 등이 활처럼 뒤로 휘었다. 그러자 도혁은 그녀가 더 쉽게 그를 받아들일 수 있도록 그녀의 허릴 붙잡고는 아래쪽으로 힘껏 끌어 내렸다. 스륵! 그녀의 다리가 더 벌어지며 그가 그녀의 내벽을 가르며 안으로 들어갔다. 꼭 다문 그녀의 입술 사이로 억눌린 신음이 새어 나왔다. 그녀의 숨결 역시 더욱 거칠어졌고, 그의 남성을 품은 그녀가 날카로운 쾌락에 허릴 비틀었다. 그로 꽉 채워진 내벽 안이 움찔움찔 수축하며 점액질의 질척한 애액을 토해냈다.

"하아!"

그의 입술에서도 밀려드는 쾌락에 격한 신음이 새어 나왔다. 그의 남성이 뿌리 끝까지 그녀의 안으로 들어가자 그녀의 내벽이 끈적한 애액을 흘리며 그를 꽉 조여왔다. 두 사람 모두 동시에 격한 숨을 삼켰다. 미칠 것 같은 쾌락에 등줄기에선 땀이 배어 나왔다.

한순간 이성을 잃고 미친 듯이 폭주해 버리려는 본능을 내리누르느라 도혁은 뜨거운 숨을 삼켜야 했다. 사실 그의 사무실 안에서 그녀를 안을 생각은 없었다. 그의 공간을 그녀에게 보여주고 싶었다. 그리고 자신이 누구인지, 어떤 일을 하는지 알려줄 생각이었다.

하지만 그의 공간에 그녀가 들어왔다고 생각한 순간 도혁의 몸속에 잠들어 있던 맹수의 본능이 깨어나기 시작했다. 그의 영역에서 그녀를 완벽하게 소유하고 싶어졌다. 오늘 이후로 사무실에 오면 책상에 놓인 서류보다 그를 품고 쾌락이 허릴 비트는 관능적인 모습의 서진을 떠올리며 지독한 욕망을 삼켜야 할 테지만, 그것 역시 또 다른 즐거움일 뿐이었다.

서진이 격한 신음을 흘리며 그의 목에 팔을 감고는 바짝 안겨들었다. 그러자 그녀의 부푼 가슴이 그의 와이셔츠에 밀착되었다. 예민해진 붉은 유두가 그의 옷에 닿을 때마다 야릇하게 모양을 바꾸며 흔들렸다.

흐읍! 서진은 입술을 깨물며 다시 신음을 삼켰다. 사실 도혁의 사무실은 방음이 잘되어 있었기 때문에 두 사람의 몸이 얽힐 때마다 나는 짙고 야릇한 신음이 밖으로 새어나갈 리 없었지만, 그 사실을 전혀 모르는 서진은 자신의 신음이 밖으로 새어나가지 않게하려고 입술을 깨물었던 것이다.

그가 그녀의 허릴 들어 올렸다가 다시 강한 힘으로 아래로 끌어내렸다. 그러자 그녀의 엉덩이가 움직일 때마다 그녀의 안에서 요동치듯 움직이는 그가 서서히 진퇴를 거듭하기 시작했다.

"이제 네가 움직여 봐."

그의 말에 서진이 입술을 깨물었다. 그의 허릴 타고 앉아 그의 위에서 움직일 생각을 하자 얼굴이 뜨거워졌다. 하지만 묘하게 설레기도 했다. 그를 정복하고 소유했다는 쾌감에 평소보다 더 들뜨기 시작했다. 그리고 더욱 깊숙이 그녀의 안을 채우고 있는 그의 남성 때문에 아랫배가 자꾸만 움찔움찔 조여들었다. 어쩌면 이 자세가 여자에겐 더 많은 쾌락을 주는 것 같았다. 그녀가 쾌락만을 위해 온전히 움직일 수 있는 자세였다.

"어서. 날 가져 봐. 네 것으로 만들어봐."

달콤한 유혹이었다. 그를 소유한다는 말에 서진이 천천히 엉덩이를 움직이기 시작했다. 그의 어깨에 손을 올려 균형을 잡은 후 엉덩이를 위로 들어 올렸다가 천천히 아래로 내려앉았다. 그러자 내벽의 무수히 많은 주름이 그녀의 움직임에 맞춰 쓸려 내렸다.

"흐읍!"

또다시 밀려드는 쾌락에 진한 신음을 뱉어내던 서진이 등을 뒤로 휘었다. 이번엔 조금 더 빠르고 강하게 움직였다. 그녀가 움직일 때마다 애액으로 젖은 내벽에선 질척거리며 내는 마찰음이 연

신 새어 나왔고, 땀으로 젖은 두 육체가 닿았다 떨어질 때마다 야
릇한 소리가 들려왔다. 생각보다 큰 소리에 서진이 움직임을 멈췄
다. 움직임이 거듭될수록 입술 새로 흘러나오는 신음 역시 도저히
참아낼 자신이 없었던 것이다.

"안 되겠어요. 누가 오기라도 하면……."

당황한 서진이 그의 몸 위에서 내려오려 했다. 그러자 도혁이
그녀의 엉덩이를 두 손으로 단단히 붙든 뒤 그녀를 안심시켰다.

"걱정 마. 여긴 방음이 되어 있어서, 밖에선 그 어떤 소리도 듣
지 못해. 그러니 느끼는 대로 소리쳐도 돼."

그 말을 시작으로 의자에 앉아 서로를 마주 본 채 두 육체가 격
정적으로 흔들렸다. 서진은 흘러나오던 뜨거운 신음을 더는 삼키
지 않았다. 그리고 두 육체가 하나가 되어 흔들릴 때마다 은밀하
게 흘러나오는 소리 역시 신경 쓰지 않았다. 한 몸인 듯 몸을 이은
채 서로의 격한 움직임에 맞춰 서진의 등이 야릇한 각도로 휘길
반복했다.

"하학! 아흑, 하악……."

이젠 아랫배에 힘을 주지 않아도 그녀의 내벽이 안으로 파고드
는 남성을 휘감곤 미친 듯이 빨아 당겼다. 젖은 입술 새로 새어 나
오는 뜨거운 숨결. 서진의 몸이 위아래로 움직일 때마다 그녀의
풍만한 가슴이 도혁을 유혹하듯 흔들렸다.

그가 눈앞에서 흔들리는 가슴을 덥석 베어 물었다. 그리곤 혀로
단단하게 일어선 돌기를 쓸어내리며 자극하기 시작했다. 하흣! 그
의 애무에 그녀의 어깨가 크게 흔들렸다. 어느새 배어 나온 땀방
울이 두 사람의 몸이 닿았다가 떨어질 때마다 끈적한 여운을 만들

어냈다.

격한 열정에 몸부림치며 위아래로 흔들리던 그녀의 몸을 그가 강하게 붙잡았다. 그 역시 더는 참을 수 없다는 듯 그녀를 다시 책상 위에 눕힌 후 강한 힘으로 허릴 움직여 그녀의 안으로 파고들었다.

순식간에 그녀의 몸이 활처럼 위험스럽게 휘었다. 그리곤 그의 허리에 단단히 다릴 감고는 미친 듯이 그를 꽉 조이기 시작했다.

"으윽, 한서진……. 그렇게 조이면…… 윽!"

억눌린 신음과 함께 도혁의 몸이 긴장으로 굳어지는 것이 느껴졌다. 지독한 쾌락에 불덩이처럼 단단해진 그의 남성이 폭주하려했다. 격정을 이기지 못하고 빠르게 그가 움직이기 시작했다. 쾌락으로 질척해진 그녀의 내벽을 그의 남성이 연신 찔러댔다.

강렬한 쾌감에 서진의 눈동자에 눈물이 어렸다. 온몸이 떨리기 시작했다. 쾌락에 젖어 흘러나오는 신음 역시 흐느낌으로 변해 있었다.

"하학……!"

짙은 교성을 흘리며 내벽 깊숙이 파고들어 온 남성을 꽉 붙들었다. 그리곤 한순간에 찾아온 거친 쾌락에 모든 것이 부서지기 시작했다. 도혁 역시 그녀가 주는 날카로운 쾌락에 경련하듯 몸을 비튼 후 그의 모든 열정을 쏟아내기 시작했다. 그리고 잠시 후 사무실 안엔 남녀가 뱉어내는 거친 숨소리만이 가득했다.

어둑해지는 사무실의 창문 사이로 도시의 네온사인이 검은 하늘의 별처럼 하나둘씩 켜지기 시작했다. 아득한 쾌락에 몸을 떨던 서진의 몸을 끌어안고 다시 의자에 앉았다. 그러자 아직 서로의 몸 안에 뿌리를 내리고 있던 육체가 다시 뜨거워지기 시작했다.

"하흑……!"

또다시 시작된 격정으로 서진의 입술을 통해 흐느낌이 새어 나왔다. 다신 그녀를 놓아주지 않겠다는 듯 도혁이 그녀의 몸을 단단히 붙잡곤 다시 움직이기 시작했다. 이미 쾌락으로 예민해졌던 서진의 몸이 순식간에 다시 뜨거워졌다. 격정. 서진은 격정에 몸을 맡기며 생각했다.

사랑한다. 사랑한다.

민도혁은…….

한서진은…… 사랑한다.

우연한 만남이 사랑이 되는 데 필요한 시간은…… 온전히 마음을 마주한 지금.

❖

포근하고 따뜻한 침대에서 눈을 뜬 서진은 그녀의 허리에 팔을 감고 자고 있는 도혁을 내려다보았다. 잠을 자는 동안 단정하던 머리카락이 그의 이마 위로 내려와 있었다. 그러자 짙은 눈썹과 서늘한 그의 눈매가 한껏 부드럽게 보였다.

창문 사이로 들어온 햇살이 조각처럼 완벽한 도혁의 얼굴을 쓸어내리고 있었다. 서진은 조심스럽게 손을 뻗어 그의 뺨을 손으로 쓰다듬었다. 이제 완전히 그녀의 것인 도혁을 햇살이 어루만지는 것조차 마음에 들지 않았던 것이다.

서진은 가슴 가득 밀려드는 소유욕에 놀라고 있었다. 그리고 어젯밤 사무실에서 그녀를 가득 채우며 사랑한다고 속삭이던 그의 고백 역시 떠오르자 심장이 아릿해졌다.

불도 켜지 않는 어두운 사무실에서 그에게 안긴 후 서진은 나른한 쾌감에 온몸이 노곤해진 채 그의 품에 안겨 있었다. 그렇게 서로의 숨결이 잦아들자, 바닥에 아무렇게나 떨어져 있는 옷과 구두를 챙겨온 도혁이 지친 그녀의 몸에 입혀줄 때까지도 서진은 손 하나 까딱할 힘도 없었다.

그의 손에 이끌려 사무실을 나온 서진은 전용 엘리베이터를 타고 바로 그의 차가 주차되어 있는 지하주차장으로 내려왔다. 그의 차에 몸을 싣고 천안으로 내려오는 동안, 서진은 전용 엘리베이터가 있다는 사실이 얼마나 감사했는지 몰랐다. 누군가와 마주쳤다면, 두 사람이 사무실에서 무엇을 했는지 알아챘을 게 분명했으니까. 그리고 자신의 대범함에 또 한 번 입술을 깨물어야 했다.

천안으로 오는 동안 도혁은 예약해 놓았던 레스토랑에 전화해 예약을 취소했다. 그리곤 고속도로를 빠져나와 가장 가까운 식당에서 차를 멈춘 후, 음식을 포장해 돌아왔다. 서진의 집에 도착해 샤워한 후, 조금 차가워진 음식을 데워 함께 먹는 동안에도 두 사람은 말이 없었다. 조용하게 흐르는 침묵 속에서 도혁은 말 대신 서진의 손을 여러 번 쓰다듬었고, 또 기쁨으로 마음이 흘러넘칠 때마다 그녀를 끌어안은 후 입을 맞췄다.

계속되는 그와의 스킨십에 서진은 편안함을 느꼈다. 야릇하고 머릿속이 새하얗게 변할 정도로 지독한 쾌락 역시 좋았지만, 따뜻한 애정이 느껴지는 포옹 역시 그녀의 심장을 따뜻하게 적셔놓던 것이다.

늦은 저녁을 먹은 후 서로의 품에 안겨 텔레비전을 보았다. 사실 내용은 하나도 기억나지 않았다. 그가 눕자, 2인용 소파가 가득 차 긴 다리가 밖으로 빠져나가 불편했을 텐데도, 도혁은 그 작은 소파에 누워 그녀를 꼭 끌어안았다. 따뜻한 감촉과 조용히 오르내리는 심장의 움직임에 귀를 기울이며 서로의 목덜미에 얼굴을 묻었다. 그렇게 두 사람 조용하고 평화롭게 흘러가는 시간을 즐기고 있었다.

그건 도혁 역시 마찬가지인 것 같았다. 그의 긴 손가락이 그녀의 머리카락을 가지고 장난치듯 움직이고 있었고, 시선 역시 텔레비전이 아니라 그녀의 얼굴에 향해 있었다. 그의 눈동자 안에 그녀를 가득 채우려는 듯 그의 시선이 집요하리만치 그녀의 얼굴을 내려다보고 있었다.

텔레비전 프로가 끝나고, 잠을 자기 위해 누운 침대에서도 마찬가지였다. 사무실에서 나눈 격정으로 나른해진 몸을 침대에 누이곤 기분 좋은 잠 속으로 빠져들었던 것이다. 이제 두 사람은 고요하게 흐르는 시간과 침묵이 어색하지 않은 사이가 되어 있었다.

서진은 잠들어 있는 도혁을 그윽한 눈으로 바라보았다. 부드러워진 입가가 눈에 들어왔다. 그리고 깎은 듯 반듯한 콧날과 남자다운 턱 선까지. 서진은 잠들어 있는 도혁의 얼굴을 보며 왠지 가슴이 뭉클해졌다. 그리곤 떨리는 손으로 흘러내려 이마를 가린 머리카락을 쓸어 넘겨주었다.

"그를 집에서 재우게 되다니……."

어젯밤 집에 돌아가지 않아도 되냐는 그녀의 물음에 도혁은 피식 웃으며, 오히려 어머니께서 좋아할 것이라고 답했다. 그 대답에 도혁은 어머니와 함께 살고 있다는 사실을 알게 되었다. 그러자 서진은 자신은 할머니와 지난번 보았던 연서와 함께 살고 있다고 대답했다.

이제 더는 조급하지 않았다. 자연스럽게 서로에 대해 조금씩 알게 되는 것이 즐겁게 느껴졌다. 서진이 그녀의 허리를 단단히 두른 그의 손을 조심스럽게 떼어냈다. 그리곤 그가 잠에서 깨지 않게 침대에서 내려온 후 방을 나왔다.

부엌으로 간 서진은 서둘러 아침을 준비하기 시작했다. 어젯밤엔 그가 급하게 포장해 온 음식으로 저녁을 대신했지만, 보글보글 맛있게 끓기 시작한 된장찌개와 할머니께서 직접 담근 김치와 장아찌를 냉장고에서 꺼내 접시에 담고 나니 그럴듯해 보였다.

그때 도혁이 문을 열고 거실로 나왔다.

"벌써 일어난 거야? 깨우지 그랬어."

어느새 부엌으로 온 그가 그녀의 허릴 휘감곤 그녀의 이마에 입을 맞췄다. 그러자 서진이 빙긋 웃으며 허릴 감은 그의 손을 풀고는 의자에 앉혔다.

"조금만 기다려요. 이제 밥만 푸면 돼요."

"그럼 밥은 내가 풀게."

의자에 앉았던 도혁이 자리에서 일어나더니 그녀가 말릴 틈도 주지 않고 그릇에 밥을 담았다. 그 모습에 서진은 피식 웃었다. 좁은 부엌이었지만 함께 음식을 준비하고, 또 마주 앉아 밥을 먹는 것이 너무도 자연스럽게 느껴졌다.

"맛있는데?"

"할머니께서 직접 만들어주신 반찬이에요."

"나중에 할머님도 뵙고 싶군."

그의 말에 서진은 고갤 끄덕였다. 그렇게 아침을 먹은 후 도혁이 설거지하는 동안 서진은 커피를 끓였다. 머그잔에 커피를 가득 따라 거실 탁자 위에 내려놓았다. 그러자 도혁 역시 서진의 옆에 자릴 잡고 앉아 커피를 마셨다.

"생각할수록 참 신기하지 않나?"

"뭐가요?"

"회중시계 말이야. 헤이그의 그 골동품점도 그렇고. 그것이 인연이 되어 만나게 되다니 말이야. 이젠 그 시계에 얽힌 증조할아버님의 숨겨진 이야기를 찾게 되다니. 지금 생각해도, 너무 신기해서."

도혁의 말에 서진이 손을 뻗어 가방에서 회중시계를 꺼냈다. 그리곤 조심스럽게 만지작거리다 도혁에게 건넸다.

"이제, 돌려 드릴게요. 유품이란 사실을 뻔히 알고 있었는데도 욕심이 생겼었나 봐요. 사실 이런 느낌은 처음이라······. 이 회중시계를 골동품점에서 발견한 순간, 내 것이란 생각을 떨쳐 버릴 수 없었거든요. 아마 이해하지 못할······."

"아니, 지금은 이해해. 처음엔 당혹스러웠지만, 지금은 나 역시 생각이 달라졌거든. 이건, 한서진 씨 거야. 아마 처음부터 그랬던 것 같아."

"아니에요. 이건 분명히······."

"잠깐만, 사실 한서진 씨한테 말하지 않은 것이 있어."

자리에서 일어선 도혁이 소파 옆에 놓여 있던 그의 가방에서 수첩을 꺼냈다. 그리곤 두 개의 회중시계가 그려진 부분을 펼쳐 서진에게 보여주었다.

"이건……."

"그래. 보는 것과 마찬가지로 처음부터 회중시계는 두 개였어. 두 개가 한 쌍인 페어. 그리고 이것은 한서진 씨 거야. 아마, 할아버지의 유품인 회중시계는 아직 찾지 못한 나머지 하나인 것 같아."

사실 도혁은 헤이그의 골동품점에서 노인의 말을 듣는 순간부터 생각해 왔었다. 사람 사이에도 인연이란 것이 있듯이 물건 역시 만날 주인이 따로 있다는. 그리고 그 물건은 시간이 흐를수록 강한 인연으로 묶여 있다는 것도.

서진은 두 개의 설계도가 그려진 수첩을 물끄러미 내려다보았다. 새롭게 안 사실로 인해, 쉽사리 수첩에서 시선을 떼지 못하고 있었다. 그리곤 서진은 그가 건넨 회중시계를 손 위에 내려놓고는 물끄러미 응시했다.

정말 이 회중시계가 내 것이었나? 그럼, 나머지 하나는 어디에 있는 거지?

수첩을 내려다보는 도혁 역시 아쉬운 듯 나머지 한 개의 회중시계를 바라보았다. 그러자 문득 서진은 그에게 찾아주고 싶었다.

"찾아야겠어요. 나머지 한 개의 회중시계도."

"찾는다고?"

"네. 그래야 할 것 같아요. 사실 국새를 본 날, 어쩌면 이 시계에 커다란 비밀이 있을지도 모른다는 생각이 들었거든요. 이 시계처럼 100년 동안 잠들어 있던 진실이요. 어쩌면 또 하나의 시계를 발견하게 된다면, 비밀이 풀릴지도 모르죠. 그리고 멈춰 있는 시계의 시간도 흐를 테고."

비밀과 함께 멈췄던 시간이 흐른다라?

도혁의 눈동자 역시 호기심으로 빛나기 시작했다. 사실 그 역시 같은 생각을 했었다. 그의 증조할아버지께서 유품으로 남긴 낡은 수첩과 그 수첩에 그려진 회중시계의 설계도. 그리고 비밀 화실에 남겨져 있던 그림 5점과 민국환을 중심으로 떠돌던 소문까지.

사실 무엇보다 도혁의 호기심을 자극한 것은 베일에 가려져 있던 그림 속 한 여인이었다. 그리고 그 여인은 회중시계 중 하나의 주인이기도 했다. 만약 그 여인이 누군지 알게 된다면, 찾지 못한 또 하나의 회중시계의 행방 역시 찾을 수 있을 것 같았다.

"다음 주에 시간 돼? 꼭 보여주고 싶은 것이 있는데."

"다음 주요? 전시회 때문에 바쁘긴 한데…… 최대한 시간 내볼 게요."

"좋아. 그럼 다음 주에 우리 집에 가는 걸로 하지."

"잠깐, 민도혁 씨 집에요? 하지만……."

서진이 묘한 표정을 했다. 그의 집에 가자니. 아마 도혁은 그녀에게 회중시계와 관련해 또 다른 증조할아버지의 유품을 보여줄 모양이었다. 하지만 서진은 망설여졌다. 집에 가면, 그의 어머니가 있을 테고 그가 그녀를 어떻게 소개할지 궁금했다.

"싫은 건 아니지? 혹시 어머님을 만나는 게 부담스럽다면……."

"아니에요. 갈게요."

망설이던 서진이 고갤 끄덕이자, 도혁의 입가에 미소가 어렸다. 그리곤 그녀의 손에서 수첩을 내려놓은 후 그녀를 꽉 끌어안았다.

"어엇! 잠깐……."

휘청! 그의 힘에 떠밀려 바닥에 누운 서진이 그를 올려다보았다. 그녀의 몸 위에 온전히 그의 무게가 느껴졌다.

"무거워요."

서진이 그를 밀어내기 위해 바르작거렸다. 하지만 도혁의 몸은 꼼짝도 하지 않았다. 오히려 그의 눈동자가 의미심장한 빛을 띠며 빛나고 있었다.

"정말? 무거운 것뿐이야?"

짓궂은 도혁의 물음에 서진이 입술을 깨물었다. 사실 견디지 못할 만큼 무겁진 않았다. 오히려 그 나른한 무게감이 기분 좋게 근육을 이완시켜 오히려 기분이 좋았다. 맞닿은 몸에서 야릇한 열기가 피어오를 만큼. 하지만 지금 그녀가 느끼는 감정을 그가 알게 하고 싶지 않았다. 아직 해야 할 일들이 많았던 것이다. 수첩의 뒷부분도 더 읽어야 하고, 자료도 살펴야 했다.

"그럼 그것 말고 대체 뭐가 있다는 거죠?"

서진이 시치미를 떼며 그를 올려다보았다. 그리곤 그를 밀어내기 위해 몸을 비틀었다. 흐읏! 하지만 몸을 움직일수록 자꾸만 두 사람의 몸이 가깝게 밀착되고 있었다. 두 다리가 엉키고 자석처럼 하반신이 부딪히며 야릇한 열기를 불러일으켰다.

"잠깐, 자꾸 이러면 다신 못 오게 할지도 몰라요. 그러니……흡!"

"다음부턴 한서진 씨 말대로 하지. 하지만 오늘은……."

어느새 뜨거워진 숨결로 도혁이 그녀의 귓불을 깨물었다. 나른한 열기가 또다시 온몸에 퍼지고 있었다.

"하지만…… 지금은 대낮이고 누가 볼지도……."

도혁이 상체를 일으켜 세우더니 손을 뻗어 커튼을 쳤다. 스륵! 소리와 함께 커튼이 드리워지자, 햇살이 가득 밀려들던 거실이 낮이 밤으로 바뀐 듯 어두워졌다. 사실 영화를 좋아하는 서진이 주말을 이용해 영화를 보기 위해 암막 커튼을 쳐놓았던 게 이유인 모양이었다.

"이제 됐지?"

더 있으면 얘기해 보라는 듯 도혁이 그녀를 내려다보았다. 자신의 행동에 무척이나 만족한 모습이었다. 그리곤 아직 어둠에 익숙해지지 않은 그녀의 귓가에 그가 옷을 벗는 소리가 들렸다. 그 소리에 서진의 뺨이 붉어졌다. 이젠 소리 하나하나, 숨결 하나하나까지 예민하게 그에게 반응하고 있었다.

짙은 사향 냄새가 그녀의 콧속으로 스며들었다. 그리곤 다시 그녀의 몸에 나른한 무게감이 느껴지나 싶더니 입술에 그의 입술이 닿았다. 어둠 속에서도 느낄 수 있었다. 그의 눈동자에 담긴 열기와 지독한 욕망 역시.

입술을 파고든 그의 혀가 질척하고 나른한 열기를 품고 그녀의 혀를 휘감았다. 흐읏! 점점 더 농밀해지는 그의 키스에 서진이 입술 새로 야릇한 신음이 새어 나왔다. 그녀의 셔츠 속으로 손을 밀어 넣은 도혁이 단단하게 솟은 그녀의 가슴을 꽉 그러쥐었다. 말캉하고 탄력 있는 그 느낌이 너무도 좋았다. 그의 손을 가득 채우곤 자꾸만 유혹하듯 흔들리는 그녀의 가슴을 베어 물었다.

그녀의 가슴을 움켜쥐고 어루만지던 그의 손이 이번엔 그녀의 바지를 끌어 내렸다. 어느새 속옷조차 입지 않은 알몸이 된 서진을 도혁이 내려다보며 눈을 빛냈다. 그리곤 두 손으로 그녀의 다릴 옆으로 밀어 올리고는 망설임 없이 그녀의 안에 자신의 남성을 밀어 넣었다.

"하학······!"

그가 내벽을 가르고 안쪽 깊이 들어온 순간, 서진의 입술에서 쾌락에 젖은 농밀한 신음이 새어 나왔다. 도혁 역시 나른한 만족감에 진한 쾌락이 등줄기를 타고 흘러내렸다. 이젠 안 될 것 같다. 한순간도 그녀를 놓을 수 없었다. 그녀의 안으로 들어간 것뿐이었지만, 벌써 온몸이 기쁨으로 떨리고 있었다. 모든 일에 냉정하고 동요한 적 없던 그였지만, 그녀를 품을 때만큼은 차갑던 머리가 뜨거운 욕망으로 쥐가 날 것 같았다.

그녀를 향한 그의 욕망은 서진을 소유하면 할수록 그를 더욱 목마르게 했다. 격한 갈증에 미친 듯이 그녀를 탐하게 만들었다. 나른한 주말, 그녀와 함께 보내며 흐르는 시간 역시 만족스러웠지만, 그녀를 품고 폭발할 것 같은 쾌락에 흔들리는 것 역시 너무도 좋았다.

서진의 새하얀 다리가 그의 허리에 단단히 감겼다. 그녀 역시 그를 놓아주지 않겠다는 듯. 어둠 속에서 알몸으로 뒤엉킨 육체가 숨 막히도록 관능적이었다. 그녀의 행동에 도혁 역시 그녀 안에서 절대 나가지 않겠다는 듯 집요하게 그녀의 내벽을 파고들었다.

커튼이 쳐져 어두운 거실 안으로 햇살이 넘실거리며 들어왔다. 진한 쾌락에 몸을 떨며, 한 몸처럼 두 육체가 뒤엉킬 때마다 남녀의 격정으로 젖은 신음 역시 얽혀들었다.

"하아, 사랑해. 사랑해······ 한서진."

뜨겁게 뱉어내는 도혁의 고백에 서진이 그를 끌어당기며 그의 입술에 진한 키스를 퍼부었다. 온 마음을 담아, 세상에서 가장 달콤하고 가슴 떨리도록 아린 고백을 서진은 입술로 되돌렸다. 그렇게 주말 내내 두 사람은 나른한 쾌락에 젖어 시간을 보냈다. 한번 빠져들면 끝을 보는 성격답게 두 사람은 새롭게 알게 된 육체의 쾌락을 느긋하게 탐닉했다.

〈1910년, 헤이그.〉

"안고 싶다, 한세경."

그 말에 반응하듯 캔버스에 그림을 그리던 세경의 손이 멈칫 움직임을 멈췄다. 손에 들린 목탄이 그녀의 강한 힘에 짓이겨졌다.

"갖고 싶다, 한세경. 숨이 막힐 만큼, 널……."

그의 고백에도 세경은 돌아볼 수 없었다. 의자에 앉아 턱을 괴곤 그녀를 바라보고 있을 국환의 모습이 머릿속에 그려졌다. 욕망으로 뜨거운 눈빛이 아니라, 안타까움과 아릿한 슬픔을 담고 있을 그의 서늘한 눈이 그녀의 심장을 찌를 것 같아 두려웠기 때문이었다. 그래서 더 마음이 아렸다. 더 안타까웠다. 그는 말과는 달리 절대, 그녀를 품지 않을 테니까.

"이미 전, 오라버니 것입니다."

뒤도 돌아보지 않고 세경은 언제나처럼, 담담히 말했다. 하지만 그 담담함 속에 담긴 마음이 진심임을 국환 역시 알고 있었다. 두 사람은 마음이 닿아 있지만, 닿을 수 없었다. 손을 뻗으면, 붙잡을 수 있었지만 그럴 수 없었다. 새까맣게 타들어가는 심장과는 달리 겉으로 드러난 모습은 너무도 평온했다.

"알아."

국환의 입가에 쓸쓸한 미소가 어렸다. 그래서 더 이 상황이 싫다는 듯. 오롯이 그만 아파했으면 좋았을 이 감정이었다. 하지만 이미 그녀까지 아파하며, 그 아픔마저도 숨기고 있었다. 국환은 그것이 싫어 그녀를 외면했다. 그리곤 그녀를 자유롭게 해줘야겠다는 생각을 했다. 그녀 스스론 절대 끊지 않을 고리를 끊어야겠다고.

"고국으로 가는 배편을 준비해 뒀다. 사흘 후야. 넌, 그 배를 타고 고국으로 돌아가면 돼."

그제야 고집스럽게 캔버스를 쏘아보고 있던 세경이, 국환을 향해 돌아앉았다.

"오라버니와 함께 가는 것이라면 가겠습니다."

세경의 표정이 변해 있었다. 국환을 보는 눈동자엔 절박함이 담겨 있었다. 언제나 평온하던 눈동자가 붉어져 흔들리고 있었다.

'휴! 알고 있었나? 이제 얼마 남지 않았다는 것을?

국환은 최대한 담담한 이별을 하고 싶었다. 마지막이 될지도 몰랐지만, 마지막이라고 말하지 않을 생각이었다. 마지막까지 세경에게 자신은 슬픔을 연상시키는 사람이 아니라, 기쁨으로 기억되는 사람이 되고 싶었으니까.

"한세경, 앞을 봐. 역시, 넌 뒷모습이 더 예쁘구나."

세경은 국환의 말에 미간을 찌푸렸다. 엉뚱한 말로 화제를 돌리려 하는 그가 야속하게 느껴졌다. 그런 말 듣고 싶지 않다고, 소리치고 싶었다. 하지만 뒤이어 국환이 하는 말을 듣곤, 더는 아무런 말도 하지 못했다.

"내가 원하는 것이 무엇인지 알고 있니? 사실 내 꿈은 아주 소박하지. 네가 비웃을 만큼. 난 평생, 네 뒷모습을 그리며 살아가는 거야. 가녀린 목덜미와 우아한 호를 그리며 휜 어깨. 그리고……."

"오라버니!"

세경이 더는 참지 못하고 그를 불렀다. 듣고 싶지 않았다. 마치 마지막처럼 말하는 그 소원을 듣고 싶지 않아 두 손으로 귀를 막았다. 하지만 국환은 멈추지 않았다.

"내 꿈이야. 평생 너만 보며, 널 그리며 살고 싶다. 그게 날…… 평생을 살게 할 거야."

그의 목소리에 담긴 진한 안타까움에 세경은 입술을 깨물었다. 듣고 싶지 않아 귀를 막았지만, 국환의 말이 아프도록 심장을 파고들었다. 이미 늦어버린 것이다. 이미, 그녀는 그가 그녀에게 하는 마지막 이별의 말을 들어버린 것이다.

"그런 꿈…… 이루어지지 않을 거예요. 절대…… 그런 꿈 같은 건……."

난 오라버니가 내 옆에 서 있었으면 하니까. 내 뒷모습을 따라 걷는 것이 아니라…… 내 손을 잡고 내 옆에 있길 원하니까.

그가 안타까운 표정으로 그녀를 보며 웃었다. 그 미소가 얼마나 아픈지, 세경은 가슴 한켠이 서늘해짐을 느꼈다. 목구멍을 타고 울컥, 커다란 응어리가 올라왔다. 귀를 막았던 손을 내리곤, 주먹을 꼭 쥐었다. 손톱이 손바닥을 피가 날 정도로 아프게 파고들었다.

'말해 버릴까? 도망치자고. 함께, 떠나자고……. 말할까?'

세경이 머뭇거리는 사이, 국환이 힘없이 웃으며 그녀를 바라보았다. 그리곤 고갤 끄덕이며, 그녀의 생각에 동조했다.

"그것마저 허락하지 않는다면…… 어쩔 수 없지. 하지만……."

국환은 말을 멈추곤 자조하듯 씁쓸하게 웃었다. 마치 미련을 버리지 못하는 자신이 한심한 듯 그렇게 세경을 응시했다.

"미안. 난…… 그 꿈을 포기할 수 없을 것 같구나."

정말, 한심한 사내였다. 그저 그녀를 끌어당겨 안고, 그가 원하는 대로 그녀를 가지면 그만인 일이었다. 그녀 역시 그의 것이 되고 싶어한다는 사실을 너무도 잘 알고 있는 그였으니까. 손만 뻗으면 될 일이었지만, 국환은 말없이 그녀를 보며 웃을 뿐이었다.

세경은 그런 그가, 미웠다. 하지만 그것 역시 그녀를 위한 선택임을 너무도 잘 알고 있었다. 그들이 사는 세상은 그렇게 암울하고 힘든 곳이었으니까. 그녀가 느끼는 모든 감정을 말하며 살 수 없는 그런 곳이었으니까. 세경은 이 숨 막히도록 답답한 곳에서 벗어나고 싶었다.

"바람이 좋군요. 우리 헤이그 운하에 가요. 그곳에서 산책도 하고, 맛있는 점심도 먹어요. 하루 종일 그렇게 돌아다니며 시간을 보내요. 오늘은, 그럴 수 있죠, 오라버니?"

세경이 자리에서 일어나 화구를 정리하기 시작했다. 불가능한 일이었다. 언제나 그들을 쫓는 감시자가 있는 상황에서 밖에서 시간을 보내다니. 언제 그들에게 끌려갈지 모를 상황에서 외출은 너무 위험했다. 세경은 그녀의 제안을 국환이 당연히 거절할 것으로 생각했다. 언제나처럼, 그녀를 다독이며 집에 있어야 한다고 설득할 것으로 생각했다.

하지만…….

"그래, 가자. 오늘은 마음껏 헤이그를 산책하는 것도 좋을 것 같군. 처음으로 둘이 사진도 찍고. 좋을 것 같구나."

혼쾌히 답하는 국환을 보며 세경은 불안해졌다. 이제 끝이 가까워졌다는 사실을 깨달은 것이다. 헤어질 때가 온 것이다. 그녀가 생각했던 것보다, 더 빨리.

"오라버니!"

세경의 얼굴이 새하얗게 변하기 시작했다. 그러자 국환이 세경에게 다가왔다. 조심스럽게 그녀의 어깨에 손을 올려놓은 국환은 그녀를 다독였다. 말보다 온기를 품은 그의 손길에 세경은 울컥 뜨거운 것이 심장에서 흘러내리는 것을 느낄 수 있었다. 꾹꾹 감정을 참고 있던 세경에게 국환이 주머니에서 작고 동그란 금속을 꺼내 건넸다.

"이것 받아. 네 거야."

세경은 국환의 손바닥에 놓인 회중시계를 물끄러미 응시했다. 금빛으로 빛나는 용 문양의 시계에 열림 단추를 누르자, 달칵 소리와 함께 뚜껑이 열렸다.

"이건······."

"세상에 단둘뿐이지. 내 것은 여기. 한세경, 잘 기억해 둬. 이 회중시계는 두 개가 함께 있어야만, 이루어지는 비밀이 있지."

"비밀이라니······ 그게 뭐죠?"

"그 비밀은······."

국환의 입술을 통해 흘러나온 말들이 연기처럼 사라졌다. 비밀을 담은 말들이 100년이란 시간과 함께 잠이 들어버렸다.

chapter 7

　도혁이 현관문을 열고 집 안으로 들어서자, 박 여사가 소파에서 일어섰다. 아마 그를 기다리고 있었던 모양이었다. 박 여사는 벽에 걸린 시계의 시간을 확인하더니, 살짝 미간을 찌푸렸다. 순간 도혁은 작게 한숨을 내쉬었다.

　금요일부터 일요일 오후까지 전화 한 통만 달랑 하고, 집에 들어오지 않는 아들을 붙잡고 박 여사는 보통의 어머니처럼 그를 추궁할 태세였던 것이다. 출장이나 야근이 아니면 지금까지 외박하지 않았던 그였기 때문에 더더욱 그랬다.

　"대체 어딜 다녀온 거니? 출장도 아닌 것 같고, 여행이라도 가려면 미리 전화했어야지."

　"죄송해요. 친구 집에 있었어요."

　친구란 말에 박 여사가 눈을 가늘게 떴다. 도혁이 금요일 밤부터 일요일 저녁까지 이틀 동안 폐를 끼치면서까지 묵을 친구 집이 있는지 생각했다. 하지만 이내 박 여사의 결론은 없다는 쪽으로 기울었다. 기본적으로 저 서늘하고 냉정한 성격의 도혁을 편하게 생각해 주는 또래 친구가 없었던 것이다. 뭐, 선우라면 모르겠지만, 지금 선우 역시 유럽에 있었다.

"혹시 그 친구라는 사람, 여자인 거니?"

박 여사의 추궁과도 같은 질문에 도혁은 잠시 망설였다. 그 모습에 박 여사는 확신으로 굳어진 얼굴로 다시 말했다.

"그렇다면 당장 데려와."

사실 박 여사는 놀라고 있었다. 지금까지 여자에겐 별 관심도 없던 아들이 이틀 동안 외박을 할 정도로 푹 빠진 여자가 있다는 사실에 안도하며 가슴을 쓸어내렸다. 무엇보다 까칠한 성격 탓에 불편한 것은 극도로 싫어하는 그가 이틀 동안 애인의 집에 머물 정도면, 그 마음의 깊이가 어느 정돈지 짐작할 수 있었다.

"주말에 초대할 생각인데, 괜찮으시겠어요?"

"주말에? 당연히 좋지. 그럼, 넌 결혼할 마음인 거지?"

"전, 그러고 싶어요."

망설임 없이 단호하게 대답하는 도혁을 보며, 박 여사의 입가에 미소가 번졌다.

"드디어 마음에 가는 사람을 만난 모양이지? 휴, 여자에겐 도통 관심도 없는 것 같아서 걱정했더니. 이제 한시름 놨네. 함께 있는 동안, 뭐 했어? 여행이라도 다닌 거니?"

별 뜻 없이 한 말이었다. 2박 3일 동안 집에만 있진 않을 것 같아 그저 생각 없이 물어본 질문에 도혁이 얼굴을 붉힌 것이다. 마치 2박 3일 동안, 집에서만 있었던 것처럼.

'맙소사. 내 아들이 얼굴을 다 붉히며 당황해하다니.'

지금까지 한 번도 감정적으로 흔들린 적 없는 도혁이었다. 그래서 걱정이기도 했다. 자신의 감정을 드러내지 않는 아들이라, 때론 대견한 한편 불편했다. 그런데 그런 도혁이 당혹스러운 듯 망설이고 있었다. 박 여사는 자신에 아들을 이렇게까지 빠져들게 한 장본인이 누군지 궁금했다.

"그게…… 그러니까."

도혁은 미적거리며 대답을 하지 못했다. 그 말에 박 여사가 웃기 시작했다. 지금 생각해 보니, 아들의 사생활에 대해 짓궂게 질문을 한 사람이 자신이란 걸 깨달은 것이다.

"훗! 요즘은 뱃속에 아이는 혼수품이라지? 뭐, 그런 것을 싫어하는 사람도 있겠지만, 난 좋구나. 그렇지 않아도 이 큰 집에서 혼자 있기 적적했는데, 아이가 생긴다면 얼마나 좋겠니. 아이는 내가 키울 테니까, 걱정 말고……."

"어머니, 너무 멀리 가셨어요. 결혼까진 아직 시간이 필요할 것 같거든요."

"그래? 난 빠르면 빠를수록 좋겠지만…… 뭐 그렇다니 어쩔 수 없지. 아 참, 금요일에 지혜 밑에서 일한다는 큐레이터가 다녀갔다."

박 여사의 말에 2층으로 올라가려던 도혁이 눈을 가늘게 뜨곤 박 여사를 보았다.

"뭐라고 하던가요?"

"전시회를 하고 싶다고 하더구나."

"어머님은 뭐라고 하셨는데요?"

"너와 상의해 본다고 했지. 그리고 기증에 대한 얘기도 했다."

박 여사의 말에 도혁이 눈을 가늘게 뜨곤 박 여사의 표정을 살피기 시작했다. 박 여사는 온화한 성격이긴 했지만, 사실 낯을 가려 웬만해선 처음 본 사람에게 곁을 내주는 사람이 아니었던 것이다.

"그 큐레이터에게 기증에 대해서도 말씀하셨다구요?"

"응. 참 마음에 드는 사람이었다. 만약, 네가 만나보고 좋다고 한다면, 난 그 큐레이터에게 기증에 대한 모든 일을 맡기고 싶은데. 만나볼래?"

도혁은 신기한 얼굴로 박 여사를 보았다. 한번 만나본 게 다인데, 그런 신뢰를 느끼다니. 도혁 역시 그 큐레이터에게 호기심이 생겼다.

"네, 한번 만나보겠습니다. 피곤하실 텐데, 그만 쉬세요."

도혁은 서둘러 계단을 올랐다. 방에 들어온 도혁이 가방과 겉옷을 내려놓고는 의자에 앉아 편안히 몸을 기댔다. 그리곤 서진에게 전화를 걸었다.

"나야. 이제 도착했어."

[그래요? 내일 출근해야 할 텐데 그만 쉬세요.]

"응, 그래야지. 저기, 어머니께 말씀드렸어."

도혁의 말에 수화기 너머 서진이 잠시 말이 없었다. 그러자 도혁이 기댔던 의자에서 몸을 바짝 세운 후, 조금은 조급하게 말을 이었다.

"부담되면, 다음으로 미뤄도……."

[아니에요. 그림도 보고, 어머님도 뵙고 싶어요.]

서진의 대답에 긴장으로 살짝 굳어졌던 그의 얼굴이 서서히 풀어지기 시작했다. 다시 의자에 편안하게 기댄 도혁은 서진을 떠올리며 물기 젖은 목소리로 속삭였다.

"벌써 보고 싶군."

[⋯⋯.]

또다시 말이 없었다. 수화기를 통해 서진의 숨소리가 들려왔다. 그리고 그 숨소리에 서진 역시 자신과 같은 마음이란 사실을 알 수 있었다. 귀로 듣고 직접 눈으로 확인하지 않으면 타인의 감정을 몰랐던 그였다. 하지만 이젠 한 몸처럼 서진이 느끼는 감정을 느낄 수 있다는 사실이 무척이나 생경했다. 또한 신기했다.

아마 그 이유는 그녀가, 그의 것이기 때문일 테지. 아니, 그가 그녀의 소유인 건가?

[저두요.]

애를 태우듯 말이 없던 서진이 수줍은 듯 낮은 목소리로 고백했다. 한숨과도 닮은 그녀의 목소리가 그의 귓가를 아프게 파고들어 왔다. 나비처럼, 때론 심장을 움켜쥐는 아릿한 달콤함. 마치 쾌락의 절정에 이르렀을 때, 그녀의 입술 새로 흘러나오는 신음과도 닮아 있다고 도혁은 생각했다.

그는 나른한 만족감에 눈을 감았다. 이틀 동안 그녀를 몇 번이나 안았다. 그리고 그녀를 안고 잠이 들었고, 눈을 떴을 때도 그녀와 함께였다. 그녀의 온기와 그녀의 향기. 도혁은 벌써 그 온기와 향기가 그리웠다.

"다시 갈까?"

[훗, 내일 출근해야 하잖아요. 그리고 저 역시 할 일이 있어요.]

"그렇겠지?"

수화기를 통해 서진의 웃음소리가 들려왔다. 심장을 간질이는 달콤한 소리에 도혁의 입가에도 부드러운 미소가 어렸다. 그렇게 조용조용 시간이 흐르고 있었다. 의자에 앉아 서진의 얘길 듣는 동안 도혁은 아릿한 그리움으로 심장이 따뜻해졌다. 귓가를 울리는 서진의 목소리가 빗방울처럼 그의 심장을 적셨다.

커피를 마시던 지혜가 조금 놀란 얼굴로 서진을 바라보았다. 그리곤 믿을 수 없는 얼굴로 재차 확인했다.

"정말 기증한다고 하셨어?"

"네. 아드님과 상의해 최종 결정을 내리신다고 하셨지만, 박 여사님은 이미 마음을 굳힌 듯했어요."

"그래? 정말 대단하신 분이야. 그런 결정을 할 것이라곤 전혀 예상 못했거든."

처음의 놀랐던 마음이 사라지자, 어쩌면 당연한지도 모르겠다는 듯 지혜의 입가에 미소가 떠올랐다. 그 모습에 서진은 묘한 위화감을 느꼈다. 오랜 시간 함께해 온 사람들만이 갖는 유대감. 아마, 그런 느낌인 듯했다.

"민 화백님 집안과는 오랫동안 알아오셨나 봐요."

"응, 우리 엄마와 박 여사님께서 여고 동창이시거든. 그래서 어렸을 때부터 자주 드나들었어. 가족이나 마찬가지지."

지혜의 말에 서진이 고갤 끄덕였다.

"사실 박 여사님, 한 번밖에 뵙지 않았지만 좋으신 분 같았어요. 아름답고, 우아하고……."

"따뜻하지. 그리고 여린 외모와는 달리, 강하신 분이셔."

지혜가 웃으며 맞장구를 치자 서진 역시 웃으며 고갤 끄덕였다.

"네, 그런 것 같았어요."

지혜가 커피를 마시고 서 있는 서진을 말없이 응시했다. 외모는 물론, 일에 대한 열정이 넘치는 사람이긴 했지만, 왠지 오늘따라 더 빛나 보였다. 티 하나 없이 새하얀 뺨에 생기가 넘치고 있었다. 붉은 입술 역시 그랬다.

홋, 연애라도 하는 건가?

처음 박물관에 들어왔을 때보다 훨씬 아름답게 보이는 서진을 보며, 지혜가 부러운 얼굴을 했다. 그리고 다행이란 생각도 들었다. 자기 일에 자부심과 함께 애정을 가진 사람은 흔치 않았던 것이다.

"그럼 앞으로, 민 화백님의 기증 건은 서진 씨가 맡아서 추진해 보겠어?"

"네? 제가요? 하지만 제 생각엔 팀장님께서 주관하시는 것이 좋을 듯합니다. 전 이번 전시회를 돕는 것만으로도 벅찰 것 같거든요."

"아니, 부족한 부분은 내가 도와줄 테니 한번 해봐. 박 여사님께서 서진 씨에게 그 얘기를 먼저 꺼냈다는 건, 그만큼 신뢰를 얻었다는 뜻이니까. 큐레이터에게 신뢰를 얻는 것은 무척이나 중요한 일이거든."

지혜의 말에 서진이 잠시 생각에 잠겼다. 그렇게까지 말하는 지혜를 보며, 서진 역시 해보고 싶어졌기 때문이다.

　"팀장님, 열심히 해보겠습니다."

　"그래, 한서진 씨. 우선 내가 갖고 있는 민 화백님의 자료를 서진 씨에게 줄 테니까, 정리해 봐. 아마 도움이 될 거야."

　"네, 팀장님."

　지혜를 따라 사무실 안으로 들어가는 서진의 얼굴엔 기분 좋은 긴장감이 서려 있었다. 민국환 화백의 그림이 박물관 소유가 된다는 것 역시 흥분되는 일이었지만, 개인적으로도 민국환 화백의 그림은 그녀에게 호기심을 불러일으켰다. 응접실에 있던 그 그림을 다시 한 번 자세히 보고 싶었다. 그리고 가능하다면 유품이라는 그림까지도.

　똑똑!

　노크 소리와 함께 도혁이 들어오라고 말하자, 김 비서가 한가득 파일을 안고는 사무실 안으로 들어섰다.

　"대표님! 말씀하신 자료, 모두 가져왔습니다."

　"수고했어, 김 비서."

　김 비서가 파일을 도혁의 책상에 내려놓으며 잠시 머뭇거렸다. 이른 아침 출근하자마자 찾은 자료가 고종황제와 민국환 화백에 대한 그동안의 신문 기사라니. 호기심이 생겼던 것이다. 그리고…… 지혜에게 온 메모지를 만지작거렸다.

사실 김 비서는 지혜가 도혁의 연인이 될 가능성이 가장 크다고 생각했었다. 왜냐하면 지금까지 대표실을 찾은 여자는 지혜 외엔 없었기 때문이었다. 그런데 아니었다. 냉정하기로 소문난 제일그룹의 대표 민도혁이 여자를 위해 직접 문을 열어주다니. 눈으로 보고도 믿을 수 없는 광경이었던 것이다.

"무슨 일이지?"

사무실을 나가는 대신 머뭇거리며 서 있는 김 비서를 본 도혁이 잠시 동작을 멈추곤 그녀를 올려다보았다.

"사실 조금 전, 권지혜 팀장님께서 전화하셨습니다."

"그래?"

"네. 대표님께 연결드리겠다고 했더니, 메시지만 남기시고 끊으셨습니다. 여기."

김 비서가 주머니에서 메모지 한 장을 꺼내 도혁에게 건넸다. 손을 뻗어 메모지를 받아 든 도혁은 거기에 적혀 있는 글자를 보곤 무의식중에 눈살을 찌푸렸다.

―경원그룹 진일헌. 010―xxxx―xxxx.

지난주 어머니를 찾아왔었던 신입 큐레이터의 말을 전해 들은 지혜가 그 보답으로 일헌의 연락처를 남긴 듯했다.

"그래 알았으니, 그만 나가봐."

받아 든 메모지를 아무렇게나 탁자 위에 내려놓은 도혁은 서류에 집중하기 시작했다. 김 비서가 문을 닫고 나가는 소리가 들리자, 도혁은 보고 있던 서류에서 눈을 뗐다. 그리곤 펜을 내려놓은 후, 조금 전 내려놓았던 메모지를 집어 들었다.

"진일헌이라. 굳이 연락할 필요 없겠지?"

사실 도혁이 원하는 것은 연락할 일이 생기지 않는 것이었다. 서진이 그에게 일부러 연락할 일은 없겠지만, 일헌은 달랐다. 맞선을 본 날 서진을 바라보던 그의 눈빛에 담긴 감정은 남자로서 호감이었다. 그것도 넘치도록 애틋한 감정. 도혁은 그 시선을 간과할 수 없었다.

메모지를 지갑에 넣은 후 도혁은 김 비서가 주고 간 파일을 내려다보았다. 그리곤 파일 하나를 끌어당겨 앞에 놓은 후, 한 장 한 장 훑어보기 시작했다. 그러다 도혁의 손가락이 멈칫, 움직임을 멈췄다.

"이 내용이 왜 여기에 있는 거지?"

스크랩된 신문 기사의 내용엔 이렇게 적혀 있었다.

1907년 고종황제 폐위 후, 고종은 고종의 측근인 밀사 헐버트에게 상하이 덕화은행에서 비자금을 찾아와 달라고 은밀히 부탁함. 그에게 비밀 국새를 줌으로써 고종의 대리인임을 증명. 하지만 그 돈은 이미 일본의 나베시마에 의해 인출됨.

"덕화은행이라면, 1889년 독일 도이치뱅크를 일컫는 말인데. 그리고 그 은행에 대해 증조할아버님의 수첩에도……."

파일을 쏘아보는 도혁의 눈빛이 날카로웠다. 분명 국환의 수첩에도 덕화은행에 대해 언급된 내용이 있었다. 하지만 그때는 그 내용에 크게 주목하지 않았었다. 유학생이었던 증조할아버지에게 고국에서 보내준 유학자금쯤으로 여겼던 것이다.

"이것 역시 우연인 건가?"

도혁은 1903년에 독일 공사 잘데른이 본국에 보고한 기밀문서의 내용을 눈으로 훑어 내려갔다. 그 내용 중엔 고종황제가 비밀스럽게 사람을 보내 독일 은행에 황실이 사용하는 내탕금을 예치했다는 내용이 쓰여 있었다. 그리고 그 액수는 무려 100만 마르크. 지금으로 환산하면 500억 원에 달하는 금액이었다.

설마? 그럴 리 없었다. 도혁은 머릿속을 가득 채운 의문을 떨쳐 내곤, 서둘러 파일을 덮었다.

'만약, 그러니까 만에 하나…… 고종의 사라진 비자금과 관련이 있다고 한다면……. 아니야, 지나친 억측이야. 김 비서가 찾은 자료에 딸려온 내용일 뿐, 증조할아버지와 관계있을 리 없어.'

파일을 덮은 후에도 도혁의 머릿속은 혼란스러웠다. 복잡하게 얽혀드는 생각에 연결 고리를 자를 수 없어 도혁은 자리에서 일어섰다. 그리곤 창문으로 걸어가 햇빛 가운데 있는 서울을 바라보았다. 그리고 맑게 갠 한강의 모습까지.

고종의 폐위. 대한제국의 사라진 내탕금. 그리고 1919년 진실을 알고 있는 고종의 죽음. 그 죽음은 독살이라는 설이 유력했다.

대체 100년 전 이곳에서 무슨 일이 있었던 걸까? 고종과 그리고 그 측근들과 그 당시 헤이그에 있던 민국환에게, 대체 무슨 일이 일어난 걸까?

"훗, 수첩을 더 자세히 살펴야겠군. 이번엔 하나도 놓치지 않고, 상세하게."

도혁은 수도 서울을 내려다보았다. 100년 전, 그때의 모습을 짐작조차 할 수 없게 변해 버린 서울의 모습을. 그리고 그 비밀을 품고 있는 서울도.

퇴근 시간이 훨씬 지났는데도 서진은 책상에 앉아 있었다. 박물관에 기증된 물건들은 대부분이 국보급의 유물들이었기 때문에 그런 종류의 기증이라면, 기존에 했던 관례대로 추진하면 될 일이었다. 하지만 이번처럼 개인 소유의 그림을 그것도 한 개가 아닌 수백 장을 기증받는 것이었기 때문에 다른 절차가 필요할 것 같았다.

그렇게 서류를 살피는 동안, 서진은 작게 한숨을 내쉬었다. 아직까지 우리나라에서는 수억 원의 가치가 있는 유명 화가의 그림을 기증받은 것이 흔치 않은 일임을 다시 한 번 깨닫고 있었다.

그때, 책상에 놓아둔 휴대전화가 울렸다. 도혁의 전화번호를 확인한 서진의 입가에 어느새 숨길 수 없는 미소가 떠올랐다.

"여보세요?"

[집이야? 아님, 야근?]

"야근이요."

[대체 어떤 회사기에 이 시간까지 야근을 시키는 거지? 당장 그만둬. 내가 한서진 씨, 스카우트하지.]

도혁이 발끈하며 말하자, 서진이 의자에 몸을 묻고는 피식 웃었다.

"제일그룹 직원들도 하는 야근이에요. 심지어 대표인 민도혁 씨도 지금 야근을 하는 것 아닌가요? 그러니 그렇게 유난 떨 것 없어요."

무엇보다 서진은 자신이 좋아서 하는 일이었다. 늦은 시간까지 일한다는 느낌이 아니라, 좋아하는 것을 늦게까지 할 수 있다는 생각에 서진은 이 시간이 즐겁기까지 했다. 수화기 너머 도혁이 웃고 있는 소리가 들렸다.

[그런 말을 들으니, 더 서진 씨를 스카우트하고 싶군. 그런데 지금 생각해 보니, 서진 씨가 무슨 일을 하는지 물어보지 못한 것 같군.]

도혁의 말에 서진의 입가에 미소가 어렸다. 그녀 역시 그랬으니까.

"이제야 궁금해진 모양이군요. 잘 들어요, 민도혁 씨. 내가 어떤 일을 하는 사람인지 알려줄 테니까요."

[말해. 들을 준비됐으니까.]

무척이나 진지한 그의 목소리에 서진은 다시 한 번 웃었다. 그리곤 침착한 목소리로 자신이 하는 일을 이야기하기 시작했다.

"내가 주로 하는 일을 보물을 다루는 일이에요. 아주 오래되고, 귀한 국보들요. 그리고 그 안에서 선조들의 숨겨진 진실을 발견해 내는 거죠."

[국보? 혹시 한서진 씨 박물관 큐레이턴가? 천안에 있는 박물관의?]

평소보다 조금 큰 듯한 도혁의 목소리가 휴대폰 수화기를 통해 흘러나왔다. 얼굴은 볼 수 없었지만, 의자에 편안히 기대 통화를 하고 있었다면 놀라 벌떡 일어났을 목소리였다.

쿡쿡! 서진은 그의 모습을 상상하며 웃음을 참았다.

"네. 박물관에서 큐레이터를 하고 있어요. 3개월 정도 됐어요."

잠시 도혁은 아무런 말도 하지 않았다. 그러자 그 침묵이 이상해 서진 역시 기댔던 의자에서 몸을 일으키며 귀를 쫑긋 세웠다.

"놀랐나요?"

[놀란 건 맞는데…….]

"맞는데, 또 다른 게 있나요?"

서진의 질문에 도혁이 잠시 머뭇거리는 것이 느껴졌다. 그 머뭇거리는 침묵에 서진은 미간을 찌푸렸다. 대체 뭐지?

[훗! 사실 지금 너무 잘 어울린다는 생각을 하고 있었어. 한서진이 박물관 큐레이터였다니.]

"그래요?"

[응. 왜 진작 그걸 깨닫지 못했나 싶을 정도로.]

아마 도혁은 2주 전 전주 박물관에 갔었던 일을 떠올리고 있는 것 같았다. 서진 역시 그때의 일을 떠올리며 의자에 편히 기댔다.

"어렸을 때부터 좋아했던 것 같아요. 사실 헤이그의 그 골동품점에 들어간 것도 그래서였어요. 오랜 시간 동안 잠들어 있던 물건들을 내가 깨운 뒤에 생명을 불어넣는 일을 좋아하거든요. 그리고 우연히 발견한 물건이 역사적 가치를 갖고 있다는 사실을 알았을 때의 기쁨은 이루 말로 표현할 수 없죠."

[그래서…… 우리가 만난 거군.]

도혁의 말에 서진은 고갤 끄덕였다. 검게 빛나는 눈동자 속에 담긴 진한 그윽함이 보는 이의 가슴을 설레게 했다. 그리고 입가에 어린 미소 역시 아릿한 그리움을 담고 있었다. 만약 도혁이 지금 서진을 본다면, 와락 끌어안고 진한 키스를 퍼부었을 테지만 안타깝게도 그 표정을 그는 볼 수 없었다.

"네, 그날 우리가 만났었죠."

헤이그의 도로 위를 울리던 맑은 풍경 소리. 그 소리에 이끌려

서진은 골동품점 앞에 섰다. 그리고 골동품점 안으로 들어오던 도혁을 본 순간 서진은 시간이 멈춘 느낌이었다. 처음 보는 낯선 남자가 오랫동안 기다려 온 사람처럼 익숙하고 그리운 느낌을 받았다. 뿌연 유리창을 통해 들어오는 햇살에 눈부시게 빛나던 그 모습은 아직도 그녀의 머릿속에 각인되어 있었다.

[내일 갈까?]

"바쁘지 않나요?"

'바쁘지 않다면, 올래요?'

입술이 마음과 다른 말을 하고 있었다.

[회의가 있긴 한데, 빨리 끝내고 갈게.]

"그럴 필요 없어요. 주말에 볼 거잖아요."

'온다면, 기다릴게요.'

[음, 한서진은 내가 보고 싶지 않은 모양이군. 난 아침에 눈을 뜨는 순간부터 잠이 들 때까지, 항상 한서진과 함께 있는데 말이야.]

두근!

"일이 바빠서요."

'저도 그래요. 한순간도 민도혁 씨를 마음속에서 밀어낸 적 없어요.'

[보고 싶군.]

전엔 보고 싶다. 그립다는 말이 이렇게 애틋하고 심장을 아리게 하는 말인지 알지 못했다. 하지만 도혁이 보고 싶다고 말한 순간, 서진은 미친 듯이 그가 보고 싶어졌다. 말에 힘이 있는지 아니면 감정이 있는 것인지 알 수 없었지만, 서진은 그가 너무 보고 싶었다.

"보고 싶어요."

결국, 서진은 마음속으로만 생각하던 말을 입 밖으로 뱉어냈다. 수화기를 통해 그가 짧은 숨을 몰아쉬는 소리가 들려왔다. 그 역시 그녀와 같은 그리움에 갈급한 모양이었다.

[내일 갈게.]

"기다릴게요."

휴대전화를 끊은 서진은 작게 한숨을 내쉬었다. 한번 봇물 터지듯 애틋한 감정을 뱉어내자, 서진은 참을 수 없는 그리움에 두 팔로 가슴을 꼭 끌어안았다.

그때 또다시 휴대폰이 울렸다. 서진은 누군지 확인도 하지 않은 채 휴대전화를 귀에 댔다.

"집에 가서 전화할게요. 나 지금, 바빠요."

순간, 묘한 침묵이 흘렀다. 서진은 너무 심했나 하는 생각에 입술을 깨물었다. 하지만 이내 수화기를 통해 흘러나온 낯선 남자의 목소리에 긴장하고 말았다.

[바쁘신 모양이군요. 진일헌입니다.]

"아……."

당황한 서진이 잠시 머뭇거렸다. 그러자 일헌이 그녀의 마음을 읽은 듯 붙임성 있는 목소리로 답했다.

[유럽 출장에서 방금 돌아왔습니다. 공항에 도착하자마자, 서진 씨에게 제가 한국에 왔다는 사실을 알리고 싶었습니다. 조만간 만났으면 하는데, 시간 되십니까?]

이내 서진이 놀란 마음을 가다듬으며 침착한 목소리로 말했다.

"그렇지 않아도 할머님께서 일헌 씨를 만나보고 싶어하세요. 건강상의 문제도 있고, 할머니께선 재단 일에서 하루라도 빨리 손을 떼고 싶어하시거든요. 진일헌 씨 생각은 아직도 변함없는 것이 겠죠?"

서진이 일부러 그에게 선을 긋듯 딱딱하게 말했다. 하지만 일헌은 그녀의 차가운 목소리에도 여전히 부드러운 목소리였다. 아니, 좀 더 많은 감정이 담겨 있다고 해야 맞을 것 같았다. 그리고 서진은 그 감정이 무척이나 부담스러웠다.

[오히려 관심이 더 생겼다고 해야겠군요. 사실 서진 씨만 괜찮다면, 서진 씨가 계시는 천안으로 만나러 갈까도 했는데 오늘은 참아야 할 것 같군요. 눈치 없어, 미움받긴 싫거든요. 연락 주십시오. 기다리고 있겠습니다.]

"아, 네."

휴대전화를 내려놓으며, 서진은 살짝 눈살을 찌푸렸다. 분명히 개인적으로 그에겐 관심이 없다고 선을 그었지만 일헌은 그녀의 차가운 태도에도 전혀 개의치 않는 모습이었다. 서진은 그것이 조금 마음에 걸렸다. 일헌이 상식 밖의 행동을 할 사람처럼 보이진 않았지만, 다음에 만나게 된다면 그녀에게 이미 사랑하는 사람이 있다는 말을 확실히 해야 할 것 같았다.

"우선, 할머니께 말씀을 드려야 하는 건가?"

일헌을 손주 사윗감은 물론 재단의 대표로 생각하는 정 여사를 떠올리며, 서진은 작게 한숨을 내쉬었다. 처음엔 정 여사 역시 놀랄 테지만, 도혁을 보면 그렇게 반대할 것 같진 않았던 것이다. 서진은 무겁게 내려앉는 마음을 떨쳐 내며, 퇴근 준비를 했다. 더는 일이 손에 잡히지 않아서였다. 박물관을 나서자 짙게 깔린 어둠이 그녀를 삼키듯 다가왔다. 갑작스러운 스산함에 서진은 잠시 걸음을 멈췄다.

욱신! 어둠을 응시하고 있던 서진은 갑작스럽게 밀려드는 아픔에 손으로 가슴을 꾹 눌렀다. 이상했다. 가끔 예고도 없이 밀려드는 감정에 당혹스러울 때가 있었던 것이다. 잠시 그렇게 서 있던 서진은 가슴을 옥죄던 고통이 사라지자, 집으로 향했다. 하지만 여전히 머릿속엔 조금 전 느꼈던 지독한 아픔이 흔적처럼 남아 있었다.

서진과의 약속대로 다음날 도혁은 서진의 아파트 주차장에 차를 세웠다. 하지만 어제 통화를 떠올리며 아직도 믿지 못하겠다는 얼굴을 했다. 서진이 박물관 큐레이터였다니. 그것도 지혜가 자랑하던 신입 큐레이터가 서진이었다고 생각하자, 헛웃음이 새어 나왔다.

어젯밤 전화 통화를 하다, 서진이 이곳 박물관에 근무한다는 말을 들었을 때 한순간 말을 잇지 못했다. 모든 것이 잘 짜인 거미줄처럼 서진과 자신을 연결하고 있다는 느낌을 떨쳐 버릴 수 없었던 것이다. 그리고 그 이유가 다름 아닌, 한 쌍의 회중시계란 생각이 들었다.

'과거의 물건, 즉 회중시계가 두 사람을 끌어당긴다. 뭐, 그런 건가?

만약 그렇다면 회중시계는 서진과 도혁 두 사람과 어떤 깊은 연관이 있는 물건이 아닐까 하는 생각이 들었다.

'나에겐 유품이었지만, 서진과는 어떤 관계가 있는 거지?'

어느새 서진의 집 앞에 도착한 도혁은 서둘러 초인종을 눌렀다. 그러자 기다렸다는 듯 문이 열리고, 서진이 그를 보며 서 있었다.

"생각보다 빨리 왔네요. 난 좀 더 늦을 줄 알았는데."

"많이 기다렸나?"

"아니요. 저도 조금 전 도착했어요. 어서, 들어와요."

서진이 그가 들어올 수 있도록 옆으로 비켜서자, 그가 안으로 들어왔다.

"어엇! 잠깐…… 민도혁 씨!"

하지만 도혁은 안으로 들어서자마자 그녀를 와락 끌어안았다. 그리곤 그녀의 목덜미에 얼굴을 묻곤 그녀의 향기를 가득 빨아들였다.

"한서진 냄새."

도혁이 서진의 허리에 팔을 감으며 그녀를 힘껏 끌어당겼다. 그리곤 달콤한 향기에 취한 듯 나른한 목소리로 말했다.

"내 냄새요? 그런 게 있나요?"

"응, 있어."

"그래요? 아마 비누 냄새나 샴푸 냄새겠죠."

"아니, 그것과는 좀 달라. 뭔가 오래된 냄새야."

"오래된 냄새? 설마 나에게 악취가 나는 건 아니죠?"

"훗! 아니야. 음, 그러니까 오래된 냄새란……? 질 좋은 책에서 나는 은은하고 그윽한 향기와도 닮았지. 또 푸른 녹음으로 가득한 숲에 부는 바람 냄새와도 닮았고. 한서진의 냄새는 신비롭고 그윽해서 한번 중독되면 헤어 나올 수가 없지."

두근!

"사람에게서 나무 냄새가 나다니, 말도 안 돼."

"말이 안 될지도 모르지만, 내겐 그래. 한서진은 내게 그런 느낌이야."

사실 서진 역시 도혁의 말에 공감했다. 그녀에게 민도혁이란 사람 역시 그랬다. 그에겐 자신이 향기로 기억되는 사람이었지만, 그녀에게 도혁은 뭔가 아릿한 기억과 겹쳐져 자꾸만 그녀의 심장을 옥죄었다.

데자뷔와는 달랐다. 가끔 그를 보면, 그녀의 무의식 저 밑바닥에 침잠되어 있던 어떤 것과 겹쳐져 울컥 커다란 감정을 불러일으켰다. 무작정 울고 싶어졌고, 때론 심장이 터질 듯 부풀어 오르곤 했다.

거대한 슬픔과 그리움. 그리고 심장을 옥죄는 애틋한 감정이 혼재되어 그가 보고 싶어졌다. 한순간 부서져 버릴 것 같은 심장이 또 한순간 미친 듯이 뛰고 모든 것을 잊고 그에게 달려가고 싶게 만들었다.

"알았으니까, 그만 좀 놔줘요. 찌개가 넘겠어요."

그녀의 마음속에 이는 감정과는 달리 서진은 담담하게 말했다. 그러자 도혁이 그녀를 놓아주었다. 서진을 따라 거실로 들어온 도혁이 겉옷을 벗어 탁자 위에 짐과 내려놓았다.

"내가 도울 것 없어?"

"손이나 씻고 오세요. 다 됐어요."

도혁이 화장실로 들어가는 것을 보곤 서진은 식탁에 밥을 차리기 시작했다. 잠시 후, 손을 씻고 나온 도혁이 식탁에 앉자 서진 역시 마주 앉았다.

"박물관 일은 어때? 상사가 힘들게 하진 않고?"

"일에 있어서 완벽한 사람이라, 다른 사람에게도 완벽하길 요구하시는 분이죠. 사적인 건 잘 모르지만, 저에겐 최고의 사수예요. 많이 배우고 있는 중이구요."

"그렇다니 다행이군. 까칠해서 힘든 성격인데 말이야."

도혁의 말에 서진이 그를 올려다보았다. 그리곤 이상하다는 듯 미간을 찌푸렸다.

"저희 팀장님과 아는 사인가요?"

이런, 젠장! 무의식적으로 지혜에 대해 말해 버린 모양이었다.

"권지혜 팀장에 대해 좀 아는 사람이 있어 물었더니, 그렇게 말하더군."

"아, 그랬군요. 하지만 소문처럼 그런 분은 아니니 걱정 말아요."

서진의 말에 도혁의 입가에 미소가 떠올랐다. 어제 그녀와 통화하던 중, 어머니 박 여사와 지혜가 침이 마르도록 칭찬했던 큐레이터가 서진임을 알았을 때 도혁은 무척이나 놀랐다. 당장에라도 자신이 민국환 화백의 증손자임을 알리고 싶었지만, 도혁은 그 시기를 조금 늦추기로 마음먹었다. 이번 주에 그녀가 자신의 집에 왔을 때 놀란 모습을 보고 싶었다. 그리고 느끼길 바랐다. 그가 그랬던 것처럼, 두 사람은 보이지 않는 거대한 운명이란 끈으로 연결되어 있음을 말이다.

"식사 후, 내가 가져온 파일을 좀 보겠어? 1907년을 기준으로 자료와 신문 기사를 모으다 보니, 아주 흥미로운 사실들이 있더군."

"그래요? 빨리 보고 싶군요."

서진이 당장에라도 자리에서 일어서 파일을 볼 기세로 대답하자, 도혁이 그녀의 팔을 붙잡았다.

"어서 먹어. 다 먹기 전까지 보여주지 않을 테니까."

서진이 아쉬운 표정으로 밥을 먹기 시작했다. 그리고 식사 후, 두 사람은 탁자를 사이에 두고 마주한 채 파일을 살피기 시작했다.

한참을 꼼짝도 하지 않은 채 파일을 읽던 서진이 몹시 놀란 얼굴을 했다. 파일을 넘기던 서진의 손이 작게 떨리고 있었다.

고종황제의 사라진 보물이라. 서진은 흥분으로 심장이 뛰기 시작했다.

─1949년 7월 29일.

인천항에 도착한 헐버트는 고종황제의 외교고문이자 비밀 특사였다. 그가 한국에 온 이유는 고종황제의 소명인 내탕금을 찾아오라는 명을 죽기 전에 수행하기 위해서이다.

신문 기사를 마저 읽은 서진은 작게 한숨을 내쉬었다.

"민도혁 씨! 만약…… 만약에요. 우리가 찾는 회중시계와 이 내용과 관련이 있는 것이라면, 어떻게 되는 거죠?"

잔뜩 흥분해 떨리는 그녀의 목소리완 달리, 도혁에게 아무런 대답이 없었다.

"민도혁 씨……."

도혁을 향해 고갤 든 서진이 잠시 말을 멈췄다. 그리곤 잠시, 그
윽한 얼굴로 그를 응시했다. 그가 잠들어 있었던 것이다. 소파에
팔을 하나 올려놓은 채 그곳에 몸을 기대곤 고른 숨을 내쉬며 잠
들어 있었다.

단정했던 머리카락은 어느새 이마 위에 아무렇게나 흐트러져
있었고, 주름 하나 없던 와이셔츠엔 구김이 생긴 채 접혀 있었다.
서진은 조각처럼 완벽한 콧날을 내려다보며, 조심스럽게 그의 머
리카락을 쓸어 넘겨주었다. 가까이에서 보니, 요즘 일이 많아 잠
을 이루지 못했던 듯 눈가에 그늘이 져 있었다.

"피곤하면, 오지 말 것이지……."

사실 서진 역시 그를 만나기 위해 회사에서 점심도 건너뛰며 일
을 했었다. 아마 그 역시 마찬가지 마음이었을 테지. 그저 잠깐 얼
굴을 보기 위해 무리를 하는 것은. 서진이 파일을 덮은 후 자리에
서 일어섰다. 그리곤 방으로 가 베개와 이불을 가지고 나왔다.

거실에 베개를 놓곤 그가 깨지 않게 조심스럽게 그를 바닥에 눕
혔다. 그러자 도혁은 몇 번 뒤척이나 싶더니 포근한 이불을 끌어
안았다.

서진은 그가 좀 더 편히 누울 수 있도록 탁자를 밀어 공간을 만
들었다. 다시 한 번 그의 몸 위로 이불을 덮어주고는 불 하나만 남
겨두고 거실의 불을 껐다. 그리고 방으로 들어가는 대신, 그의 옆
에 쪼그리고 앉았다.

"도혁 씨!"

가만가만 그의 이름을 부르는 그녀의 목소리가 그윽했다.

"와줘서 기뻐요. 종일 설레었거든요. 누군가를 기다린다는 게, 이렇게 기분 좋은 일이라니."

어둠 속을 울리는 서진의 고백이 심장을 적셨다. 그녀는 손을 뻗어 불빛에 그늘이 진 도혁의 뺨을 조심스럽게 어루만졌다. 서진은 잠시 망설이다, 고갤 숙여 그의 뺨에 입을 맞췄다.

"잘 자요."

서진이 자리에서 일어서려는 순간, 잠을 자고 있다고 생각했던 도혁의 팔이 허릴 감아왔다.

"엇!"

순식간에 그에게 끌어당겨진 서진은 그의 아래 반쯤 몸을 깔린 채 그를 올려다보았다.

"그런 앙큼한 고백을 하고 그냥 가려 하다니."

"난, 그게 아니라……."

도혁의 입가에 미소가 떠올랐다. 그리곤 당황한 듯 그를 올려다 보고 있는 서진의 입술에 키스를 퍼붓기 시작했다. 뜨거운 혀가 엉켜 하나가 되듯 녹아들기 시작하자, 어느새 두 사람의 몸에도 격정의 파도가 찾아들었다. 피곤을 몰아내는 달콤한 쾌락이 밤을 이어 계속되었다.

사흘 후, 서진은 도혁의 집 응접실에 서 있었다. 박 여사가 나오길 기다리며 도혁을 쏘아보았다.

"언제 알았어요?"

"지난번 통화했을 때. 박물관 큐레이터란 말을 듣는 순간, 모든 것이 연결되더군."

"그럼 지난번, 기획안을 들고 권 팀장님께서 찾아가신 분이 바로, 민도혁 씨였나요?"

"아마도."

도혁이 즐거운 듯 서진을 내려다보았다. 그러자 왜 진작 말하지 않았느냐는 듯 원망의 눈초리로 그를 쏘아보았다. 하지만 도혁은 그녀의 놀라며 쏘아보는 모습까지 기쁜 모양이었다.

"두고 봐요. 절대 그냥 넘어가지 않을 테니까요."

서진은 그렇게 으름장을 놓곤 옷매무시를 가다듬었다. 여전히 얼떨떨한 기분이었다. 박 여사가 도혁의 어머니였고, 민 화백이 증조할아버님이셨다니. 회중시계와 그림, 그리고 어쩌면 고종의 사라진 보물까지. 이 모든 게 복잡하게 연결되어 있는 것처럼 보이지만, 큰 줄기는 하나였다.

'민국환과 회중시계.'

그의 손끝이 그녀의 손을 스쳤다. 그리곤 가만가만 그의 손이 그녀의 손을 건드렸다.

"지금 뭐 하는……."

"쉿! 놀란 감정 외에 다른 감정은 없나? 잘 들여다봐."

서진은 그녀의 손에 닿는 그의 손의 감촉에 집중했다. 손과 손이 마주 닿고, 열 개의 손가락이 각자의 위치를 찾아 얽혀들었다. 마치 처음부터 하나인 것처럼.

"어때? 느껴져?"

"뭐가요?"

"처음부터 하나인 것처럼, 얽혀 있는 강한 힘을 말이야."

두근! 도혁이 그녀가 느끼는 감정을 똑같이 말하자, 심장이 들썩이기 시작했다.

"난…… 그러니까……."

달칵! 문이 열리는 소리와 함께 맑고 부드러운 목소리가 들려왔다.

"어서 와요, 많이 기다렸죠?"

박 여사가 환하게 웃으며 두 사람에게 다가왔다. 그러다 도혁 옆에 서 있는 서진을 발견하곤, 조금 놀란 듯 걸음을 멈췄다. 눈을 가늘게 뜬 박 여사는 도혁과 서진을 번갈아가며 바라보았다.

"잠깐, 이게 어떻게 된 건지……."

어리둥절해 있는 박 여사를 보곤 도혁이 서둘러 말을 꺼냈다.

"놀라셨죠? 저희도 지금 놀라는 중이었어요. 어머니께서 말씀하시던 큐레이터가 한서진 씨일 것이라곤 전혀 예상치 못했었거든요."

그제야 박 여사의 얼굴이 환해졌다. 자신만 이 상황이 혼란스러운 것이 아님을 깨달은 것이다. 서진 역시 많이 놀란 표정이었다.

"나도 깜짝 놀랐지 뭐야. 너랑, 한서진 씨가 같이 있어서. 하지만 정말 기쁘구나. 사실 그날, 한서진 씨한테 내 아들 만나보는 건 어떻겠냐고 물을 정도로 서진 씨가 마음에 들었거든."

"그러셨어요?"

"으응, 그렇다니까. 그렇죠, 서진 씨?"

"네."

서진의 대답에 박 여사와 도혁의 입가에 미소가 떠올랐다. 그리곤 언제 다가왔는지 박 여사가 서진의 손을 꼭 잡았다.

"세상에 이런 인연이 다 있군요. 한서진 씨, 다시 만나서 반가워요."

"저도 다시 뵙게 돼 기쁩니다."

박 여사가 서진의 손을 토닥이며, 다시 한 번 믿을 수 없다는 듯 말했다.

"정말 인연이란 게 있는 건가 봐. 배고프지? 어서 가서 밥 먹어요."

다정히 서진의 손을 잡고는 박 여사가 부엌으로 향했다. 살가움보다는 배려가 많은 분이라고 생각했었다. 하지만 오늘 서진을 대하는 박 여사를 보면서 도혁은 자신이 그의 어머니에 대해 잘못 생각해 온 건 아닌가 하는 생각이 들었다. 두 사람을 따라 부엌으로 들어가며, 도혁의 입가에 만족스러운 미소가 떠올랐다.

물끄러미 응접실 벽에 걸려 있는 그림을 바라보던 서진이 도혁에게 말을 건넸다.

"저기, 검은 너울을 쓴 여인이요. 어디서 본 것 같지 않아요?"

서진의 말에 도혁의 눈빛이 날카로워졌다. 그리곤 잠시 생각에 잠겨 있던 도혁이 뭔가 떠오른 듯 서진을 놀란 눈으로 바라보았다.

"그 그림. 헤이그의 골동품점에서 발견했던 그림의 여자와 분위기가 비슷하군. 색채와 화풍은 전혀 다르지만, 분명 이미지는 같아. 그리고 그 그림 속의 여자는 손에 회중시계를 들고 있었지만, 이 그림엔 여자를 중심으로 물결처럼 둥근 원 형태의 시계의 이미지가 그려진 것까지 같군."

"아, 그 그림이 있었군요. 그럼, 그 그림 역시 연관이 있다는 건가요?"

"지금 생각은 그렇다, 인데……. 나머지 4개의 그림을 확인하고, 마지막으로 헤이그에서 구매한 그림까지 살펴본 후에 결론을 내리는 것이 좋을 것 같군. 이쪽으로 와. 다음 그림을 보러 가도록 하지."

도혁이 서진을 데리고 이번엔 1층 서재로 향했다. 서재의 문을 열고 안으로 들어가자 엔틱 가구들로 이루어진 서재의 한쪽 벽에 그림 두 개가 걸려 있었다. 서진과 도혁은 그림 앞에 서서 그림을 응시했다. 그 그림들에도 여자가 있었다. 특별히 여자라고 단정 지어 말할 수 없었지만 바람에 흩날리는 천과 색채에서 조금 전 보았던 검은 너울을 쓴 여자의 느낌을 찾을 수 있었던 것이다.

"여기도 그 여인의 이미지가 있군요."

서진의 말에 도혁 역시 같은 느낌을 받은 듯 고갤 끄덕였다. 그리곤 손가락으로 그림의 하단을 가리켰다.

"여기 좀 봐. 다른 그림과는 달리, 이 그림엔 작품 번호가 적혀 있어."

"작품 번호요? 그럼 연작이란 건가요?"

"사실 연작을 표시한 작품 번호인지, 아니면 의미 없는 낙서인지는 모르지만 여기 이 부분에 할아버지 사인 외에 숫자가 적혀 있더군."

도혁이 손으로 가리킨 부분엔 민국환이란 영문 사인 아래, 287
이란 숫자가 정확히 적혀 있었다.

"287. 대체 무슨 뜻일까요? 무얼 가리키는 숫자인지, 전혀 감이
잡히지 않아요. 혹시 수첩엔 숫자와 연관된 내용은 없었나요?"

"아니, 전혀."

도혁이 고갤 가로저었다. 사실 그 역시 이 숫자가 떠올라 수첩
을 찾아보았지만, 그 어떤 곳에서도 그 단서를 찾지 못했던 것이
다. 서재를 나온 두 사람은 집을 돌며 나머지 2점의 그림 역시 확
인했지만, 뚜렷한 실마리를 잡진 못했다.

공통점이 있다면, 5점의 작품엔 모두 여자가 등장한다는 것. 그
리고 그 여자가 민국환에겐 아주 중요한 사람인 동시에, 그들이
찾고 있는 그 어떤 것의 열쇠일지도 모른다는 것이었다. 그림 속
의 여자. 그리고 나머지 한 개의 회중시계와 287이란 숫자. 아무
리 세 개가 갖는 연결 고리를 찾으려 했지만 잘되지 않았다.

"이제 내 방으로 갈까? 거기에 한서진 씨가 준 그림도 있고, 수
첩도 있으니 살펴보도록 하지."

"그래요, 어서 가요."

서둘러 2층 도혁의 방으로 간 두 사람은 침대 바로 옆에 걸린
그림을 떼어냈다. 그리곤 책상 앞에 마주 앉아 그림을 살피기 시
작했다. 민국환의 그림과는 전혀 다른 화풍의 유화. 섬세하고 부
드럽게 어우러지는 여인과 이국적인 느낌의 헤이그 운하. 전혀 다
른 그림이었지만 여섯 개의 그림 사이엔 공통점이 있었다.

지독한 슬픔. 그리고 그 슬픔은 그림 속에 직간접적으로 표현된

여자에게서 비롯되고 있었다.

"이 그림에도 여자가 있군요. 그리고 회중시계도."

"하지만 이 그림은 증조할아버님의 그림이 아니야. 추측해 보자면…… 이 그림은 어쩌면 이 그림 속에 등장한 여자가 직접 그린 그림인 것 같아."

"그럼, 그림 속의 여자가, 화가였다는 건가요?"

"응. 내 결론은 그것뿐이야. 100년 전이란 시간과 헤이그와 서울이라는 공간을 뛰어넘어 두 그림이 너무도 닮아 있어. 그리고 그 공통점은 증조할아버님과 이 여인이 연인이었다는 것으로밖에 설명할 수 없지. 그러니까 내 말은……."

"이 여인이 회중시계의 주인이란 말이군요."

도혁의 말을 듣고 있던 서진이 확신에 찬 목소리로 답했다. 그리곤 주머니 속에서 회중시계를 꺼내 책상 위에 올려놨다.

"그래. 그리고 우리가 찾아야 할 사람이 바로, 이 여인이지. 어쩌면 이 여인의 후손 중 하나가 회중시계를 유품으로 보관하고 있을지도 모르지."

서진은 순간 미간을 찌푸렸다. 어떻게 해야 이 여인의 후손을 찾을 수 있을지 도통 감을 잡을 수 없었던 것이다.

"혹시 민국환 화백님의 수첩에 이 여인에 관한 이야기가 있나요?"

"난 찾지 못했어. 서진 씨가 이 수첩을 가져가서 한번 살펴보겠어?"

도혁이 수첩을 서진 앞에 놓으며 말했다. 그러자 서진은 놀란 눈으로 그를 올려다보았다.

"내가 가져가 살펴봐도 되겠어요?"

"이제 회중시계를 찾는 일은 이제 한서진 씨와도 역시 무관하지 않다고 생각해. 여러모로."

도혁의 눈빛이 짙게 변해 있었다. 여러모로란 말속에 담긴 의미를 서진 역시 알고 있었다.

"네, 가져가 살펴볼게요."

수첩을 받아 든 서진은 차가운 감촉의 가죽 수첩을 천천히 쓸어내렸다. 100년이란 시간이 흐르면서 사람과 시간의 손길에 닳아 해진 수첩의 모서리를 서진이 손끝으로 어루만졌다. 그러다 미세하지만 다른 부분과 다른 느낌의 한 부분에서 손을 멈췄다.

—M&H.

수첩 아래 모서리를 손끝으로 훑던 서진이 가죽 위에 음각된 흔적을 찾아냈다.

"왜, 뭔가 찾아냈나?"

"여기, 이 부분에 영문 이니셜이 새겨져 있는 것 같아요. M&H."

"그래? 아마 M은 민국환의 민의 영문 첫 글자일 테지. 그리고 나머지 H는…… 그 여인의 것이겠군."

도혁의 말에 서진이 고갤 끄덕였다. 그리곤 다시 한 번 손끝으로 이니셜 부분을 어루만졌다. 순간 심장이 뜨거워졌다. 가죽 수첩을 어루만지는 손끝 역시 미세하게 떨리고 있었다. 그 묘한 떨림에 서진은 화들짝 손을 떼었다..

똑똑!

"네."

도혁의 대답에 문이 열리고, 박 여사가 얼굴을 내밀었다. 그러자 서진이 자리에서 일어섰다.

"난 차를 마실 생각인데, 그림을 다 살펴봤어?"

"아, 네."

"그래? 그럼 함께 마실까?"

"네. 그렇지 않아도 지난번 홍차가 너무 맛이 있어서 또 마시고 싶던 참이었어요. 함께 내려가요."

서진이 수첩을 가방에 넣으며 문으로 걸어가자, 도혁 역시 책상에 놓인 그림을 옆으로 치우곤 서진을 뒤따랐다.

"그럼 이제 마음 놓고 수다를 떨어도 되겠네. 사실 나, 서진 씨한테 물어볼 게 아주 많거든. 서진이라고 불러도 될까?"

살갑게 그녀의 이름을 부르는 박 여사를 보며, 서진이 미소로 답했다.

"네, 편하실 대로 부르세요."

"좋아, 서진아. 그럼 서진인 날 어머니라고 불러줄래? 박 여사님! 하고 부르는 건 좀 그렇잖아."

"아, 네."

사실 그녀 역시 박 여사가 도혁의 어머니란 사실을 알고 난 후, 호칭을 어떻게 해야 할지 망설이고 있었던 것이다.

"우리 도혁이 참 멋없는 남자지 않아? 차갑고 냉정한데다, 얼마나 시크한지. 가끔 내가 다 서운할 정도라니까. 아 참, 우리 도혁이 어렸을 때 사진 본 적 없지? 사실 얘가 지금은 이렇지만, 어렸을 땐 얼마나 다정다감한 아이였다고. 예쁘기도 하고."

"그랬어요?"

서진이 뒤따라오는 도혁을 슬쩍 돌아보며 믿기지 않는다는 얼굴을 했다. 그러자 도혁 역시 어깰 으쓱할 뿐 아무런 말도 하지 않았다.

"그랬다니까. 내가 사진첩 꺼내올 테니까, 잠깐 기다려."

신이 난 박 여사가 사진첩을 가지러 방으로 간 사이 도혁과 서진이 응접실 소파에 앉았다.

"홋, 지금부터 민도혁 씨의 어린 시절을 낱낱이 보게 되겠네요. 운 좋으면, 누드 사진도 볼 수 있겠는데요."

서진이 이 상황이 너무도 즐겁다는 듯 말하자, 도혁이 슬쩍 미간을 찌푸렸다. 그러다 그의 눈동자에 장난기가 어리는 것이 보였다. 그리곤 그녀 쪽으로 고갤 숙이더니 끈적끈적한 목소리로 말했다.

"어린 시절 누드보단, 지금이 훨씬 섹시하지 않나?"

순간 서진은 그녀의 머릿속에 조각처럼 완벽한 비율을 이룬 그의 몸이 떠올랐다. 순식간에 얼굴이 붉어졌다. 그리고 서진이 뭐라고 대답하기 전에 박 여사가 사진첩을 한가득 안고 응접실로 돌아왔다. 서진은 도혁의 사진을 보는 내내, 자꾸만 심장이 파닥거렸다.

그녀의 변화를 눈치챈 도혁은 박 여사의 눈을 피해 서진의 손을 쓸어내렸다. 그녀의 팔에 닿는 그의 어깨라든가, 그녀의 허벅지를 누르는 그의 단단한 다리. 그리고 우연처럼 귓불을 스치는 그의 촉촉한 입술까지. 고문처럼 은밀하고 교묘하게 이루어지는 그의 손길에 서진은 입술을 꼭 깨물어야 했다.

두근, 두근!

나른하고 간질거리는 감각에 서진은 두 손을 꼭 쥐었다. 그리곤 최대한 침착한 모습으로 도혁의 달콤한 고문을 견뎌야 했다.

작은 한숨이 서진이 입술 새로 흘러나왔다. 도혁의 집에서 나오자, 서진은 잔뜩 긴장되어 있던 몸이 서서히 이완되는 것을 느꼈다. 어느새 그의 차를 타고 성북동 본가 앞에 도착한 서진이 자동차에서 내리려 하자, 도혁이 그녀의 손을 붙잡았다.

"오늘 고마웠어. 아버지께서 돌아가신 후, 처음으로 어머니께서 환하게 웃으시며 행복해하시는 것 같았어. 사실 3달 전에 어머니께서 갑자기 건강이 좋지 못해 쓰러지셨거든."

"3달 전이요?"

3달이란 말에 서진이 잠시 생각에 잠겼다. 그러다 문득 뭔가 떠오른 듯 그를 보았다.

"그럼 헤이그에서 갑자기 한국으로 돌아갔던 이유가, 어머님의 건강 때문이었나요?"

"응. 그때 메모도 없이 가버려서 미안했어."

"그랬었군요. 난 그것도 모르고……."

"날 많이 미워했겠지."

"밉다기보단 처음엔 걱정했죠. 첫인상이 약속을 어길 사람처럼은 보이지 않았으니까. 그리고 그다음엔……."

"그다음엔?"

서진이 잠시 말을 멈추자, 도혁이 호기심이 인 듯 재촉했다.

"내 착각이었나? 하는 생각을 했어요. 분명, 그 전날 민도혁 씨역시 내게 호감이 있다고 생각했었거든요. 그리고 실망했죠."

도혁이 손을 뻗어 서진의 손을 꽉 잡았다. 그리곤 그녀를 꽉 끌어안으며 머리에 입을 맞췄다. 그녀의 말처럼 그 역시 호감을 느끼고 있었다. 자꾸만 반복되는 만남과 범상치 않은 인연에 도혁은 그녀에게 속수무책으로 빠져들었던 것이다. 약속과 계약이 모든 것이라고 생각하는 사업가인 도혁이 무모할 정도로 인연이란 말에 집착하게 된 것이다.

"난 불안했지. 한국에 돌아와, 당신을 다시 만나지 못할까 봐."

처음 듣는 도혁의 고백에 서진이 그를 올려다보았다.

"민도혁 씨가 그런 생각을 했다구요?"

"응. 그날, 최현우 씨와 함께 있는 한서진 씰 만나지 못했다면 헤이그의 선우에게 연락할 생각이었어."

"흥, 그럼 누가 받아준대요?"

서진이 가당치도 않은 말이라는 듯 차갑게 말하자, 도혁이 그녀를 꽉 끌어안았다.

"아마 애 좀 태웠겠지."

서진은 도혁의 말에 공감했다. 서진 역시 우연처럼 거듭되는 만남에 흔들리고 있었으니까.

"이제 들어가야 해요."

서진의 말에 도혁이 그녀를 놓아주었다. 가방을 챙긴 서진이 문을 열고 나가자, 도혁 역시 따라 내렸다. 그리곤 도혁은 여전히 서진과 헤어지는 것이 아쉬운 듯 쉽사리 그녀의 손을 놓아주지 않았다.

"어서 가봐요. 어머니께서 기다리실 텐데."

그녀의 채근에도 도혁은 꼼짝도 하지 않았다. 오히려 그녀를 품에 안으며 그녀의 목덜미에 얼굴을 묻었다. 규칙적으로 오가는 그의 심장의 울림을 들으며, 서진은 나른한 만족감을 느꼈다.

"어서 가요. 이러다 할머니라도 나오시면……."

"응, 갈게."

하지만 도혁은 대답과는 달리 그녀를 놓지 않았다. 서진이 작게 한숨을 내쉬며, 그를 억지로 밀어내자 마지못해 그녀를 놓아주었다.

"내일 몇 시에 내려갈 거야?"

"점심 먹고……."

덜컹! 끼익!

그때 굳게 닫혔던 대문이 열렸다. 그리곤 할머니 정 여사가 나오더니, 대문 앞에 서 있는 서진과 도혁을 발견하곤 놀란 얼굴을 했다.

"집에 왔으면 들어오지 않고 뭐 하고 있는 게야?"

하지만 말과는 달리, 정 여사의 시선은 서진을 지나쳐, 옆에 서 있는 도혁에게 날카롭게 날아드는 것을 놓치지 않았다.

"아, 할머니."

서진이 도혁과 정 여사를 번갈아 보며, 난처한 얼굴을 했다.

"그분은 누구시니?"

정 여사가 한 발짝 밖으로 나왔다. 그러자 도혁이 정 여사 앞으로 나오더니 허릴 숙여 인사를 했다.

"처음 뵙겠습니다. 민도혁입니다."

"민도혁 씨? 우선 들어와 얘기하는 것이 좋겠군."

"할머니!"

정 여사가 다짜고짜 도혁을 집으로 청하자, 서진이 당황한 목소리로 정 여사를 불렀다. 그러자 정 여사가 서진을 마땅찮은 얼굴로 보았다.

"쯧쯧, 지난번 골목길에서 누가 그렇게 딱 붙어 있나 했더니……."

화끈! 서진은 정 여사가 하는 말이 무엇인지 금방 눈치챌 수 있었다. 지난번 도혁의 차에서 정 여사의 차를 봤을 때가 떠올랐던 것이다. 아마 지나치면서 차 안에서 키스하는 두 사람을 본 모양이었다.

"저기, 그건……."

서진이 얼굴을 붉히며 머뭇거리자, 정 여사는 서진을 지나 도혁을 바라보았다. 가로 등불 아래였지만, 도혁은 무척이나 단정하고 잘생긴 남자였다. 그리고 그에게서 뿜어져 나오는 강한 카리스마는 그가 평범한 사람이 아님을 짐작하게 했다. 특히 당황한 서진을 바라보는 그의 다정한 눈빛부터 그를 차갑게 쏘아보는 정 여사와 눈이 마주쳤을 때, 흔들림 없는 눈빛까지. 겉모습은 그런대로 합격점이었다.

"내 집에 온 이상, 내 뜻대로 해도 되겠죠?"

"네. 들어가겠습니다."

도혁의 대답에 정 여사가 고갤 끄덕인 후, 대문 안으로 들어갔다.

"괜찮겠어요? 우리 할머니, 만만치 않은 분이라서……."

서진이 급작스러운 상황에 도혁을 걱정스러운 눈빛으로 바라보았다.

"걱정 마. 어서 들어가지."

〈1910년, 헤이그.〉

똑똑!

문을 두드리는 소리에 세경은 바짝 긴장했다. 하지만 불안으로 뛰는 그녀의 심장만큼, 문을 두드리는 소리는 잦아들지 않았다. 결국 현관으로 걸어간 세경은 몇 번 깊이 숨을 몰아쉰 후 문을 열었다.

"계셨군요, 세경 씨."

세경은 생각지도 않은 방문객인 진기훈을 보곤 조금 놀랐다. 그가 왜 그녀를 찾아왔는지 전혀 짐작조차 할 수 없었기 때문이었다. 하지만 감시자가 아니란 생각에 긴장으로 굳어졌던 얼굴이 서서히 풀리기 시작했다.

"기훈 씨! 여긴 어떻게 왔어요? 지금 중요한 회의가 있어 모인 것 아니었나요?"

"잠깐 들어가 얘기하고 싶은데, 그래도 되겠습니까?"

세경은 평소와 다른 분위기의 기훈을 유심히 살폈다. 뭔가에 쫓기듯 초조해 보이는 기훈은 집 안으로 들어가길 청하면서도 자꾸만 주위를 두리번거렸다.

"무슨 일이 있군요."

"세경 씨에게 꼭 전할 말이 있어서 온 겁니다. 그러니 들어가게 해주세요. 아주 중요한 일입니다."

또다시 절박한 표정으로 그가 세경의 팔을 붙들었다. 그의 갑작스러운 손길에 놀란 세경은 기훈의 손을 슬쩍 피했다. 그 역시 그 사실을 알았는지 계면쩍은 얼굴로 서진을 보았다.

"죄송합니다, 조급한 나머지 그만."

세경을 잡았던 손을 등 뒤로 감추곤 기훈이 그녀를 바라보았다. 여전히 포기하지 않은 채 다급한 모습이었다.

"들어오세요."

세경이 길을 내어주자, 그가 집 안으로 들어왔다. 그리곤 창문으로 걸어가 밖을 한 번 더 살피더니 커튼을 쳤다. 고종황제의 밀사가 된 후 몸에 밴 습관이기도 했기 때문에 세경은 그런 기훈을 보며 씁쓸한 미소를 지었다.

"차를 내올게요."

"아닙니다. 시간이 없습니다."

기훈이 자리에 앉자 세경 역시 따라 앉았다. 그리곤 그의 초조해하는 모습에 그녀 역시 덩달아 긴장하기 시작했다.

"오늘 밤, 헤이그를 떠나십시오. 기차 편은 제가 준비해 놓았습니다."

"그게 무슨 말씀이죠? 전 내일 새벽 고국으로 가는 배를 탈 예정입니다. 그러니 기차를 탈 일은……."

"감시자의 동향이 심상치 않습니다. 우리 쪽 정보가 그쪽으로 새어들어 갔을 수도 있습니다. 그러니 서둘러 떠나야 합니다. 세경 씨가 위험할지도 모릅니다."

기훈의 눈동자에서 세경은 자신을 걱정하는 그의 마음을 읽을 수 있었다. 그리고 그 걱정하는 마음속에 또 다른 감정 역시 느낄 수 있었다. 연정. 아마 기훈은 그녀에게 동료애가 아닌 애정을 품은 듯

했다.

"이 일을 시작했을 때부터 위험은 감수한 일입니다. 제가 위험하다면, 동료들 역시 위험할 것 같군요. 가서 알려야겠어요."

세경이 한시도 지체할 수 없다는 듯 자리에서 일어섰다. 그러자 기훈이 그녀의 팔을 강하게 붙잡더니 고갤 가로저었다.

"이미 늦었습니다. 사실 이곳으로 오기 전, 감시자들이 그쪽으로 가는 것을 보았으니까요. 그래서 온 겁니다. 세경 씨만이라도 살리기 위해서. 그러니 어서 짐을 챙겨 저를 따라오세요. 가야 합니다."

"뭐라구요? 감시자들이 동료가 있는 곳을 급습했다는 건가요?"

"확신할 수 없지만, 지금쯤 비밀 장소에 도착했을 겁니다. 아마 우리 중 누군가의 뒤를 쫓다, 비밀 장소를 노출시킨 듯합니다. 세경 씨! 어서요!"

기훈이 그녀의 손을 잡아끌었다. 그러자 세경은 기훈의 손을 강하게 뿌리쳤다. 표정 역시 차갑게 식어 있었다.

"지금 동료를 두고 저보고 도망치라는 건가요?"

"도망치는 것이라 아니라, 나중을 기약하기 위해 가는 겁니다. 한 사람이라도 의미 없는 죽음에서……."

"싫습니다. 전 가지 않아요. 진기훈 씨, 어서 가요. 가서 남은 동료를 구할 방법을……."

"늦었다고 하지 않습니까? 벌써 감시자들은 헐버트가 고종황제의 명을 받고 상하이로 출발했다는 사실을 알고 있습니다. 덕화은행(도이치 은행)에서 50(250억)만 마르크를 찾아 그의 고향인 미국으로 갈 것이란 것도 알고 있었습니다."

"그게 무슨 말이죠? 그건 기밀입니다. 소수밖에 모르는 기밀이 어떻게……."

기훈은 놀란 세경을 보며, 한숨을 내쉬었다.

"독일 황제가 배신한 것이 아니라면, 내부에 첩자가 있는 것이 분명합니다. 이미 50만 마르크는 나베시마가 찾아갔다는 정보가 조금 전 우리 쪽으로 전해졌으니까요. 아마 얼마 후면 우리 조직 역시 와해되고 말 겁니다. 그러니 어서 피해야 합니다."

기훈이 답답한 듯 세경을 재촉했다. 하지만 세경은 움직일 수 없었다. 아직 고종황제의 마지막 밀명이 남아 있었던 것이다. 비밀결사대 중 국환에게만 전달된, 밀명을 무슨 일이 있더라도 꼭 이행해야 했다. 그리고 민국환. 그가 위험했다. 죽을지도 모른 상황에서 세경은 그를 두고 갈 수 없었다.

"진기훈 씨! 미안하지만, 전 갈 수 없을 것 같군요."

"네? 갈 수 없다니 무슨 말입니까?"

"전 아직 해야 할 일이 남아 있습니다. 그러니 기훈 씬 먼저 가세요. 전 아직…… 흡! 지금 무슨……."

세경의 눈동자가 흔들렸다.

"미안합니다, 세경 씨! 전, 세경 씨를 죽게 둘 수가 없습니다. 세경 씨만은 꼭, 살아 고국으로 돌아가게 할 생각입니다. 그러니 살아서 절 원망하세요."

지독한 포르말린 냄새가 코를 찔렀다. 그리고 그 냄새가 마취약이란 것을 눈치챈 순간 이미, 세경의 눈이 감겼다.

스륵, 털썩! 세경이 그 자리에 주저앉으며 정신을 잃자, 기훈이 그녀를 안전하게 받아 안았다. 기훈이 세경을 안아 들었다. 그녀만은 살리고 싶었다. 모두가 다 죽는다고 해도, 그가 사랑하는 세경만은 꼭 살아서 고국으로 돌아가게 하고 싶었다. 이 일로 자신이 배신자가 되고, 감시자들에게 붙잡혀 죽게 될지라도 그녀만은 꼭 살리고 싶었다. 기훈에게 세경은 희망도 없는 세상에서 유일한 그의 희망이었고 숨 쉴 공기였다. 기훈은 그런 세경을 안타까운 눈으로 바라보았다.

"미안합니다. 제발 살아주세요. 제발……."

기훈은 그렇게 조심스럽게 읊조린 후, 감시자들의 눈을 피해 뒷문으로 갔다. 그곳엔 미리 그가 준비해 놓은 마차가 대기 중이었던 것이다. 그렇게 세경은 기훈에 의해 헤이그역으로 향했다.

chapter 8

부엌에서 차를 준비하던 서진은 응접실에 마주 앉아 있을 정 여
사와 도혁을 생각하며, 입술을 깨물었다. 말없이 날카로운 눈빛으
로 도혁을 살필 정 여사를 생각하자 서진은 심장이 바짝 타들어가
는 느낌이었다. 작게 숨을 내쉬며, 서진은 찻잔 안에 마른 국화 꽃
잎을 넣었다. 할머니 정 여사가 가장 좋아하는 차가 바로, 국화차
였기 때문에 서진이 준비하는 이 차는 도혁을 잘 봐달라고 부탁하
는 일종의 뇌물이기도 했다.

"언니, 대체 어떻게 된 거야? 민도혁 씨랑 집에 데려올 만큼 벌
써 가까워진 거야?"

과일을 깎던 연서 역시 갑작스러운 한밤의 방문객을 보며, 몹시
도 궁금한 눈치였다. 하지만 서진은 말없이 뜨거운 찻물을 찻잔에
부었다. 새하얀 수증기가 올라오며, 국화 꽃잎을 넣어두었던 잔에

꽃이 피어나기 시작했다. 그리고 정 여사에게 닿을 그윽한 국화 향도.

"나중에, 나중에 얘기해."

쟁반에 연서가 깎아놓은 접시와 찻잔을 올리곤 서진이 부엌을 나섰다. 연서 역시 평소완 달리 잔뜩 긴장한 모습의 서진을 보며, 어리둥절한 모습이었다.

서진은 그런 연서를 뒤로하고 마루를 걸어가기 시작했다. 응접실에 가까워지는 동안 서진은 초조함을 감추기 위해 애를 썼다. 도혁을 보던 정 여사의 눈빛이 차갑지 않았다는 사실에 안도하긴 했지만, 일헌을 마음에 두고 있는 정 여사였기 때문에 어떤 태도를 보일지 짐작할 수 없었던 것이다.

"지금 뭐라고 했나?"

멈칫! 응접실 앞까지 걸어오던 서진이 날카롭게 울리는 정 여사의 목소리에 걸음을 멈췄다.

"제일그룹, 민도혁이라고 했습니다."

도혁 역시 갑작스러운 정 여사의 달라진 태도에 조금 당황한 목소리였다. 잠시 침묵이 이어졌다. 서진은 그 짧은 침묵 속에서 느껴지는 냉기에 불안해졌다. 서둘러 응접실 안으로 들어간 서진은 정 여사와 도혁 사이에 감도는 심상치 않은 분위기를 눈으로 직접 확인할 수 있었다. 정 여사의 시선이 서진에게 향했다. 그리곤 서진을 차갑게 쏘아보더니, 더는 그 자리에 앉아 있고 싶지 않다는 듯 자릴 박차고 일어섰다.

"할머니!"

탁자 위해 쟁반을 내려놓은 서진이 당황한 모습으로 정 여사를

317

불렀다. 그러자 더욱 서늘해진 표정으로 서진을 질책하듯 쏘아보았다.

'대체 왜 저러시는 거지?'

아무리 생각해도 서진은 이 상황을 이해할 수 없었다. 분명 조금 전 대문 앞에서 도혁을 봤을 땐, 마음에 들어 하는 눈치였다. 하지만 순식간에 차갑게 식은 눈빛으로 그녀를 죄인처럼 쏘아보고 있었다.

"돌려보내거라."

더는 아무것도 말하고 싶지 않다는 듯 정 여사가 두 사람을 외면했다. 사실 대문 앞에서 민도혁이란 남자를 봤을 때, 한눈에 눈이 가는 사람이라고 생각했다. 장신의 키에 훤칠한 이목구비. 서늘한 인상이긴 했지만, 서진을 바라보던 흔들림 없는 그윽함을 본 순간 제 사람에겐 따뜻한 사람이란 걸 알 수 있었던 것이다.

그런데…… 민도혁이라고 했다. 자신은 제일그룹 사람이라고 했다. 그 순간, 정 여사는 커다란 망치가 그녀의 머릴 때린 듯 큰 충격을 받았다. 그리고 순식간에 호감은 분노로 바뀌어 버렸다. 아무리 민도혁이란 사람이 뛰어난 사람일지라도 민씨 집안과의 혼약은 절대 있을 수 없었다.

정 여사는 조금은 화가 난 듯 그녀를 바라보고 있는 서진을 보며, 미간을 찌푸렸다.

정말, 서진은 기억하지 못하는 걸까?

서진이 7살 무렵, 분명 서진에게 말했다고 했었다. 민국환의 전시회까지 찾아가, 서진이 절대 잊어서는 안 되는 진실을 알렸다고 했었다. 하지만 서진은 그 사실을 까맣게 잊은 채 민씨 일가의 사람을 집으로 데려온 것이다.

7살의 나이가 모든 것을 기억해 내는 것이 힘든 나이라는 것은 정 여사 역시 충분히 이해할 수 있었지만, 그래도 화가 났다. 언제나 기대를 저버리지 않던 서진이었기 때문에 더 화가 나는지도 몰랐다.

"대체 넌, 뭐 하고 다니는 사람인 거니? 어떻게 감히, 민씨 집안의 사람을……. 당장 내보내렴!"

"할머니!"

"한서진! 어서 내보내! 아니면 내가 쫓아내야겠니?"

평소와 너무나도 다른 정 여사의 강경한 태도에 서진 역시 놀라고 있었다. 이렇게 예의 없이 그 사람의 면전에서 화를 내는 분이 아니었다. 하지만 어떤 것이 정 여사의 신경을 자극한 것인지 모르지만, 도혁을 향해 분노를 뿜어내고 있었다. 팽팽하게 날 선 긴장감이 정 여사와 서진 사이에 감돌기 시작했다.

"돌아가겠습니다."

그때 두 사람을 보고 있던 도혁이 자리에서 일어섰다. 그러자 서진이 미안한 얼굴로 도혁을 돌아보았다.

"도혁 씨! 미안해요. 할머니께서 왜 그러시는지……."

"미안하다니. 대체 누가 누굴 보고 미안하단 말을 하는 것이냐? 감히, 누가 누굴 보고……."

정 여사가 서진의 태도에 화가 나, 버럭 소릴 질렀다. 그러자 서진이 눈살을 찌푸리며 그녀를 바라보았다. 대체 왜?

"할머니, 민도혁 씨를 안으로 청하신 분은 바로 할머님이세요. 그래 놓고 이리 이유도 말해주지 않은 채 내쫓으려 하시다니. 당연히 미안할 수밖에……."

"정말 네 할아버지와 한 약속을 기억 못하는 것이야?"

"약속이라구요?"

"네 할아버지와 갔던 민국환의 전시회에서 있었던 일을 잊어버린 것이니?"

정 여사의 목소리에 담긴 차가운 분노와 짙은 원망을 읽은 서진은 차마 그날 무슨 일이 있었는지 묻지 못했다. 민국환이란 이름을 듣는 순간, 서진은 불안해지기 시작했다. 그런 그녀를 보다 못한 도혁이 서진의 팔을 붙잡았다.

"한서진 씨, 우선은 가는 것이 좋겠군."

"하지만 이렇게 이유도 모른 채……."

"곧, 알게 되겠지. 그러니 안심해. 괜찮을 거야."

도혁이 서진을 안심시킨 후 정 여사를 돌아보았다.

"그럼, 오늘은 이만 가보겠습니다. 또 뵙겠습니다."

도혁이 정 여사에게 고갤 숙여 인사를 건넸다. 그러자 정 여사는 도혁을 차갑게 외면한 채 야멸차게 거절했다.

"아니요. 민도혁 씨를 내 집에서 다시 볼 일은 없을 것 같군요. 다신 이 집에 발을 들여놓지 않는 게 좋아요. 그리고 서진이 너도, 똑똑히 들어둬. 난 네가 경원그룹 진일헌 씨와 다시 만났으면 좋겠구나."

정 여사가 도혁의 인사도 받지 않은 채 응접실을 나가 버리자 서진은 난처한 얼굴로 도혁을 보았다.

"할머니께서 왜 저러신지 모르겠어요. 혹시, 내가 오기 전에 무슨 일이 있었나요?"

"아니, 없었어. 이름이 뭐냐고 묻기에 제일그룹 민도혁이라고 대답한 게 다야. 그랬더니 정색하며 화를 내시더군. 혹시 한서진 씬 짐작되는 일이라도 있나?"

도혁의 물음에 서진이 고갤 가로저었다. 정 여사의 말에 의하면, 서진이 당연히 알고 있었어야 할 일인 듯했지만, 전혀 기억나지 않았다.

"오늘은 미안해요. 할머니 대신, 제가 사과할게요. 그리고 할머니 얘긴 신경 쓰지 마세요. 진일헌 씨를 만난 건, 그저……."

"걱정 안 해. 그러니 그런 얼굴 할 것 없어. 오늘은 이만 가볼게."

서진이 도혁을 집 앞까지 배웅했다. 응접실을 나가, 마당을 지나 대문을 나서는 동안 두 사람은 각자 깊은 생각에 빠진 듯 말이 없었다.

"전화할게요."

서진의 말에 도혁이 고갤 끄덕였다. 동시에 도혁이 서진을 당겨 품에 안았다. 그의 품에 안긴 서진은 마음이 무거웠다.

"낼 봐."

그녀를 안고 있던 그의 팔의 떨어지자, 서진은 상실감에 팔짱을 꼈다. 이런 마음으로 그를 보내야 한다는 것이 목에 걸린 가시처럼 따끔거렸다. 도혁이 차에 올라 시동을 거는 동안, 서진은 그에게 걸어가지 않기 위해 안간힘을 써야 했다.

왜 이리, 아린 걸까? 왜, 다신 만나지 못할 것처럼 안타까운 거지?

서진은 엄습해 오는 불안감에 주먹을 꼭 쥐었다. 이어, 그의 차가 어두운 골목길을 빠져나가자 서진의 입매가 굳어지기 시작했다. 그리곤 서둘러 육중한 대문을 열고, 집 안으로 들어갔다. 할머니 정 여사를 만나기 위해서였다.

방 안에 앉아 있던 정 여사는 방문을 두드리는 소리에 표정을 굳혔다. 그리곤 문을 열고 안으로 들어오는 서진을 서늘한 눈으로 쏘아보았다.

"간 게냐?"

"네."

서진 역시 차가운 목소리로 짧게 답하곤 정 여사 앞에 자릴 잡고 앉았다.

"무슨 일인지, 이제 말씀해 주세요. 할머니께선 제가 기억하지 못하는 것 자체가 문제인 것처럼 말씀하시는데, 대체 그날 할아버지와 제게 무슨 일이 있었던 거죠? 왜 민도혁 씨가 민씨 집안의 사람이란 사실 하나만으로 그런 취급을 받아야 하는지 말씀해 주세요."

막힘없이 쏟아내는 서진의 질문에 정 여사의 얼굴은 더욱 굳어졌다. 고집 세고 자신이 결정한 일은 꼭 해내는 믿음직한 손녀였지만, 오늘은 그런 서진이 마음에 들지 않았다.

"민국환 그 사람은 가식적인 사람이었다. 그가 어떤 일을 했는지, 네 할아버지께 전해 들었을 때 난 믿을 수 없었지. 훌륭한 기업인으로 인정받는 그가, 그런 사람이었다니."

"전 지금, 할머니께서 무슨 말씀을 하시는 건지 모르겠어요. 대체 민국환이 무슨 일을 했다는 거죠?"

서진을 바라보는 정 여사의 표정이 완고해졌다. 아마 민도혁의 편을 드는 서진에게 화가 난 모양이었다.

"네가 기억해 내. 난 그 일을 입에 담는 것조차 진저리나도록 싫으니까. 그만 나가보도록 해. 피곤하구나."

그 말을 끝으로 정 여사가 고갤 돌렸다. 그리곤 더는 서진과는 아무 말도 하고 싶지 않다는 듯 돌아누워 버렸다. 서진은 차갑게 돌아선 할머니 정 여사의 등을 보며, 자리에서 일어설 수밖에 없었다.

민국환의 전시회.

'그때, 무슨 일이 있었지? 분명 할아버지께선 아침부터 무척 화가 나 계셨고, 또 한쪽 팔엔 처음 보는 물건이 들려 있었는데…….. 그 물건은…… 대체 뭐였지? 네모난 어떤 상자였던 것 같은데…….'

서진은 천천히 눈을 감았다. 그리곤 그때 일을 떠올리기 위해 노력했다. 그날은 유난히 햇살이 따뜻한 아침이었고, 잠에서 깨어나 마당에 나왔을 때 할아버지께서는 언제나 그렇듯 마당에 서 계셨다. 언제나 똑같이 반복되는 아침의 풍경이었다.

하지만 그날, 서진이 마당에 있는 할아버지에게 다가갔을 때, 묘한 긴장감에 선뜻 말을 걸지 못했다. 그녀의 인기척을 느끼지 못한 듯 할아버지는 먼 하늘을 응시하고 있었다. 깊게 침잠된 슬픔이라고 생각했었다. 한 번도 할아버지에게 느껴보지 못했던 감정에 어린 서진이 슬그머니 할아버지의 손을 잡았다. 그리고 하늘을 응시하고 있던 할아버지가 서진을 향해 고갤 돌렸을 때, 할아버지의 눈동자에 어린 감정은 슬픔이 아닌 지독히도 아린 미움임을 알 수 있었다.

"미움. 그래 미움이었어. 분노와 닮아 있는 지독한 미움."

눈을 뜬 서진의 눈동자가 흔들렸다. 할아버지의 미움이 누구를 향해 있었는지…… 순간 깨달은 것이다. 민국환.

"아니야. 그럴 리가……?"

깨어나기 시작한 기억의 한 자락이 서진을 초조하게 만들었다. 그리고 더 깊이 들어가 보면, 그녀가 짐작조차 하지 못하는 어떤 일이 벌어지고 있을지도 모른다는 생각에 불안감이 밀려들었다.

민국환. 그의 소유였다는 회중시계. 그리고 100년이 지난 후 그녀의 손에 들어온 한 개의 회중시계와 민국환의 증손자인 민도혁. 두 집안 사이에 숨겨진 깊은 인연…… 아니, 악연인 걸까? 서진은 그 알 수 없는 무언가에 의해 불안감을 떨쳐 버릴 수 없었다.

유리창 새로 아침이 열리고 있었다. 새벽의 푸른 기운을 몰아내고 커튼 사이로 한 뼘 넓이의 빛이 새어 들어왔다. 책상에 앉아 있던 도혁이 자리에서 일어섰다. 그러자 그의 그림자에 의해 밤새 켜둔, 스탠드 등이 일렁였다.

집으로 돌아온 도혁은 밤새 잠을 이룰 수 없었다. 그가 제일그룹의 일원이란 사실을 알았을 때, 보인 정 여사의 반응이 심상치 않았던 것이다. 부드럽게 그를 바라보던 정 여사의 동공이 커지는가 싶더니, 맑은 호수에 얼음이 얼 듯 순식간에 차갑게 얼어붙어 버린 것이다.

지독한 분노와 미움. 정 여사의 눈동자에 떠오른 감정은 경악에 가까운 미움이었다. 정 여사의 예기치 못한 모습에 서진은 화를 냈지만, 도혁은 불안했다. 사실 거듭되는 서진과의 만남 속에서 도혁은 두 사람이 강한 운명의 끈으로 연결되어 있음을 느꼈었다.

하지만 그의 마음속엔 혹시나 그 강한 운명의 끈이 인연이 아닌, 악연일지도 모른다는 불안도 있었던 것이다. 그리고 그를 보며, 적대감을 드러낸 정 여사를 본 순간, 어쩌면 이 모든 것의 시작이 두 집안의 질긴 악연 때문은 아니었나 하는 생각이 들었다.

"분명, 증조할아버님의 전시회라고 했었어."

도혁이 유리창에 기댄 채 고갤 돌려 밤새 살펴본 그림들을 다시 응시했다. 국환이 남긴 유일한 유품 속에서 어쩌면 뭔가 실마리를 찾지 않을까 하는 기대 때문이었다. 밤새, 도혁은 커다란 책상 위에 다섯 개의 그림을 놓고는 공통점을 찾는데, 집중했다. 하지만 결국 그는 아무것도 찾아낼 수 없었다. 허탈함에 입가에 냉소가 어렸다.

"휴!"

답답함과 함께 조급함이 묻어 있는 한숨도 새어 나왔다. 도혁은 아무런 성과도 없이 어지럽게 놓여 있던 그림을 치우기 위해 책상으로 걸어왔다.

"아, 젠장!"

그렇게 그림을 치우기 위해 손을 뻗다, 책상에 놓여 있던 물 잔을 보지 못하고 쳐버린 것이다. 넘어진 물 잔에서 물이 흘러나왔다. 그리고 책상에 놓인 그림을 적시기 시작했다.

"아, 안 돼!"

도혁은 서둘러 물 잔을 일으켜 세우곤 물을 닦기 위해 화장지를 집어 들었다. 그리고 화장지로 물을 닦으려다 말고, 그의 손이 허공에서 움직임을 멈췄다. 대체 뭐지? 도혁은 눈앞에 나타난 정체를 알 수 없는 빛 때문에 놀라고 있었다.

"이건……."

책상 위에 놓인 그림에서 빛이 나고 있었다. 미세하지만 분명, 빛이었다. 도혁은 눈을 깜빡였다. 그가 본 것이 환영이 아님을 확인하기 위해서였다. 다시 한 번 눈을 뜬 도혁이 그림을 살피기 시작했다. 새벽의 여명처럼 빛나는 푸른빛이 그림 속에서 길게 길을 만들고 있었다. 그리고 특이하게도 물이 흘러내린 부분만 빛나고 있었다.

달칵!

도혁이 서둘러 켜놓았던 스탠드 조명 등을 껐다. 그리곤 책 앞에 서서 다섯 개의 그림을 내려다보며, 그림 위에 천천히 물을 붓기 시작했다. 유화의 표면을 따라 물이 흘러내렸다. 그리고 잠시 후…… 눈으로 보고도 믿지 못할 놀라운 일이 일어났다.

"대체 이게 뭐지? 물감 대신, 형광 안료를 사용한 건가? 아니면…… 물에 반응하는 특수 용액인 건가?"

방 안에 새벽의 어스름이 가득 차자, 책상 위에 놓여 있던 그림 위로 서서히 푸른빛이 감도는 선명한 줄이 생기기 시작했다. 그리고 그 줄은 옆에 놓여 있던 그림과 연결되어 있었다. 멍하니 그림을 내려다보고 있던 도혁이 서둘러 책상에 놓여 있던 그림의 위치를 바꿔놓기 시작했다.

엇갈려 있던 다섯 개의 그림의 끝과 끝을 하나씩 맞춰 나가자,

어느새 다섯 개의 그림은 한 개의 거대한 퍼즐을 완성시켰다. 아마 국환은 다섯 개의 그림을 순서대로 펼쳐 놓은 후, 다섯 개의 그림을 캔버스로 삼아 특수 안료를 사용해 하나의 거대한 그림을 그려놓은 것이다. 그리고 그 그림은 물이 닿는 순간, 서서히 모습을 드러낼 수 있게 장치한 것이다. 뭔가를 숨기고, 또 그 숨겨놓은 누군가가 발견할 수 있도록.

"이건……."

헤이그의 운하였다. 운하 앞에 서 있는 여인과 그 여인을 중심으로 양쪽에 두 개의 회중시계가 그려져 있었다. 이 그림…….

"똑같아. 골동품점에서 서진이 발견한 그 그림과."

그 그림과 다른 것이라면, 여인 옆에 있는 한 쌍의 회중시계와 운하 뒤로 펼쳐진 거리의 모습 정도였다. 그리고 운하 뒤로 펼쳐진 헤이그의 거리는 어딘지 모르게 익숙한 느낌이 들었다.

설마? 이 거리는…… 골동품점이 있던 그 거리는 아닐 테지?

도혁은 확신할 수는 없지만, 익숙한 헤이그의 거리에 눈을 가늘게 떴다. 그리고 어둠 속에서 빛을 내고 있는 푸른빛을 보며, 두 손을 꼭 쥐었다.

100년 전, 헤이그.

그곳에서 국환과 한 여인이 있었고 두 사람 사이엔 비밀을 품고 있는 한 쌍의 회중시계가 있었다. 그리고 서진과 도혁이 처음 만난 그 묘한 분위기의 골동품점도 관계가 있는 듯했다.

풀리지 않는 의문과 수수께끼. 그리고 새롭게 알게 된, 민국환과 한씨 집안의 악연.

도혁은 그 중심에 서진과 자신이 있다는 생각이 들었다. 그리고 그 모든 것을 풀 수 있는 열쇠에 가까워졌다는 사실 역시도.

　잠에서 깨어난 서진은 침대에 누운 채 한동안 멍한 표정으로 천장을 올려다보았다. 새벽까지 잠이 들지 못하고 뒤척이던 그녀였건만, 한순간 까무룩 잠이 든 모양이었다. 부스스 침대에서 일어선 서진은 의자에 걸쳐 놓았던 카디건을 입었다. 슬픈 꿈을 꾼 듯 어깨가 자꾸만 떨려와 따뜻한 온기가 간절했던 것이다.

　방을 나서려던 서진은 새벽까지 훑어보던 수첩을 조심스럽게 집어 들었다. 어제 도혁이 건넨 국환의 수첩은 헤이그에서의 일상이 적힌 그의 일기였다. 그리고 두서없이 적어놓은 시였으며, 낙서와도 같은 그림이기도 했다.

　하지만 그의 일상 속에서 종종 알 수 없는 단어가 등장했다. 마치 남들에게 들키지 않기 위해 암호문을 작성한 듯 기묘한 느낌마저 들었다. 특히, 낙서처럼 펜으로 그려진 그림은 어떤 것의 도안처럼 보였고, 또 수첩을 이리저리 돌려 보자 지도처럼 보이기도 했다.

　서진은 수첩을 천천히 쓸어내린 후, 조심스럽게 그녀의 가방 안에 넣었다. 그리곤 방을 나와 마루를 따라 걷기 시작했다. 이른 아침, 하루를 여는 상쾌한 아침 햇살과는 달리 집 안엔 차가운 기운이 감돌았다. 서진은 팔로 어깨를 감싸며 서늘한 기운을 떨쳐 내려 했다. 하지만 자꾸만 밀려드는 냉기에 몸을 움츠렸다.

　"꿈, 때문인 건가?"

　잠에서 깨어나기 직전, 차가운 냉기가 서진을 덮쳤다. 그것이 무슨 내용의 꿈이었는지 전혀 기억나지 않았지만, 서진은 두려움에 몸이 떨렸었다. 그리고 놀라 눈을 떴을 때 그 감정이 너무도 생생해 숨이 막힐 것 같았다. 꿈에서 누군가의 죽음을 목격한 것이다.

다락 앞에 선 서진은 계단 앞에 멈췄다. 심장이 뛰고 있었다. 어느새 손바닥에 땀이 배어 나오자, 서진은 축축해진 손바닥을 카디건에 문질렀다. 자꾸만 긴장감에 손끝마저 차갑게 변하자, 서진은 양손을 꼭 붙잡았다.

잠시 멈춰 서 있던 그녀가 다시 움직이기 시작했다. 계단을 올라간 그녀는 굳게 닫힌 다락방의 문을 힘껏 잡아당겼다.

덜컹!

나무 문이 날카로운 비명을 지르듯 심장을 울렸다. 서진은 그 소리에 움찔 몸을 떨었다. 움츠렸던 몸을 천천히 펴고, 서진이 조심조심 다락방 안으로 들어갔다. 아침이라서인지, 다락 안은 생각보다 어둡지 않았다. 불을 켤까도 생각했지만, 천창을 통해 들어오는 햇살만으로도 안을 살피기엔 충분하단 생각이 들자 서진은 불을 켜지 않기로 했다.

"분명, 여기에다 놓은 것 같은데……."

서진은 벽 쪽으로 걸어가, 책장을 세세히 살피기 시작했다. 지난번 다락에 왔을 때, 와르르 무너져 내린 책더미 속에서 발견했던 그 상자. 서진은 희뿌연 먼지가 쌓여 있던 그 상자를 찾고 있었다.

기억을 더듬으며 다락 안을 살피던 서진의 손이 한순간 움직임을 멈췄다. 책장 구석, 아무렇게나 쌓여 있던 책들 사이에 상자의 끝이 삐죽이 얼굴을 내밀고 있었다.

뚜벅뚜벅! 두근두근!

발소리만큼이나 크게 심장이 뛰는 소리가 들렸다. 구석에 쪼그려 앉은 서진은 천천히 손을 뻗어 책들을 치우기 시작했다. 그리곤 먼지와 시간의 때로 더러워진 상자를 들어 올렸다.

"후우~!"

입으로 상자 위에 쌓인 먼지를 불자, 희뿌연 안개 같은 먼지가 공중으로 날아올랐다. 하지만 오랫동안 방치된 상자는 여전히 켜켜이 쌓인 찌든 먼지로 그 모양을 확인할 수 없었다.

"분명, 거북 문양이었어."

사실 잠에서 깨어나 멍하니 천장을 올려다보던 서진의 머릿속에 각인된 또 하나의 이미지가 바로 거북 문양이었다. 고종황제의 국새 중 비밀 국새인 '황제어새'의 거북 문양과 같은 것이었다.

도혁이 건넨 파일 안엔 황제어새는 바로 1906년 6월 22일 호머 헐버트를 친서 전달 특별위원으로 임명하는 위임장에 사용했다고 쓰여 있었다. 그리고 그 비밀 국새가 마지막으로 사용된 것은 바로 고종이 폐위된 후인 1909년 10월 20일 상하이 독일계 은행에 예치한 내탕금을 찾기 위해 호머 헐버트에게 건넨 위임장에서였다.

비밀 국새인 황제어새와 같은 거북 문양의 낡은 상자. 그럼 이것 역시 고종이 마지막으로 사용했을 비밀문서와 관련이 있다는 건가?

서진은 떨리는 손으로 상자 위를 문질렀다. 100년이란 시간의 때를 벗겨내고, 상자 위에 그려져 있을 거북 문양을 확인하기 위해서였다.

"여기 있었구나."

서진은 불쑥 들려온 정 여사의 목소리에 상자를 뒤로 감췄다. 왜 그랬는지 알 수 없었지만, 본능적으로 느낄 수 있었다. 이 상자 안에 외면하고 싶을 만큼, 두려운 진실이 숨겨져 있다는 것을.

"네. 무슨 일이시죠?"

여전히 화가 난 듯 차가운 얼굴의 정 여사를 보며, 서진은 작게 한숨을 내쉬며 말했다. 그러자 정 여사는 그런 서진을 보며, 단호한 표정으로 말했다.

"경원그룹 진일헌 전무에게 전화했다. 수요일에 함께 저녁을 하기로 했으니 참석하도록 해."

정 여사의 말에 서진의 눈빛이 차가워졌다.

"재단 일이라면, 참석하겠어요. 하지만 다른 의미라면, 싫습니다."

"설마, 아직도 그 민도혁이란 사람을 만나겠다는 것이야?"

"네. 만날 생각입니다."

표정처럼 단호한 목소리에 정 여사가 주먹을 쥐곤 부르르 떠는 것이 보였다. 끓어오르는 분노를 주체할 수 없는 모양이었다.

"절대 안 돼!"

"할머니!"

서진이 강경한 정 여사의 태도에 다시 한 번 정 여사를 불렀다. 그러자 정 여사는 그 어느 때보다 서늘한 눈빛으로 서진을 보았다.

"네가 네 할아버지와 한 약속을 떠올렸을 때도, 그런 말을 할 수 있을지 모르겠구나. 아마 지금 이 순간을 후회하게 될 테지. 하지만 후회했을 땐, 이미 늦어! 그러니 수요일엔 꼭 참석하도록 해! 이건 할머니로서의 명령이다!"

그 말을 끝으로 정 여사는 계단을 내려가 버렸다. 혼자 다락방에 남겨진 서진은 깊게 한숨을 토해냈다. 머리가 지끈거렸다. 등줄기를 타고 흐르는 냉기가 더욱 심해졌다. 두통인가? 아니면 감기? 서진은 뒤로 감추었던 상자를 꺼내 들었다.

하지만 다음 순간, 서진은 망설였다.

이 상자를 원래 있던 책더미 속에 밀어 넣어버릴까? 그리고 처음부터 몰랐던 것으로 해버릴까?

하지만 이내 서진의 입술 새로 작은 한숨이 새어 나왔다. 때론 눈으로 본 진실보다, 더 선명하게 각인되는 진실이 있었다. 온몸으로 느껴지는 육감. 그리고 그 육감은 그 어떤 것보다 강력한 주술과도 같았다. 서진은 상자를 물끄러미 내려다보다, 품에 꼭 끌어안았다. 그러자 두려움과는 달리 아주 오래전 잃어버렸던 자신의 것을 찾은 듯, 예기치 않은 안도감이 밀려들기 시작했다.

거실 탁자에 놓여 있는 서진의 휴대폰이 계속 울렸다. 거듭 울려대는 벨소리에도 휴대폰의 주인인 서진의 그림자는 그 어디에도 느껴지지 않았다.

띵동, 띵동! 쾅쾅쾅!

초인종 소리에 이어, 다급하게 이어지는 문 두드리는 소리가 애가 탈 정도로 다급했다. 도혁은 굳게 닫힌 문을 쏘아보며 미간을 찌푸렸다.

분명 점심때쯤, 전화하겠다고 했던 서진에게 아무런 연락이 없었다. 그렇게 연락을 기다리던 도혁은 조급함에 서진의 본가가 있는 성북동으로 갔었다. 하지만 주차되어 있던 서진의 차가 보이지 않았다. 다시 천안으로 향하는 동안 도혁은 초조해지기 시작했다.

'어젯밤 무슨 일이 있었던 걸까? 그녀가 알게 된 진실이 자신의 전화를 피할 만큼 충격적이었던 걸까?'

도혁은 처음으로 두려움을 느꼈다. 한번도 누군가의 감정을 신경 쓴 적이 없었다. 또한 연연해하는 법도 없었다. 하지만 도혁은 처음으로 심장을 조여오는 둔통에 무방비 상태로 놓여 있었다. 서진이 그녀를 외면하게 될까 봐 불안했다.

"한서진! 한서진!"

또다시 문을 두드렸다. 서진의 심장을 두드리듯 그렇게. 하지만 굳게 닫힌 문은 열릴 줄을 몰랐고, 집 안에선 인기척도 없었다. 그저 서진의 휴대폰 벨소리만 타들어가는 마음과는 달리 무심히 울릴 뿐이었다.

"한서진, 문 열어. 한서진!"

아, 젠장! 서진을 부르던 도혁이 작게 욕설을 뱉어내며, 벽에 기대섰다. 순식간에 심장에 피가 마르며, 버석해진 느낌이었다. 손바닥으로 얼굴을 쓸어내리는 그의 손길 역시 그의 씁쓸한 마음처럼 몹시도 거칠었다. 냉정하던 도혁의 눈동자가 흔들리고 있었다. 한순간도 감정을 내비치지 않던 서늘한 얼굴은 지독한 아픔으로 찌푸려져 있었다.

한순간이었다. 천국에서 지옥으로 곤두박질치는 데 걸리는 시간은.

도혁은 작게 한숨을 내쉬었다. 그리곤 다시 한 번 휴대전화를 꺼내 서진에게 전화를 걸기 시작했다.

달칵!

그때 굳게 닫혔던 문이 열렸다. 놀란 도혁이 몸을 바로 세우곤 현관문을 확 열었다. 다시 그의 눈앞에서 문이 닫혀 버릴 것 같아 불안했던 것이다.

어엇, 휘청!

문을 잡아당기는 강한 힘에 문고리를 잡고 서 있던 서진의 몸이 위험스럽게 흔들렸다. 도혁은 넘어지려는 서진을 와락 품에 안은 후 서둘러 집 안으로 들어갔다.

"한서진!"

도혁이 그녀를 불렀다. 훗, 다행이었다. 넘치려는 감정과는 상관없이 그의 목소리는 냉정하기 그지없었던 것이다. 하지만 서진을 내려다보던 도혁의 표정이 변했다. 서늘한 그의 눈이 휘며 위로 올라갔다.

"한서진, 왜 그래?"

그제야 도혁은 그의 품에 안긴 서진의 몸에 힘이 들어가 있지 않음을 깨달았다. 또한 평소보다 그녀의 몸은 뜨거웠고 열기 때문인지 입술 역시 바짝 말라 버석해져 있었다.

"아픈 건가?"

놀란 도혁이 서진을 두 팔로 안아 들었다. 열에 들뜬 서진이 그의 품 안에서 힘없이 팔을 늘어뜨렸다. 문을 두드리는 소리와 그녀를 부르던 그의 목소리를 듣고, 물에 젖은 솜뭉치처럼 무거운 몸을 이끌고 문을 여느라 그나마 남아 있던 힘을 다 쓴 모양이었다. 그녀가 몸을 가누지도 못할 정도로 아플 것이라곤 전혀 예상치 못했었다.

어떤 상황에서도 그녀가 정당한 이유도 없이 그를 내칠 사람이 아니란 것을 누구보다 잘 알고 있으면서, 도혁은 초조했었다. 연락이 안 되는 그 짧은 시간, 다른 가능성을 전혀 고려해 보지 못할 만큼, 그는 여유가 없었던 것이다.

"도혁…… 늦게……."

"아무 말도 하지 마."

눈을 떠 미안한 듯 그를 올려다보는 서진을 보며, 도혁은 목구멍에 커다란 가시가 걸린 느낌이었다. 그의 품 안에 안긴 서진은 너무도 가벼웠다. 걱정이 될 만큼. 도혁은 서둘러 서진을 안고 방으로 들어간 후, 그녀를 침대에 눕혔다.

"약은?"

"먹었어요."

추웠다. 새벽녘부터 시작된 냉기가 몸속을 파고드는 듯 서진은 자꾸만 몸을 움츠렸다. 도혁은 몸을 공처럼 말고 이불을 끌어당기는 서진을 보며, 손을 뻗어 이마를 만져 보았다. 그녀의 생각과는 달리, 그녀의 몸은 뜨거웠다. 그의 손길에 힘겹게 눈꺼풀을 밀어 올린 서진의 눈동자 역시 열기로 붉게 충혈되어 있었다.

서둘러 욕실로 간 도혁은 미지근한 물과 수건을 들고 방으로 들어왔다. 젖은 수건으로 열기로 바짝 마른 서진의 얼굴을 닦아주자, 서진이 추운 듯 바르르 몸을 떠는 것이 보였다.

"한서진, 괜찮을 거야. 내가 곁에 있을게."

다시 서진의 얼굴을 수건으로 닦아내며, 아이를 어르듯 부드러운 목소리로 속삭였다. 심장을 울리는 낮은 목소리에 반응하듯, 잔뜩 찡그렸던 서진의 미간이 살짝 풀어지는 것이 보였다. 또다시 무겁게 들어 올린 그녀의 눈동자가 도혁을 바라보았다. 열기 때문에 촉촉이 젖은 서진의 눈동자엔 짙은 물기가 어려 있었다. 마치 슬퍼 울고 있는 것처럼. 도혁 역시 안타까움에 가슴이 저렸다.

"걱정 마. 곁에 있을 테니까. 안심하고, 어서 자."

그의 말에 서진의 눈이 감겼다. 아침을 먹자마자, 더는 성북동에 있을 수 없어 천안으로 내려왔다. 도혁에게 연락을 해야 했지만, 아파트에 도착한 후부터 갑자기 오르기 시작한 열 때문에 약을 먹어야 했다. 하지만 해열제에도 그녀의 몸속에 파고든 차가운 냉기를 몰아낼 수 없었다. 그렇게 쓰러지듯 침대에 누웠고, 깨어나 보니 그가 와 있었다. 그리고 그를 본 순간, 서진은 고열로 아픈 순간에도 자신이 그를 기다리고 있었음을 깨달았다. 그가 옆에 있다는 안도감에 서진의 눈에서 눈물이 흘러내렸다. 그를…… 민도혁 그를 놓을 수 없다. 무슨 일이 있더라도. 그렇게 다짐하며 서진은 잠 속으로 빠져들었다.

서진의 손가락이 나무 상자 위를 조심스럽게 쓸어내렸다. 손끝에 느껴지는 거친 나뭇결. 100년이란 시간 동안 어둠 속에 모습을 숨기고 있던 상자는 시간의 때와 품고 있는 진실의 무게만큼 낡아 있었다. 처음엔 어떤 모습이었는지 모르지만, 지금 상자 위엔 더러운 먼지 때가 끼어 아무것도 확인할 수 없었다. 아마 상자의 모양과 문양, 그리고 굳게 닫힌 문을 열기 위해선 전문가의 도움이 필요할 듯했다.

또한 상자를 열, 열쇠 또한 어딘가에 있을 것 같았다. 깊은 생각에 잠긴 서진이 얼룩이 진 상자를 쓰다듬다 무겁게 내려앉는 감각에 순간, 멈칫 움직임을 멈췄다. 하지만 이내 이끌리듯 상자 위를 다시 쓸어내렸다. 천천히 손끝으로 언뜻언뜻 보이는 문양을 따라가자, 서진의 머릿속엔 금빛으로 빛나던 거북 문양이 생생하게 떠올랐다.

'언제였지? 내가 전에 이 상자를 본 적이 있었던가?'

서진은 고갤 갸웃거리며 기억을 떠올렸지만 생각나지 않았다. 어쩌면 지난번 전주 박물관에서 보고 온 황제어새의 이미지가 머릿속에 각인된 것인지도 몰랐다. 그리고 그것도 아니라면 그녀의 의식 속에 잠재되어 있던 어떤 이미지인지도. 하지만 너무도 선명했다. 짙은 갈색의 상자 위를 굳건히 지키던 금빛으로 음각된 거북 문양. 서진은 문득 두려움과 경외감에 손끝이 떨리기 시작했다.

"이제, 괜찮나?"

뒤에서 들려오는 도혁의 목소리에 서진은 서둘러 상자를 가방 안에 밀어 넣었다.

왜일까? 서진은 자신의 행동에 어리둥절했지만, 가방에서 상자를 다시 꺼내진 않았다. 어쩌면 서진은 그녀의 손 아래 잠들어 있는 상자가 판도라의 상자가 될까 두려웠는지도 몰랐다. 어차피 도혁에게 보여줘야 할 테지만, 지금은 잠시 미뤄놓고 싶었다.

어느새 그녀에게 다가온 도혁이 서진의 허리로 팔을 감아왔다. 그리곤 다정하게 뒤에서 그녀를 끌어안았다.

"걱정했어. 이젠 괜찮은 거야?"

"네. 도혁 씨, 피곤하지 않았나요? 나 때문에 편히 쉬지도 못했을 텐데. 미안해요."

"전혀. 괜찮아졌다니, 정말 다행이야. 어젯밤에 열이 너무 많이 나서, 응급실에라도 가야 하나 고민했었거든."

뺨에 닿는 그의 온기에 서진은 따뜻함을 느꼈다. 열로 한기를 느끼던 몸은 땀으로 젖어 차가워져 있었다. 씻어야 할 것 같았지만, 지금은 그의 온기가 필요했다.

"감기 몸살일 뿐이었어요. 박물관에 들어가고, 계속 일을 했더니 면역력이 떨어진 모양이에요. 요즘, 더 피곤도 했고."

서진의 대답에 도혁은 말없이 그녀를 힘껏 끌어안았다. 한 줌도 되지 않는 그녀의 몸이 그의 품 안으로 폭 들어와 안겼다. 알고 있었다. 감기였지만 감기가 아니란 사실을.

"고마워, 그렇게 말해줘서."

그의 한마디에 서진은 무겁게 내리누르는 가슴 위의 돌이 사라진 느낌이었다. 아니라고. 할머니의 말씀에 신경 쓰지 말자고 되뇌었지만, 서진 역시 그 말에 자유로울 수 없었다. 평소와 달리 너무도 생경한 할머니의 모습에 서진은 불안감을 떨쳐 낼 수가 없었다.

"할머니께선 절대 민도혁 씨를 다시 만나지 말라고 하셨어요. 그래 놓곤, 그 이유를 말씀해 주시지 않으셨어요. 마치 벌을 내리는 선생님처럼 생각해 내는 것 역시 제 몫이래요. 우리 할머니 웃기시죠. 일곱 살 때 일을 제가 어떻게 다 기억한다고."

서진의 말에 도혁이 그녀를 돌려세웠다. 마주 본 도혁이 고열로 거칠어진 입술을 안타까운 듯 손으로 조심스럽게 쓸어내렸다. 밤새 해쓱해져 버린 서진의 모습에 도혁의 눈동자에 그늘이 졌다.

"기억해 낸다고 해도, 걱정할 것 없어. 아주 오래전 일이니까."

"걱정하는 게 아니라…… 상처가 될까 불안해요. 그…… 누구에게든."

도혁 역시 그랬다. 국환과 한씨 집안 사이에 얽힌 사건. 그 사건으로 남아 있는 사람들이 더는 상처받지 않기를 바랐다. 특히 서진에게.

"상처 역시 함께 보듬으면 그만이야."

단호한 그의 대답에 서진이 그를 올려다보았다. 잔뜩 헝클어진 머리며, 아무렇게나 걷어 올린 셔츠 차림의 도혁을 보자 서진은 어젯밤 그가 자신을 간호하느라 밤새 잠을 자지 않았단 사실을 떠올렸다.

"피곤하지 않나요?"

"이 정돈 괜찮아. 출근하려면 더 쉬어야 하는 것 아닌가?"

"이제 괜찮아요. 하지만 좀 씻어야겠어요. 밤새 땀을 흘렸더니……."

그제야 도혁이 그녀를 놓아주었다. 밤새 그녀가 아무것도 먹지 않은 것을 떠올린 것이다.

"그래, 씻고 나와. 난 먹을 것 좀 준비해 놓을게."

"요리도 할 줄 알아요?"

의외라는 듯 서진이 도혁을 올려다보자, 그가 고갤 가로저었다.

"나가서 죽 좀 사왔어. 데워놓을 테니까 얼른 나와."

도혁이 서둘러 부엌으로 걸어가자, 서진 역시 그 뒤를 따랐다.

그러자 뒤따라오는 서진을 향해 도혁이 피식 웃으며 입을 열었다.

"가져갔던 수첩은 살펴봤어?"

"네, 아직 특별한 내용은 찾지 못했어요. 도혁 씬 어때요?"

서진의 물음에 도혁이 대답 대신 잠시 서진을 물끄러미 응시했다.

"발견했군요?"

"응. 그림 속에 숨겨져 있던 비밀 하나를 푼 것 같아. 하지만 그것이 구체적으로 무엇을 뜻하는 건진 또 알아봐야지. 사진으로 찍어왔으니까, 휴대전화로 전송해 놓을게. 아님, 시간날 때 집으로 와도 되고."

도혁이 잠시 휴대전화를 꺼내 이번 주 일정표를 확인했다.

"수요일 정도가 괜찮을 것 같은데, 괜찮나?"

수요일이란 말에 서진의 표정이 살짝 굳어졌다. 할머니 정 여사가 이번 주 수요일 일헌과 약속을 잡았다며 참석을 강요했던 것이다. 서진이 망설이듯 대답을 하지 못하자, 도혁이 다시 휴대폰을 뒤적이기 시작했다.

"그럼, 금요일은 어때?"

도혁의 말에 서진이 뭔가 마음을 정한 듯 고갤 가로저었다.

"수요일이 좋겠어요. 어차피 내가 참석할 필요가 없는 약속이었으니까요."

그 말과 함께 서진이 씻으려는 듯 욕실로 들어가자, 도혁은 잠시 닫힌 욕실을 응시했다. 뭔가 서진의 모습에 석연치 않은 부분이 있었던 것이다.

수요일에 약속이 있었던 모양이었지만, 서진은 참석하지 않기로 마음을 정한 모양이었다. 원치 않는 약속이라면 혹시, 할머니 정 여사와의 약속인 건가? 그리고 그 약속은 다름 아닌, 경원그룹 일헌과의 만남일 테고.

그렇게 생각하자, 도혁의 눈빛이 날카로워지기 시작했다.

차가운 침묵이 감돌았다. 마주 앉아 있는 10분 동안, 정 여사는 도혁을 차가운 눈으로 쏘아볼 뿐 아무런 말도 하지 않았다. 도혁 역시 그런 정 여사의 서늘한 시선을 견디며, 앉아 있었다.

한 시간 전, 정 여사가 사무실로 그를 찾아왔을 때 도혁은 놀라지 않았다. 오히려 서진이 아닌, 자신을 찾아온 정 여사를 보며 다행이란 생각을 했다. 할머니의 강경한 반대에 서진 역시 상처를 받았을 게 분명했던 것이다. 도혁 앞에선 담담한 얼굴이었지만, 부모님 대신 의지하며 살아왔을 할머니 정 여사에 대한 마음이 얼마나 깊을지 짐작할 수 있었다. 열이 나고, 몸이 아플 만큼. 도혁은 맞은편에 앉아 있는 정 여사를 보며, 그녀가 서진 대신 자신을 찾아온 이유 역시 같은 것임을 알 수 있었다.

"민도혁 씨가 어떤 인품을 지닌 사람인지 나에겐 중요하지 않아요."

묵묵히 차를 마시던 정 여사가 무거운 침묵 끝에 꺼낸 첫말이었다. 이어 도혁의 대답을 기다리지 않고 다음 말을 했다.

"나에게 중요한 것은 민도혁 씨가, 민국환의 증손자라는 사실입니다."

정 여사의 차가운 서슬에 도혁은 담담한 얼굴로 정 여사를 응시했다. 그리고 한편으로 서진이 정 여사의 강경한 모습을 보며, 어떤 심정이었을지 생각하자 마음이 아팠다.

"알려주십시오. 왜 제가 민국환의 증손자이기 때문에 안 되는 것인지. 오늘 절 찾아온 이유가 바로 그것일 테니까요."

도혁의 대답에 정 여사가 미간을 찌푸렸다. 대문 앞에서 보았던 첫인상처럼, 통찰력이 있는 사람임이 분명했다. 그리고 그녀의 서슬에도 눈썹 하나 까닥하지 않는 그를 보며, 만만치 않겠다는 생각 또한 들었다. 수십 년 재단의 대표로서 일해온 그녀였기 때문에 사람을 볼 줄 아는 눈 정돈 있었던 것이다. 정 여사는 잠시 뜸을 들이듯 찻잔을 들어 올렸다. 그리곤 그를 조급하게 하려는 듯 일부러 천천히 차를 마셨다.

"맞아요. 오늘 민도혁 씨를 찾아온 이유는 다름 아닌, 두 집안 사이에 뼈아픈 진실을 말해주기 위해섭니다. 그리고 난, 민도혁 씨가 아니라 경원그룹의 진일헌 전무를 서진의 짝으로 생각하고 있다는 사실 역시 알려주기 위해서고요."

진일헌이란 말에 서늘하던 도혁의 눈동자가 조금 흔들렸다. 하지만 이내 평소의 냉정함을 되찾았지만, 정 여사는 그 모습을 놓치지 않았다.

'그 어떤 것으로 흔들리지 않을 것처럼 보이던 사람이 서진이란 말에 흔들리는군.'

정 여사는 아쉬웠다. 서진을 사랑하는 마음의 깊이가 얼마나 깊은지 짐작할 수 있었으니까. 만약 그가 민씨 일가의 사람이 아니라면, 정말 탐이 날 정도였다.

"한서진 씬 원치 않을 겁니다. 그리고 저 역시, 서진 씰 포기할 생각이 전혀 없습니다."

"하지만 내가 지금부터 민도혁 씨에게 전할 진실을 서진이가 알게 된대도 똑같은 말을 할까요? 서진인 책임감이 강한 아이죠. 특히 일찍 죽은 부모 때문이라도 집안에 관한 책임이 남들보다 크죠."

도혁 역시 알고 있었다. 그녀 곁에 있는 동안 가족에 대한 그녀의 애정이 어느 정도인지 충분히 느낄 수 있었다.

"알고 있습니다. 그것 역시 제가 좋아하는 한서진이니까요."

잠시 침묵이 흘렀다. 서로를 쏘아보는 두 사람의 눈동자에 처음으로 같은 감정이 담겨 있었다. 서진을 생각하는 마음은 두 사람다 같았던 것이다. 하지만 이내 정 여사는 차가운 얼굴로 도혁을 쏘아보았다.

"1910년 민도혁 씨의 증조부 되시는 민국환이 한씨 집안을 찾아왔다고 하더군요. 그리고 그의 손엔 고모님이신 한세경의 유품이 들려 있었다고 했어요. 자신이 고모님을 죽였다 했다더군요. 절대 용서하지 말라는 말도."

도혁은 처음 듣는 사실에 미간을 찌푸렸다.

"그게, 사실입니까?"

"그래요. 할아버님 대부터 두 분은 친우 사이라고 들었습니다. 하지만 그 일로, 한씨 일가와 민씨 일가는 등을 돌렸지요. 돌아가실 때까지 두 번 다시 보지 않을 정도로."

"전 처음 듣는 얘깁니다."

"그랬을 테죠. 민국환의 입장에선 한세경이란 여잘 죽였다는

343

사실을 두 번 다시 떠올리고 싶지 않았을 테니까. 그리고 그것을 증명하듯 결혼 후 행복하게 살았죠. 아이도 낳고, 사업적으로 큰 성공을 거뒀죠."

정. 여사는 그것을 증명하듯 도혁의 사무실을 차가운 눈빛으로 둘러보았다. 도혁이 가진 부와 명예가 바로, 한세경이란 여자의 죽음 위에 쌓아 올린 것이라는 듯.

"하지만…… 우린 잊지 않았습니다. 사랑하는 가족을 잃은 슬픔을. 허망한 젊은 죽음을. 그러니 우린 절대 민도혁 씰 받아들이는 일은 없을 겁니다. 만약 민도혁 씨가 당신의 증조할아버지가 한세경을 죽이지 않았다는 사실을 증명하지 않은 한, 절대 허락하지 않을 겁니다."

더는 할 말도, 들을 말도 없다고 판단한 정 여사가 자리에서 일어섰다.

"서진이에겐 말하지 않을 생각입니다. 그러니 민도혁 씨가 서진일 밀어내 주세요. 그 아이가 그 사실을 알고, 괴로워하며 상처받지 않도록. 내 말이 무슨 뜻인지 잘 알 것으로 생각합니다."

서릿발처럼 차가운 눈빛으로 쏘아붙인 후 정 여사가 방을 나가 버렸다. 도혁은 정 여사가 쏟아낸 말들을 떠올리며 멍하니 앉아 있었다. 그러자 뭔가 떠오른 듯 자리에서 벌떡 일어섰다.

"잠깐, 기다려 주십시오."

벌컥! 황급히 문을 열고 밖으로 나간 도혁은 엘리베이터에서 돌아오던 김 비서와 마주쳤다. 반쯤 넋이 나간 듯 서 있는 도혁을 보며, 김 비서는 몹시 놀란 눈치였다.

"대표님, 괜찮으십니까?"

"이사장님께선 가셨나?"

"네, 조금 전 나가셨습니다."

김 비서의 말에 도혁이 미간을 찌푸렸다. 그리곤 생각에 잠긴 듯 그 자리에 서서 엘리베이터를 무섭게 쏘아보았다. 그 모습에 김 비서가 걱정스러운 얼굴을 했다. 지금까지 한 번도 본 적 없는 모습이었기 때문이었다.

"정말 괜찮으십니까?"

김 비서의 질문에 도혁이 그제야 그녀를 돌아보았다. 그리곤 심각한 얼굴로 입을 열었다.

"저녁 일정이 뭐였지?"

도혁의 질문에 김 비서가 서둘러 일정표를 확인했다.

"성원그룹과의 저녁 약속이 있습니다."

"그쪽 비서실에 연락해 약속을 다음으로 미뤘으면 한다고 전해."

"하지만…… 성원그룹과는 중요한 프로젝트가……."

"알아. 그러니 부탁하지."

"아, 네. 그렇게 전하겠습니다, 대표님."

도혁이 사무실 안으로 들어가는 동안 김 비서의 놀란 얼굴이 보였지만 무시했다. 지금 그의 머릿속엔 놀랍고도 한편으로 소름이 끼칠 정도로 완벽한 가설이 떠오른 것이다.

민국환과 한세경. 국환이 남긴 수첩에 적혀 있던 M&H.

'만약 한세경이 국환의 그림과 수첩에 등장한 여인이라면?'

도혁의 눈빛이 날카로워졌다. 정 여사에게 물었어야 했다. 두 사람의 관계가 무엇이었는지? 왜 두 사람이 함께 있었고, 국환 때문에 한세경이 죽었는지도.

그렇게 해서, 한세경이 헤이그의 그 여인이었고, 또 회중시계의 주인임을 알아야 했다. 또한 그 회중시계가 한씨 집안에 있다면 그것 역시 찾아야 했다.

'하지만…… 하지만…….'

회중시계를 찾으려면 서진에게 모든 것을 말해야 했다. 서진에게 모든 것을……. 도혁은 주먹을 꽉 쥐었다. 굳게 다문 입매가 서늘해졌다. 창가로 걸어간 도혁은 유리창을 통해 보이는 서울의 모습을 바라보았다. 햇살이 눈부셔 한강의 모습이 한눈에 내려다보였다. 서진과 함께 본 서울. 어쩌면 다신 함께 볼 수 없을지도 모른다는 생각에 그의 얼굴에 짙은 그늘이 졌다.

진실에 한 발짝 다가설수록 서진과의 관계가 바람 앞의 촛불처럼 위태롭게 느껴졌다. 도혁은 답답함에 참고 있던 숨을 깊게 들이쉬었다.

진실? 도혁은 알고 싶지 않다고 생각했다. 그것이 어떤 큰 비밀을 품은 진실이라고 할지라도, 그에겐 오직 한서진이란 여자만 중요했으므로.

엘리베이터에서 내린 서진이 현관문에 기대 서 있는 도혁을 보곤, 놀란 얼굴을 했다.

"또 연락도 없이. 많이 기다렸어요?"

서둘러 도혁에게 다가온 서진이 문을 열었다. 그러자 뒤따라 집

안으로 들어온 도혁이 이렇다는 말도 없이 다짜고짜 서진을 힘껏 끌어안았다.

"잠깐, 뭐예요? 무슨 일 있어요?"

그의 품에 안긴 서진이 더욱 걱정스러운 얼굴로 묻자, 도혁은 대답 대신 그녀의 입술을 찾았다. 허기진 맹수처럼, 아니, 갈증으로 허덕이는 수컷처럼 서진의 입술을 훑었다. 그리고 밀어낼 틈도 주지 않고 그녀의 입안 깊숙이 그의 혀를 밀어 넣었다. 순식간에 입안 가득 밀고 들어온 혀가 그녀의 붉은 혀를 휘감곤 강하게 빨아 당겼다. 거칠고 갈급한 그의 키스에 놀랐던 서진 역시 순식간에 뜨거운 열기로 젖어들기 시작했다.

"흐흡! 잠깐……. 아직 문도……."

그녀의 말이 채 끝나기도 전에 그가 긴 팔을 뻗어 문을 잡아당겼다. 그리곤 문에 걸쇠까지 채우며 단단히 걸어 잠갔다.

"흣, 잠깐……."

어느새 한쪽 벽으로 밀어 붙여진 서진은 벽과 도혁 사이에 낀 채 꼼짝도 할 수 없었다. 대체 왜 이러는 건지 묻지도 못했다. 그의 입술이 한순간도 그녀의 입술을 놓아주지 않았던 것이다. 짙은 소유욕을 드러내듯 그의 혀가 그녀의 입안 구석구석을 자극했다. 그리곤 타액으로 젖은 촉촉한 혀를 휘감곤 강한 힘으로 자극했다.

그의 키스로 서진의 등줄기를 타고 익숙한 쾌감이 흘러내렸다. 그의 손이 어느새 그녀의 블라우스 단추를 풀어내고는 얇은 속옷을 밀어 올리며 둥글게 부풀어 오른 가슴을 꽉 그러쥐었다.

"흐흣……."

걱정스럽고 불안한 마음과는 달리, 서진의 입술을 통해 낮은 신음이 새어 나왔다. 농밀해진 키스와 함께 그의 손가락이 가슴을 어루만지더니 엄지와 검지를 이용해 단단해진 붉은 유두를 굴리며 틀었다. 아픔과 함께 또다시 온몸에 전율이 흘렀다. 그녀의 반응에 그의 손길이 거칠어졌다. 그리곤 그곳에서 그녀를 안으려는 듯 그녀의 치마를 밀어 올리곤 팬티를 끌어 내리려 했다.

"잠깐……. 도혁 씨!"

당황한 서진이 그의 손을 밀어내려 했다. 그러자 도혁이 그녀를 안아 올렸다. 그녀의 다릴 그의 허리에 단단히 감게 하곤, 서둘러 방으로 들어갔다. 그는 아무것도 들리지 않았다. 금방이라도 그녀를 잃을 것 같아 몸으로 그녀의 존재를 확인하려는 듯 조급했다. 서진은 그런 도혁을 보며, 더는 아무런 말도 하지 않았다. 그를 밀어내지도, 또한 그의 행동을 저지하지도 않았다.

'무슨 일이 있었던 건가? 혹시 민국환이 남긴 유품에서 또 다른 실마리를 찾은 걸까? 아니면…….'

서진 역시 불안감에 손끝이 떨려왔다. 그녀를 탐하는 그의 손길이, 그리고 자꾸만 그녀의 시선을 외면한 채 파고드는 그의 눈빛이 평소완 달라 불안했다.

출렁! 두 사람의 무게에 침대가 흔들렸다. 도혁은 서둘러 옷을 벗어 바닥에 던지듯 내려놓은 후, 그녀의 속옷을 끌어 내렸다.

또다시 그의 입술이 그녀의 입술을 찾았다. 그의 농밀한 키스로 붉어진 그녀의 입술은 어느새 그의 입술에 의해 또다시 젖어들었다. 뜨거운 혀가 얽혀 하나처럼 뒤엉켰다. 강하게 빨아 당기는 힘에 서진은 눈물이 핑 돌 정도였다. 지독하리만치 뜨거운 열기를 품은 그의 키스에 심장이 아렸다.

커다란 그의 손이 그녀의 가슴을 아프게 움켜쥐었다. 비틀던 그의 손길에 서진의 온몸이 전율하듯 비틀렸다. 자꾸만 허릴 들썩이게 하는 뜨거운 애무에 서진은 쾌락에 몸을 떨며 거친 숨을 내쉬어야 했다. 그가 느끼는 절망과 슬픔만큼 그의 애무는 집요했고, 뜨거웠다. 또한 절박했다.

흡! 또다시 서진은 뜨거운 숨을 몰아쉬었다. 그의 손이 검은 수풀 속에 숨겨진 밀부로 들어온 것이다. 뜨겁게 젖은 속살을 헤집는 그의 손길에 온몸이 떨렸다.

격한 숨을 내쉬며 등줄기를 타고 흐르는 쾌락을 참아내던 서진은 그가 손을 빼내자 아쉬움에 그를 붙잡기 위해 다릴 오므렸다. 다음 순간 뜨겁게 솟아오른 그의 남성이 그녀의 안으로 깊숙이 밀고 들어왔다.

"하흑……."

야릇한 신음이 그녀의 입술을 타고 새어 나왔다. 그의 침입으로 그녀의 허리가 나른한 감각에 맞춰 비틀리더니, 그를 내벽 안쪽으로 깊숙이 빨아 당겼다. 도혁의 입술에서도 격한 열정이 버거운 듯 거친 숨을 내쉬었다.

"날 봐."

서진이 눈을 떠 그를 올려다보았다. 그러자 도혁이 그녀의 입술에 부드럽게 키스했다. 심장을 간질이듯 부드러웠다. 격정으로 거칠어진 행위와는 전혀 다른 달콤한 키스에 서진은 흠뻑 빠져들었다.

"서진아, 사랑해."

달콤한 한숨처럼 서진의 입술을 간질이는 목소리에 그녀 역시 고갤 끄덕였다. 그리곤 손을 뻗어 그의 목덜미에 팔을 감은 후 힘껏 그를 끌어당겼다. 무슨 일이 있냐고 묻지 않았다. 괜찮냐고도 물을 수 없었다. 그저 그녀 역시 그를 사랑한다고 말할 수밖에 없었다.

"사랑해요."

그를 놓지 않겠다는 듯 그를 붙든 팔에 힘을 주었다. 그리곤 그의 허리에 다릴 단단히 감은 후 그를 끌어당겼다. 한 몸처럼 뒤엉킨 남녀의 아름다운 몸이 관능적으로 흔들렸다. 서진은 감당할 수 없을 정도로 찾아든 거친 욕망에 몇 번이나 울음 섞인 교성을 흘려보냈다.

그의 등줄기를 타고 젖은 땀방울이 흘러내렸다. 지독한 쾌락에 서진 역시 송골송골 땀이 맺혔다. 땀에 젖은 몸이 한 몸처럼 엉켜 들 때마다 서진은 아랫배에 힘을 주며 미친 듯이 그의 남성을 붙잡았다. 뜨거운 열기에 온몸이 타버릴 것 같았다. 그리고 두 사람은 그 어느 때보다 절박했다. 순식간에 타오른 욕망은 끝나지 않을 것처럼 두 사람을 뒤흔들어 놓았다.

그의 목덜미에 얼굴을 묻으며, 서진은 목구멍이 뜨거워졌다. 죽을 것처럼 지독한 쾌락과 함께 떨치지 못한 불안감에 더욱 절박하게 그에게 매달렸다. 그리고 마음속으로 되뇌었다.

'괜찮아요. 괜찮을 거예요. 우린…… 괜찮아요.'

〈1910년, 경성.〉

쾅쾅! 쾅쾅쾅!

이른 새벽 푸른 여명을 뚫고 정적을 깨우는 소리가 심장을 울렸다. 굳게 닫힌 나무 대문을 두드리는 손길이 거칠고도 격했다. 감정을 토해내듯, 지독한 아픔에 손에 난 생채기 역시 느껴지지 않는 듯 꽉 쥔 주먹이 문을 두드렸다.

그의 절박함을 알기라도 한 듯, 어느새 푸른 어둠 속에 묻혀 있던 한옥에 불이 켜졌다. 그리곤 인기척이 들리는가 싶더니, 굳게 닫혀 있던 문이 이윽고, 열렸다.

"대체……."

문을 연 성윤이 새벽에 들이닥친 불청객에게 화를 내려다, 초췌한 모습으로 서 있는 국환을 발견하곤 말을 멈췄다. 그리곤 서둘러 주위를 경계하듯 살핀 뒤, 국환의 손을 잡고 대문 안으로 들어갔다. 다시 밖으로 나온 성윤이 주변에 아무도 없는 것을 확인한 후에야 문을 닫았다.

"국환, 대체 어떻게 된 일인가? 헤이그에선 언제 돌아온 건가?"

성윤이 마치 넋이 나간 표정으로 서 있는 국환의 팔을 붙잡곤 따지듯 다급히 물었다. 하지만 여전히 국환은 다 죽어가는 침울한 얼굴로 친구 한성윤을 물끄러미 응시하고만 있었다. 답답함에 성윤은 다시 한 번 대답을 재촉했다.

"대체 무슨 일이 있었던 겐가? 세경이도 자네도 한동안 연락이 안 돼, 우린 무슨 일이 생겼다고 생각했네. 세경인 아직 헤이그에 있겠지?"

세경이란 이름이 성윤의 입을 통해 흘러나온 순간, 국환은 4개월 동안 그 누구에게도 말하지 못했던 슬픔에 다리가 후들거리기 시작했다. 경성으로 오는 긴 시간 동안, 국환은 이 순간이 가장 두려웠다. 또한 두려웠기에 피하고 싶었다.

성윤에게 말하고 나면, 이미 그의 가슴에 품고 있는 사실은 진실이 되어버릴 테니까.

"국환, 말을 하게. 세경인 헤이그에 있는 것이겠지?"

성윤 역시 국환의 모습에 심상치 않음을 느낀 듯 불안으로 떨리기 시작했다.

"이보게, 국환!"

성윤이 그의 옷자락을 붙잡고 그를 흔들기 시작했다. 그러자 국환은 성윤의 힘에 부초처럼 흔들렸다.

털썩!

차가운 새벽 공기를 가르며, 뭔가 바닥에 떨어졌다. 심장이 찢기듯 아릿한 아픔에 국환은 멍하니, 바닥에 떨어진 나무 상자를 내려다보았다. 진한 갈색의 단단한 상자 위엔 거북 문양이 섬세하게 새겨져 있었다.

투둑, 투두둑!

"……하네. 미안…… 하네."

짙은 그늘이 드리워진 국환의 눈가가 붉게 변해 있었다. 새벽의 어스름한 미명 속에서도 성윤은 그 모습을 똑똑히 볼 수 있었다.

엄습해 오는 불안감. 그리고 친우인 국환의 짙은 절망을 마주하자, 성윤은 화가 나기 시작했다. 외면하고 싶어졌다. 그의 입을 통해 듣게 될 진실이 너무도 두렵다는 생각에 성윤은 최대한 강경한 모습으로 입을 열었다.

"뭐가 미안하단 건가? 대체 뭐가?"

"날…… 죽여주게. 날……."

간혹 입을 통해 듣게 되는 말보다, 더 빠르게 전달되는 진실이 있었다.

심장을 옭매고 피가 차갑게 식어가는 두려움에 외면하고 싶어하는 진실이. 외면한다고 사라질 진실이라면 얼마나 좋을까?

아직 아침이 오지 않는 새벽, 경성엔 시퍼렇게 날 선 슬픔이 밀려들었다. 그리고 고갤 숙인 두 남자는 지독히도 아픈 고통과 맨몸으로 마주했다.

chapter 9

수요일 저녁, S호텔 커피숍에 앉아 일헌을 기다리고 있는 서진은 미간을 잔뜩 찌푸린 채 테이블 위에 놓여 있는 휴대전화를 원망스러운 눈빛으로 쏘아보았다. 처음부터 이렇게 되지 않을까? 예상은 했지만, 그녀의 생각대로 약속에 나오지 못하겠다는 정 여사의 전화를 받고 나자, 씁쓸함이 밀려들었던 것이다.

[미안하구나. 오늘은 몸이 좋지 않아 약속 장소엔 가지 못할 것 같으니, 네가 진 전무에게 잘 말하도록 하렴.]

휴우! 서진은 쓰게 웃으며 비어 있는 맞은편 자리를 보았다. 자꾸만 한숨이 새어 나오려 했다. 지금이라도 일헌에게 연락해 약속을 다음으로 미루고 싶었다. 도혁에게 가지 않겠다고 했던 자리였고, 그녀 역시 나오지 않을 생각이었다. 하지만 오늘 아침, 도혁에게 전화가 걸려온 것이다.

"그 자리에 진일헌 씨가 나오는데도, 저에게 나가라는 건가요?"

[그래서 더 나갔으면 좋겠어. 재단 일 역시 서진 씨에겐 아주 중요한 일일 테니까.]

순간 침묵이 흘렀다. 진일헌이기 때문에 더 나가라니. 서진은 애써 태연한 목소리로 알았다고 대답했다. 하지만 뭔가 석연치 않은 구석이 있었다. 도혁에 그녀에겐 말하지 않은 뭔가가 있는 것 같았다.

'혹시, 할머니를 만난 건가?'

서진은 가능성이 있다고 생각했다. 며칠 전, 그녀를 찾아온 도혁의 태도가 심상치 않았던 것이다. 분명 무슨 일이 있는 게 분명했지만, 그는 끝내 아무런 말도 하지 않았다.

그때, 서진의 눈에 일헌이 들어왔다. 일헌 역시 서진을 알아보곤 서둘러 그녀가 있는 테이블로 걸어오는 것이 보였다.

"제가 좀 늦은 모양입니다. 이사장님께선 어디 가신 건가요?"

자리에 앉으며 일헌이 미안한 얼굴을 했다. 그러자 서진이 그럴 필요 없다는 듯 고갤 가로저었다.

"아닙니다. 제가 좀 일찍 나왔어요. 그리고 이사장님께선 오늘 나오지 않으실 겁니다."

서진의 대답에 일헌이 무슨 일이냐는 표정을 했다. 하지만 서진은 말없이 일헌을 바라볼 뿐이었다. 잠시 어색한 침묵이 흘렀고,

서진의 차가운 태도에 당황한 일헌이 잠시 말을 멈췄다.

"그래요? 저야 서진 씨와 둘이 있을 수 있으니 기쁘군요. 혹시 이사장님께서 건강이 좋지 않으신 겁니까?"

일헌의 물음에 차갑게 굳어 있던 서진의 얼굴이 조금 풀어졌다.

"그건 아닙니다. 하지만 저에게 화가 나 계시죠. 그래서 오늘 이 자리에도 참석하지 않으신 겁니다. 집안일로 불편하게 해드려 죄송합니다."

"어느 집에나 사소한 문제는 있는 법이라고 생각합니다."

서진의 사과에 일헌이 그녀에게 위로의 말을 건넸다.

"그런 것 같아요. 어느 집에나 부모님께서 결혼을 반대하는 일은 흔히 있는 일이니까요."

서진 역시 별일 아니라는 듯 가벼운 목소리로 말했다. 그리곤 앞에 놓인 물 잔을 들어 천천히 마셨다. 하지만 일헌은 달랐다. 여유가 넘치던 그의 얼굴이 살짝 굳어지는가 싶더니, 점점 어두워지기 시작했다.

"결혼…… 이라고 하셨습니까?"

"네."

기다렸다는 듯 서진이 대답했다. 조심스럽게 묻는 일헌과는 달리 물 잔을 내려놓는 서진의 표정은 무척이나 단호했다.

"아, 그렇군요. 한서진 씨가 결혼을……."

당황한 표정이 역력했다. 그리곤 갑자기 목이 타는지 일헌이 물 잔을 들어 물을 마셨다. 그런 일헌을 보며 서진은 작게 한숨을 내쉬었다.

"혹시 서진 씨가 결혼하신다는 분, 민도혁 대표십니까?"

"네, 맞아요."

서진의 대답에 일헌이 이제야 이해가 된다는 얼굴을 했다. 하지만 이내 표정이 어두워지더니 허탈한 듯 웃었다.

"아쉽습니다. 전 아직, 아무것도 해보지 못했는데 허무하게 한서진 씨를 놓치고 말았네요."

"전, 성화재단의 대표로서 진일헌 씨에 대한 기대가 큽니다. 제가 그렇게 생각해도 되겠습니까?"

일헌은 사무적인 태도로 확실히 선을 긋는 서진을 보았다. 검은 눈동자에 담긴 단호함에 일헌은 헛헛함이 밀려들었다. 소중한 것을 놓쳐 버렸을 때 드는 안타까움에 심장이 욱신거렸다. 민도혁이 부러웠다.

"정말 한 치의 틈도 주시지 않는군요."

"그건 일헌 씨를 놓치고 싶지 않기 때문입니다. 훌륭한 기업가는 많지만, 교육 재단을 잘 이끌 지도자는 많지 않은 법이거든요."

"훗!"

일헌은 더는 미련을 가질 수도 없었다. 연인 간의 애정은 아니었지만, 서진이 그에게 갖는 신뢰 역시 싫지 않았다. 그리고 이런 식으로라도 한서진이란 사람 곁에 있고 싶다는 생각이 들었다.

"좋습니다. 조만간 재단을 방문해 이사장님께 제 의견을 전하겠습니다."

"감사합니다, 진일헌 전무님."

일헌의 대답에 그제야 서진이 그를 향해 웃어 보였다. 서늘한 눈동자 안에 깃든 신뢰에 일헌은 심장이 뭉근한 아릿함을 느껴졌다. 그에게 처음으로 내밀어진 서진의 손을 보며, 일헌은 선뜻 그 손을 잡지 못했다. 그렇게 잠시 그녀의 손을 내려다보던 그가, 마음을 다잡으며 그녀의 손을 잡았다. 처음 잡는 손이 마음을 내려놓는 것이라니. 일헌은 밀려드는 씁쓸함을 밀어냈다.

"잘 부탁하겠습니다."

도혁은 마주 앉아 있는 정 여사를 바라보았다. 굳은 얼굴로 그를 쏘아보고 있는 눈빛에선 그에 대한 적대감을 느낄 수 있었다. 조금 전, 서진과의 통화를 하는 정 여사를 묵묵히 바라보며, 도혁은 심장에 돌을 얹은 듯 묵직해졌다. 일헌을 만나고 있을 서진 역시 그 자리에 대한 불편함을 느끼고 있을 것을 생각하자, 마음이 무거웠다.

"만나자고 한 이유가 뭔지 궁금하군요. 난, 그날 이후 더는 민도혁 씨를 만날 일이 없을 거로 생각했는데."

여전히 차가웠다. 그를 보는 정 여사의 눈빛 역시 냉정했고, 이 상황이 마음에 들지 않는다는 듯 미간을 찌푸린 상태였다.

"오늘 제가 찾아온 이유는 서진 씨와 헤어질 생각이 없단 말씀을 드리러 왔습니다."

도혁의 말에 정 여사의 눈썹이 위로 치켜 올라갔다.

"지난번 내 얘길 듣고도 그런 소릴 하다니. 민도혁 씨, 정말 이기적인 사람이었군요."

"이기적인 사람이라 질책하셔도 변명하지 않겠습니다. 하지만 제 마음이 그렇습니다. 그래서 알아낼 생각입니다. 두 집안 사이에 얽힌 사연이 오해였다는 것을요."

"오해라니. 오래전 일이라고 얼렁뚱땅 넘길 심산인가 본데, 절대 그렇게 되지 않을 겁니다. 그리고 지금 서진인 진 전무와 만나고 있어요. 마음이 없다면, 절대 그곳에 나갈 아이가 아니란 건 민도혁 씨도 잘 알고 있을 테죠? 그러니 알아서…….

"너무도 잘 알고 있습니다. 한서진이란 사람은 절대 흔들리지 않을 사람이란 것을요."

도혁의 말에 정 여사는 어이가 없는 모양이었다.

"정말 말이 통하지 않는 사람이었군요, 민도혁 씨란 사람은."

더는 할 말이 없다는 듯 정 여사가 자릴 털고 일어섰다. 그러자 도혁 역시 정 여사를 따라 일어섰다.

"서진 씰, 사랑합니다."

절대 자신의 감정을 내보이지 않을 것 같은 남자가 어렵게 입을 열었다. 그 목소리에 담긴 진한 울림이 싸늘하게 돌아서던 정 여사의 발을 묶어놓았다.

"제가…… 한서진 씰 사랑합니다. 놓지 못할 정도로. 그러니 기다려 주십시오. 제가 알아낼 때까지 기다려 주십시오."

자존심에 절대 고갤 숙이지 않으리라고 생각했었다. 지금까지 민도혁이란 사람의 삶은 언제나 최고였을 테고, 언제나 막힘없이 열려 있었을 테니까. 그래서 절대, 타인에겐 약한 모습 따윈 보이지 않을 강한 사람이었을 테니까.

하지만 지금, 그런 남자가 정 여사에게 고갤 숙여 부탁하고 있었다. 진심으로 한서진을 사랑하니, 기다려 달라고 말하고 있었다. 정 여사는 자신보다 훌쩍 큰 남자의 등을 내려다보며, 작게 한숨을 내쉬었다. 사람만 보자면, 어디 하나 나무랄 데 없었다. 하지만 그는 민씨가의 사람이었다. 절대 허락할 수 없는 민국환의 증손자.

"기다리는 것은 어렵지 않아요. 하지만 민도혁 씨가 찾아낼 수 있을까요? 벌써 100년이란 시간이 흘러 버린 일들인데?"

"찾아내겠습니다. 한서진 씰 얻기 위해서라면, 그것이 뭐든……."

검은 눈동자가 흔들림 없이 정 여사를 향했다. 그 눈동자 속에 어린 감정의 깊이를 본 정 여사는 조금 마음이 흔들렸다. 그녀 역시 서진의 할아버지를 몹시 사랑했으니까. 그래서 그가 지키려 했던 것들을 지키려는 것이니까.

"좋아요, 기다리죠. 대신 민도혁 씨도 기다려 줘요. 서진일 흔들지 말고, 당분간 그 애를 놓아줘요. 약속할 수 있겠어요?"

"약속…… 하겠습니다. 당분간 서진 씰 만나지 않겠습니다."

밤이 깊어가고 있었다. 소파에 앉아 수첩을 살피던 서진이 자리에서 일어섰다. 그 누구의 방해도 없이 고요하게 흐르는 시간을 좋아했던 그녀였다. 하지만 지금 서진은 혼자라 쓸쓸하단 생각을 하고 있었다. 누군가의 온기가 그립다는 생각도 했다.

일헌과 헤어진 후, 정 여사에게 전화를 걸어 천안으로 내려가겠다고 했다. 수화기를 통해 두 사람의 신경전이 계속되었다. 그렇게 얼마간의 차가운 침묵이 흐른 후, 정 여사는 좋을 대로 하라는 말과 함께 전화를 끊어버린 것이다. 서진은 무거운 한숨을 내쉬었다. 하지만 크게 숨을 내쉬었지만, 가슴에 묵직한 돌을 올려놓은 듯 여전히 답답했다. 결국 서진은 창가로 다가가 아파트 입구를 내려다보았다. 말로 하지 않아도 서진의 눈은 어느새 도혁의 차를 찾고 있었다.

"오지 않는 건가?"

기다릴 새도 없이 불쑥 그녀 앞에 나타나던 그였다. 그립다고 생각할 틈도 없이 언제나 먼저 그녀에게 다가오던 그가, 오늘은 오지 않고 있었다. 일헌을 만나고 돌아온 날이라, 그가 더 보고 싶었다. 괜한 걱정 같은 건 하고 싶지 않았으니까. 할머니 정 여사를 생각할 때마다, 선뜻선뜻 불어오는 차가운 냉기에 서진은 불안했다. 당연히 그와 함께할 생각이었다. 그 어떤 일이 있더라도, 그의 손을 놓지 않을 생각이었다.

하지만 왜 이렇게 아픈 걸까? 왜 이리 불안하지?

서진은 차가운 냉기에 두 팔로 몸을 감싸 안았다. 도혁이 일헌을 만나라고 했어도, 가면 안 되는 거였나? 단호하게 재단의 대표 자리 역시 권하지 말았어야 했을까?

아니, 아니었다. 서진은 이내 고갤 가로저었다. 민도혁이란 사람은 그런 일로 화를 내며, 그녀의 전화를 피할 사람이 아니었다. 지금 서진은 누군가를 사랑한다는 것은 엄청난 용기가 필요한 일임을 깨닫는 중이었다.

소파로 걸어간 서진은 탁자에 놓여 있는 가죽 수첩을 쓸어내렸다. 그리고 옆에 놓여 있는 오래된 나무 상자 역시. 함께 나란히 놓여 있는 수첩과 상자를 보며, 서진은 묘한 기시감에 미간을 찌푸렸다.

언제였지? 언제 또 이런 적이 있었나?

너무도 익숙했다. 수첩을 쓰다듬는 손길도 두려움에 떨며 상자를 들어 올리던 마음도. 처음이었지만 처음인 것 같지 않았다. 그리고…… 뭔가…….

서진은 수첩의 한쪽 귀퉁이를 가만가만 만져 보았다. 수작업으로 만들어진 가죽 수첩의 이음새를 유심히 살피던 서진은 한쪽 부분이 다른 곳과 다르단 것을 알아냈다. 똑같이 정교한 형태로 기워져 있었지만, 사용된 실이 달랐다. 시간의 흐름에 의해 색이 바랜 실은 그 색이 미묘하게 차이가 있었던 것이다.

"한 번 실을 잘라냈다가, 이 부분만 다시 기운 건가? 같은 색이지만, 재질은 달라."

서진은 다시 한 번 수첩 아래쪽 오른쪽 귀퉁이를 꼼꼼히 살폈다. 아무리 봐도, 이 수첩의 주인인 민국환이 수첩의 가죽 양장 속에 뭔가를 넣기 위해 실을 잘라냈다가 다시 기운 모양이었다.

"대체 뭘 숨기려 했던 거지?"

서진은 눈을 가늘게 뜨며 수첩을 쏘아보았다. 그녀의 추측이 맞는다면, 분명 낡은 가죽 수첩 안에 중요한 뭔가가 숨겨져 있을 터였다. 마음 같아선, 수첩의 실을 잘라내고 안을 살피고 싶었지만 그럴 수 없었다.

서진은 주머니에서 휴대전화를 꺼내 도혁에게 전화를 걸었다. 의미 없이 길어지는 통화연결음에 서진은 입술을 깨물었다.

무슨 일이 생긴 걸까?

휴대전화를 내려놓으며, 서진은 수첩을 꼭 쥐었다. 그리곤 흔들리는 눈빛으로 탁자 위에 놓인 상자를 쏘아보았다.

자료가 가득 든 상자를 품에 안은 서진이 계단을 올라가기 시작했다. 출근 후 특별 전시회 준비로 정신없이 바쁘게 움직이다 보니, 벌써 하루가 다 가고 있었다. 기증에 대한 것도 살펴봐야 했지만, 신입이라 처리해야 할 잡일 역시 모두 서진의 몫이었던 것이다. 그렇게 바쁜 일과 속에서도 서진의 마음은 무겁게 가라앉아 있었다. 문득문득 휴대전화를 확인하며 초조해하는 자신을 볼 때마다 서진은 입술을 깨물었다.

　벌써 5일. 그에게선 아무런 연락도 오지 않았고, 또한 그녀의 전화를 받지도 않았다. 그와 연락이 되지 않는 시간이 길어질수록 서진은 그가 그녀를 피하고 있음을 알 수 있었다. 만약 오늘까지 연락이 오지 않는다면, 서진은 그를 찾아갈 생각이었다.

　후우! 작게 한숨을 내쉬는 서진의 눈동자에 그늘이 져 있었다. 서진은 눈까지 쌓아 올린 자료를 들고 사무실로 향했다. 자료를 떨어뜨리지 않기 위해 정신을 쏟다 보니, 지혜가 서진을 발견하고 서둘러 오는 것 역시 볼 수 없었다.

　"한서진 씨, 여기 있었네."

　지혜가 드디어 찾았다는 듯 반가운 목소리였다. 서진은 서둘러 걸음을 멈추곤 지혜를 보기 위해 고갤 들었다. 하지만 눈을 가린 자료 때문에 지혜를 볼 수가 없었다.

　"지하실에서 자료 좀 찾아 옮기고 있었습니다. 시키실 일이라도……."

　"아니야, 그게 아니라 서진 씨에게 소개할 사람이 있어서."

지혜의 말에 그제야 서진이 지혜에게 동행이 있음을 눈치챘다. 하지만 마찬가지로 그 사람이 누군지는 볼 수 없었다.

"아, 그런가요? 잠시만 기다려 주십시오."

서진이 서둘러 상자를 바닥에 내려놓으려 하자, 지혜 옆에 있던 남자가 상자를 붙잡아주는 것이 느껴졌다.

"아, 감사합니다."

남자의 도움으로 상자를 바닥에 내려놓은 서진은 손에 묻은 먼지를 털어내며, 지혜 옆에 서 있는 사람 쪽으로 고갤 돌렸다.

"아……."

심장이 술렁이기 시작했다. 너무도 익숙한 그 모습에 서진은 잠시 아무런 말도 하지 못한 채 멍하니 도혁을 바라보았다. 지혜 옆에 서 있는 도혁은 성공한 사업가답게 자신감 넘치는 당당한 모습으로 그녀를 바라보고 있었다. 며칠째 연락이 없던 그가 갑자기 그녀 앞에 나타나자, 서진은 표정을 숨길 수가 없었다.

"뭐야, 두 사람? 벌써 만난 거야?"

서진의 반응을 본 지혜가 의외라는 듯 두 사람을 번갈아 보았다. 하지만 도혁은 서진과는 달리 서늘한 눈으로 서진을 바라볼 뿐이었다.

"이번 기증 건, 잘 부탁합니다."

사무적으로 들리는 그의 목소리에 커져 있던 서진의 눈동자가 가늘어졌다. 그녀를 바라보는 도혁의 서늘한 눈동자엔 온기가 없었다. 서진은 냉정한 사업가의 모습을 한 그가, 무척이나 낯설었다.

그의 차가운 태도에 서진의 심장 역시 얼어붙기 시작했다. 그리고 어렴풋이 느낄 수 있었다. 그가 그녀를 밀어내고 있었다. 그의 삶에서 그녀를……

서진이 굳은 얼굴로 그의 손을 바라보고 서 있자, 도혁이 손을 거둬들였다. 그리곤 서진을 외면한 채 지혜에게 말했다.

"그럼 난 이만 가볼게."

"뭐야, 민도혁! 이제 퇴근 시간인데 저녁이라도 함께 먹자. 한서진 씨랑 셋이서 이번 전시회에 관한 얘기도 하면 좋을 것 같은데. 바빠?"

지혜의 말에 도혁이 손목시계의 시간을 확인했다.

"미안. 다음에 하자. 아직 처리해야 할 일이 남아 있거든. 가봐야 해."

지혜의 제안을 차갑게 거절한 도혁이 서진에게 고갤 돌렸다.

"그럼, 또 뵙겠습니다. 한서진 씨."

"……."

서진은 아무런 대답도 하지 않았다. 그러자 도혁 역시 그녀의 대답은 기대도 하지 않았다는 듯 계단을 내려가기 시작했다. 지혜 역시 도혁이 가 버리자, 아쉬운 얼굴로 사무실로 들어갔다. 서진만이 멍한 얼굴로 그 자리에 서 있을 뿐이었다.

서진은 잔뜩 굳은 얼굴로 도혁이 로비를 가로질러 가는 것을 보곤 입술을 깨물었다. 마음 같아선 그를 불러 세우곤 캐묻고 싶었다. 왜 갑자기 그러는지, 왜 그녀의 연락을 피했는지. 따져 묻고 싶었다.

하지만 서진은 주먹을 꼭 쥐었다. 그리곤 조금 전 바닥에 내려놓았던 상자를 들어 올렸다. 사무실을 향해 걸어가는 서진의 얼굴이 잔뜩 굳어 있었다. 탁자 위에 상자를 내려놓은 서진은 안에 들어 있는 자료를 하나하나 꺼내기 시작했다. 그러다 화가 난 듯 자료를 붙잡은 손이 허공중에 멈췄다.

'대체 뭐야? 화는 누가 내야 하는 건데?'

며칠 동안 전화도 받지 않고 연락도 하지 않은 사람은 그녀가 아니라, 바로 민도혁 그였던 것이다. 그런데 사과 한마디 없이 그런 태도라니! 화가 난 서진의 눈동자가 빛나기 시작했다. 그리곤 들고 있던 자료를 탁자에 던지듯 내려놓고는 서둘러 사무실을 빠져나갔다. 그녀의 뒤로 쌓여 있던 서류가 와르르 옆으로 넘어지는 소리가 들렸지만, 서진은 무시했다. 빠른 걸음으로 계단을 내려간 서진은 1층 로비를 지나, 주차장으로 향했다.

그의 차가 이미 출발했으면 어쩌나 하는 생각에 서진의 걸음이 빨라졌다. 건물 코너를 지나자 주차장이 보였다. 그리고 그의 차가 보였다. 오후의 햇살을 받으며 서 있는 자동차를 보며, 서진은 안도의 한숨을 내쉬었다. 화가 나 뛰어온 것이었지만, 또 어느새 그가 돌아가지 않았다는 사실에 안도하고 있었던 것이다.

서진이 그의 차로 걸어가려는 순간, 누군가 서진의 손을 확 끌어당겼다. 강한 힘으로 건물 뒤쪽으로 끌어당겨진 그녀는 갑작스러운 상황에 놀라 숨을 삼켰다.

"너무 늦어!"

그였다. 그녀를 뒤에서 끌어안은 그가 그녀의 목덜미에 얼굴을 묻는 것이 느껴졌다. 그리고 귓불을 간질이듯 낮게 쉰 목소리로 다시 말했다. 조금 전 박물관 안에서의 차갑고 건조한 목소리가 아니라, 감정을 가득 담은 목소리가 그녀의 심장을 촉촉이 적셔놓았다. 그리고 그의 다정한 목소리에 눈물이 왈칵 쏟아질 것만 같았다.

"조금만 더 늦었다면, 내 속이 새까맣게 타들어갔을 거야."

또다시 투정 섞인 목소리로 서진을 나무랐다. 그의 달콤한 투정에 화가 났던 마음에 어느새 안도감이 밀려들었다.

"애타게 한 사람이 누군데 그래요? 5일 동안 내 전화를 피한 사람은 바로, 민도혁 씨였다구요. 그리고 조금 전에도 그 태도, 정말 마음에 안 들어. 나야말로…… 흐흣!"

마음에 담아놓았던 말을 다 뱉어내기도 전에 도혁의 입술이 그녀의 입술을 막았다.

"잠깐, 민도혁 씨! 이러지 말아요! 나 아직……."

"내가 그리웠나?"

입술을 채 떼지도 않은 채 그가 물어왔다. 청량한 향기를 머금은 그의 입김이 그녀의 입술을 다시 간질였다.

"아니요, 전혀요."

"그럼, 내가 보고 싶어 잠도 오지 않았나?"

"그것도 아니에요."

"그래? 하지만 난 한서진 씨가 너무 그리웠는데. 그래서 5일 동안 미친놈처럼 한숨도 자지 못했거든."

서진이 그를 올려다보았다. 가까이에서 보니 그의 눈가에 진한 그늘이 져 있었다. 한숨도 자지 못한 사람처럼. 얼굴은 까칠했고, 얼굴이 좀 여윈 듯 보였다.

"그럼, 화가 났나 보군."

"그래요, 화가 났어요. 자꾸만 불안해하는 내가 싫었거든요. 단

며칠 연락이 안 된 것뿐인데, 초조한 마음에 잠도 오지 않았어요. 일하는 내내, 휴대전화에서 눈을 떼지 못하는 날 볼 때마다, 내가 너무 한심해 화가 났어요. 민도혁 씨, 당신 때문에……."

그의 입가에 미소가 어리는 것이 보였다. 그것 역시 서진은 마음에 들지 않아 차가운 눈으로 그를 쏘아보며, 그의 팔을 꽉 꼬집었다.

"이게 다, 민도혁 씨 때문이에요. 이렇게 한심한 여자가 된 게, 다 민도혁 씨 때문이라구요."

그녀의 말 한마디 한마디에 도혁의 심장이 무섭게 떨리고 있었다. 도혁이 서진의 손목을 움켜쥐었다. 그리곤 열기로 가득한 목소리로 말했다.

"집에 가자. 한서진, 지금 널…… 안고 싶어. 머릿속이 온통 나밖에 생각할 수 없을 만큼 널 안고 싶다. 지금 내가 그런 것처럼."

서진의 옷을 벗기는 도혁의 손이 욕망으로 떨리고 있었다. 서진 역시 그것을 느끼고 있었다. 그가 거친 욕망을 드러내자, 서진 역시 심장이 미친 듯이 뛰었다. 하지만 서진은 한편으로 그의 눈가의 짙은 그늘을 안타까운 눈으로 바라보았다. 그에게 무슨 일이 있는 것이 분명했다. 그리고 그 일은, 자신과도 연관이 있을 터였다.

"왜 그랬어요?"

"널, 갖고 싶어서."

"이미 난, 민도혁 씨 것이란 걸 알고 있잖아요?"

서진의 말에 도혁의 눈동자가 그윽해졌다. 그리곤 그녀의 입술을 살짝 손가락으로 건드렸다.

"때론 확인받고 싶어지는 법이거든. 그래서 일부러 상처내고, 그 상처에 오히려 내 심장이 곪게 되더라도 상대의 마음을 꼭 확인하고 싶어질 때가 있거든. 어리석게도 말이야."

"어리석게도, 나도 그래요."

그게 사랑이었다. 때론 손톱으로 상대의 심장을 긁어 생채기를 내면서까지, 그 사랑을 확인받고 싶어졌다. 안타깝게 기다리고 애타 하는 상대를 보며, 안심하고, 그렇게 해서 상대를 자신에게 구속하고 싶어했다. 어리석게도 그것이 삐뚤어진 방식이란 사실을 알면서도.

"내가, 뭔가 알아낸 것 같아."

툭 블라우스가 바닥에 떨어졌다. 그리곤 그의 손이 그녀의 속옷을 끌어 내렸다. 서진이 그의 손을 붙잡았다. 그러자 도혁이 그녀를 올려다보았다. 망설이고 있었다. 며칠 동안 그녀에게 오지 않는 동안, 그가 알아낸 사실이 뭔지 알 수 없었다. 하지만 서진은 그가 망설이고 있다는 사실을 온몸으로 느낄 수 있었다.

"말하지 마요."

서진이 고갤 가로저었다. 알고 싶지 않았다. 그녀를 불안하게 만드는 진실 따위 알고 싶지 않았다.

"말하지 말까?"

도혁의 말에 서진이 열심히 고갤 끄덕였다. 그 모습을 보며, 도혁은 그녀 역시 어렴풋이 뭔가를 눈치채고 있음을 알았다. 그가 그녀를 끌어당겼다. 여린 몸을 품에 가두듯 끌어안았다.

정 여사와 한 약속처럼 도혁은 기다렸다. 민국환과 한세경에 대해 알아낼 때까지. 하지만 그녀를 보지 않을 수는 없었다. 그의 발걸음과 그의 시선은 언제나 서진에게 향해 있었으니까.

"그래, 네가 원한다면 말하지 않을게. 우린, 아무것도 모르는 거야. 그저 평범한 다른 연인들처럼 우리만 생각하자. 우리만."

불안한 마음을 떨쳐 내려는 듯 그녀를 끌어안는 그의 손길이 거칠었다. 그녀를 침대에 밀치듯 눕힌 후 그 위로 몸을 겹쳐 왔다. 서진은 그의 거친 손길이 아팠지만, 저항하지 않았다. 아무것도 생각하고 싶지 않은 지금으로선 오히려 거친 손길에 안도감이 밀려들었다.

"흐훗!"

아릿한 고통과 함께 그가 그녀의 여린 속살을 파고들었다. 아직 애액으로 젖지 않은 그녀의 내벽은 그를 한 번에 깊숙이 받아들이기엔 무리였던 것이다. 서진은 아픔을 참아내며 팔을 뻗어 그의 목덜미를 꽉 끌어안았다. 그리곤 그에게 힘껏 매달렸다.

깊숙이 들어온 그의 일부가 움직이기 시작했다. 거칠게 그녀의 안을 헤집고 들어오는 그를 느끼며 서진은 더운 숨을 내쉬었다. 그의 입술이 그녀의 입술을 찾아들어 왔다. 그리곤 그녀의 혀를 휘감고는 저릿한 아픔으로 눈물이 핑 돌 정도로 강하게 빨아 당겼다.

그의 움직임에 그녀의 말라 있던 내벽이 애액으로 젖어들기 시작했다. 그러자 아픔으로 찡그렸던 서진은 온몸을 간질이는 나른한 쾌락에 뜨거운 신음을 뱉어냈다. 격정으로 뜨겁게 얽힌 몸이 흔들렸다. 심장을 타들어가게 하는 불안감을 떨쳐 내기 위해 두 사람은 서로에게 몸을 묻은 채 끝없이 파고들고 그를 붙잡았다.

격정과 흥분으로 서진의 몸이 떨려왔다. 거친 숨을 뱉어내며, 머릿속이 새하얗게 변할 정도로 지독한 쾌락에 서진은 허릴 비틀었다. 놓치고 싶지 않았다. 그 마음만 있을 뿐이었다. 서진은 다신 그를 놓치지 않으려는 듯 아랫배에 힘을 주었다. 그리곤 처음부터 그랬던 것처럼, 한 몸이 되어 얽혀들었다.

이른 새벽, 잠에서 깨어난 서진은 거실 서랍장에 넣어놓았던 수첩을 꺼냈다. 그리곤 들고 있던 가위로 수첩 가장자리 부분의 실밥을 잘라내기 시작했다.

툭, 투둑!

낡은 실이 날카로운 가위에 닿자 너무도 쉽게 잘려 나갔다. 바스락 부서지듯 시간의 먼지를 흩뿌리던 실이 떨어져 나가자, 꽉 묶여 있던 수첩의 모서리가 힘없이 벌어졌다. 그 무게가 너무도 견디기 힘이 들었다는 듯 쉽게 그 모습을 드러냈다.

서진은 잠시 뜯어진 수첩을 내려다보았다. 손끝으로 조심스럽게 낡은 가죽을 열고 손을 밀어 넣었다. 그러자 딱딱한 종이와 가죽 사이에 뭔가 잡히는 것이 있었다. 납작하고 차가운 느낌.

열쇠…… 인 건가?

두근! 서진은 화들짝 놀라 차가운 감촉의 열쇠를 놓았다. 그리고 본능적으로 이 열쇠가 다름 아닌, 세경의 낡은 상자를 열 열쇠란 사실을 알 수 있었다.

심장이 거칠게 뛰었다. 두려움 때문인지, 아니면 그녀가 찾아낸 진실에 가까워진 사실 때문이지 알 수 없었다. 하지만 서진은 수첩 안에서 그 열쇠를 꺼내지 못하고 망설이고 있었다.

달칵!

방문 열리는 소리에 서진은 수첩을 서랍에 넣었다. 그리곤 서랍을 밀어 넣은 후 도혁에게 돌아섰다.

"벌써 일어난 거야?"

"네. 잠이 깨서, 더 자지 않구요."

서진의 말에 도혁이 그녀에게 다가왔다. 그리곤 그녀의 손을 잡고 소파로 걸어갔다.

"보여줄 게 있어."

소파에 앉은 도혁이 옆에 놓여 있던 가방을 들어 올리더니 그 안에서 작은 서류 봉투를 꺼냈다.

"이게 뭐죠?"

"증조부님께서 남기신 그림에서 발견한 것을 찍은 거야."

서진이 서류 봉투 안에서 4장의 사진을 꺼내 들었다. 분명 도혁의 집에서 보았던 국환이 남겼다는 유화였다. 그런데 뭔가 달랐다. 어두운 불빛 속에 모습을 드러낸 것은 다름 아닌 지도였다. 그리고 그 지도는 어떤 특정한 지역을 나타내고 있었다.

"이건, 헤이그의 거리군요. 그리고 운하 옆에 있던 이 건물은……."

"비넨호프가 287번지. 그림 속에 있던 그 숫자가 바로, 주소였던 거야. 우리가 처음 만났던 그 골동품점의 주소."

그의 말에 서진은 등줄기를 타고 소름이 돋아나는 것을 느꼈다. 모든 것이 처음부터 정해져 있었던 걸까?

"그럼, 모든 것이 헤이그의 골동품점에서부터 시작된 건가요?"

"아니, 시작은 회중시계일 테지. 그리고 이 모든 것의 끝도 회중시계일 테고. 하지만 그 골동품점의 주인이었던 노인을 만나야 할 것 같아. 들어야 할 말들이 아주 많을 것 같거든."

도혁의 말에 서진은 회색 눈동자의 노인을 떠올렸다. 안경 너머 그녀를 바라보던 신비한 느낌의 노인 역시 정해진 운명의 한 부분이었던 모양이었다.

"이상해요. 왜 이런 일이 우리에게 일어나는지도 모르겠고. 민 도혁 씬 이상하지 않나요?"

서진을 바라보던 도혁이 봉투에 남아 있던 사진 하나를 꺼내 그녀에게 건넸다. 조금 전 그림을 찍은 사진과는 달리 무척이나 낡아 있었다.

흑백으로 된 사진 한 장. 그 사진엔 아름다운 동양인 여인이 카메라를 바라보고 있었다. 검은 눈동자엔 짙은 슬픔과 함께 깊은 애정이 담겨 있었다. 아마 그녀는 카메라 렌즈가 아니라 사진을 찍는 남자를 바라보고 있는 듯했다.

"이 사진은 그 그림과 같아요. 분명 그 골동품점에서 발견한 그 그림과……."

놀라 도혁을 올려다보는 서진과는 달리 도혁의 표정은 담담했다. 이미 모든 것을 다 알고 있는 듯 차분한 도혁을 보며 서진은 눈을 가늘게 떴다.

"혹시 이 사진 속의 여인이 누군지 알고 있나요?"

"응, 알아. 그리고 이 사진을 찍은 사람이 누군지도 알지도."

서진은 선뜻 물을 수 없었다. 그의 표정을 보자, 서진은 입안이 바짝 마르는 느낌이었다. 조금 전 수첩에서 발견한 열쇠가 떠오르자 더욱 그랬다.

서진과 도혁은 잠시 서로를 바라보았다. 진실 앞에 한 발짝 다가섰지만, 자꾸만 미궁 속으로 빠져드는 느낌이었다. 그리고 그 이유는 두 사람 모두, 가장 중요한 진실을 외면하고 싶어하기 때문이었다. 하지만 이젠 그럴 수 없을 것 같았다. 도혁 역시 마찬가지였다.

"누구죠? 이 여인과 이 사진을 찍은 사람이 누군가요?"

"민국환. 내 증조할아버님과 그분이 사랑하셨던 분이시지."

"그럼 이 사진 속 여인이 100년 전 그 회중시계의 주인인 건가요?"

"그래. 회중시계의 주인이지. 그리고 이분의 이름은……."

말을 멈춘 도혁이 숨을 몰아쉬는 것이 보였다. 그런 도혁을 보며, 서진 역시 숨을 멈췄다. 긴장으로 입안이 바짝 타들어가는 느낌이었다. 그렇게 잠시 말을 멈췄던 도혁이 어렵사리 말을 이었다. 뜨거운 것을 억지로 토해내듯이.

"……세경, 한세경이야. 한서진 씨의 증조부님의 여동생."

굳게 닫힌 대문을 밀고 서진이 집 안으로 들어가자, 마당에 있던 정 여사가 그녀를 돌아보았다. 잔뜩 굳은 얼굴인 서진을 보며, 정 여사 역시 조금 긴장한 듯 미간을 찌푸리는 것이 보였다.

"이른 아침부터 무슨 일인 게야? 박물관은 어떻게 하고?"

"박물관에 연락하고 왔어요."

"무슨 급한 일이 생긴 모양이지? 그 좋아하는 박물관을 쉰다니.

진 전무랑 만난 일은 잘된 거니?"

정 여사가 마당 한쪽에 놓인 평상에 앉았다. 그러자 서진 역시 그 옆에 자릴 잡고 앉았다.

"진일헌 씨완 얘기가 잘된 것 같아요. 조만간 재단으로 할머니를 찾아뵙겠다고 하더군요."

"그래? 다행이구나."

"진일헌 씬 좋은 사람이에요. 할머니와 저 사이에서 이용당하기엔 미안할 정도로 괜찮은 사람이란 뜻입니다. 그러니 할머니께서 더는 진일헌 씨에게 헛된 희망 품지 말았으면 좋겠어요."

"뭐? 내가 언제 진 전무를 이용⋯⋯."

"아니라면 죄송해요. 그럼 오히려 잘된 일인 것 같아요. 사실 그 일로 진일헌 씨에게 미안해, 마음이 무거웠거든요."

정 여사가 서진을 보며, 마땅찮은 얼굴을 했다.

"민도혁을 만난 모양이구나. 흥, 그럴 줄 알았지. 약속을 그렇게 철석같이 해놓곤, 널 만나다니⋯⋯."

정 여사의 말에 서진이 고갤 돌렸다. 그리곤 눈을 가늘게 뜨곤 이제야 모든 것이 이해가 된다는 듯 작게 한숨을 내쉬었다.

"도혁 씨를 만나셨군요. 그래서 며칠 동안 그가 날 찾아오지 않은 거였어요. 할머니 때문에 날 밀어낸 것이었어요."

서진의 말에 정 여사가 아차 싶었는지 입을 다물었다. 하지만 그것도 잠시 정 여사의 표정이 바뀌었다. 민도혁이 그녀와 한 약속을 지켰다면, 그렇다면⋯⋯.

"민도혁이 뭔가 말했나 보구나. 혹시 모든 것이 오해였다는 사실을 알아낸 거니? 민국환이 한세경을 죽였다는 것이 사실이 아니었다는 증거를 찾았다고 하더냐?"

정 여사가 서진을 다그치듯 물었다. 하지만 서진은 말없이 정 여사를 응시할 뿐이었다.

"아니요."

서진의 말에 정 여사가 그럴 줄 알았다는 듯 미간을 찌푸렸다.

"그럼 대체 무슨 말을 한 거니? 알아내겠다고 큰소리칠 때는 언제고, 알아내지도 못한 상황에서 널 만나다니."

마음에 들지 않는다는 듯 혀를 차는 정 여사를 보며, 서진이 천천히 입을 열었다.

"아니에요, 그런 게. 할아버지께서 민국환의 전시회에 찾아갔던 건, 원망 때문이 아니었어요."

기억이 났다. 그날의 일이 모두. 도혁이 한세경이란 이름을 말했을 때, 그 이름을 할아버지의 입을 통해 들었던 이름이란 것도. 그리고 할아버지께서 했던 말도 모두 기억이 난 것이다.

"얘가 지금 무슨 소릴 하는 것인지 모르겠구나. 혹시, 기억이 난 게야?"

"네. 아니었어요. 민국환을 원망해서 갔던 것이 아니었어요."

서진의 말에 정 여사가 눈을 가늘게 떴다. 그녀의 말을 믿지 못하는 눈치였다.

"말도 안 되는 소리. 그럼 네 할아버지께서 무엇 때문에 그곳에 갔다는 거니? 민국환의 장례식장이며, 전시회에 왜 그렇게 죽기 살기로 찾아갔다는 건지 네가 한번, 그 이유를 말해보려무나."

"설득하기 위해서였어요. 한세경, 증조고모 할머님께서 남기신 유품을 민국환 옆에 놓아달라고 설득하려고 간 것이었어요."

"그게 무슨 소리야? 분명 할아버지께서는 민국환이 증조고모 할머님을 죽였다고 했다. 그런데 왜 그런 말도 안 되는 행동을 했다는 거니?"

"이유는 모르겠어요. 하지만 할아버지께서 제게 했던 말씀이 기억났어요."

그날, 전시회에서 돌아오던 할아버지는 대문으로 들어서기 전 지친 듯 걸음을 멈췄다. 그리곤 종일 두 팔로 꼭 쥐고 있던 낡은 상자를 서진에게 건넸다. 할아버지의 갑작스러운 행동에 당황한 서진이 상자를 밀어내자, 슬픈 미소를 지으며 그러지 말라는 듯 고갤 가로저었었다.

수많은 감정을 담은 눈빛이었다. 그것이 무엇인지 어린 서진은 알 수 없었다. 하지만 지금은 조금은 이해할 수 있을 것 같았다. 할아버지는 민국환과 한세경 사이에 있었던 일을 알아낸 것이었다. 국환의 말처럼 그가 세경을 죽인 것이 아니라, 다른 이유가 있음을 알아낸 것이다. 그래서 그녀에게 그런 당부를 했던 것이었다.

"서진아, 부탁한다. 이 상자를……."

"남기신 유품 상자를…… 민국환 옆에 놓아달라고 하셨어요."

"왜? 대체 왜, 네 할아버지가 그런 부탁을 했다는 거니?"

정 여사가 믿을 수 없다는 얼굴을 했다. 서진 역시 마찬가지였다. 기억나지 않았다. 아니, 그 이유는 듣지 못했다. 그저 이 상자가 있어야 할 곳이 민국환 옆이란 것 외엔.

"알아볼 생각이에요. 할아버지께서 왜 그런 당부를 하셨는지. 민도혁 씨와 함께 알아볼 생각입니다."

"한서진!"

서진이 정 여사를 바라보았다. 그리곤 화가 난 얼굴로 그녀를 쏘아보고 있는 정 여사의 손을 꼭 잡았다.

"할머니! 그래야 할 것 같아요. 할아버지께서 왜 그런 당부를 하셨는지, 꼭 알아내야 할 것 같아요."

거짓말 같지 않았다. 정 여사를 바라보는 서진의 눈빛은 깊고도 깊었다. 그리고 그 눈동자 속에 담긴 것은 진심이었다. 또한 확고한 다짐이기도 했다.

"그래야 할 것 같아요, 할머니. 그러니…… 제발."

정 여사는 손녀인 서진을 물끄러미 응시했다. 철이 빨리 들어 안타까운 손녀였다. 또한 그런 서진 때문에 아들 내외를 잃고도 지금껏 버틸 수 있었다. 그런데 그런 서진이 그녀에게 부탁하고 있었다. 처음으로 떼를 쓰는 서진을 보며, 정 여사는 안타까움이 밀려들었다.

"사랑하는 모양이구나."

사랑…… 하고 있었다. 오늘 새벽 그녀에게 이 모든 것을 말해 주던 민도혁을. 가슴이 아리고 숨도 쉬지 못할 정도로 그렇게……. 그 어떤 것도 욕심내지 않던 그녀가 유일하게 갖고 싶은 것이 바로, 그 남자 민도혁이었다. 서진은 떨리는 손을 꼭 쥐었다. 그리고 담담한 얼굴로 그녀를 바라보던 그를 떠올리자, 심장이 습기로 젖어들기 시작했다.

"할머니! 제가, 그 사람을 사랑합니다. 그가 없으면 여기가 아파

죽을 것처럼, 제가 그 사람을 사랑합니다."

서늘한 서진의 눈동자에 물기가 어렸다. 고통스러운 듯 손으로 심장을 누르고 있는 그녀는 숨도 제대로 쉬지 못했다. 그 모습을 보며 정 여사는 망연자실한 표정으로 그녀를 바라보았다.

"바보 같은 것. 이…… 어리석은 것. 그렇게 똑똑하게 굴더니……."

"죄송합니다. 그를 사랑해서…… 죄송……."

목이 멘 듯 서진은 끝내 말을 하지 못했다. 대신 그녀는 정 여사 앞에서 고갤 떨구었다.

❖

삐이~!

—대표님, 손님이 찾아오셨습니다.

인터폰에서 흘러나오는 김 비서의 목소리에 도혁은 귀찮은 듯 미간을 찌푸렸다. 지금은 아무도 만나고 싶지 않았다. 한서진 외엔 그 누구도.

"돌려보내. 지금은 아무도 만나고 싶지 않군."

도혁의 단호한 목소리에도 김 비서가 잠시 머뭇거렸다.

—저기, 대표님!

"무슨 일이지?"

도혁은 조금은 짜증 섞인 퉁명스러운 목소리로 묻자, 김 비서는 조금 당황한 듯 말끝을 흐렸다.

—저기 지난번 오셨던, 한서진 씨…….

한서진이란 말에 도혁이 자리에서 벌떡 일어섰다. 사무실 문을 열고 밖으로 나가자, 차분한 얼굴로 서 있는 서진을 볼 수 있었다. 그녀 역시 갑작스럽게 열린 문 뒤로 도혁이 서 있어 놀란 눈치였다.

"한서진!"

"갑자기 찾아와 놀란 모양이군요. 일에 방해가 되지 않는다면, 들어가도 될까요? 전해줄 것이 있어서 찾아왔어요."

"아, 어서 들어와."

도혁이 그녀가 사무실 안으로 들어올 수 있도록 한쪽으로 비켜서자, 서진이 김 비서에게 고갤 숙여 보인 후 사무실로 걸음을 옮겼다.

"내가 부를 때까지, 아무도 들이지 마."

"네, 대표님."

문을 닫고 안으로 들어간 도혁은 테이블 앞에 서 있는 서진을 바라보았다. 그를 외면한 차가운 등을 보자, 도혁은 가슴이 답답했다. 그의 시선을 느낀 듯 사무실 안을 살피던 서진의 시선이 도혁에게로 향했다. 차갑고 단호한 눈빛이었다. 모든 것을 결정한 듯 서진의 검은 눈동자는 너무도 고요했다. 도혁의 심장이 욱신거렸다. 내색하지 않았지만, 피가 바싹 마른 듯 고통스러웠다. 사형집행을 앞둔 죄수처럼, 서진의 차가운 눈빛에 희망이 사라져 감을 느꼈다.

"할머니를 뵙고 왔어요. 며칠 동안 날 피한 이유가 할머니와의 약속 때문이었나요?"

문 앞에 서 있던 도혁이 서진에게 걸어왔다. 그러자 서진이 그에게서 벗어나려는 듯 창가로 걸어가 버렸다. 욱신! 또다시 심장이 조여들었다. 결국 도혁은 더는 서진에게 다가가지 못한 채 책상 앞에 서서 그녀의 뒷모습을 바라보았다.

"아니. 내게 시간이 필요했어. 진실을 찾아낼 시간이."

"그럼 앞으로 어쩔 생각이죠? 민도혁 씨 말처럼, 우리 두 사람은 함께해선 안 되잖아요. 그러니까 민도혁 씬 나와 헤어질 건가요?"

건조하게 흘러나온 서진의 목소리에선 그 어떤 감정도 담겨 있지 않았다. 오늘 새벽 그에게 들었던 진실이 그녀에게 아무런 영향도 끼치지 않은 것처럼, 그녀의 목소리는 너무 평온했다. 그래서 도혁은 더 겁이 났다. 모든 결정을 그녀에게 넘겨 버린 자신을 탓하는 것 같아, 마음이 아팠다.

"넌…… 어때? 나와 헤어질 텐가?"

"그건 제가 민도혁 씨에게 먼저 물었어요. 대답해 줘요. 민도혁씬, 어떻게 할 생각인지."

여전히 차갑게 돌아선 서진의 등을 보며, 도혁의 심장이 까맣게 타들어갔다. 그녀가 무슨 결심을 하고 이곳에 왔는지 알 수 없었다. 아니, 안다 해도 그의 대답은 같았다. 그는 절대…….

"아니. 안 놔줘! 네가 내 손을 뿌리치고, 죽을힘을 다해 도망친다고 해도 절대……. 난 뼛속까지 이기적인 사람이니까. 난 이기적인 사람으로 널 붙잡을 거다."

서진이 돌아섰다. 하지만 여전히 서진의 얼굴에선 그 어떤 것도 느낄 수 없었다. 고요하게 가라앉은 강의 거대한 밑바닥처럼 그 어떤 미동도 없었다. 서진이 그에게 다가왔다. 그리곤 들고 있던 가방에서 낡은 갈색 수첩을 꺼내 그에게 건넸다.

"수첩, 돌려 드릴게요."

그의 심장은 한서진 때문에 바짝바짝 마르고 있는데, 한가하게 수첩이라니. 수첩을 받은 도혁이 살피지도 않고 책상 위 아무 데나 내려놓으려 했다.

"안 돼요. 지금 확인해 보세요. 내가 수첩의 밑부분을 찢고, 뭔가를 찾아냈거든요."

"수첩에 뭔가 찾아냈다고?"

"네."

도혁이 손에 든 수첩을 내려다보았다. 이젠 너무도 익숙한 감촉의 수첩이었다. 그 오랜 시간 소유하고 있던 수첩에 뭔가가 들어 있었다니. 도혁은 믿기지 않은 얼굴로 앞표지 아래가 벌어져 있는 틈을 확인했다. 그리곤 그곳에 손을 깊숙이 밀어 넣었다. 차가운 금속의 감촉을 느낀 도혁이 천천히 그것을 꺼냈다.

낡은 열쇠였다. 거북 문양이 새겨진 열쇠. 아마 특정 물건의 열쇠인 듯했다.

"이건……."

"여기, 이 상자의 열쇠예요. 아직 열어보지 않았지만, 한세경이 유품으로 남긴 상자니, 맞을 거예요."

서진이 어깨에 메고 있던 가방에서 상자를 꺼냈다. 먼지로 보이지 않았던 뚜껑은 깨끗해져 있었고, 거북 문양이 선명하게 모습을 드러내고 있었다.

"제 생각엔 이 거북 문양은 비밀 문서에 쓰인 국새와 같은 문양인 것 같아요. 한마디로 이 문양이 국새를 대신했을 테고, 이 상자 안에 고종황제께서 마지막으로 내리신 밀명의 내용이 들어 있었을 거예요. 지금은 무엇이 들어 있는진 확인해 보지 않았어요."

도혁 역시 그렇지 않을까 생각했다. 민국환과 한세경. 두 사람은 황제의 비밀결사대의 일원이었으니까. 서진이 상자를 들고 소파에 앉자 도혁 역시 맞은편에 앉았다. 그리곤 수첩에서 꺼낸 열쇠를 탁자에 내려놓았다. 한곳에 나란히 놓인 열쇠와 상자를 보자, 서진의 말이 사실임이 더욱 확실해졌다.

"열어봐."

도혁의 재촉에도 서진은 미동도 하지 않았다. 대신 도혁을 보며 마지막으로 확인하듯 다시 물었다.

"이 상자 안에서 무엇이 나오든, 후회하지 않을 수 있나요?"

"절대."

이미 그의 결정은 끝나 있었다. 그 어떤 상황에서도 서진을 놓지 않는 것. 도혁의 대답에 서진이 탁자에서 열쇠를 집어 들었다. 그리곤 단단히 잠겨 있는 상자의 자물쇠 안으로 열쇠를 넣고는 돌렸다.

달칵!

철로 된 경첩이 비틀리며 낮고 묵직한 울림이 사무실 안에 들려왔다. 잔뜩 긴장한 얼굴로 도혁을 본 서진이 작게 숨을 몰아쉬고는 굳게 닫혀 있던 상자의 뚜껑을 열었다.

끼익!

먼지 냄새가 났다. 헤이그의 골동품점에서 맡았던 그 시간의 냄새가 이 상자 안에도 있었던 것이다. 유리창으로 들어오는 햇살에 상자 안에 들어 있는 금빛의 회중시계가 드디어 모습을 드러냈다.

100년 전 민국환이 설계한 한 雙의 회중시계. 바로 그 시계 중, 찾지 못했던 나머지 한 개의 회중시계였다. 그들의 예상대로 세경의 유품 안에 시계가 있었던 것이다.

"드디어 찾았군요. 남은 한 개의 회중시계를."

도혁이 손을 뻗어 상자 안에서 시계를 꺼냈다. 그러자 서진이 주머니 안에서 시계를 꺼내 도혁에게 건넸다. 양손에 회중시계를 든 도혁이 시계를 더 자세히 보려는 듯 밝은 햇살에 비쳤다. 금빛으로 빛나는 그 아름다운 모습에 두 사람은 잠시 숨을 멈췄다.

"헤이그 비넨호프가 287번지."

도혁은 조금 전 상자 속에 들어 있던 회중시계에 새겨진 글자를 천천히 읽어냈다. 헤이그의 골동품점. 국환이 남긴 그림에도, 그리고 세경의 유품 상자 속에 들어 있던 회중시계도 모두 한곳을 가리키고 있었다. 헤이그의 골동품점. 이제 진실이 뭔지 알기 위해선 그 골동품점의 주인이었던 노인을 만날 수밖에 없었다.

100년 전 헤이그에서 세경과 국환에게 벌어졌던 진실을 확인하고, 왜 100년이란 시간이 흐른 뒤에 다시 두 사람을 불러들였는지 알아내야 했다.

한 雙의 회중시계와 신비로운 느낌의 골동품점. 그리고 비밀 국새가 새겨진 상자까지. 아마 100년 동안 잠들어 있었던 진실이 서진과 도혁 두 사람을 불러들인 것이 분명했다.

고종이 국환에게 명한 마지막 밀명. 그것이 무엇인지 찾아야 했다.

〈1910년, 헤이그.〉

국환은 비밀계좌 안에 고종황제의 보물을 밀어 넣었다. 고종이 황제가 된 후, 일제의 눈을 피해 모아둔 100만 마르크의 내탕금 중 그 반을 상하이 덕화은행(도이치뱅크)로 옮긴 뒤, 고종은 은밀히 헐버트에게 인출할 것을 명했었다. 그리고 그 정보를 교묘히 일본의 첩자들에게 흘려보냈다. 그 정보를 접한 일본은 헐버트가 상하이에 도착하기 전에 그곳으로 향했고, 나베시마가 한발 앞서 고종황제의 내탕금을 빼돌린 것이다.

하지만 고종이 노린 것은 바로 그것이었다. 헐버트와 상하이 덕화은행에 예치된 50만 마르크에 일본의 눈이 쏠려 있는 동안, 나머지 반을 금괴로 바꿔 네덜란드로 향하는 배에 실어 보낸 것이다. 그리고 그 금괴를 찾아 안전한 곳으로 옮기라는 명을 받은 사람이 바로, 민국환과 헤이그에서 골동품점을 운영하고 있는 정인석이었다.

거북의 수장, 즉 고종은 밀 속에 숨겨 헤이그 항에 도착한 금괴를 독일의 빌헬름 2세에게 전달할 것을 명했었다. 고종황제의 바람은 독일 황제가 대한제국이 일본으로부터 자유를 되찾을 수 있도록 서방 세계에 알려줄 것이라고 기대했던 것이다. 대한제국의 자유. 고종황제의 바람은 바로 자유였다.

하지만 상황은 이미 변해 있었다. 일본은 이미 독일과도 비밀리에 손이 닿아 있었던 것이다. 그리고 1907년 독일 공사 잘데른이 본국에 보고한 내용 역시 일제의 손에 들어간 상황이었다. 그 내용 중엔, 고종황제가 내탕금(황실이 사용하는 재정)으로 100만 마르크를 빼돌렸다는 것도 있었다. 이미, 일본은 그들이 미리 빼돌린 50만 마르크 외에 나머지 내탕금의 존재를 쫓고 있었던 것이다.

고심 끝에 국환은 자신이 미끼가 되기로 했었다. 고종황제가 그랬던 것처럼, 감시자들에게 일부러 거짓 정보를 흘려보냈다. 그리곤 그들의 눈을 피해, 정인석이 고종의 금괴를 안전한 비밀 금고로 옮길 수 있는 시간을 번 것이다.

하지만…… 일이 어긋나 버렸다.

대체 어디서부터 어떻게 잘못되었는지 알 수 없었지만, 모든 것이 끝나 버렸다.

한세경. 그가 사랑한 유일한 여자, 한세경에 의해.

쾅!

굳게 문을 닫은 국환이 뒤를 돌아보았다. 그러자 정인석이 그를 기다리고 있었다.

"이 금괴는 이곳에 놓아둘 생각입니다. 때가 되면, 누군가 고종의 보물을 찾기 위해 오겠지요."

"만약 그 누구도 고종의 보물에 대해 알아내지 못한다면 어찌 되는 겁니까? 아무도 오지 않는다면?"

"그것 역시 운명이지 않겠습니까? 우리 후손 중 누군가가 꼭 알아내길 바랄 뿐입니다."

그는 모든 것을 잃어버린 듯 보였다. 국환의 얼굴엔 생기라곤 찾아볼 수도 없었고, 검게 빛나던 눈동자 역시 죽어 있었다. 하지만 믿고 있는 듯했다. 누군가 고종황제의 보물을 찾아올 것이란 사실을.

"한세경 동지 때문입니까?"

인석의 물음에 국환은 아무런 말도 하지 않았다. 대신 바닥에 놓아둔 상자를 들곤 천천히 걸음을 옮기기 시작했다.

"국환 동지!"

인석이 국환을 불렀다. 그러자 국환이 잠시 걸음을 멈추곤 그를 돌아보았다.

"한세경 동지를, 국환 동지가 죽였습니까?"

순간 국환의 눈동자에 차가운 냉기가 돌았다. 꽉 다문 입. 그리고 상자를 든 그의 손이 하얗게 변하며 핏줄이 튀어나와 있었다. 그의 눈동자에 일렁이는 차가운 분노를 본 순간, 인석은 그의 대답을 듣지 않아도 알 수 있을 것 같았다.

"제가 죽였습니다. 제가……. 평생 절, 용서하지 못할 것입니다. 평생, 죽지도 못하고 살아야 하는 것이 제겐 형벌이 되겠지요. 사랑하는 사람을 죽게 한 죗값치곤 너무도 가벼운 형벌일 테지만."

그 말과 함께 국환의 머릿속엔 그를 기차에서 밀어내던 세경이 떠올랐다. 왜 세경이 그곳에 있었는지 알 수 없었다. 인석과 자신 외엔 아무도 알지 못했던 일이었다. 그런데……. 욱신! 국환은 세경을 실은 기차가 얼마 가지 않아 화염에 휩싸이는 모습을 망연자실한 얼굴로 바라보았다. 그가 가지고 있던 폭약을 세경이 대신 터뜨린 것이다. 그가 해야 할 일이었다. 그런데 그를 살리기 위해, 세경이 스스로……. 욱신! 심장에서 피가 흘러내렸다. 지독한 고통에 소리조차 나오지 않았다.

"젠장!"

국환의 얼굴이 일그러졌다. 아무리 지우려 해도, 마지막 그를 향해 웃던 세경의 얼굴이 지워지지 않았다. 욱신, 또다시 심장이 찢긴 듯 아팠다. 숨도 쉴 수 없는 고통 때문에 국환은 죽고 싶었다. 아마 그는 평생 세경을 잊지 못한 채 죽지도 못하고 이 슬픔을 견뎌야 한다는 사실을 깨달았다. 그의 소원대로 그녀의 마지막 모습을 평생 그리며 살아가리라는 것도.

그것이 마지막이었다. 국환은 뒤도 돌아보지 않고 헤이그를 떠났다.

그리고 몇 년 후, 1919년 고종황제가 승하했다. 그렇게 고종황제의 내탕금은 암울한 역사 속에서 점점 잊혀갔다.

chapter 10

딸랑, 따랑따랑~!

바람에 문에 달린 풍경이 흔들렸다. 서진이 처음으로 헤이그에서 이 낯설고도 익숙한 소릴 들었을 땐 이런 운명이 자신을 기다리고 있을 것이라곤 전혀 예상치 못했었다. 하지만 그 소리에 이끌려 골동품점으로 향했고, 그곳에서 민도혁을 만났다. 그렇게 모든 것이 시작되었다.

서진은 또다시 골동품점 앞에 서서 낡고 허름한 간판을 응시했다. 그날, 헤이그의 거리에 한글로 새겨진 간판, 그 간판을 보며 서진은 독특하다고만 생각했었다. 하지만 이유가 있었던 것이다. 100년이란 시간 동안 한글로 된 간판을 달고 그 자리를 지켜야만 했던 이유가.

"많이 기다렸지?"

서진은 뒤에서 들려오는 도혁의 목소리에 고갤 돌렸다. 그 모습이 처음 골동품점 안으로 들어왔던 그의 모습과 겹쳐 보였다. 서늘한 눈빛과 차가워 보이던 잘생긴 얼굴은 지금 서진을 내려다보며 웃고 있었다.

"주인은 만났나요?"

"영국으로 골동품을 사러 간 모양이야. 우리가 올 것을 미리 알고 있었는지, 메모를 남겨놓았더군."

도혁이 서진에게 노인이 남긴 메모지를 건넸다. 한글로 쓰인 메모지엔 곧 돌아오겠다는 말과 함께 기다리고 있었다는 말이 쓰여 있었다.

기다리고 있었다. 그 말에 서진의 심장이 욱신거렸다. 마치 노인의 말처럼, 오랜 시간을 돌아 그녀가 있어야 할 곳으로 돌아온 느낌이 들었던 것이다.

"그럼 이번엔 우리가 기다려야 할 것 같군요."

"그래, 우선 예약해 놓은 호텔로 가는 게 좋겠어. 혜영 씨와 선우를 불러 저녁이라도 함께 먹었으면 하는데, 서진 씨 생각은 어때?"

"혜영 언닌 지금 홍콩에 가 있대요. 주얼리 컬렉션이 있는 모양이에요."

"그럼 선우만 불러야겠군. 가지."

도혁이 서진의 손을 잡았다. 하지만 서진은 발걸음을 쉽게 떼어놓지 못했다.

"왜? 무슨 일 있어?"

"그게 아니라, 신기해서요."

"뭐가?"

서진이 낡은 유리창 쪽으로 걸어가 골동품점 안을 들여다보았다.

"그 주인 노인도 그렇고, 이 골동품점도 100년이란 시간을 거슬러 우릴 기다려 왔다는 생각이 들어 묘한 기분이 들어요. 그래서인지 쉽게 발을 떼놓을 수가 없는 것 같아요."

서진의 말에 도혁 역시 그녀 옆에 서서 골동품점 안을 바라보았다. 서진의 말처럼 현대적인 건물 사이에서 이 골동품점만 100년 전 그 모습 그대로였던 것이다.

"처음 이곳을 발견했을 때, 나도 같은 느낌이었지. 이끌림. 그래, 뭔가 날 이곳으로 이끈 느낌이 들었어. 한 번도 운명이란 걸 믿지 않았지만, 이곳에서 한서진 씰 만나고 어쩌면 그런 것이 있을지도 모른다는 생각을 했었지. 정해진 운명이란 것이."

그러니 우린 괜찮았다. 우린 만나야만 될 운명이었고, 함께할 운명이었으니까.

"훗, 민도혁 씨 입에서 운명이란 말이 나오다니 신선한데요? 절대 그런 불분명한 것들은 믿지 않을 것 같았거든요."

"맞아. 절대 믿지 않았지. 하지만 때론, 내가 어쩌지 못할 뭔가가 있는 것은 분명해. 그것을 사람들은 운명이라고 규정해 놓았으니, 나 역시 운명이라고 생각하고 있어."

도혁이 서진의 손을 꼭 잡았다. 그의 손의 반밖에 되지 않는 이 손을 붙잡기 위해 도혁은 처음으로 누군가에게 머릴 숙였다. 그리고 잃을지도 모른다는 불안감에 두려움을 느꼈다.

"연락처를 남겨놓았으니, 돌아오면 연락이 오겠지. 그만 가지.

곧 비가 올 것 같군."

도혁이 서진의 허리에 팔을 감아왔다. 그제야 서진은 유리창에서 고갤 돌려 도혁을 보며 고갤 끄덕였다. 그리곤 비행기를 타고 오면서 읽었던 내용을 그에게 말해주었다.

"그거 알아요? 고종께서 내탕금으로 모아두신 금액이 100만 마르크, 그러니까 한화 500억이란걸? 지금 100년이란 시간이 흘렀으니, 그 이자만 해도 어마어마할 테죠?"

"그렇겠지. 하지만 아쉽군. 그중 절반은 이미 나베시마가 일본으로 가져가 버렸으니까."

"하지만 그 절반이 남아 있잖아요. 지난번 공개된 독일의 기밀 문서 중 1907년 잘데른이 50만 마르크는 일본에게 주었지만, 나머지 절반은 고종에게 돌려줘야 한다는 내용이 있다고 들었어요."

"그랬지. 하지만 1933년 도이치뱅크가 매각되면서 모든 파일이 파괴되었다고 들었어. 그러니 고종의 비자금은 허공으로 분해되고 만 거지."

아쉬웠다. 잃어버린 고종황제의 보물들이. 그리고 우리가 잃어버린 많은 것들이.

"혹시 찾을 수 있을까요? 그 노인을 만나면, 잊고 있던 역사의 한 부분을 찾을 수 있지 않을까요?"

"조금은 알 수 있을 테지. 왜 고종황제의 비밀 국새와 같은 문양의 상자가 두 사람에게 전달되었는지. 그리고 왜…… 한세경이 헤이그에서 죽을 수밖에 없었는지도."

저녁을 먹는 내내, 서진과 도혁은 선우의 끝없이 계속되는 질문공세에 그만 지쳐 버렸다. 하지만 도혁이 혜영의 이야기를 꺼낸 후부터 선우의 말수가 급격히 줄기 시작했다.

"서로 일이 바빠져서. 아마 지금은 홍콩에 있다고 들었어."

서진은 선우를 바라보았다. 관심 없는 듯 무심하게 말하고 있었지만, 조금 전과는 확연하게 표정과 분위기가 달라져 있었다.

두 사람, 무슨 일이 있었나? 혹시 싸우기라도 한 건가?

고갤 돌리고 와인을 마시는 선우의 눈동자에 복잡한 감정이 어렸다가 사라지는 것을 서진은 놓치지 않았다.

"혜영 언니 자체가 일이니까요. 워커홀릭이라 선우 씨를 만나 이제 좀 일에서 벗어나나 했는데, 똑같군요. 이젠 한국으로 돌아오라고 해야겠어요. 할머니께서 걱정하고 계시거든요. 결혼도 해야 하고……."

결혼이란 말에 선우의 눈동자에 그늘이 졌다.

"그래야겠죠. 한혜영 씬 아이들을 좋아하는 것 같더군요. 아마, 좋은 엄마가 될 겁니다."

혜영에게 여자로선 전혀 관심이 없다는 태도였지만, 그런 것치곤 혜영에 대해 너무도 잘 알고 있는 선우를 보자, 서진은 확신했다. 두 사람, 분명 뭔가가 있었다.

"선우 너도 이제 한국으로 돌아와야지."

도혁의 말에 선우가 고갤 가로저었다.

"난 조금 더 이곳에 있을 생각이야. 한국에 돌아가는 것과 동시에 난 족쇄를 차야 할 상황이거든. 이 자유를 쉽게 포기할 순 없지."

"뭐야, 박선우! 너 아직도 바람둥이 기질을 못 버린 거야?"

"못 버린 게 아니라, 버릴 수 없게 만드는 거지. 세상엔 아름다운 여자들이 아주 많거든."

선우는 지금의 생활이 무척이나 만족스러운 모양이었다. 서진은 아마, 혜영과 선우의 사이가 틀어진 이유가 바로 이것이 아닐까 생각했다. 화려한 겉모습과는 달리 안정된 생활을 원하는 혜영과 자유로운 생활을 포기하고 싶지 않은 선우. 그래서 두 사람은 자연스럽게 헤어진 모양이었다.

"정말, 너란 놈은. 한번 된통 당해봐야 정신을 차리지."

도혁이 어이없는 듯 선우를 보며 고갤 가로젓자, 선우 역시 그런 도혁이 오히려 신기하다는 얼굴을 했다.

"난 네가 더 이상해. 도통 여자에겐 관심도 없던 네가, 서진 씨와 이렇게 내 앞에 나타나다니 말이야. 대체 두 사람 사이에 어떤 일이 있었던 겁니까? 서진 씨, 이 냉혈한을 어떻게 잡으셨어요?"

"그게……."

"붙잡힌 거야, 일부러. 내가 한서진 씨를 꼭 붙잡고 싶었으니까."

선우의 농담조 질문에 너무도 진지하게 대답하는 민도혁. 그런 도혁을 보며, 선우는 어이없는 얼굴을 했다.

"아, 졌다 졌어!"

그렇게 말하는 선우의 눈동자가 따뜻했다. 그에게 가장 소중한 친구, 민도혁에게 마침내 사랑하는 여자가 생긴 것이다.

Rrrrr, Rrrrrr.

그때 도혁의 휴대폰이 울렸다. 화면에 뜬 번호를 확인한 도혁의 표정이 긴장으로 굳어지는 것이 보였다. 그 모습에 서진은 그 전화가 누구에게 걸려온 전화인지 짐작할 수 있었다.

비넨호프가 287번지. 바로, 그들이 기다리던 골동품점 주인이었다.

노인의 한국 이름은 정후겸이라고 했다. 100년 동안 이곳에서 대를 이어 골동품점을 해왔다는 말도. 하지만 노인의 진짜 직업은 골동품점 주인이 아닌 모양이었다. 그의 전화를 받고 골동품점으로 간 서진과 도혁을 노인이 그의 집으로 데려간 것이다.

헤이그 외곽에 자리한 후겸의 집은 대저택이었다. 아무리 생각해도 금방이라도 무너져 내릴 것 같은 낡은 골동품점을 운영하는 주인이 살기엔 너무 부유한 저택이었다. 그리고 두 사람을 대하는 노인의 태도 역시, 골동품점에서와는 확연히 달라져 어리둥절했다. 하지만 그의 대답을 듣는 순간 두 사람은 그 이유를 알 수 있었다. 서진과 도혁 앞에 앉아 있는 후겸은 지금, 골동품점 주인이 아닌, 의뢰를 받고 고객을 응대하는 은행가였던 것이다.

"유언 때문이었습니다. 할아버지께선 시간을 훌쩍 뛰어넘어, 누군가 꼭 찾아올 것이라고 했었거든요. 하지만 그날…… 골동품점 안으로 들어온 두 사람을 볼 때까지 반신반의했었죠. 그리고 지금은 믿고 있습니다. 가끔, 말로는 설명할 수 없는 신비로운 일들이 생긴다는 것을요."

사실이었다. 후겸의 할아버지인 정인석의 말씀처럼, 그를 찾아온 사람이 있었던 것이다. 그가 보관하고 있던 회중시계의 주인이.

"어르신의 할아버님은 대체 누구십니까? 어떻게 100년이나 흐른 뒤에 우리가 찾아올 것이란 걸 알고 있었던 거죠?"

"할아버지께선 민국환과 함께 고종의 비밀결사대였다고 들었습니다. 어느 날, 비밀결사대가 와해될 정도로 일제의 공격이 있었고, 결국 그 일로 헤이그에서 활동 중이던 동료를 잃었다고 했습니다."

"그럼, 그때 한세경도 죽은 건가요?"

후겸의 얘길 듣고 있던 서진은 호기심을 참지 못하고 물었다. 하지만 서진의 질문에 후겸은 천천히 고갤 가로저었다.

"아닙니다."

"그럼, 한세경 씨는 왜 죽은 겁니까? 대체 무슨 일이 있었던 거죠?"

"죄송합니다. 그것은 민국환과 한세경 두 사람만 아는 일일 겁니다."

후겸의 대답에 서진은 맥이 빠지는 느낌이었다. 이곳에 오면 알 수 있을 것으로 생각했었다. 왜 민국환이 한세경을 죽였는지. 그리고 그 죽였다는 의미가 진짜 살인을 의미하는 것인지, 아니면 다른 뜻을 내포하고 있는지 알 수 있을 것으로 생각했던 것이다.

"여기 오면 모든 것을 알 수 있을 것으로 생각했는데……."

힘없이 내뱉는 서진을 보며, 도혁이 그녀의 어깨에 손을 올려놓았다. 그러자 서진은 천천히 감정을 추슬렀다.

"그럼, 왜 저희를 기다리신 겁니까? 100년 동안 그 골동품점을 지키며 저흴 기다린 이유가 분명 있을 테죠?"

도혁의 물음에 후겸의 회색 눈동자가 깊어졌다. 그리곤 자리에서 일어서더니 두 사람에 따라오라는 듯 손짓을 했다. 서진과 도혁은 후겸을 뒤따랐다. 응접실을 지나, 복도를 따라 걷던 후겸은 통로 끝에 있는 큰 그림을 옆으로 밀었다. 그러자 놀랍게도 그곳엔 문이 하나 나타났다. 비밀통로였다.

덜컹! 소리와 함께 비밀통로의 문이 열리고 후겸이 불을 켜자 지하로 내려가는 계단이 보였다. 후겸이 계단을 내려가자 서진과 도혁 역시 말없이 그 뒤를 따랐다. 잠시 후, 작은 공간에 도착했다. 그곳엔 작은 탁자가 놓여 있었고, 그 작은 공간을 중심으로 좁은 통로가 여러 개 나 있었다. 마치 비밀금고 같았다. 아직 한 번도 가보진 않았지만, 스위스의 비밀 은행의 금고가 이렇게 생기지 않았을까 하는 생각이 들었다.

"여긴 개인 은행 같군요."

서진이 지하 내부를 살피며 그렇게 말했다.

"맞습니다. 이곳은 100년 전부터 은밀히 물건을 보관해 온 비밀금고입니다. 스위스 은행처럼 검은돈을 세탁하기 위해서가 아니라, 지금처럼 오랜 시간 주인을 기다리고 있는 물건으로 가득 찬 곳입니다. 여기서 잠깐만 기다려 주십시오."

서진과 도혁에게 그 말만 남기곤 후겸은 또다시 작은 통로를 따라 안으로 들어가 버렸다. 그리고 잠시 후, 금속으로 된 직사각형의 상자를 들고 두 사람 앞에 나타났다.

"이게 뭐죠?"

"민국환이 고국으로 돌아가기 전, 저희 할아버님께 맡기신 물건이라고 들었습니다. 만약 회중시계를 들고 찾아오는 사람이 있다면, 이것을 전해달라 부탁했다고 합니다."

상자를 보는 서진과 도혁의 얼굴이 긴장으로 굳어졌다. 후겸이 굳게 닫힌 상자를 탁자 위에 내려놓았다.

"회중시계는 가져오셨습니까?"

"네, 여기."

서진과 도혁이 회중시계를 후겸에게 건넸다. 그러자 후겸은 안경 너머 회색빛 눈동자로 두 개의 회중시계를 유심히 살폈다.

"여기 이 회중시계가 이 상자를 여는 열쇠라고 들었습니다. 그리고 이 상자는 민국환이 직접 설계했다고 하더군요. 이제 전, 밖으로 나가보겠습니다. 제 도움이 필요하시다면, 이 벨을 눌러주십시오."

골동품점에서 보았던 신비롭고 묘한 느낌의 노인은 온데간데없이 사라지고 없었다. 지금 두 사람을 남겨두고 방을 나서는 후겸은 은행을 소유한 냉정한 사업가의 모습이었다.

"뭔가 홀린 것 같은 느낌이군. 다 무너져 가는 골동품점 노인이 은행가였다니."

이곳에 도착한 후 서늘한 눈으로 노인을 바라보던 도혁이 작게 한숨을 내쉬었다. 그 역시 이 상황에 조금 놀란 모양이었다.

"저도 놀랐어요. 이 모든 게, 잘 짜인 퍼즐처럼 하나의 그림을 나타내고 있는 것처럼 느껴져요."

서진의 말에 도혁 역시 동의하듯 고갤 끄덕였다. 그리곤 탁자에 놓인 상자와 두 개의 회중시계를 내려다보았다. 민국환은 대체 이 안에 어떤 것을 넣은 걸까? 100년이란 시간 동안 굳게 숨겨놓았을 진실이 도혁은 궁금했다.

도혁은 상자에서 또 다른 작은 상자를 꺼냈다. 그 상자엔 거북 문양이 새겨져 있었다. 세경의 유품이었던 상자와 그리고 비밀 국새와 같은 문양임을 확인한 서진과 도혁은 흥분으로 심장이 뛰기 시작했다. 농담처럼 했던 말들이 사실이 될 수 있다는 것을 깨달은 것이다.

　도혁은 긴장한 표정으로 상자의 뚜껑을 쓸어내렸다. 그러자 그의 손끝에 작은 홈이 느껴졌다. 도혁이 서둘러 그 홈에 손을 밀어 넣자 달칵 소리와 함께 상자의 가장 윗부분인 뚜껑이 열렸다. 그리고 그 뚜껑 안에는 진짜 상자를 열기 위한 장치가 되어 있었다.

　"타원형의 두 개의 홈. 혹시 회중시계를 여기에……."

　말을 채 끝내지 못한 도혁이 들고 있던 회중시계를 두 개의 홈에 천천히 밀어 넣었다. 그러자 평범하게 보이던 상자 안에 장치가 되어 있는지, 톱니바퀴가 돌아가는 듯 소리가 나기 시작했다. 아마 회중시계의 무게에 의해 작동할 수 있게 설계된 상자인 모양이었다.

　철컥 소리와 함께 두 개의 회중시계가 바닥으로 내려갔다. 그리곤 또다시 덜컹 무언가 맞물리는 소리가 들리더니, 상자의 옆면이 날개를 펼치듯 벌어졌다. 그러자 마침내 100년 동안 잠들어 있던 진실이 모습을 드러냈다.

　서진은 호텔 응접실에 앉아 탁자에 놓여 있는 상자를 응시했다. 그리고 그 안에 들어 있는 고종황제의 내탕금이 들어 있는 비밀계

좌가 적힌 종이를 떠올리자, 서진은 심장이 무겁게 가라앉았다. 고종황제의 보물이 존재했다. 소문으로만 떠돌던, 금괴가 실제로 있었던 것이다.

달칵! 욕실 문이 열리고 샤워를 한 도혁이 여전히 상자를 쏘아 보고 있는 서진을 보곤 그녀에게 다가왔다.

"아직도 생각 중인 모양이군."

"네. 그분의 제안을 받아들인 것이 잘한 선택인지 알 수가 없어서요. 민도혁 씬 어떻죠?"

서진의 옆에 앉으며 도혁이 그녀의 불안을 떨쳐 내듯 어깨를 감싸 안았다.

"난, 그분을 믿는 게 최선이라고 생각해. 그분은 100년이란 시간 동안, 침묵 속에서 황제의 보물에 수호자였던 분이니까."

도혁의 말에 서진이 고갤 끄덕였다. 고종의 보물을 발견했지만, 정후겸은 아직 때가 아니라고 했다. 정말 필요한 때가 올 것이란 말과 함께. 그때까지 고종황제의 보물을 지금처럼 금고에 두자고 했었다.

"불안해할 것 없어. 우리 역시 기다리는 자일 뿐이야. 아니, 지금부턴 고종황제의 보물을 수호하는 자라고 해야겠군."

고종황제의 보물을 수호하는 자. 이제 두 사람은 후겸과 함께 고종황제의 보물이 세상에 드러날 때까지 보물을 지키며 비밀을 유지해야 했다.

"그런데…… 도혁 씨! 정말 무슨 일이 있었던 걸까요? 민국환과 한세경에게. 대체 어떤 일이……."

서진이 답답한 듯 그를 올려다보자, 도혁이 그녀의 어깰 감싼 팔에 힘을 주었다.

"두 사람만이 알 것이라고 했지만, 난 조금은 알 것 같아. 아마, 한세경은 사랑하는 사람인 민국환을 살리고 싶었을 거야. 국환이 스스로 미끼가 되어 감시자의 손에 죽을 작정이란 걸 알았다면, 아마 세경이 그를 대신해 죽기로 마음을 먹었을 테지. 나 역시 그랬을 테니까."

한서진을 살리기 위해서라면, 그 역시 그랬을 테니까. 도혁의 말에 서진의 눈동자가 슬픔으로 촉촉하게 젖어들었다. 그리곤 울컥 눈물이 흘러내리려는 것을 가까스로 참아냈다.

"다행이에요."

"뭐가?"

"우린 그런 암울한 세상에서 살지 않아도 되니까요. 연인에겐 너무도 가혹한 세상이었을 것 같아요."

"모든 이에게, 가혹한 세상이었을 테지."

도혁이 서진을 꼭 끌어안았다. 그리곤 손을 뻗어 서진의 턱을 들어 올려 그를 보게 했다.

"다행이야. 널 잃지 않아서."

그의 말에 서진의 심장이 욱신거렸다. 서진은 말없이 팔을 뻗어 그를 끌어안았다. 비누 향과 함께 도혁의 향기가 그녀의 심장을 파고들었다.

"사랑해요."

도혁이 서진을 옭아매듯 힘껏 안았다. 서진은 그의 단단한 가슴에 얼굴을 묻었다.

"한서진, 나랑 결혼해 줄래."

도혁의 청혼에 서진은 그의 가슴에 얼굴을 묻은 채 미동도 하지 않았다. 도혁은 흘러내린 머리카락 사이로 서진의 가녀린 목덜미를 내려다보았다.

"서진아!"

서진의 침묵이 길어지자, 도혁의 목소리가 낮게 가라앉았다. 그 목소리에 서진이 천천히 고갤 들었다. 그리곤 대답 대신 그의 목에 팔을 감고는 그의 입술에 키스를 퍼부었다. 도혁은 기습적인 서진의 키스에 잠시 머뭇거리다, 그녀를 꽉 끌어안았다. 매달려 오는 서진에게서 청혼에 대한 답을 들을 수 있었던 것이다.

서로를 어루만지는 손길이 열기를 품고 야릇해지기 시작했다. 만지작만지작, 심장이 나른한 쾌락에 뜨거워졌다. 만지작만지작, 두 개의 심장이 하나로 녹아들었다.

epilogue

〈1910년, 헤이그.〉

시린 푸른색. 기차 위에서 마지막으로 올려다본 헤이그의 하늘은 눈이 시리도록 눈부신 푸른색이었다. 아직 아무것도 해보지 못했다. 아직 이루지 못한 수많은 꿈이 있었지만, 세경은 그중 하나도 이루지 못했던 것이다. 하지만…… 딱 하나. 그녀의 목숨과 바꿔서라도, 아니, 그것이 안 된다면 악마에게 영혼을 파는 한이 있더라도 꼭 이루고 싶은 소망은 이룰 수 있게 된 것이다.

덜컹거리며 움직이는 기차 안엔 그녀 외에 일본인들이 타고 있었다. 고종의 비밀결사대를 죽이고, 고종의 보물을 빼앗으려는 자들이. 세경은 다행이라고 생각했다. 기훈에 의해 의식을 잃고 헤이그 역까지 끌려왔을 땐, 모든 것이 너무도 절망적이었다.

하지만 그가 민국환이 기차역에 있었다. 그리고 그 뒤를 감시자들이 쫓고 있었다. 분명 비밀 아지트에 있다고 했던 국환이 기차역에 있는 것을 본 순간, 세경은 그가 지금 어떤 생각을 하고 있는지 알 수 있었다. 그리고 그녀가 마지막으로 해야 할 일이 뭔지도.

'삶이 그대를 속일지라도…… 슬퍼하거나 노하지 말라. 우울한 날들을 견디면, 믿으라, 기쁨의 날이 오리니. 마음은 미래에 사는 것. 현재는…… 슬픈 것. 모든 것은 순간적인 것. 지나가는 것이니 그리고 지나가는 것은…… 훗날 소중하게 되리니.'

"마음은 미래에 사는 것. 현재는 슬픈 것. ……훗날, 소중하게…… 소중하게……."

결국 세경은 푸시킨의 시를 다 끝맺지 못했다. 대신 국환을 기차에서 밀어내 떨어뜨리며 붙잡았던 가방을 꼭 쥐었다. 가방을 움켜쥔 세경의 손이 떨렸다. 두려움 때문인지, 다신 국환을 보지 못한다는 안타까움인지 알 수 없었지만, 손은 물론 온몸이 사시나무처럼 떨렸다. 그리고 결국 커다랗고 검은 눈동자에서 눈물이 떨어졌다. 그가 아파할 텐데. 평생 자신을 원망하며 살 텐데. 지금 세경이 마음이 아픈 이유는 국환이 자신 때문에 상처받을까 봐, 남은 그의 인생이 지옥일까 봐서였다.

바람이 그녀의 검은 머리카락을 쓸어 넘겼다. 세경은 너울거리는 머리카락을 귀 뒤로 쓸어 넘기며, 이제 더는 보이지 않는 국환을 바라보았다. 세경은 주머니에 안에서 그가 준 회중시계를 꺼냈다.

"이 시계 안엔 비밀이 숨겨져 있지. 그 비밀은 네가 찾아봐."

결국 세경은 그가 말했던 비밀을 찾지 못했다. 안타까움에 세경은 회중시계를 꽉 쥐었다. 처음부터 열리지 않은 시계였다. 그가 어떤 장치를 해놓은 듯 아무리 단추를 눌러도 열리지 않았던 것이다.

세경은 손을 들어 회중시계에 입맞춤을 했다. 국환에게 마지막 키스를 하듯 뜨거운 감정을 담았다.

"사랑합니다."

그녀의 말이 끝남과 동시에 철컥! 소리에 세경은 입술에서 회중시계를 떼어냈다. 그리고 조금 전 났던 소리가 회중시계가 열리는 소리임을 알 수 있었다. 놀란 세경이 조심스럽게 시계의 뚜껑을 열었다. 그리고 다음 순간, 세경의 눈에서 뜨거운 눈물이 흘러내렸다.

"흑흑! 흐흑……."

국환이 말했던 회중시계의 비밀을 안 세경은 주체할 수 없이 흘러내리는 눈물로 바닥에 털썩 주저앉았다. 그리고 회중시계 안에 있는 물건을 꺼내 두 손으로 꽉 쥐었다.

"흐흑!"

입술을 깨물어 눈물을 그치려 했지만 이미 그녀의 가슴에선 고이고 고였던 감정의 봇물이 터진 후였다. 정말 민국환다운 청혼이었다. 세경은 손바닥에 놓인 반지를 보며 울음을 삼켰다.

말로는 하지 못한 그의 청혼. 그리고 반지. 그렇게 끝내 하지 못한 바보 같은 남자의 청혼은 회중시계 안에서 또다시 100년 동안 잠들었다. 다시 깨우기 전까지.

서진은 손안에 놓인 반지를 보며 눈물을 삼켰다. 꿈에서 깨어난 서진은 이끌리듯 회중시계가 있는 곳으로 향했다. 그리고 꿈속에서처럼 똑같이 하자, 놀랍게도 회중시계의 뚜껑이 열린 것이다.

순간 서진은 뜨거운 덩어리가 목구멍에 걸린 듯 꽉 조여왔다. 코가 시큰하고, 눈물이 핑 돌았다. 반지를 발견한 순간, 서진의 눈에선 주체할 수 없는 눈물이 흘러내렸다.

"서진아, 자다 말고 갑자기…… 뭐야? 무슨 일 있어?"

자다 말고 서진의 부재를 느낀 도혁이 방에서 나왔다. 그리곤 주먹을 꼭 쥐고 울고 있는 서진을 발견하곤 놀라 그녀에게 다가왔다.

"왜 그래? 무슨 일이야?"

도혁이 걱정스러운 얼굴로 서진의 얼굴을 들어 올렸다. 그리곤 눈물로 젖은 눈을 조심스럽게 닦아주었다. 서진은 아무런 말도 할 수 없었다. 그저 손을 펴, 그녀가 발견한 것을 도혁에게 내밀었다.

"이건, 반지잖아."

도혁이 서진의 손에서 반지를 집어 들었다. 아주 오래된 디자인의 금반지였다. 그리고 반지 안쪽에 새겨진 이니셜을 본 순간, 도혁은 이 반지가 누구의 것인지 알 수 있었다.

M&H.

"두 분, 결혼을 약속했던 모양이야."

그 말이 다였지만, 서진은 도혁의 말에 담긴 안타까움을 느낄 수 있었다. 100년을 회중시계 속에 잠들어 있던 반지처럼, 두 사람의 약속 역시 이루어지지 못한 채 기억 속에서 잊힌 것이다.

도혁이 손을 뻗어 서진을 끌어당겼다.

"새삼 안타깝게 느껴지는군. 설마, 한세경 씬 이 반지를 보지 못한 것은 아닐 테지? 만약 그렇다면, 참……."

"알았어요. 다행히도 마지막 순간에 이 반지를 발견했어요."

도혁이 그의 품에 안겨 있는 서진을 내려다보았다. 마치 보기라도 한 듯 확신에 찬 목소리로 말하는 서진을 보며 이상하단 생각도 들었다. 하지만 도혁은 서진의 바람이라고 생각했다. 안타깝게 끝나 버린 두 사람의 인연이 더는 슬프지 않았으면 하는 바람.

"그래, 그랬을 거야."

도혁 역시 그녀의 말에 동의했다. 그러다 뭔가 생각난 듯 도혁이 서진의 손을 잡았다.

"지금 뭐 하는……?"

이내 알 수 있었다. 그가 지금 뭘 하려는 건지. 도혁은 그가 들고 있던 반지를 서진의 손에 끼워준 것이다. 서진의 손가락에 딱 맞는 크기. 신기하게도 반지는 마치 처음부터 서진을 위해 존재했던 것처럼 딱 맞았다. 서진은 금반지 특유의 묵직함과 차가운 감촉이 느껴졌다. 그리고…… 심장이 뜨거웠다. 이제야 자신의 자릴 찾은 듯 안도감이 밀려들었다.

이유는 알 수 없었다. 서진은 문득 그런 생각이 들었을 뿐이었다.

"예쁘다, 한서진!"

서진이 도혁을 올려다보았다. 그녀를 보는 그의 눈동자가 그윽했다. 서진은 안타까움과 기쁨이 담긴 그의 눈을 보며, 미소를 지었다. 그리곤 손에 끼워진 반지를 물끄러미 내려다보았다. 100년 전, 세경이 손에 끼고 기뻐했듯 서진 역시 그녀의 손에서 반짝이는 반지를 보며 행복했다.

'괜찮아! 그때처럼…… 헤어지지 않아.'

서진은 도혁의 품에 안겨 하늘을 올려다보았다. 그녀의 눈에 들어온 하늘은 따사로운 햇살을 품은 푸른색. 서진은 가슴 설레도록 행복한 색깔의 하늘을 바라보며 이제 환하게 웃을 수 있었다.

THE ♠ END